U0068484

情慾之間

海派小說的性愛敘事

韓冷 著

目 次

引言

一種古老而常新的文化姻緣，
一種被遮蔽的文化現象

一、研究釋意

　　近年來，國內文論界在回顧20世紀中國文論曲折歷程及對21世紀提出前瞻性預測時，有一總體特徵上的基本判認——「**失語**」。然而從文學研究本身來看，內外部各分支領域的研究已達到相當規模與層次，如內部的語言、風格、思想，外部的流派、歷史、作家個人經歷等研究都已達到一定水準。這就在客觀上逼著新一波文學研究必須另闢蹊徑。同時，相當完備的基礎研究亦為更高一層的綜合研究提供了必要的基底與可能。自16世紀以來，學術界的主要任務是分門別類析解各類學科。21世紀則需要人類重新綜合各分支學科成果，達到對主客觀世界認識的新一輪螺旋形的提高。從**性倫理**的視角研究文學作品就是這種提高，它要求研究者站在**文學、美學、社會學、性別學、人類學、歷史學、心理學、醫學、性科學**等現代學科的肩膀上進行一種最新的人類綜合自認。

　　J.韋克斯說：「性欲把大量起源於別處的矛盾集中到自己身上來：**階級**的、**性別**的、**種族地位**的、一代人與另一代人之間的**衝突**，**道德**上的可接受性和**醫療**上的解釋等方面的矛盾，在性欲這裡有了一個交叉點。」從性愛的角度進入文學研究，既可以體會作家感性的審美世界，同時也能從性倫理不斷變遷的隱喻中洞察政治、時代、歷史的多方面訊息。因而性愛是我們尋找作家體驗世界的原初經驗的理想角度，同時也是輻射歷史、文化、意識形態等各種精神領域的歷史狀況的有效視點。

　　性愛敘事所具有的可感性、邊緣性、零碎性等特徵，可以打開文

本中無數曾經被我們忽視的空間，特異的研究領域和研究方法會引領我們超越已有的文學史模式，**為新的文學史寫作提供可能**。從性愛的視角切入文學研究具有**認識論**和**方法論**的**雙重意義**，對於認識已有文學史研究所存在的局限和問題，是非常具有反思性和啟發性的。

20世紀20年代末，中國現代文學中剛剛甦醒的性意識被再次放逐，女性一度趨於完整的性愛觀念重新遭到壓抑。性意識在狂熱的革命激情的擠兌下悄無聲息地消失於宏大敘事中間。然而，與此同時，**性倫理進化的完整形態，卻在海派作家筆下保存並延續下來**。從本能的生理搏動，到包孕現代生命哲學的都市人的內在心理衝突，海派小說均有充分的展示。當我們在文學文本中穿梭、旅行，探尋性愛敘事的蹤跡時，註定了無法獲得「史」作貌似客觀與全面的判斷和建構，但卻可以捕捉一些「史」作無法傳達無法描述的細微的、隱秘的信息，筆者相信這也是一種歷史的真實。海派作家的文本給我們留下了，**在一個農業社會國家，現代都市工業文明與現代商業文化背景下的性倫理狀況的寶貴資料**。海派小說中性倫理狀況的梳理，恰好可以彌補現有性史寫作中現代階段性倫理狀況缺失的不足。現有中國性史的書寫，總是非常遺憾地到了清代就結束了，現代階段的性史根本沒有完整的書寫，我希望，本文的研究能夠為將來續寫現代中國性史的研究者，提供一些可資借鑒的資料。

西方人文思潮及其對文藝實踐的巨大影響，也給我們帶來了重要的啟示。在西方的人文科學與文藝世界中，性經驗早已處在極為顯豁的先鋒地位：勃然而興的**性科學**撕裂了性蒙昧、性禁錮的最後屏障；分化與延展中的**佛洛伊德主義**總將「性」置諸重要的地位來對待；「半邊天」的**女性主義**執著地從女性本位出發，一邊對男權文化進行

消解或批判，一邊對女性文化或新的人類文化加以積極的構建；**性解放**或性革命的浪潮溢出了傳統理性的堤防，影響幾乎遍及西方文藝的所有門類；西方的文藝批評也更專注於對文藝表現世界中的感性生命的評判，並相應地形成了以重視生命體驗，特別是性的體驗為標誌的**體驗美學**；文化學者亦熱衷於**性文化**的比較研究。性倫理成了這些紛繁駁雜的西方人文景觀中，共通的一個理論興奮點。[1]英國著名藝術家赫伯特·里德認為：「整個藝術史是一部關於視角方式的歷史。關於人類觀看世界所採用的各種不同方法的歷史。」性文化就是一種研究文本的有價值的視角，它必然將為研究文本的豐富性提供一種借鑒。

「**海派**」雖然與傳統的文學流派有相近之處，但嚴格說來它並不是一個有著共同文學主張和文學活動的文學團體或流派，對於它向來沒有明確的定義。本專著所探討的海派小說家，大體可以分為三大塊：20世紀20年代末期以後，從五四先鋒文學分離出來走向都市大眾讀者的張資平、葉靈鳳，還有曾今可、曾虛白、章克標、林微音等；30年代崛起的新感覺派作家劉吶鷗、穆時英、施蟄存、黑嬰、杜衡，及徐霞村、禾金等作家；40年代的洋場小說家張愛玲、徐訏、無名氏、東方蝃蝀，及其它形形色色的新市民小說作家予且、蘇青、施濟美、潘柳黛、丁諦、周楞伽、譚惟翰等。本專著要分析海派小說性愛敘事中，傳統倫理觀念的積澱與現代倫理觀念的誕生。

本文對「敘事」的理解並不囿於純粹形式主義層面的敘事學意義，而是將性愛在小說中的敘述作為一種文學存在，看作是一種包含形式與意義的文化語碼，它包含具體的**性愛事件**、性愛活動中的**人物**，還包含敘述性愛事件的**文化背景**、敘述者的**立場**、敘事背後的**動**

因、敘事的**效果**、性愛敘述對文體**結構**的影響等，因而本專著的研究對象不是嚴格意義上以言情或言性為主要故事情節的性愛小說，而是小說中有關性愛的敘事形態。由於這種小說的容量單元相當巨大，所以面對這種文本，研究視角可以相當多元。即使我們將討論的範圍僅僅局限於文學性敘事，研究的角度也依然五花八門。在形式主義和歷史敘述之間找到平衡，從多個角度對海派小說的情愛敘事進行韋勒克所說的整體研究。

通過宏觀構架，微觀切入，本專著試圖通過性愛問題的考察呈現海派小說中的**現代性**與**傳統性**的樣態及衝突，對海派小說作家的重要作品的現代性意義進行重新闡釋。現代性的概念各有其不同的具體含義，然而在世紀末的中國卻是一同呈現在了我們的面前，現代性通常被分為**審美的現代性**與**啟蒙的現代性**兩種。筆者在這裡主要研討的現代性就是啟蒙現代性，或者叫社會現代性、世俗現代性。所謂**現代性，指的是傳統社會轉變為現代社會過程中形成的一系列新的知識理念與價值標準**。世界各國的這一轉變過程各有自己的特點。中國現代文學現代性的核心內涵是：人的發現與文學的自覺，而人的發現的核心點則是人與人之間相互平等的民主意識、人道情懷，是尊重生命主體意識的自由觀念、個性解放觀念。其正面價值建構中既整合進了西方啟蒙現代性中的理性精神、自由主義原則，也整合進了西方現代主義文化的非理性精神、生命意識，同時還轉換了中國儒家文化中的人道思想。[2]現代性愛作為現代性的一種重要內涵，它的確立與「現代性追求」有著緊密的聯繫。中國知識界對現代性愛的體認也是伴隨著對現代性的追求而出現的。現代性愛的基本內涵主要表現為：**靈肉一致、雙方平等、互相愛慕、個體本位**四個方面。

　　文學研究的文化轉向已經過去了幾十年，研究者對於文學研究越來越遠離文學感到疑惑、焦慮和不滿，於是有了「回歸文學」的呼聲。其實早在1996年，就有研究者指出，「多年來，一直與理論打交道，與生動活潑的文學實際疏離得太久了。看來是時候，把各種各樣的理論稍微放一放，到文學作品世界中去兜一兜風了……」[3]任何文學作品都具有未定性，它是一個多層面的未完成的圖式結構。隱喻的思維方式為多層面地鑒賞文學作品提供了可能性，它正突出了文學作品的未定性。筆者就是**運用隱喻的思維方式，從性文化的視角對多部具有象徵意味或寓言意味的文學作品進行闡釋**，即在特定的創作背景與故事背景之下，將作品看成是一個自足的具有豐富的性語言的空間。運用這種方法解讀作品，筆者實踐中最成功的範例，還是關於魯迅的《補天》以及吳祖湘的《籙竹山房》的解讀。其中吳祖湘的《籙竹山房》這篇小說，從根本上說是一篇現實主義作品，但是當我們用特定的性文化的視鏡，去再次打量它時，你就會發現它同時也是一篇內涵豐富的象徵主義作品。現實主義創作與象徵主義創作雖然有著模式的區別與對立，但它們之間並不是斷絕了一切聯繫。為了表現某種更大的創作意圖或更充實的思想意義，在兩種模式之間，會存在著不同程度，不同格局的借鑒、吸收和融會。研究者正是要運用隱喻思維建構作品新的意義世界。但可惜的是，它們不屬於海派作家的作品，但為了說明這種分析方法，我將這兩篇解讀文章附於論文的最後，以作為參照。在海派作家中特別適合這種解讀方式的作品不多，我只找到了施蟄存的《魔道》、《將軍底頭》，還有劉吶鷗的《殺人未遂》三篇。研究者以性文化為指導，並綜合運用**精神分析、原型批評、女性主義、性科學、心理學、性別學**等多種研究方法和研究手段對海派

小說進行外圍的文化批評。自恰地闡釋隱藏在文本背後的性倫理內容，為在更高層次上接近文本的真實，提供重要的借鑒。同時，在研究過程中，筆者還將運用最新的性科學的研究成果，對現代文學文本中，及個別作家身上體現出來的不科學的性觀點及做法加以校正。比如，關於同性戀變態的錯誤認識的矯正，關於性變態的具體劃分，關於亂倫和自慰的認識和最新評價等等。

二、情色傾向產生的現實語境

20世紀20至30年代的上海是亞洲最大的商業城市之一。在亞洲，它已經取代東京（毀於1923年的地震）成為世界都會樞紐的中心，成為最確鑿的一個世界主義的城市，擁有東方巴黎的美譽。商品消費已經成為它的一種隱匿著大量西方觀念的消費文化和生活方式。在上海這樣一個商品形象充分藝術化、審美化的商業文化氛圍裡，頹廢主義找到了極為適合它生長的思想土壤。頹廢主義作為一種生活方式，也得到了人們特別是藝術家和文人的認可和接受。**頹廢主義**注重對剎那主義的讚美，重視與追求當前，執著於瞬間快感的玩味與欣賞。於是性的刺激便成了這種生活方式關注的一個焦點。每天上海的報紙都會刊登大量與性有關的藥品、治療、醫生、診所及私人療養院的廣告，尤其是那些與性病和生殖能力有關的廣告。在男性的集體精神中，性佔據了主要的地位。[4]

性與**政治**宿緣難解。在中國全面抗戰的8年期間，日軍在華大肆強姦中國婦女。據有關資料統計，日軍先後在華作戰的有500萬人以上，其所強姦的婦女至少有100萬。二戰時期的性愛文學與政治的關

係，同樣如此緊密。納粹德國曾焚燒性文學書，禁止性愛研究，嚴厲制裁非婚性行為。這是獨裁者企圖通過性禁錮來顯示其政治理想的高尚。而另一方面，在納粹德國拍攝的反猶太電影中，大量出現猶太人強姦德國婦女的色情鏡頭。這則是為了挑起種族仇恨。在有些殖民地，殖民者故意縱容「色情文學」創作，其目的是麻痺殖民地人民的反抗鬥志。比如在中國的淪陷區，色情文學氾濫一時，與這些雜誌背後的日偽統治集團的支持和縱容有關。像《中國文藝》、《國民雜誌》等刊物，都是由日偽出資、在日偽政權的操縱下創辦的。在中國的各個淪陷區，日偽政權一直在殘酷鎮壓和阻撓愛國主義的宣傳言論，並制定新聞法規，實施新聞檢查。即使在「孤島」時期的上海，抗日的言論也是被禁止的。例如，1939年4月，租界的英國當局根據日方的要求，禁止英商報紙刊載國民黨及其類似團體的文告消息和抗日宣言、通電，對上述內容概不得引用，禁止刊載一切抗日文字，以及刺激感情與妨礙治安的文字。[5]

　　在這樣的高壓狀態下，直接的感官享受最具誘惑性和吸引力。因為由感官而產生的快樂是直接體驗到的，它帶有強烈的現實性。似乎性本身就是一切，人們按照它的潛意識規則行事，可以不顧價值的界限，無視社會歷史加諸它的種種規則。截止至1941年，《申報》上一系列的文章都聲稱，在上海，「據當地專家統計，至少有一半的上海人染上了性病，其中90%起初是由妓女傳染的，而90%的中國下層妓女和80%的外國妓女都患有性病。」[6]胡蘭成在1944年的一篇文章中說：「不知道從什麼時候起的，中國人的生活變得這樣瑣碎，零亂，破滅。一切兇殘，無聊，貪婪，穢褻，都因為活得厭倦，這厭倦又並不走到悲觀，卻只走到麻木，不厭世而玩世。」[7]麻木和玩世，成了

淪陷區醉生夢死一族生活的基本特徵。性，成了人們掙扎在絕望麻木的狀態中的夢幻和希望的避難所。而文學無疑成了這種生活方式的反映和引導。

在討論中國現代文學的性質時，美籍華裔學者劉禾認為，「五四」以來被稱為「現代文學」的東西，其實是一種民族國家文學。她還引用詹明信（Fredric Jameson）的關於第三世界文學與民族寓言的文章，來進一步確認所謂第三世界文學同民族國家之間的聯繫。詹明信認為，應該把第三世界文學當作民族寓言來讀，甚至那些看起來好像是關於個人和利比多趨力的文本，也總是以民族寓言的形式來投射一種政治：關於個人命運的故事包含著第三世界的大眾化和社會受到衝擊的寓言。[8]據此，遠離政治、消解政治，也可以看成是一種政治。部分海派文學在放棄了與民族、國家相關的宏大敘事的同時，依然與之存在著互動關係。上海淪陷區的末世頹風和桃色環境，使社會滋長了對色情文化的需求。海派小說所表現出來的人的奢侈腐化、愛慕虛榮、放縱享樂等，從歷史的角度看，並不是反常的，而是社會的再現。色情描寫主要用純生理感覺來展現人物的原生態的經驗。這是一種生態與心態雙重貧瘠的生命形態。這是在價值理想消亡的形而下世界中，基於食色本性對外界作出的反應。**海派文學的情色傾向是寫作者源於環境、經濟與性的多重壓抑的苦悶需要宣洩**，是在小說中進行精神幻覺式的補償。而這反過來又印證了詹明信有關第三世界文本寓言特徵的論斷，即：第三世界的文本總是以民族寓言的形式投射一種政治，而這種政治也具有反抗帝國主義的民族主義傾向。事實上，部分海派小說在內涵上確實具有**逃避政治**的傾向，同時，也留下了當時社會現實的烙印，其中摻雜著一些經濟、意識、心理的因素，受一

定功利目的的制約，或是為了達到某種功利目的。從這個意義上講，它又與政治有著千絲萬縷的聯繫，是抗戰時被壓迫的**民族寓言**。

在中國傳統的性觀念中**縱欲**與**節欲**兩種性道德觀同時並存，交互作用。道家在肯定人欲的基礎上走了兩個極端：老莊從「全生適性」的目的出發，主張「故常無欲」、「不可見欲」（《老子》）的「無欲論」，楊朱則認為人生苦短，故應順乎自然，主張任情極性的「縱欲論」；儒家承認人的自然欲求，又從建立性秩序出發，主張「節欲論」。佛教基本上是禁欲的。佛教最基本的戒律就是「五戒十善」，「五戒」和「十善」中都有戒淫邪的規定。而在7世紀傳入西藏的佛教密宗，則提倡男女「雙身」、「雙修」，即通過性結合來修煉。上述種種既相矛盾，又相聯繫的性觀念，幾千年來一直貫穿於中國人的思辨活動和現實生活中。因此在中國社會發展的不同時期，性倫理的發展在文學中呈現出時而縱欲，時而禁欲的特點。因此海派小說中的情色傾向的產生，是有其內在的哲學依據的，也反映了中國文學縱欲與禁欲交織的特點。

海派小說情色傾向的產生與**五四新文化運動**也有一定的關係。個性解放成為五四時期文化改革的一面旗幟，男女愛情敘事也因此而氾濫一時。海派既利用著五四的現代資源，又對之加以改寫。最明顯的舉措是，將五四作家筆下的缺乏性行為和性感情的精神戀愛故事，改寫成一個兩性的肉欲故事。部分從新文學陣營中分化出來的海派作家張資平、葉靈鳳、章衣萍、章克標等人，都熱衷於兩性敘述。在20年代，靈肉之爭相持不下的背景下，從五四敘事到海派敘事，從靈到肉，從情到性，海派作家對五四情愛涵義所作的改造，除了商業動機外，也是他們試圖建構自己的話語意圖的主動選擇。他們希望對生活

排除「思想」模式的干擾，他們要在純「生活」的範圍內討論兩性問題；同時，這也是他們擬構「生活的現代性」的一種方式。健康而完美的體魄、健全的性，是衡量男女關係是否「現代」的重要標誌，唯美至上、唯性至上的追求正是尊重個人的身體／生命價值和生活質量的一種「現代」行為。當時的張競生等就是在這種背景下提出了關於人體／女體現代美的說法。[9]

個性解放思潮曾熱漲一時，但1921年後卻出現了一度的「幻滅」。在標誌新文化運動高潮的五四運動時，曾有許多青年熱情投入「個性解放」的鬥爭行列，但在運動中由於社會改造的願望不能實現，在濃重的社會黑暗面前，這些個性解放的強烈追求者發生了分化，有的彷徨，有的落伍，有的墮落。海派小說表現的這種頹廢的生活圖景，也是一部分**理想幻滅**後的知識份子真實的生活寫照。

註釋

1　李繼凱：《文藝性學初論》，長春：《社會科學戰線》，1994年2期，第245頁。

2　李玲：《性別意識與中國現代文學的現代性》，北京：《中國文化研究》，2005年
　　春之卷，第164頁。

3　盛寧：《人文困惑與反思──西方後現代思潮批判》，上海：三聯書店，1997年，
　　第278頁。

4　[法]安克強：《上海妓女──19-20世紀中國的賣淫與性》，袁燮銘、夏俊霞譯，上
　　海：上海古籍出版社，2004年，第103頁。

5　齊衛平、朱敏彥、何繼良：《抗戰時期的上海文化》，上海：上海人民出版社，
　　2001年，第247頁。

6　上海：《申報》，1941年10月31日至11月3日。

7　胡蘭成：《周作人與魯迅》，上海：《雜誌》，1944年4月。

8　劉禾：《語際書寫──現代思想史寫作批判綱要》，上海：上海三聯書店，1999
　　年，第193～195頁。

9　姚玳玫：《想像女性》，北京：中國社會科學出版社，2004年，第330頁。

第一章

愛情的水月鏡花原型

一、愛情的水月鏡花原型

水月鏡花幻化出虛幻飄渺、空靈幽深的境界。水月鏡花是自然界最為清虛之物，它所象徵的是一種打破執著以後的悟後之境。對水月鏡花的了悟是一種豁然貫通、心體湛然、自由無礙的境界。水月鏡花不是空穴來風或所來無由，它由實生活入，又由實生活出，最後臻於空無寂靜，反過來，又以境寫心，不露痕跡，它也是一種義理，全然寓理於形象之中。

五四時期，婚姻愛情一度成為最流行的文學題材，當時的小說家幾乎都涉獵過這一題材，自由戀愛成為人覺醒的一個重要標誌，被賦予濃重的個性解放色彩。反對包辦婚姻，追求自由戀愛和自主婚姻成為「五四」青年共同的追求，婚姻愛情成為覺醒的知識份子最先關注的對象。但是在海派作家筆下，用純潔、執著、理想化的炙熱情感，抒寫羅曼蒂克的情愛，把用情對象幻化成至善至美的仙女王子，輕易地預約美滿家庭為自由婚戀成功前景的那段歷史已不復存在。處於「五四」落潮後的黑暗社會裡，處在物質生活有所改善的現代條件下，性愛並沒有變得越發美麗，性愛的理想化更是遙遙無期。海派作家持一種反浪漫主義的姿態，他們**對「五四」愛情神話都反映出一定程度上的反駁和偏離的傾向**，他們總是有意無意對人生飛揚的一面進行拆解，露出千瘡百孔的世態真相。

傳統的宗法制家族得以維持的一個重要手段便是對婚姻戀愛的控制。因此，批判宗法制的家族制度第一便是批判它的婚姻制。舊道德以生命的破敗為美的價值觀，海派小說的一部分愛情悲劇就是由於

父權家庭的**阻撓**所致，對宗法家族制的批判成了個性解放的一個火力點。**葉靈鳳**的《浪濤沙》中的西瓊和姨母家的表姐淑華相愛了，但是姨母不同意，西瓊孤獨而愁苦地離開這個城市。葉靈鳳筆下性的故事多於愛的故事，難得這一篇真情傾訴的短文，卻也是以主人公愛情難圓而告終。**張愛玲**筆下也少有空靈的愛情故事，《十八春》中顧曼楨與沈世鈞的愛情是小說中唯一充滿溫情的愛情，他們之間的感情沒有利益的計較，沒有物欲的牽絆，但是他們的真摯愛情卻因為沈世鈞的父命難違，以及曼璐的陰謀作梗而告結束。顧曼楨被姐夫強暴並生下了兒子，沈世鈞與表妹結婚。與海派的其他女作家相比，**施濟美**是一個比較喜歡描畫愛情的作家，但是她筆下也幾乎都是清一色的悲劇故事。《悲劇與喜劇》中藍婷與范爾和相愛了，但是姑父卻希望在臨終之前將自己的女兒黛華託付給范爾和。好心的黛華並不願這樣做，她患有不治的心臟病，同時她知道范爾和與藍婷的戀情，不慾奪人所愛，並且拿出錢來勸他們離開杭州。但是范爾和卻反對逃婚。後來范爾和與黛華結了婚，藍婷也嫁給年老有錢的周醫生。若干年後范爾和與藍婷再次相遇，但是曾經的羅密歐和茱麗葉並沒有在一起。藍婷對自己的丈夫充滿了感激，對范爾和充滿了失望。她認為范不但是愛情的罪人，還是人情的奴隸。**杜衡**的《海笑著》則在另一個層面上，反映了舊家庭的羈絆成為女性命運的痛苦之源。芸仙剛剛擺脫不平等家庭生活的桎梏，就把自己整個地交托於能夠給她帶來美麗夢想的炎之。可最終她卻只寄望於到情人家做「小」。杜衡筆下的女性命運昭示我們，上海這座都市只具一個現代的軀殼，骨子裡仍因襲著古老文明的重負。

　　古典愛情題材大團圓的情感結局，在海派作家筆下，遭到一致的

焚毀。一部分作品更進一步通過愛情悲劇表現了**男權去勢**的歷史發展的必然趨勢，**東方蝃蝀**的**《春愁》**即描繪了男性求愛不成的春愁。同樣，張愛玲的小說也比較喜歡表現這樣的主題，在新發現的**張愛玲小說《鬱金香》**中，陳寶初與金香相愛，但是陳寶初最終去外地工作，被迫與金香分別。後來陳寶初在外地又另娶他人。曾經對金香很有好感的弟弟陳寶餘後來也糊里糊塗地與閻小姐結了婚，金香嫁了個老闆，但後來過得並不幸福。金香與陳寶初的愛情悲劇主要由於他們主僕身份的不同，以及家境貧寒的陳寶初沒有經濟實力，不能掌控自己的命運所致。對於三位主人公來說，年輕時的愛情僅僅成了記憶中一抹淡淡的雲，它永遠也不會飄到現實的天空裡。

父權家庭的阻撓是現代文學中常見的**愛情難圓**的表現方式，海派作家也不乏這種表現方式，但是其他林林總總對於愛情難圓的表現與思考，則更顯海派作家藝術創作的深度與功力。**穆時英《公墓》**中的男女主人公則是由於女主人公患有不治之症而造成了他們二人之間的生死之隔。穆時英是一個很少寫到浪漫愛情的作家，在他有如抒情詩般的《公墓》這篇小說中，男主人公愛上了患有肺結核病的玲姑娘，他們真心相愛，可是他直到玲姑娘死，也沒有傾吐他的愛慕之情，最終只留下深深的遺憾。**黑嬰的《沒有爸爸》**反映了欲望的宣洩與愛情的忠貞之間的矛盾。黑嬰的作品比較關注純真自由、富於浪漫理想色彩的愛情追求與遊戲人生、實用主義享樂型的性愛方式之間的衝突。小說《沒有爸爸》以不過兩千多字的篇幅，把對恆久情愛的追求與短暫的欲望滿足之間的矛盾衝突，表述為一個淒豔哀婉的愛情故事，沒有爸爸的小查利完全是一次欲望滿足之後的結果。性欲宣洩的終了，水手飄然而去，留給女主人公維娜的是對愛情追求的深深失望。

　　海派作家所展開的都是關於現代商業化了的都市社會不談愛情或愛情難圓的敘事，它使五四時期高張的「既有靈魂底擁抱，又有肉體底飛舞」之諧和、自然、率真、質直、浪漫的愛情理想被撞擊得粉碎。事實宣告，愛情只是幼稚青年男女編織的童話。作家有意地以愛情的世俗性消解愛情本身的神聖性和純潔性。其實，五四以來的關於愛情題材的寫作就有一種悲劇的傾向，然而，到了海派作家筆下愛情的水月鏡花感受已經成了作家的內在生命體驗，殘缺與幻滅成了作家對人生的基本體悟。在海派作家筆下，在古典情愛話語中，主人公狂熱地期望愛情的美滿，歌頌愛情的偉大，堅信愛情的力量，並且相信愛是永恆的，是值得追求的，認為愛可以超越一切外界阻力甚至生死之上的這種理想主義精神不復存在。愛情不僅不再有這種魔力，而且往往會因為突如其來的命運轉折，會因為一種無法預料的偶然因素，而打破原來的美好預期，愛情難圓的遭際成了某種宿命。**愛情的水月鏡花原型開啟了當代作家解構愛情的先河。**

　　東方蝃蝀的小說風格與張愛玲很相似，他的作品裡，沒有大起大落，大悲大喜的人物故事，只是表現蒼涼世態下，芸芸眾生瑣屑而真實的求生過程。《河傳》中年輕美麗的明蟾是一個中法混血兒。她生活在一個沒有愛的家庭裡，好不容易找到的情人，卻在飛機失事中喪生。與這個情節非常相似的是**施濟美**的《尋夢人》，林湄因與梁英傳相愛，但是突如其來的戰爭打破了美麗的「仲夏夜之夢」，林湄因的舅父母以及兩個從未見過的表妹就在這一次戰亂裡犧牲了。英傳也因為刺激過深而到南方投入軍籍，並且音信全無。爸爸葉樸齋因此一病不起，由於放心不下女兒，臨終前替女兒與林景徐草草地完成了婚事。施濟美慣用含蓄的筆調，營造哀婉之美。**李同愈**的《依理莎的鍾

情》這篇小說中，依理莎鍾情的琴生卻在爭奪情人的賽馬中為愛死去，雖然琴生以死獲得了愛，但是死亡卻無情地割斷了這份沒有開放的玫瑰戀情。**徐訏**的《**筆名**》也給我們講述了一個關於愛情的故事，丈夫金鑫與妻子越亮是一對熱愛文學的夫妻，他們在家庭的幕布下分別扮演著好丈夫與乖太太的角色，他們分別背著對方，用筆名在《作風》文藝雜誌上發表文學作品。他們都在文學作品中表現出了異於日常生活的真實的自我。漸漸地越亮愛上了那個未曾謀面的叫金鑫的作家，她覺得她與丈夫之間沒有愛情，她甚至要因此而與自己的丈夫離婚，其實金鑫就是她的丈夫。後來金鑫為了寫一篇關於捕鯊魚的小說，隨船出海體驗生活，不幸在海難中喪生。徐訏總喜歡編造這種離奇的故事，看似美滿的家庭，夫妻倆都覺得沒有愛情，可是卻在心中又都愛上了作家身份的對方。作家試圖告訴我們，人總是沒有機會享受愛情，有時候即使它就在我們身邊，我們也把握不住，感知不到，也許只有水月鏡花中的愛情才是真正的愛情，只有虛幻的愛情才是最真實的愛情。**無名氏**也是一個編造離奇愛情故事的聖手，《**北極風情畫**》中的男主人公林少校與波蘭血統的俄國少女奧蕾利亞相愛，但是作為抗聯將士他早晚有一天要回到中國，作為俄國人奧蕾利亞和她的母親又不能合法地隨抗聯隊伍去中國，所以他們的結合從最開始就蘊涵了必然分離的不幸結局。雖然他們也有計劃，母女兩個可以女扮男裝悄悄地混在軍隊中和他一起回中國，但是厄運來臨的時候總是猝不及防，中俄恢復建交，他們這批從東北撤退的人將在四天內立即回國。這麼短的時間裡，對於林和母女來說一切都來不及安排，分別是不得不接受的唯一結局。最後林隨隊伍回國，母女倆留在俄國，不久奧因無法忍受分離的劇痛選擇了自殺。對真愛的嚮往與追求的同時，

作家又表達了對於愛情一種無法把握的感受，一種命中註定的無奈。

　　劉吶鷗的**《熱情之骨》**與章克標的**《一個人的結婚》，堪稱愛情的水月鏡花幻夢的宣言書**。《熱情之骨》中對生活充滿無限熱情的比也爾，一直相信羅諦小說中的浪漫故事會在他身上重演，一個神話中的女子會在世界的一個角落等待他出現，當他與美麗的花店女主人邂逅時，他堅信這一時刻終於來臨了。可是當他們尋歡時，她索要五百塊錢的請求徹底打破了他的幻夢。他所理想中的詩的時代已經消失了。如果說《熱情之骨》是愛情的水月鏡花幻夢的故事版的話，那麼《一個人的結婚》則是愛情的水月鏡花幻夢的語錄版。對宗法家族制進行猛烈的批判，爭取戀愛和婚姻的自由，曾經是「五四」時期知識份子個性解放鬥爭的一個火力點。「記得我們在東京的青少年時代，在櫻花爛漫的道路上，我們如何夢見將來的黃金時代啊！我們口上談著人世間最高的戀愛，心裡描著人中間頂美的女人，懷抱著人心中頂純潔的感情，那時是怎樣的狂喜而有希望啊！但是只不過是六七年的工夫，我們的歡夢已經打破，即使是鏡花水月一般的空想，也不再存在了。」[1]面對「五四」新文化運動的退潮，年輕時的愛情夢幻已經破滅，一部分知識份子逐漸喪失了追逐的勇氣和信心，漸漸向舊制度妥協。並且用舊制度的好處來自我寬慰，「舊制度也自有它的妙味，它的補救方法。第一是少麻煩，一切可以不管。而且舊式的女子對於家務等等總比新式女子內行，是很可以做成一個舒服的家庭的，即使對於女人不合意，也可以照舊式的做法，便有嫖妓納妾等等事，那是舊式婚姻上所當有的補救，所以去做了也不是什麼罪惡，這樣就得救了。」[2]「固然能戀愛而結婚是極好的，但非戀愛的結婚也未不可，在結婚的妻以外再有戀愛的情人也是可以的。」[3]舊式婚姻成了這些

幻滅文人的退守之地，能夠繼續享有性的歡樂成了退守的第一要義，男性總給自己的獲罪留有禳解的途徑。所謂個性解放，婚戀自由，在一些狹隘的男權知識份子那裡也成了性的解放與搞女人的自由。更為可悲的是，小說中的「我」因為現實中愛情無法實現，於是就在想像中杜撰一個完美的愛人——美玲。美玲到底美不美他不清楚，他不曾仔細逼近看過她，也不曾和她有什麼情深的交往。但是在他的幻想中，將她認定為美的，更加上是由幻想構成的，所以永無破滅的一日，更加由於她曇花一現地消失，所以這美也就成了完美無缺的了，成為他終身永世嚮往的目標。可以想見這個和「我」沒有交往，甚至連樣子都沒有看過的姑娘，並不是一個真實的人，也許確實有這麼一個人，但這個人與他想像中所建構的人根本不是同一個人，他也說「只有虛無縹緲裡空想的戀愛是值得自贊的，又是舒暢而安適的。」[4]「若問（他）筆者為什麼不勇敢地去和實際的實世間生活接觸，而逃遁入空想裡去？那就因為實世間的實生活太難以能令人滿足了。」[5]於是主人公就真正遁入到水月鏡花的幻夢之中了。與此情節相似的是**章衣萍**的**《第一戀人》**，姍姍是飛哥暗戀的對象，他僅僅是在路上匆匆見過這個如同貂蟬一般的美麗少女。他們不曾談過一句話，而且她的心中，始終也不知道有這樣一個愛她的人存在。後來飛哥去南京讀書就再沒見過她。然而人生的美滿而幸福的時間，終不過是轉眼的一剎那間罷了。愛情的瑰麗幻夢只駐留在男性知識份子的童年記憶之中。

在這種水月鏡花原型的愛情故事中，現實與夢幻之間往往隔著一層「**鏡**」，致使鏡中的如幻愛情永遠難以在現實中上演。有時這種「**鏡**」是某種禁忌，比如說佛教的**宗教戒律**，這方面的代表作是**施蟄存**的**《鳩摩羅什》**，鳩摩羅什是後秦高僧，可他卻與龜茲公主相

愛，並最終破戒娶公主為妻，他一面用「從臭泥中會得產出高潔的蓮花」來安慰自己、欺騙教眾，一面「自己的心裡卻藏著不可告人的苦楚」，自己與妻子「決不真是如蓮花與臭泥一樣的不相干的」。他在道與俗之間無法自拔，為東去的命運憂心忡忡，龜茲公主也一樣處於觸犯戒律的內心折磨之中，終因熱病而死去。這種「鏡」或者是亂倫的禁忌，這方面的代表作是**葉靈鳳**的**《女媧氏之遺孽》**，嫂子和小叔子莓箴真心相愛，可是他們的**亂倫**之愛，註定得不到社會和家族的認可，莓箴迫於壓力離家出逃，嫂子則在憂鬱中死去。這種「鏡」或者是某種無法逾越的**鴻溝**，這方面的代表作主要是**無名氏的《塔裡的女人》**。羅聖提與黎薇相愛，但是羅卻是個有著舊式婚姻的人，並且與妻子有兩個孩子，他不能與妻子離婚，女方家長不會答應，因為妻子並沒有做錯什麼，如果離婚只能逼死她。最後，羅聖提犧牲了自己撮合黎薇和一個他並不十分瞭解的人結婚了，他以為這樣自己就可以獲得解脫，也可以給黎薇幸福。但事實上，這個愚蠢的舉動不但沒有拯救他們，反而殺死了他們，他們都是在這件事情的折磨下，超越自己真實年齡而過度蒼老。而黎薇更是雖生猶死，猶如一具活死屍。最後兩人都在痛苦中度過餘生。而**徐訏**的**《鬼戀》**則將這種阻隔、禁忌象徵化地表達為人與鬼的阻隔，**生死之隔**本是人生無法跨越的障礙，可是故事的關鍵之處正在於，小說中的鬼並不是一個真正的鬼，而是一個活生生的人，於是生死之隔才構成一種禁忌，因為禁忌本身是可以觸犯的，如果真是生死之隔反而不構成一種禁忌。小說中的鬼本來可以放棄做鬼，繼續做人，可是她卻不願意做人，只願意做鬼，並以此為由拒絕男主人公的愛。**徐訏**的**《精神病患者的悲歌》**則構成另一種**隱喻**，「我」（奢拉美精神病醫生的助手）與精神病患者白蒂的女僕

海灝相愛。白蒂非常嫉妒海灝,「我」提議與海灝私奔。海灝不忍心在白蒂沒好的時候離開,為了成全白蒂與「我」的愛,並且防止白蒂因失去愛人而傷心,導致病情惡化,最終海灝選擇服毒離開人世。白蒂後來也沒有與「我」在一起,她進修道院做了修女,將自己終生獻給了上帝。在這篇小說中,「我」與海灝之間的愛情因為一個精神病患者而不能圓滿,「我」與海灝是因為治療白蒂才相識的,是在合作治療她的過程中產生了愛情,但是因為白蒂的病沒好,所以不能中途離開而去尋找他們自己的幸福。這其中實際上構成了某種隱喻。五四以來的青年知識份子,尋夢失敗的根本癥結所在正是頑固、陳舊的道德秩序、文化秩序和權力秩序,而這種秩序本身正是處於被壓抑的不健康狀態,是患病的軀體,就如白蒂小姐一樣。

海派作家筆下多聲部的愛情描寫雖然也寫社會生活,但不再強調社會與言情的衝突,而是強調主人公的情感在社會中的實現。它的深刻之處不是通過愛情的波折達到社會批判的目的,而是將愛情回歸至人性和人情的層面上。無論是一見鍾情、刻骨銘心、以身殉情,還是蒼涼面對、真情懺悔、情義決斷,海派小說都給愛情作出了自由、獨立的答案。自由和獨立是愛情的靈魂,是愛情的生命,棄之愛情之花必然枯萎,這是作家們一致的意見。自由和獨立是現代中國人文精神的核心內涵,所以這些小說雖然表現的生活並不廣博,但在人性的挖掘上卻有相當的深度。伴隨著這些選擇,小說彌漫著歡樂、痛苦、迷茫和懺悔等各種情緒。這些人生情緒正是現代人生的表現。愛情哲學、人生情緒和纏綿的故事融合在一起,決定了這些小說的風格確立在通俗性和雅致性、現代性和世俗性的交彙點上。然而海派作家幾乎眾口一詞地對愛情都做出了令人感傷的價值判斷——愛情的自由和獨

立在冥冥中是不可得的，這是人生無法逃離的宿命。作品的這種悲觀主義傾向並不是偶然出現的。

中國古代愛情詩長於表現一種難圓的悲劇美。《詩經》、《漢樂府》、唐宋詩詞到元、明、清民歌，都有這種好夢難圓的淺酌低唱。這類詩歌內容上的共通之處是：男女主人公情深意篤，或青梅竹馬，或一見鍾情，但其愛情的樂章總難臻於完美，像一齣永遠上不了舞臺的臺下初排，像一張永遠是初稿的草圖，甜蜜的愛戀中滲透著一種「情夢難圓」的惆悵。那永不能得其所愛，又不能忘其所愛的深深哀怨，那永不復返的錯失，千古無窮的傷感，營構成了一種悵惘而不甘的情結。[6]其實這正是愛情水月鏡花原型的文化源頭。這種文化現象更多地出現在直抒胸臆的詩歌當中，而在作家可以任意編造劇情的小說和戲劇當中，愛情難圓的悲劇更多地以「仙圓」、「佛圓」等形式曲折地圓滿收場。

愛情**悲劇**《嬌紅記》、《長生殿》、《牡丹亭》、《梧桐雨》和《梁山伯與祝英台》等，都以「團圓」結局收場。該結局表達了人民對美好生活的追求，寄託了對邪惡勢力不甘屈服的精神，但另一方面又反映出一種不敢正視黑暗現實，以「團圓」結局來逃避現實，將矛盾衝突和諧化的心理傾向，這一弱點正是幾千年中華傳統文化積澱的具體體現。在中國古人那裡，人與自然的物質交換關係中所滋蔓的「天人合一」的內向調適心態，向社會其他領域浸淫，必然產生竭力緩解調和各種社會矛盾衝突的情感傾向。這種哲學思想在戲劇創作上，則表現為不把悲喜絕對化的「中庸」的藝術處理手法。李漁的《閒情偶記》在總結劇本創作的「十忌」、「七要」時就特別指出要忌「悲喜失切」，「要安詳」。[7]由是中國愛情悲劇在悲之後，加上

小喜，使悲劇氣氛得以緩和，使尖銳的矛盾衝突得以和解，這正是以「調和持中」為根本精神的中國文化的具體體現。[8]

大團圓文化心理雖非宗教信仰，卻是一個苦難深重的民族以人為幻想的方式獲取自我慰藉的一個有效渠道，也是撫慰累滿瘡口的心靈的一種重要方式。誠如魯迅所言：「中國人向來因為不敢正視人生，只好瞞和騙，由此也生出瞞和騙的文藝來，由這文藝，更令中國人更深地陷入瞞和騙的大澤中，甚而至於已經自己不覺得」。大團圓文化心理在中華民族精神生活中的彌漫，充分彰顯出中國人缺乏正視現實矛盾、缺陷和危機的勇氣的弱點；具有大團圓結局的神話傳說、民間故事和文藝作品，大多是他們藉以逃避現實的「瞞和騙的文藝」，而這「證明著國民性的怯弱，懶惰，而又巧滑。一天一天的滿足著，即一天一天的墮落著，但卻又覺得日見其光榮。」後來，魯迅鄭重宣告：「我們的作家取下假面，真誠地，深入地，大膽地看取人生並且寫出他的血和肉來的時候早到了。」[9]而海派筆下的愛情敘事，正是在繼承中國文人古已有之的水月鏡花原型的基礎上，正視現實的一種筆法。

「五四」退潮後，許多小資產階級知識份子陷入深刻的迷惘之中，人生的失落感異常強烈，真正體會到了人生非理性的況味。夢幻的破滅一方面代表著精神家園的失落，一方面流露出都市生活現實的生存困境，兩種幻滅交相作用，使海派作家的部分作品存在著相當突出的頹廢、悲觀乃至絕望的傾向。**海派作家們深感現代都市的焦慮，他們借情愛的視窗，深深地表達出這種幻滅情緒，本質上也是對不合理的現實的抗拒。**他們既不能在舊夢中，安妥自己的靈魂，又不能與現實相妥協，並且從根本上提出對命運和人性的質疑，這是種文化憂

患意識和社會責任感的體現。這種文化憂患意識和社會責任感，在當時的中國文壇還是不可多得的。海派作家雖然與其他現代作家有著諸多的不同，但實際上，他們的內在精神是相通的。有人說，婚戀小說的悲劇結局，是專制父權下青年男女不能自由結合的心理體驗的集體無意識的一種反應。但是在海派作家筆下，愛情的終難圓滿往往成了一種文化心態，**愛情的水月鏡花感受與20世紀中國知識份子尋夢失敗的文化感受是一樣的**，這種情緒與整個社會任務沒有完成的幻滅感也是一致的。「五四」一代知識份子離鄉而去，奔向現代化都市去實現某種精神上的蛻變，成為真正意義上的現代知識份子。但是，現代都市卻沒有給這些知識份子提供理想中的精神樂園，他們仍然為生活辛苦輾轉，並無法擺脫孤獨、寂寞等精神痛苦，於是回鄉尋夢，然而蒼黃的天底下，遠近橫著幾個蕭索的荒村，沒有一些活氣的現實擊碎了那想像中的理想的、神奇的圖畫，知識份子終於又從幻覺的世界回到了現實，並強烈地感到了被隔成孤身的氣悶和悲哀，終於他們又做出了對故鄉的價值否定，再度離去，從而完成了「離去──歸來──再離去」的人生循環，與此相應的，是一個從希望到失望，再從失望到絕望的心路歷程。

二、娜拉出走

　　1879年，挪威劇作家易卜生創作了他的不朽名作《玩偶之家》。1918年6月，《新青年》出版了「易卜生專號」，胡適與羅家倫合譯的《玩偶之家》列於其中，娜拉形象迅速在中國形成「娜拉熱」。1935年，上海、南京、廣州等地的大劇團多次公演了《娜拉》。這一

年被稱為「娜拉年」。

《玩偶之家》中塑造了一位所謂追求個性解放的勇敢女性——娜拉。娜拉的丈夫海爾茂升任銀行經理後解除了柯洛克斯泰的職務，並將這份工作交給妻子的同學林丹太太。巧合的是，8年前娜拉為籌錢給丈夫治病曾偽造父親簽名向柯借高利貸，債務尚未還清，柯以此要脅，迫使海為他提供一個更高的職位。得知此事的海先對娜拉大發雷霆，在借據銷毀後又對娜拉甜言蜜語。認清丈夫自私虛偽面目的娜拉憤而出走。「娜拉出走」是《玩偶之家》的高潮，也是一系列矛盾衝突發展的結果。娜拉之所以離家出走是因為在這個家裡她與丈夫並沒有平等的地位和權利。劇中最後的關門聲震撼了19世紀的歐洲，其餘波也在20世紀的中國引起了迴響。娜拉這一新女性形象也從此移植於中國土壤上。實際上《玩偶之家》在歐洲上映的時候困難重重，有相當一部分觀眾認為，娜拉沒必要出走，也不應該拋棄孩子。而娜拉在中國卻被作為一個正面形象加以歌頌。受其影響一大批具有新的價值觀念、追求個性解放和精神自由的現代新女性，以全新的姿態紛紛從中國作家的筆下走出來。

縱觀現代文學中的娜拉形象，筆者發現娜拉出走的模式發生了很多**變體**，一部分題材是描寫**女性從父母主宰的舊家庭中逃離**，代表作有胡適的《終身大事》、魯迅的《傷逝》、**東方蝃蝀**的《**紳士淑女**》、張資平的《**紅霧**》、杜衡的《**海笑著**》、余上沅的《**兵變**》等，一部分題材是描寫**女性從丈夫主宰的舊家庭中逃離**，代表作有歐陽予倩的《潑婦》、茅盾的《虹》、**蘇青**的《**結婚十年**》、潘柳黛的《**退職夫人自傳**》等，這種模式則更接近原版意義上的娜拉出走。離家之後女性的命運又基本分為如下幾種情況，一種是**墮落**，代表作有

曹禺的《日出》、白薇的《炸彈與征鳥》、茅盾的《追求》等；一種是**回來**，代表作有魯迅的《傷逝》、杜衡的《海笑著》等；一種是投身**革命**，代表作有茅盾的《虹》、夏衍的《秋瑾》等；一種是與愛人**私奔**但是終究勞燕分飛、或者是陷入了新的家庭悲劇之中，代表作有沙汀的《困獸記》、歐陽予倩的《潑婦》、張資平的《紅霧》等；還有一種是女性**獨立**生活打拼，代表作有蘇青的《結婚十年》、潘柳黛的《退職夫人自傳》、徐訏《女人與事》等。有趣的是與現代文學中這些變體的娜拉相比，上海女作家蘇青和潘柳黛文本中的女主人公實際上最為接近《玩偶之家》中的娜拉。

蘇青的《結婚十年》以細膩平實的語言敘述了一名知識女性蘇懷青上學、結婚、輟學、生子、逃難，最終離異的故事。蘇懷青與崇賢的婚姻是半新舊式的，父母之命，媒妁之言。他們在16歲訂了婚，訂婚後便由人介紹通信，同在一所學校，但卻始終未曾見面。妻子在新婚之日發現丈夫與寡婦表嫂的曖昧關係，也因此扼殺了她與丈夫相愛的可能。崇婚後在上海讀書，學習法律，同時在中學兼職教書，後來蘇也來到上海。由於崇的收入不夠貼補家用，所以妻子開始寫一些文章，增加些收入，但是丈夫不願意她寫作，他覺得靠女人掙錢的男人沒出息，他也不喜歡蘇看報，他希望妻子是一個無知的玩偶。後來蘇發現了丈夫與她同學的婚外情，並且女人還懷了孕。在蘇得了肺結核後，由於對丈夫徹底失望和怕疾病傳染給孩子，他們決定離婚。潘柳黛《退職夫人自傳》中的丈夫阿乘，在生活最為艱苦的時候將妻兒拋棄和嬸娘私奔，妻子最終鼓足勇氣與丈夫離婚。

這兩個故事雖然與易卜生的《玩偶之家》中的娜拉出走最為接近，但是情節上還是有非常大的不同。首先，易卜生作品中娜拉的出

走是女性主動選擇的結果。而潘和蘇作品中女主人公的出走多少有些不情願，潘小姐實際上還是非常愛丈夫的，如果不是丈夫拋棄自己在先，即使她一直遭受虐待，恐怕也不會情願提出分手。蘇青雖然與丈夫並不相愛，但是丈夫對她還是有感情的，雖然有外遇但是也並不是非常願意與她分手，她如果不是得了肺結核恐怕也不會忍心拋棄孩子而離婚。也就是說她們是在實在不得不分手的情況下才離婚的。結果雖然都是娜拉出走，但是情況並不相同，也因此她們的那種思想解放的程度與《玩偶之家》根本無法比擬，但也因此摒除了《娜拉出走》更多的理想主義色彩而顯得更為真實。其次，《玩偶之家》中的娜拉拋棄了孩子，放棄了母親的社會責任，這一行為在西方頗多爭議。而在蘇潘文本中，女性本無意拋棄孩子，這與《玩偶之家》也是非常不同的。這也是男性文本和女性文本在創造娜拉這一形象的根本不同。在易卜生的文本中，女性為了獲得女性的尊嚴不惜放棄母親的社會角色，而在女性文本中女性根本無法想像拋棄自己的骨肉這種非常無情的行為。

另外，筆者認為，**現代文學文本中從父母主宰的舊家庭出走的娜拉出走模式與易卜生的《玩偶之家》的關係並不大。這些敘事模式其實是隸屬於五四新文化運動之後男性知識份子「離家」的模式**。在五四啟蒙的語境中，當時進步的知識份子尋求個性解放和婚姻自由，紛紛逃離舊家庭，擺脫包辦婚姻。女性從父母主宰的舊家庭出走也正是屬於這一模式，只是出走的由男性知識份子變成了知識女性而已。而這在現代文學中又隸屬於一個更大的敘述模式或者說隱喻。

在柏拉圖《理想國》第七卷，哲學家提出了一個著名的**洞穴喻**，有一群囚犯生活在一個洞穴中，他們手腳都被捆綁，身體也無法轉

動，只能背對著洞口。他們面前有一堵白牆，他們身後燃燒著一堆火。在那面白牆上他們看到了自己以及身後到火堆之間事物的影子，這群囚犯一直以為影子就是真實的東西。柏拉圖利用這個故事來告訴我們，我們的感官世界所能感受到的不過是那白牆上的影子而已，而哲學家則在真理的陽光下看到真實的外部世界。

對於五四新文化運動之後經過啟蒙的中國男性知識份子來說，就如魯迅先生曾經寫過的鐵屋子裡的吶喊一樣，走出鐵屋子或者說洞穴是他們覺醒後的必然抉擇。「離家」也是一種象徵形式的走出愚昧洞穴的行為，離開落後的鄉村，來到繁華的都市，瞭解外面的世界，尋找改變保守家庭的方法，或者去西方和日本等發達的國家接受新思想，學習先進科技文化和醫學。總之離家是當時男性知識份子頗具隱喻性質的行為。**男性知識份子對中國傳統文化和父權家庭從「離家」──「歸來」──「再離去」，還是「離家」──「歸來」的思想和行為的不同選擇，正表明了不同的知識份子現代性還是非現代性的抉擇。**

自由囚徒走出山洞，就好比是現代知識份子從落後的鄉村走向城市。當知識份子走出「山洞」，一部分人選擇了留在洞外，並希望解救洞內的人，一部分人選擇了返回洞中。前者是以魯迅《故鄉》和蹇先艾《到家的晚上》和師陀為代表，當他們帶著啟蒙新視野回到鄉村後，看到的是鄉村的破敗和落後，《祝福》中的魯鎮人單單是老了些，沒有任何其他的改變，罵的還是康有為，讀的還是《近思錄集注》和《四書襯》，翻的還是未必完全的《康熙字典》，就連殺雞、宰鵝、點香燭、放鞭炮的祝福大禮也是年年如此，家家如此。師陀筆下的鄉村也是沒有什麼變化的，「不過人把它變了個調調兒，但總是

一樣的。」[10]愚昧和殘忍組構成了春風吹不起半點漣漪，卻在不知不覺中吞噬無數鮮活生命的前現代社會。鄉土中國現存的合理性被轟然解構，合乎現代性精神的中國的建構成為了可能。由於返鄉的遊子借助啟蒙的新視野，掀去鄉村寧靜、生機的面紗，逼視出了它枯萎、凝滯的面目。沈從文筆下的鄉村則是原始社會的某種遺留，與中國境內的宗法制村落不同，他反而認為湘西從原始社會漸變為宗法制社會是被動現代化的結果。葉紹鈞《悲哀的重載》是與沈一類的還鄉敘事，鄉村在現代化逼迫下的凋敝是一個漸進、緩慢的過程，鄉村人並不能鮮明地感受到，倒是生於鄉村受教育於城市的還鄉遊子，能夠一下子發現記憶中那個殷實、溫馨的鄉村頹塌變成了什麼模樣。兩種不同的還鄉敘事表達了洞穴隱喻的不同含義。不論「離家」的敘事模式如何變異，筆者認為女性從父母主宰的舊家庭中出走也是隸屬於五四後被啟蒙的知識份子離家尋找真理這一敘事模式。

　　提到「娜拉出走」我們不得不提一提上海東吳派女作家中邢禾麗的《出生》，這篇小說所描繪的是一個截然不同的「娜拉出走」的故事。少女時代活潑愛動的煥英，婚後被成人的鎖鏈箍得不能放縱地嬉笑自如。丈夫出門後她就為寂寞之氣包圍得透不過一絲氣來。她把希望寄託在丈夫夜晚的回家。但是婚後一年，她失望的次數越來越多。有時候她很起勁地把他接了進來，他卻冷冷地自顧自地看書，與他講話他只有嗯嗯啊啊，甚而置之不理，或者拉著她講時事，講得她頭疼。她得不到他愛的撫慰。他在經濟上也變得越來越吝嗇了。因而她決定學娜拉與具有熱情和金錢的俊民逃走。當丈夫發現真相後，丈夫指出了妻子出走的幼稚，丈夫愛她所以沒有把她當成玩偶，她如果真的與花花公子逃走，恐怕真的要成了玩偶。妻子並不是真心要出去闖

闊，丈夫說要給她找個工作她都不願意去做。她只迷戀紙醉迷金的生活。妻子最終放棄了出走，並且認識到，建築在物質上的愛情，才是真正的失去本質的愛。

這是一個很複雜的故事。妻子煥英對丈夫的不滿主要有兩點。一、婚姻失去激情，溝通少，丈夫不知道妻子的情感需要，兩個人情趣不投。二、經濟上丈夫不再能滿足妻子的需要。此時的煥英還處於對男性的依附狀態。她沒有工作，也不願意工作，經濟上無法自立，所以她的選擇缺乏完全的自主權。她與丈夫的問題並不完全如作家最後所總結的那樣是愛情與金錢的衝突問題。浪漫的她需要丈夫持續而濃烈的愛，但是丈夫的熱情逐漸消退了。用現代的觀念來講，這是家庭冷暴力在侵害婚姻的幸福。婚姻的雙方要不斷地激發生活的激情才能使生活不斷地保鮮，這是女性在獲得經濟獨立後家庭內部出現的高層次的矛盾問題。在女性還處於對男性的依附狀態的時候這種問題雖然存在但還處於壓抑狀態。當女性經濟獨立後，女性才會開始思考精神上的孤獨問題。從文章的結尾看，作家將問題處理得太簡單了，也反映了那個時代女性對這些婚姻問題認識的膚淺。

從這個故事可以看出，受「娜拉出走」的影響有的女孩還沒弄清為什麼要離家就跟著盲目地離家出走了，這些女性的思想覺醒並沒有達到與當時的男性知識份子同等的程度，她們不知道娜拉為什麼出走，只知道出走的結果，也不知道在當時的社會環境下女性出走會有什麼結果，什麼樣女性才具備出走的條件，並且由於如此懵懂而極容易被那些玩弄女性的花花公子所利用。而這篇小說裡所描寫的女性並不是追求與男性平等的地位而只是尋求玩樂。

反思上海女作家文本中的娜拉出走，筆者主張女性找回真實的自

我，回歸母性、妻性，在奉獻與索取的矛盾中獲得新生。雖然有的時候自由的權利會消失在相親相愛之中，依賴導致侵略，但是獲得與索取是同等的，在為對方付出遷就的過程中女性也可以獲得無微不至的關懷和愛。其實**張愛玲**在**《同學少年都不賤》**中就指出了這些出走娜拉的困惑。趙玨發現自己在社會上辛苦謀生還不如妻憑夫貴的恩娟過得幸福，自己一生憧憬沒有功利只要求精神上契合的男女愛情還不如「合夥營業」式婚姻的久遠和幸福。這可能是張愛玲對娜拉出走的初步反思。婚姻和家庭雖然牽絆住了女性的自由，但是女性仍然可以在家庭的內部實現獨立和自強。愛也不是虛幻和完美的影子而是在缺憾中創造的新生。在全新的現代家庭生活中可以通過有效的對話來解決兩性之間的問題和女性自身的困境。離家出走是男性知識份子尋找真理的一種方式但不一定是女性尋求幸福的方式。

三、中國式的俄狄浦斯情結──《將軍底頭》解讀

《將軍底頭》是從杜甫「成都猛將有花卿，學語小兒知姓名」的詩句中鋪衍開來的一個「浪漫傳奇」故事。以往的研究都認為它是一篇歷史小說，施蟄存將佛洛伊德（Freud）的精神分析學純熟地運用其中，剖析了歷史人物在情欲與理性的雙重衝突下靈魂的搏鬥。1999年李歐梵在《上海摩登》中指出：「他可能是第一個有意識地運用佛洛伊德理論，於小說的現實和『超現實』景觀上去帶出性欲暗流的中國現代作家。」而筆者認為，《將軍底頭》是一篇**性寓言**。以往的研究還停留在佛氏學說的表面，沒有結合文本深入到小說中的隱喻層面進行更加細緻的挖掘。施蟄存固然在《將軍底頭》中不時運用如「二

重人格」之類的心理分析理論術語，但若只停留在作品中找尋心理分析用語的話，則似乎未能捉到要害。必須注意的是，佛洛伊德的理論不但是一系列的詞語，更是一套用以組織人類內心世界的論述方式。

傳統的認知語言學將隱喻看作是語言形式上的修辭，是語言裝飾手段，因而只是修辭學、文學和文體學研究的對象。近期的認知語言學和心理學的研究表明隱喻是人們對抽象概念認知和表達的強有力工具，不僅是語言的，更重要的是認知的、概念的。人們不僅語言中有隱喻，**人類的思維和行為中也到處充滿了隱喻**，我們的概念系統，從根本上來說，也是隱喻性的。隱喻作為一種認知手段即人類的隱喻性思維是人們認識世界的根本方法之一。從性隱喻的角度解讀施蟄存的《將軍底頭》這篇小說，將掀開小說不同於以往研究的一種全新的維度。

1900年佛洛伊德在《釋夢》中分析了《俄狄浦斯王》和《漢姆萊特》兩部悲劇，提出了著名的**俄狄浦斯情結**。他認為《俄狄浦斯王》中的俄狄浦斯弒父娶母並非命運註定，而是俄狄浦斯指向母親的無意識性欲衝動所致。他推而廣之地認為男兒都有這種本能傾向，把初發的性欲衝動指向母親，同時把初發的嫉恨指向父親。同時男孩子在內心深處又害怕父親發現這一秘密，於是產生了害怕被父親閹割的恐懼。他強調幼兒的人格發展都必須經過俄狄浦斯情結這一意義重大的階段。於是，傳說中的俄狄浦斯無意中弒父娶母的過錯便被他賦予了精神分析的普遍、必然的意義。佛氏的理論說明，在西方的父子關係中存在著兒子想要取代父親的位置而殺死父親的傾向。筆者認為《將軍底頭》這篇小說也表達了兒子的這種願望。只是中國和西方的文化沿革不同，所以俄狄浦斯情結產生了中國式的特有樣態。

　　在男性中心的傳統中國社會結構中，父子關係是家庭關係的主軸。最早闡明父子關係的中國神話，當屬**后稷誕生**的神話。姜嫄踩在天帝的腳印上感孕而生后稷。后稷出生後受盡苦難，長大後勇武有力，開始向父親報復。但是最後他放棄了反抗的意圖，重新承認了自己的兒子身份，並獲得了父親的寬恕和慷慨的幫助。

　　后稷誕生神話給予我們的啟示在於，父與子的緊張關係同樣存在於中國古代神話之中，只是它的表現形態要溫和得多。在《俄狄浦斯王》中最終兒子殺死了父親。但在**中國**的神話中，**父親是最終的勝利者**，他具有不可摧毀的絕對權威性，這正是中西文化的根本不同之點。這種原始記憶沉澱在以儒家為主的傳統文化中。**儒家文化**即是一種「父親」的文化，它強調一種對父親的絕對敬畏。在儒家的各類經典著作裡，充斥著對「父親」的讚美之辭，孔子反覆強調的就是「三年無違於父之道」，而在對《周易》的詮釋中，則通過各種卦象的象徵，顯示了父親的絕對權威，在八卦中，「乾（一）」代表天，代表陽剛之德；「坤（— —）」代表地，代表陰柔之德，「乾，天也，坤，地也」，「乾為首，坤為肢……」「乾為天，為圓，為君，為父，……坤為地，為母……」。（《周易》）儘管儒家因為祖先崇拜而父母並舉，但在其具體地位上仍然有著嚴格的限定，《周易·繫辭上傳》說：「天尊地卑，乾坤定矣。卑高以陳，貴賤位矣。」因此孔子強調：「知崇禮卑，崇效天，卑法地」。而在坤卦的文言中，則說：「陰雖有美，含之以從王事，弗敢成也。地道也，妻道也，臣道也，地道無成而代有終也」。在父子關係中，父親代表天，是乾，是君；兒子代表地，是坤，是臣，這段話同樣適用於父子關係。在儒家文化的規定下，父親取得了意識形態上的絕對權威，兒子反對父親，

就是忤逆，是大逆不道，以下犯上，是「弒」，而將受到一致的倫理譴責。

由於儒家崇拜祖先的生殖之功，進而引申出生命的所有權問題。如果說西方民族由於「弒父」的原始記憶而導致普遍的原罪感，那麼在儒家文化的薰陶下，中國民族則普遍具有一種原罪感。所謂**原罪意識**，乃是說我的生命以及因為生命而擁有的世間一切都是父母所給予，因而我在此岸的任務就是如何償還這種給予，所謂：「誰言寸草心，報得三春暉」。**我並不屬於我，而屬於給予我生命形態的對象**，這種邏輯的確存在於每個古代中國人的意識深處。《三國演義》第十八回寫曹魏大將夏侯惇沛城惡戰。高順抵敵不住，敗下陣來。夏侯縱馬追趕，陣上曹性看見，暗地拈弓搭箭，覷得親切，一箭射去，正中夏侯左目。他大叫一聲，急用手拔箭，不想連眼珠拔出，乃大呼曰：「父精母血，不可棄也！」遂納於口中啖之。夏侯以他的行動證明了生命的所有權問題，身體髮膚受之於父母，「棄」就是不孝，在他的深層意識中，正是這樣一種原罪感。

原罪意識的實質，乃在於就此否定了兒子的自由意志，他無權自由支配自己的生命乃至生命的各種意願。這種極端專制的壓迫便常常導致兒子的激烈反抗，比較典型的例子就是《封神演義》中**哪吒**的故事。哪吒鬧海，打死龍王三太子。四海龍王彙聚陳塘關，向李靖問罪。哪吒厲聲叫道：「我今日剖腹、剜腸、剔骨肉，還於父母，不累雙親，」說完便自盡，哪吒就此與李靖解除了父子間的契約，獲得了自由。並在太乙真人的幫助下，用蓮花重塑金身，於陳塘關父子兵戎相向。小說家創造了一個有關父子的神話，它妄想以一種契約關係來代替血親關係，顯示了兒子潛在的自由渴望。當然這永遠只是一種神

話，在現實的生活中，兒子仍然處在父親的絕對專制之下。

在家國同構的中國傳統文化中，君主為了統治國家，必須先確立一個絕對的基本原則。在古代，這個原則常被宗教化，漢代董仲舒引進「**君權神授**」的理論，可以說是最終完成了這一宗教化努力。所謂「天子」是指人間的君主，天子之上仍有一個至高無上的「父親」，這個父親才是真正凌駕於所有人間父親之上的最高存在。在某種意義上，人都是這一「父親」的兒子，宗教化的結果使得人際關係「兄弟化」，所有挑戰與反抗都得以在「奉天」（奉父）的名義下進行，從而避開道德倫理的障礙。

這樣，「父親」事實上被分裂成「原始父親」與「現實父親」，所謂「**原始父親**」泛指理想、道、天、祖先、傳統等等，「現實父親」則意味著人間既存的君主、家長等等。這種分裂，顯然吻合了知識份子的一般特性。作為知識份子，它永遠處於一種對抗現實的狀態之中。「原始父親」使他們擁有最高的精神憑藉，從而批評天下乃至改造現實，在古代，它常常體現為一種「神聖的傳統」。「原始父親」的產生為古代知識份子的思想提供了一定的倫理保障，否則我們就不可理解，當現實完全被「父親化」後「兒子」們怎麼還能發出儘管微弱但仍充滿憤慨的反抗。

在「原始父親」面前，所有的「現實父親」都「兒子」化了，或者說，現實中的父親與兒子「兄弟」化了。正是在「兄弟化」的人際關係中，產生了「父親繼承」的問題，作為「長子」的衡量標準，就是有道無道。由此，我們可以看到，在儒家文化的嚴格限定下，古代知識份子以一種極為靈活的態度保留了其批評天下的權力。

五四運動導致了人的個體意識的覺醒，開始意味著一種「**兒子**」

文化的誕生。「青年如初春,如朝日,如百卉之萌動,如利刃之新發於硎,人生最可寶貴之時期也」,[11]陳獨秀這樣讚美當時的青年,這種讚美顯然出於一種「進化論」的觀念,「彼陳腐朽敗之分子,一聽其天然之淘汰,也不願以如流之歲月,與之說短道長,希冀其脫胎換骨也。予所人欲涕泣陳詞者惟屬望於新鮮活潑之青年,有以自覺奮鬥者。」[12]在另一篇文章中,陳獨秀直斥「忠孝節義,奴隸之道德」,而強調一種「自主自由之人格」,反對「父為子綱,則子於父為附庸品,無獨立自主之人格矣。」[13]認為孝是一種「以已屬人的奴隸道德」。[14]

在魯迅的《狂人日記》中「大哥」的形象實在可以是被讀作「父親」的,「他,親口說過可以『易子而食』」;又一回偶然議論一個不好的人,他便說不但該殺,還當食肉寢皮。魯迅由此總結出**父權專制的文化**就是「吃人」的文化,或者說是一種「**殺子**」文化。這樣,在對「父親」文化宣戰的同時,便發出了「救救孩子」的吶喊。這種反抗父親,寄希望於青年的五四精神一直浸淫著中國的現代文學。

20世紀上半葉的中國近現代知識份子面對傳統文化的潰散與西方文化的強勢切入,產生了選擇的困窘感,最終知識份子**接受了西方革命價值觀希圖毀滅一切舊傳統**,可是知識份子的這種**弒父**行為只是一種表面的血腥,內心深處仍潛隱著承受弒父懲罰的焦慮,知識份子是無法真正拋棄曾經深深浸潤過他們的傳統文化的,他們對傳統是既愛且恨的,而且**表面上的斷裂與內質上的接受**在知識份子的精神世界中產生了無法彌合的裂隙。

筆者認為,《將軍底頭》這篇小說就是五四時期現代知識份子內心深處這種閹割焦慮的一種隱喻化表達。花將軍的祖父是吐蕃人,

祖母是大唐人，根據血統他是吐蕃的後代。他祖父後來定居成都，成
了大唐的子民，花驚定也成了大唐的將軍。但是皇帝命令花將軍去征
剿吐蕃的軍隊。於是這就構成了邏輯上的，花將軍將要奉命去殺（征
剿）自己的「父親」（吐蕃國）。而花將軍在心中不想殺（征剿）自
己的「父親」（吐蕃國）。內心不知道應該服從軍令為大唐效力，還
是應該投靠吐蕃，回到祖國的懷抱。這就是通常所說的兒子害怕父親
閹割的焦慮。最後將軍還是參加了戰鬥，但是在戰鬥中，**將軍的頭被
吐蕃的將領砍下**。實際上，這表達的是兒子企圖反抗父親，但是最終
兒子沒有獲得勝利，反而被**閹割**的涵義。砍頭的情節就是一個象徵性
的閹割行為。這也暗合了中國神話所反映的，在兒子與父親的衝突
中，父親最後勝利的原始記憶。而大唐少女則是一個「母親」的變形
化表達，因為大唐少女與花將軍的祖母都是大唐人。將軍愛戀少女，
但是他有軍紀，不能與少女相愛。實際上，在小說中真正與「愛慕少
女」構成一對矛盾衝突的不是軍紀，因為少女願意和將軍在一起，而
且對於花將軍來說，將一個平民女子收為妻妾也是一件很容易辦到的
事情。真正與「愛慕少女」構成一對矛盾衝突的是將軍的血統，如果
將軍投靠吐蕃，那麼他就與少女是敵人，敵人是萬萬不能相愛的。如
果將軍和少女結合，那麼他就必須背棄自己的祖國，與吐蕃為敵。所
以其中構成張力的是「娶母（少女）弒父（吐蕃國）」與「棄母（少
女）尋父（吐蕃國）」的矛盾。因此說，這篇小說是關於俄狄浦斯
情結的寓言，也是現代知識份子**中國式的俄狄浦斯情結**的一種隱喻化
表達。

　　巴金的《家》、《憩園》和**曹禺**的《雷雨》都是這種兒子閹割
焦慮的互文性表達。作為成功的藝術典型，覺慧給人的最突出的印象

是他對專制主義、對吃人的禮教的大膽反叛。他積極地參加愛國學生運動，無視門第的清規戒律，同情下層僕人的不幸，大膽地愛上了婢女鳴鳳，斥責大哥在家庭守舊勢力面前的懦弱，熱情支持二哥的「逃婚」鬥爭，義正辭嚴地聲討長輩們「捉鬼」的迷信活動，與高家的最高統治者高老太爺發生了尖銳的衝突。覺慧身上所表現出的大膽、倔強、叛逆無疑顯示了他是「弒父」的兒子中的急先鋒，然而他的夢暴露了他對「父親」的恐懼。在夢中他和鳴鳳在一條風大浪大的河中劃槳，雖然他拼命地掙扎，但是坐著汽艇追過來的父親還是搶走了鳴鳳，他自己則掉入水中，陷入無邊的黑暗。夢境顯示了在他的潛意識中，父親是不可戰勝的，個人的努力是徒勞的。如果他反叛父親，則自己也會掉入水中，受到「閹割」的懲罰。五四一代的知識份子大都通過出走這一行動模式來表達兒子對父親的攻擊。然而覺慧雖然早就有離家的想法，但是真正的出走卻是在高老太爺死後，這也表明了他「弒父」心路歷程的艱難。在眾多的試圖「弒殺」父親的兒子形象中，巴金《憩園》中的楊家長子，是整個中國現代文學史上，唯一一個將父親驅趕出家，突出地表達弒父意義的兒子形象。然而作家還是內心承受不了他塑造了一個敢於「弒父」的長子形象而產生的壓力，實際上是作家本人承受不了潛在的殺父行為一旦在白日夢中實現，內心產生的罪惡感即閹割焦慮，於是憑空他竟然捏造了一個早熟、沉溺在病態的個人情感裡面的楊家小孩，把本來簡單的事情寫得更複雜、更曲折了。正是這個楊家小孩對父親的那種愛，過多地轉移了我們對楊家長子的視線。當然，我們也可以理解為，巴金讓楊家長子「弒父」，又用楊家小孩對父親的愛來緩解因「弒父」而起的內疚。俄狄浦斯情結揭示的是人潛意識中的亂倫欲望，所以最直接表明兒子弒父

行為的就是亂倫題材的小說。亂倫題材的小說中，在現代最具顛覆性，震撼性的作品就是曹禺的《雷雨》。周萍對亂倫含有深深的恐懼感與罪惡感，當魯大海和周樸園爭吵的時候，周萍打了魯大海兩記耳光，當父親說他「太莽撞」時，他的回答是「這個人不應該亂侮辱父親的名譽啊」。其實，極大地侮辱父親名譽的人正是他自己，這句話無意識中是說給自己聽的，這兩記耳光，實際上表達了自己內心中對懲罰的要求，這也是一種很厲害的對自己的攻擊，即對自我的憎恨，表明攻擊專制父親的合理性完全被拋棄。

這幾篇作品中兒子弒殺的是具體的父親，而筆者認為，《將軍底頭》這篇小說所反映的閹割焦慮產生的源頭，不僅僅是對具體父親的反叛，還包括對中國的宗法制度和傳統文化的反叛，而這恐怕是在現代知識份子內心中普遍存在的焦慮之源。

註釋

[1] 章克標，《一個人的結婚》，廣州，花城出版社，1996年，第186頁、第191頁、第191頁、第212頁、第212頁。
[2] 同上註。
[3] 同上註。
[4] 同上註。
[5] 同上註。
[6] 李凌：《難圓的夢——中國古代愛情詩的一種審美意向的成因淺談》，貴陽：《貴陽師專學報》，1997年2期，第35頁。
[7] 彭修銀：《中西戲劇美學思想比較研究》，武漢：武漢出版社，1994年，第170頁。
[8] 陳愛敏：《論中西方愛情悲劇結局的文化蘊涵和美學意義》，武漢：《外國文學研究》，1997年3期，第64頁。
[9] 魯迅：《論睜了眼看》，北京：《語絲週刊》，1925年38期。
[10] 師陀：《里門拾記》，《師陀全集（1）》，開封：河南大學出版社，2006年，第172頁。
[11] 陳獨秀：《敬告青年》，《五四運動文選》，上海：三聯書店，1979年。
[12] 同上註。
[13] 陳獨秀：《一九一六年》，《五四運動文選》，上海：三聯書店，1979年。
[14] 同上註。

第二章

遊走於不同時間場的男女

　　康德在《純粹理性批判》中曾經說過,人的意識首先表現為「時間意識」。時間的不可逆轉性是人類悲哀的來源。生命的短暫與永恆的幻變使人類不斷思考和體悟瞬息飄忽的時間,並促成或悲憫、或曠達、或感傷的潛在思維模式的形成。個人對生命價值的規定和體驗是以實踐的歷史過程──時間為前提的,人的自我認同也是在尋找歷史的脈絡感中實現的。時間的維度即是一切文化的存在要素。人必須通過自身的時間意識來肯定文化的價值目標,追求文化的延續。通常文本世界中有兩類時間,一類是操縱故事發展進程的物理時間,一類是包含巨大的心理能量的心理時間。用鐘錶儀器所記載度量的時間為物理時間,它是按照過去──現代──未來依次延伸的過程來表示人生或事物存在長度的數量概念,而心理時間是表示生命深度與廣度的質量概念。是人類用直覺去體驗或以內在自省方式感悟到的自我內在生命的流動。男性與女性具有對心理時間獨特的感知方式,這一充滿性別特徵的個性化的感知方式必然凝聚著兩性對生命的獨特的觀照和感受,於是形成兩種不同類型的時間觀。

一、美人遲暮

　　男女感知世界的方式與側重點並不一樣,比較起來,女性比男性更容易感受到時光流逝的威脅。面對即將一去不返的線性時間,女性內心隱藏著對青春逝去的焦慮,進而是深深的恐懼與頹廢的掙扎。中國古代社會特定的文化形態、禮教制度決定了女性的卑順依附地位,愛情和美貌妙齡成為女子的生命,一旦韶華逝去,女性便失去了生命的價值。因而在中國文學中,最早是把美好短暫的春天作為女子

容貌、青春的表徵。及至屈原，則發掘了「哀眾芳之蕪穢」、「恐美人之遲暮」的濃重深刻的春恨感，自此逐漸形成這樣一種文化心態：借女子的「紅顏薄命」、「美人遲暮」的可悲命運，比喻創作主體自我價值得不到現實應有肯定的傷感。這一方面形成了春恨的女性化特質，另一方面也在無意中強化了這種社會共同心理，青春和美貌對於女性是何等重要。從男性筆下那些令女性觸目驚心的傷春之作，也可以看到中國男性對美人青春逝去而不再得寵的不幸命運的惋惜，「今年花落顏色改，明年花開復誰在？」（劉希夷《代白頭翁》）「故年花落今復新，新年一故成舊人。」（沈烱《幽庭賦》）「靈修美人，以媲於君。宓妃佚女，以譬賢臣。」（王逸）美人遲暮，人老色衰，恩寵不再，就像昔日的，臣仕君不合而失意彷徨。「南國有佳人，容華若桃李。朝遊江北岸，夕宿瀟湘沚。時俗薄朱顏，誰為發皓齒？俯仰歲將暮，榮耀難久恃。」（曹植《雜詩》）作者曹植用佳人自喻。佳人不為時俗所重，世間沒有知音能夠讓她露齒一笑。她為飛逝的時光將帶走她的青春美貌而苦悶。和《雜詩》一樣，《美女篇》中正在盛年的美人也為自己未來的命運擔憂。「容華耀朝日，誰不希令顏。」美麗的容貌實在讓人羨慕不已，但「盛年處房室，中夜起長歎」也著實讓人悲哀。李賀的《南園》第一首更是把鮮花比作美人，慨歎容華易謝，盛顏難久。「花枝花蔓眼中開，小白長紅越女腮。可憐日暮嫣香落，嫁與春風不用媒。」她們知道自己的嬌態和香味是不能持久的，一到日暮就得隨風飄落，縱然美得如越女之腮也將「化作春泥」。所以儘快地「嫁與春風」，連找媒人都來不及了。趁著風和日暖，競相開放。李商隱的《無題》為我們塑造了一個才藝雙全的美少女形象：「八歲偷照鏡，長眉已能畫。十歲去踏青，芙蓉作裙

祅。十二學彈箏，銀甲不曾卸。十四藏六親，懸知猶未嫁。十五泣春
風，背面秋千下。」就是這樣一個佳人，也因為年華的老去，自己的
終身無所依靠而黯然神傷。傳統社會女子以美貌妙齡為生命，韶華逝
去即失去了生命價值。這種千百年來層層積累起來的集體無意識，造
成了女性心中自古至今永恆不變的最隱秘又最明顯的對於時間的恐
懼，沒有哪一個女性面對衰老會無動於衷，面對美麗轉為醜陋而不悄
為動容，因為這意味著她將在這個男權社會中失去「取悅」男性的資
本，面臨成為「棄婦」的威脅。

　　在男性為中心的社會裡，**女人是以色事於男性**的，因而美色關
係其命運甚大。蘇青在她的短文《好色與吃醋》中曾提到這樣一段掌
故，「據說前清慈禧太后執政時，演戲必以美少年扮太后角色，且不
戴白髮，因為女人頂怕說老，尤其是富貴中人。又，據《隋唐演義》
載，蕭后欲請帝去聽鶯囀，袁寶兒說：『鶯聲老矣……』勸帝不如去
別處。於是蕭后大怒，以為在說她，袁寶兒終於遭貶。這可見女人怕
老心理之一斑。」[1]

　　說也巧合，在小說中刻意描寫女主人公具有青春逝去的焦慮感
的作家大多是女性。**張愛玲**筆下的紫微（**《創世紀》**）、曼璐（**《半
生緣》**）、密斯范（**《五四遺事》**）都對衰老有著特殊的敏感。年輕
時的美女紫微，到了奶奶這把年紀仍然注意打扮。「然而其實，她的
美不過是從前的華麗的時代的反映，……紅木傢俱一旦搬開了，臉還
是這個臉，……可是裡面彷彿一無所有了。……在一切都沒有了之
後，……她還自己傷嗟著，覺得今年不如去年了，覺得頭髮染與不染
有很大的分別，覺得早早起來梳妝前後有很大的分別。明知道分別絕
對沒有哪個會注意到，自己已經老了還注意這些，也很難為情，因此

只能暗暗地傷嗟著。」[2]

在《半生緣》的不同段落，作家反覆強調了曼璐的衰老，從而為人物性格命運的悲劇發展渲染了氣氛。曼璐彷彿就是那件上身的旗袍，已經是昨日黃花，並略現蒼老。「她穿著一件蘋果綠軟緞長旗袍，倒有八成新，只是腰際有一個黑隱隱的手印，那是跳舞的時候人家手汗印上去的。」[3]曼璐的音容也越來越像個中年婦人了，「她（曼璐）是最近方才採用這種笑聲的。然而，很奇異地，倒有一些蒼老的意味。」[4]「……時間是殘酷的，在她這個年齡，濃妝豔抹固然更顯憔悴，但是突然打扮成一個中年婦人的模樣，也只有更像一個中年婦人。」[5]曼璐今天到綢緞店去買衣料，那不識相的夥計卻極力推薦一塊深藍色的，曼璐心裡很生氣，想著：「你當我是個老太太嗎？我倒偏愛買那塊紅的！」曼璐試圖用那塊紅布執拗地留住青春，可這也僅僅是一種無力的掙扎罷了。「祝鴻才翻看曼璐的照相簿，把一張曼璐小時候的照片看成了曼楨，曼璐厭煩地說：『這哪兒是我妹妹。』……『你一點也不認識？我就不相信，我會變得這麼厲害！』說到最後兩個字，她的聲音就變了，有一點沙啞。」[6]作為姐姐的曼璐對於青春的流逝有著驚懼的敏感。她為這個家庭做出了太大犧牲，不僅失去了做「正經」女人的機會，就連青春的美麗也在這犧牲中漸漸流失了。我想那個貓鼠相的祝鴻才應該是老得更厲害，醜得更難看吧，但是他卻沒有絲毫的感傷，不僅是他，幾乎在所有的小說中，因年老色衰而歎息的，沒有男人只有女人。每一個普通女性都會以自己的老去而悲哀，因為失去了美麗就失去了男人的寵愛，也就失去了安身立命的根本，這其實與娼妓的一生終究沒有分別。

「女性總是在與時間做著艱辛的賽跑。男人永遠要求女人不要

改變,要和相識的時候一樣,女人則在流行與最初的記憶之間做著微妙的妥協。」[7]「(女人)鬥爭的對象是歲月的侵蝕,是男子喜新厭舊的天性。而且她是孤軍奮戰,並沒有人站在她身旁予以鼓勵,……因為她(們)的戰鬥根本是秘密的,結果若是成功,也要使人渾然不覺,決不能露出努力的痕跡。」[8]在張愛玲的小說《五四遺事》中,默默地做著這種努力的密斯范終於勝利了,她和羅歷盡千難萬險終於結婚了。可是,具有諷刺意味的是,婚後的密斯范美麗瞬間熄滅。「沒有牌局的時候,她在家裡成天躺在床上嗑瓜子,衣服也懶得換,汙舊的衣衫,袍衩撕裂了也不補,紐襻破了就用一根別針別上。出去的時候穿的仍舊是做新娘子的時候的衣服,大紅大綠,反而更加襯出面容的黃瘦。羅覺得她簡直變了個人。」[9]對於女人來說生活的意義就是獲得婚姻,當獲得了婚姻之後,生活的目標就消失了。恰如**章衣萍《紅跡》**中的男主人公所說的,「女子是一朵花,種在花園中是美麗的,放在室中就壞了。……我們看見許多活潑,有為的女子,一旦嫁了人,有了家庭,孩子……等煩累,她的個性也改變了,學問也退化了,臉也瘦了,皮也皺了。活像一個可憐蟲。」[10]婚姻不僅是男人的墳墓,也是女人的墳墓。

　　施濟美小說中的女性也多有韶華不在的傷感,「佳蕾覺得自己已經年老了,雖然那美麗的情影仍有傾城傾國的姿態,但,她的青春,她的生命的活力,她的工作的願望,早就埋葬在金迷紙醉的墓地裡,永遠也不能復活。」[11]「一個彩色細瓷的東洋美女,……她指著告訴芳子道:『只有這,才能保持永久的年輕,因為它是沒有情感的生命,……』」[12]在時間的曠野與剎那裡,作家洞悉了女性心頭鬱結的對於時間流逝的恐懼,穿透了生命與存在的意義和本質。

男作家的筆下也偶有「傷春」的描寫，「啊，衰老，衰老與無限的寂寞」[13]而擁有這種危機感的，則是一個二十三歲的妙齡女郎。「每天，在華燈裡，在巧妙而謹慎的化妝之下，固然，有人還當自己是十八九的少女，然而，神秘地，痛苦地，自己卻分明感覺到那朵花是到了她最香最美的時期，過此就要開始枯萎了。」[14]鏡子往往與時間的感悟和傷懷有著一種微妙的關係。「她想到自家青春不能永在，傷心著天天照鏡子。撕日曆的時候，她想笑，然而明天一過又老了一個月了；人的青春是那麼的短促啊。」[15]

二、時間與性別

　　時間體現了存在的連續性方式，而時間的意識指向則又常常表達出對於存在深度的具體規定。在海德格爾那裡，時間被視作對人的存在的重要因素而處於核心地位。時間既是一種連續的不可逆的過程，又是規定主體有限性的標誌。人存在於歷史之中，這個命題的確切含義之一就是說人存在於時間之中，說歷史是人的本質規定，也就意味著時間乃是人的本質規定。美人遲暮是茫茫的時間之流中男性帶給女性的陰影心理，與之相伴而來的是，兩性時間觀的差異，女性與男性的時間之流以不同的流速向前奔淌，女性的時間之流明顯快於男性。就如**施濟美《悲劇與喜劇》**中的藍婷所說的，「女人的青春原只有一剎那不像男人幾年後再見還是那個樣子……」[16]女人的青春只有短短的30年，這30年就是女人最輝煌的一生，而男人生命的輝煌卻會在30、40之後一再重複。就像蘇青所說的，「一個七十多歲的老頭兒盡可摟著十六七歲的姑娘跳舞，接吻，睡覺，而女人到了三四十歲

已是人老珠黃，難於找對象了。」[17]因此有些女人會用青春來贖買婚姻。**徐訏**的**《女人與事》**中的李曉丁就是這樣的女人。（李曉丁）：「為什麼不能把婚姻當作職業呢？」（劉則偉）：「那麼你就要人用錢來買你的青春。」（李曉丁）：「你知道青春不出賣，它也是要過去的。」「只要隔十年，我就是三十七歲，已經是老太婆了，那時候你是三十四，才剛剛成人，你想，到那時候你還會像現在這樣愛我嗎？……不瞞你說，現在我如果是你太太，你的收入不夠我做衣裳，等你有力量養我，我已經不是打扮的年齡了，是不？」[18]

對女子青春逝去的悲歌有時也會從曾經愛慕過她的男人口中吟唱出來，「其實芷芳年紀比我大三歲，可是那時在我們這大牆裡所有的孩子都叫我做哥哥的。但現在，聽了這樣的介紹，我倒忽然覺得不好意思起來。如果這中年的婦人果真是芷芳的話，我想以容顏而論，我們至少要相差十歲罷。」[19]「我願意始終沒有看見她，讓我永遠記憶著她垂髫時候的美麗；或是上帝使她長成得比幼小時更美麗，讓我在這十七年以後，再來親近她一次；我真不願意這樣一個煙容滿面的憔悴的婦人負著十七年前的芷芳底名字。」[20]女性的衰老在男性眼中總是來得很嚴重與特別深刻。其實時間的流逝是必然的，女人的蒼老也是必然的，可是在男人眼中似乎蒼老的只是女人，**時間在男人這裡是停滯的，而在女人那裡卻是飛速流逝**。

在**張資平**的**《性的等分線》**這篇小說中，男主人公（曾經是對方的老師，現在做了醫生）和明瑞5年沒見，「今日的明瑞身上再發見不出天真爛漫的女學生的微影了。受了她的丈夫的肉的蹂躪和替她的丈夫生了一個女兒的明瑞臉兒異常的尖削，肌色也很蒼白，一對眼睛的周圍也加上了一重紫灰色的圈帶。未曾變得，只有一對瞳子保存有

她的女學生時代的魅力及蠱惑性的只有這一對瞳子。」[21]在男主人公看來，明瑞不僅是蒼老了，失去了女學生的微影，臉也變得消瘦了，「臉兒異常的尖削」，精神狀態也不好，肌色「蒼白」有黑眼圈。男性總是喜歡把沒有與自己生活在一起的女性的生存狀態想得很悲慘，好像這是由於她沒有和他生活在一起造成的，這是男性心中的自戀想**法，這是潛意識中不能佔有這個女性而企圖迫害這個女性的陰暗心理**。其實男女在時間流程中都會變老，女性的蒼老是自然規律，由於女主人公本身患有疾病以及肩負起生兒育女的責任，這種歲月的磨蝕是必然的。具有諷刺意味的是，與男主人公的感受相同，明瑞覺得這5年裡，他也變老了。可見，認為遭受時間的打磨更嚴重的是女人，**這只是男人一廂情願的想法**。

當看到曾經風華絕代的愛人在歲月的摧殘下變得如此老朽，男人的心裡積聚已久的對這個女人的思念和愛戀，突然在一瞬間熄滅了。**無名氏《塔裡的女人》**中的羅聖提在多少年後，再次看到曾經深愛著的黎薇的時候，黎薇臉上那歲月的痕跡讓羅聖提不忍卒睹，他無法忍受青春美麗與愛人身體的殘酷剝離。這個悲劇的結局，不禁令人懷疑羅聖提一再重複的所謂聖潔的精神之愛，難道一生一世的愛情就毀在一張衰朽的臉上？男人情感上的脆弱與不堅定令人失望。正像黎薇所說的一樣，歲月也侵蝕了羅聖提，可是他反不覺得，他所感知到的只有愛人的衰老，正是男人的時間邏輯支配著他的頭腦，影響著他的判斷。恰如**張資平《WORSE──HALVES》**中的V表白的一樣：「生命力無法滿足同一異性白頭偕老」。因為「使戀愛衰敗的原動力是不可抵抗的『時間』、『衰老』和『熟狎』」。[22]

三、回望過去

正是女性對時間流逝的傷感，使得女性對時間的恐懼表現為兩種樣態，一種是**張愛玲式的回望過去**，一種是**穆時英筆下摩登女性式的前瞻未來**。

文明的毀壞，時代的沉沒，致使張愛玲思想背景裡有了惘惘地威脅。站在現代文明的廢墟之上，她感到徹骨的悲涼：繁華如在昨日，她只感到自己如影子般沉沒下去。時代洪鐘在張愛玲的意識中不斷催促著：「來不及了」，「出名要趁早呀」，這些貌似單純而快樂的孩童式的囈語，深切地表明，在她思想意識中，對線性的、連續的、進步的、無限的、不可逆轉的時間觀的本能抗拒。

中國古代的時間觀，從總體上來說是一個不斷向原點返回的可逆過程，它是一個不斷返回到身後，關注過去，追求穩定和對稱的**封閉型圓環**，現在和將來則被鑲嵌於過去中。《老子》所見的「複歸於嬰兒」（28章），「比於赤子」（55章），「能嬰兒乎」（10章），可以看做是一種希望時間倒流的逆轉時間觀，希望時間回歸於生命原始起點。到了《莊子》所雲：「生也死之徒，死也生之始，孰知其紀」，則是已經把這種道家的逆轉時間觀發展為車輪似的圓形時間觀。在**道家**看來自然（時間）是絕對的，人的一生在自然之中不過滄海一粟，人所能夠努力的不是扭轉自然而是和自然取得和諧，人所能做的不是抗拒自然而是回歸於自然，由此而引申出來的是道家所主張的「反璞」、「歸真」、「守拙」、「無為」等思想。**佛教**雖然產生於印度，但傳入中國後卻得到了創造性的發展，並形成了極具中國本

土特點的禪宗。禪宗常說的一句話是「必須大死一番，方能悟得正道。」是指透過長期的修煉，將意識集中到「一念一想」，而終於進入「無念無想」的境地。禪宗所說的「悟」，是要人們放棄以前的生命（時間）而進入另一個生命（時間）的轉折，這種轉折（悟）是對現有生命（時間）的一種突破，這種突破有如投石於平靜的水波，是將所有凝聚集中的意識在剎那之間得到解脫和轉化的一種爆發性的突破。我們必須注意的是，禪宗的這種突破（悟）不是創新而是復舊。因此禪宗常說「悟前是如此，悟後也是如此」。如果我們用上述的時間觀念來看的話，實在也是一種圓形回歸的時間信仰。

時間的長河不著痕跡地淹沒了一切，而記憶的碎片卻常常浮出水面。在張的心中恐怕也曾有一個這樣的時間圓環。「過去」對張愛玲而言是一個極有意味的時間場，她的幾乎所有的作品都是在這個巨大的時間場中演繹。對於「現在」和「過去」，其小說有兩個替代性語詞「亂世」和「記憶」。在張愛玲這裡，時間被視為極不穩定的因素，意味著文明的頹敗，意味著美好事物的逝去，**「現在」給她的感覺是生的無常**，人世的滄桑和無止境的磨難，而**「過去」帶給她的則是溫馨**、婉轉和從容。因此，時間不再表現為無限延伸的線，而是在不斷返回過去的過程中趨於一個凝縮的點，其本身又包含了無限延展的能力。

張愛玲所有最出色的小說，無不構築在那讓她揮不去、抹不掉的古老記憶之上。借助記憶，她最大限度地抒發了身在亂世、流離失所、無所歸依的孤獨感和虛無感。這種切膚之痛無疑是刻骨銘心的，於是她盡力捕捉那游離閃爍的一剎那，並將其作為生命中真實的、最基本的東西把握著。同樣，**施濟美《鳳儀園》、蘇青《結婚十年正**

續》和潘柳黛《退職夫人自傳》等女作家的小說也都是回憶性的。施濟美筆下的許多愛情故事都有自己愛情經歷的影子，《尋夢人》中的男主人公梁英傳在戰爭中犧牲了，《三年》中司徒蘭蝶的男友也在戰爭中犧牲了，這些情節都與作家施濟美的遭遇一樣，她的初戀情人，出於愛國熱情赴內地求學，不幸遭遇敵機轟炸而臨難。蘇青和潘柳黛雖然更多的是站在現在的視角去反思過去，但其創作仍然是以個人經歷的重述為主，《結婚十年正續》和《退職夫人自傳》講述的是她們與前夫的一段痛苦的婚姻生活，其時間指向同樣是逆向回溯的。

　　對「鄉村」文明懷念與渴望的男性作家，始終與都市保持著距離。他們厭倦都市的快節奏，厭倦都市的虛偽無聊，厭倦都市的金錢主義，所以他們比一般城市居民更能體驗到現代都市生活給人們帶來的焦灼感。為了稀釋這種焦灼，尋求內心的平靜，他們往往回到記憶中，將記憶中的鄉村生活抒情化，為自己的靈魂營造一隅港灣。因此他們的時間觀念也是回望式的。最典型的主要有**魯迅**和**沈從文**，**施蟄存**和**穆時英**等海派作家雖然不是鄉土作家，但是他們的部分作品中仍然沉澱著濃厚的**鄉土氣息**，他們也重複著**回望式的時間觀念**。因為中國知識份子有一個傳統文化的參照系，儘管那個時代的知識份子口口聲聲高喊反傳統，但骨子裡仍然流淌著傳統的血液，這種血液，尤其是儒家文化的精粹，使他們不可能亦步亦趨地跟在西方人屁股後面拾人餘唾。儒家文化是倫理本位的文化，這種文化對道德的看重超出了所有其他文化，「禮」和「理」是這種文化的精髓。有這種文化作底蘊，中國知識份子自然會本能地抵禦外來文化的進攻，而在呼籲現代化的同時，又對現代化進行著冷靜的批判。魯迅、茅盾、沈從文等人莫不如此。但是需要指出的是，20世紀知識份子的時間觀念具有兩重

性，一方面在情感上留戀鄉土，並以它們作為抵禦都市侵蝕的武器，比如沈從文總是自稱「鄉下人」，這便是情感上的認同；另一方面他們又站在現代文化立場上，對鄉村的愚昧落後進行著尖銳的批判，按照進化論式的時間觀，必須躑躅現在，憧憬未來。前者是情感的依戀，後者是啟蒙主義文化立場使然，這便形成了一種時間觀念上的分裂：既對過去戀戀不捨，又要面對現在，展望未來，這種矛盾既是中國現代化進程屢屢搖擺不定的根源，也是知識份子心靈深處感傷的根源。「還鄉」（「回望」）的母題古已有之，但是現代知識份子卻往往返鄉於無奈，重新回到了「離家」的路徑選擇，其內心的悲劇性可想而知，這正是進化論的時間觀使然，**進化論的時間觀與中國尚古的時間觀在民族性格與文化基礎上存在根本的裂隙**，對於現代知識份子來說選擇進化論是一種非常痛苦的內心選擇。

四、前瞻未來

有研究者指出，心理時間這一時間類型，根據人們對現在、過去和將來三種時間段的選擇在級序側重上的不同，又分為過去取向、現代取向和將來取向三種情況。[23]中國是一個典型的「過去」取向的民族。尊老尚古是民族的傳統，「前車之鑒」、「前事不忘，後世之師」等成語都表明了這種過去取向的時間觀。具有這種時間取向的人，總是將過去的事銘記於心，將過去的經歷作為現在和將來行動的指南。**穆時英筆下的男性主人公往往擁有過去指向的時間觀，而女性形象則更多地體現出了將來指向的時間觀**。男性更多地滯留於過去的一抹溫情，而女性則更關注尋找下一個合歡的對象。這種對比架構與

女性角色的前衛性更明顯地表現在穆時英的**《兩個時間的不感症者》**中，H在賽馬場遇見一位近代型女性，不一會兒兩個新侶伴便在馬路上散步了，他們倆從賽馬場到吃茶店，從吃茶店到熱鬧的馬路又到舞場裡去，這一過程昭示一種典型的現代人的戀愛方式。在這一路上碰到的T原來是與她早約好了的人，這樣突然來的三角關係纏住了H和T，讓他們嘗到其中的苦味。他們在微昏的舞場的一角飲酒、抽煙和聊天，過了一個多鐘頭時，忽然女人看著腕上的錶說約了另一個人便立刻溜走了，這突如其來的變化，又使兩個男人待得出神。她應許他們的時間已經過了，她從未跟一個異性一塊兒呆過三個鐘頭以上。他們與她雖然處在同一空間，但卻在迥然不同的時間範疇裡生活著。在她，愛情只不過是一場遊戲，此遊戲的時間又是短暫而迅速的。她快速地更換男友，借此增加生命的密度，延長生命的心理時限。這種遊戲的一切規則全由她來決定，始終被她的意識所操縱。他們永遠也趕不上那個摩登女性的快速節奏，他們從她的時間軌道上脫離了，被排斥於其所在的時間世界之外。

「時間被賦予價值是現代技術時代固有的本質。幾乎所有的技術發現和裝置都與獲取或節約時間有關，它們的目的都是為了克服『慢』，提高速度。『迅捷』是技術時代的又一價值標準，缺乏這個標準，技術社會便不可能存在。『功率』、『效率』是幾乎所有的技術裝置的基本技術指標，而它們都與是否能節約時間相關。」……「在商業社會裡，時間的價值必定首先以貨幣的方式出現。……時間已經成了經濟運作中精心安排和精密計算的對象，它是一種貨幣形式。」……「時間這樣的有價值，人們不得不萬分珍惜時間。一方面，人們儘量節約時間，爭取時間；另一方面，所有時間，哪怕一點

一滴都必須花掉，消耗掉，不能浪費。」……「技術時代培育了人與時間這樣一種關係：人必須要對時間有所作為，不能閒著。『不能閒著』作為技術時代的一種絕對律令，就是時間之暴政的真相。」[24]摩登女性的舉動正是現代社會背景下人對時間的一種被迫反映，然而這種思想觀念又與傳統的「美人遲暮」的精神恐懼不謀而合。雖然它們的關注點不同，一個是關注效率，一個是關注時間流逝，但是它們之間確有相通之處。

黑嬰的《不屬於一個男子的女人》，也同樣是一個關於兩性時間不同步的典型敘事。大學生香和安娜小姐結伴同行，泛舟西湖，幾日的魚水之歡之後，安娜小姐又倒入了另一個男人的懷抱，還反而嘲笑癡迷熱情的大學生香，說香不懂安娜的「愛情」，浸淫著傳統倫理觀念的青年大學生，在現代都市文明面前明顯表現出不合時宜的落伍。**從一而終型的傳統的婚戀觀念，與現代洋場社會邂逅式、臨時性、及時享樂型的性愛遊戲發生了根本性的錯位。**青年大學生香的悲劇和穆時英小說中H與T的失望，本質上是同出一轍，他們屬於不懂現代工業文明社會中的遊戲規則而產生的尷尬性結果。**這些摩登女性實際上仍然處於對美人遲暮恐懼的時間背景之下，她們為了延長生命採取了加快行動步伐的方式，**增加時間運轉的速率。在穆時英的小說裡，女性的這種生活方式並不是在當時的社會條件下普遍存在的，社會並沒有進化到如此快節奏的程度，所以說她們的這種時間觀是跨越了「現在」的將來指向。**這種女性形象是心懷恐懼的男性作家在閹割焦慮的催化下虛擬出來的，**是男性心中的陰影形象。

在這種無名狀態下進行的愛情遊戲中，將來指向的全新的時間意識佔據上風，擬構了同過去隔開的時間世界。時間的流逝失去了其歷

史記憶，面對小說中依然保持著過時的父權制道德的男主角，作為前衛現代性產物的摩登女性，譏笑其傳統的生活方式。她們才是愛欲和假面具遊戲裡的圓滿贏家。同時這場沒有展開的愛情遊戲，暴露了男性人物殘留的傳統主義思想與陳舊的性道德觀念，於是遊戲本身又變成了**對於父系制性文化的一種諷刺**。男性們看似放蕩不羈，骨子裡仍是傳統的，在氣質上是田園的、夢幻的。他們是生活在都市中的鄉下人，生活在現代的古人。他們屬於遙遠靜謐的田園風光和過往時代的浪漫情思，這使他們在都市逢場作戲的人生中手足無措，他們身上的鄉土情結和傳統價值觀正是新感覺派作家們的情結和價值觀。他只能面對一個陌生的「現在」，找不到自己與此時代的認同感，找不到那種親密又熟悉的感覺。對男性來說，他們與女性的時間區域不但不是同一的，而且是隔絕的，「將來」與「過去」之間形成兩個格格不入的世界。「過去」與「將來」時間單元的裂縫正是此文本愛情敘事的骨幹，也是貫穿於其他的文本敘述之中的關鍵性因素。

五、封鎖的遇合

因此，**只有在從線性時間鏈條中切割下來的時間單元中，原本生活在不同的時間維度的男女才可能由於被迫遇合而相愛**。《封鎖》這篇小說一開始，張愛玲就為我們營造了一個特殊的「真空世界」──暫時切斷了時間與空間的被封鎖了的電車車廂。因為「封鎖」，男人與女人之間的愛情故事便開始緩緩展開。吳翠遠和呂宗楨在日常生活中，都是平凡的小人物，吳翠遠是一個仍帶有小姐氣的英文教師，呂宗楨是一個有家室的職員，但在切斷了時間和空間的封鎖中，他們還

原成了一個單純的男子和一個可愛的女人，很快就戀愛著了。女子想藉此向家裡那些刻板的，一塵不染的好人復仇，找一個沒有錢卻有太太的人做丈夫，男子則愈加不滿於庸俗的太太，想放縱自己另娶一個新式的妻子。這些念頭平日是躲在他們潛意識裡的，是封鎖使這些欲望迅速膨脹起來，他們少時竟談及婚嫁。但也僅僅是那麼幾個小時而已，電車重新開動以後，他們又都恢復了慣常的生活狀態，回到了各自的時間維度，封鎖期間的一切等於沒有發生，整個上海打了個盹兒，做了個不近情理的夢。與《封鎖》有異曲同工之妙的是施蟄存的**《梅雨之夕》**，傍晚天降大雨，女主人公沒有帶傘，男主人公好心送她回家，於是他們才迫於情勢在同一傘下行走。公共汽車內與落雨的街頭，是兩種不同生活，兩種不同時間維度的象徵，公汽上的情形是都市生活的濃縮，是當下或者未來的時間區域，而街上的閒行則又是鄉村文明的表徵，是過去的時間維度。從作家所寫的兩種不同的生活體驗裡，可以看到主人公對現代都市生活的厭惡，而將自己的精神留駐在逝去的過往時光裡，在他的想像中這位姑娘與自己的初戀情人十分相似，那麼純靜，娟秀，溫柔。同樣，男主人公尋夢終歸破滅，短暫的相聚之後是兩性長久離別的現實。其實，**張愛玲的《傾城之戀》**也是一個放大的「封鎖」故事，只是這次封鎖從一個電車車廂擴大為整個城市，也是正因為封鎖，兩個原本不可能結婚的男女反而永結同心。**施蟄存的《殺人未遂》**也是由於開保險箱的工作才使「我」與女職員有機會單獨在一起。這篇小說不是一個典型的時間故事，但是至少它也說明只有在被迫封鎖在同一時間單元的情況下，原本不在同一個時間維度的兩性才可能有故事發生，只不過在這裡男性想要強暴女性，女性奮力反抗，於是就被演繹成了一個殺人未遂的故事。

六、閹割焦慮的隱喻化表達
──施蟄存《魔道》性思維解讀

　　施蟄存的小說受佛洛伊德的**精神分析學說、藹里斯的性心理學、顯尼志勒的心理分析小說、愛倫‧坡等的哥特小說**的影響比較大，尤其是佛氏的學說。中國現代批評史上最具代表性的一篇精神分析學批評論文，就出自施蟄存之手。在《魯迅的〈明天〉》這篇論文中，他對《明天》進行了精闢的精神分析式的批評。時至今日關於佛氏的學說頗多爭議，單純用他的理論來解釋文本現象已經不能夠說服其他的研究者，但是施蟄存的小說是在那個特殊的年代，直接受佛氏學說的影響而產生的，所以在這種特殊的情況下，用佛氏的學說來解讀施蟄存的小說還是非常有效的。

　　佛氏的《創作家與白日夢》、《圖騰與禁忌》、《摩西和一神教》等著作將精神分析理論與文藝聯繫起來。《創作家與白日夢》比較集中地反映了他的文藝觀點：文藝本身是在某些受壓抑的迫切需要的推動下創造出來的，是某些無意識衝動的昇華，是得不到滿足而轉入其排遣途徑的性能量的創造物。他認為，**文藝創作**是一種「個人的**白日夢**」，而鑒賞則是由此而「享受我們自己的白日夢」。他甚至認為，在富有創造性的藝術家的作品中，都存在著反映藝術家無意識的性幻想材料。他的結論是，文藝是被壓抑的本能昇華的結果，是無意識的象徵表現，具有夢境的象徵意義。

　　施蟄存是一個喜歡幻想的人，他說他之所以喜歡心理分析小說多半是因為他有「**妄想癖**」。「……我的沒端倪的思想就會跟著那些

煙雲漫衍著、淌隱著，又顯現著。我有許多文章都是從這種病榻上的妄想中產生出來的，⋯⋯」。[25]然而更為絕妙的是，作家筆下人物活動的時間，全都是在黑夜，**《梅雨之夕》**裡伴送少女回家是在傍晚雨中的街頭，**《四喜子底生意》**中的衝動是在燈光昏暗的一條小路上，**《夜叉》**中的追蹤發生在月光迷蒙的山野，至於**《霄行》**、**《薄暮中的舞女》**、**《在巴黎大戲院》**等，從題目上就明瞭事件發生的時間是在夜晚。這些都顯示了作家創作的白日夢特質。

受佛氏「泛性論」學說的影響，施蟄存在表現人物心理時總是將他們置於「性心理」的背景框架之中，以「性心理」作為視域焦點，挖掘出人格分裂和心靈壓抑的深層內涵，從而使人類心理的多元性和複雜性得以充分揭示。以往的分析多集中於他的《將軍底頭》等歷史題材的小說，以及《梅雨之夕》、《春陽》等現實題材的作品，而關於《魔道》、《夜叉》這類怪誕的小說分析極少。只是指出它們對於人物的變態和病態心理作了一定程度的解剖和表現。本文認為這樣的結論關於文本主題的開掘還遠遠不夠。《魔道》是一篇極度寓言化了的小說，文本中種種隱喻符號傳達了豐富的性文化的含義。筆者將從性文化的角度對這一小說進行更加深入的剖析。

《魔道》這篇小說不斷重複著黑、紅、白三種主要色彩。老婦人戴著深淺黑花紋的頭布，身穿黑色的衣裳；古代王妃身著白綢長衣，墓室四周是紅色的；陳夫人有著紅番茄的嘴唇，緊束著幻白色的輕綢；走廊裡有一隻碧眼的大黑貓；酒吧裡有黑啤，和穿黑色綢緞的舞者。紅色是男性偏愛的顏色，紅色常和血聯繫在一起，久而久之，在人們的腦子裡就形成了戰爭、流血、危險與這種色彩的聯繫，並由紅色產生了不吉利的感覺。沈彬《入塞二首》其一：「陣雲黯塞三邊

黑，兵血愁天一片紅。」就是由這血紅的顏色而生出的陰森肅殺的聯想。而且紅色還有著性的含義。在中國紅與女性的聯繫很緊密，在紅粉、紅樓、紅娘、女紅這些詞語中，「紅」都意指女性。「紅絲」是夫妻美滿幸福的象徵，元代高明《琵琶記·奉旨招婿》：「屏間孔雀人難中，幕裡紅絲誰敢牽。」紅色成了男女相思之色。[26]根據調查，紅色48%的比率象徵性，63%的比率象徵性愛，31%的比率象徵肉欲，31%的比率象徵誘惑，並且在這幾類象徵含義中紅色都居首位。[27]在性和性愛這兩個概念中，紅色是與黑色結合在一起的。在西方的基督教裡淫婦穿的衣服也是紅色的，《啟示錄》裡，淫婦騎在朱紅色的怪獸上，穿著紫色和朱紅色的衣服。於是有些現代人認為紅色是娼妓的顏色。紅髮被認為是娼妓的典型髮色。[28]而黑色則代表死亡，帶來死亡的死神和劊子手都是身著黑衣。黑色的動物是不吉祥的。烏鴉是倒楣的鳥，黑貓是令人害怕的貓，穿黑色衣服的老年婦女是災禍來臨的先兆。[29]同時黑色具有邪惡的涵義。魔鬼也常穿黑色的衣服。嘲弄上帝的魔鬼儀式稱為「黑色的彌撒」。在佛教中善業為白業，惡業為黑業。[30]白色是凶喪的顏色，不幸的象徵。死者穿的衣服是白色的。[31]所以紅、黑、白這三組色彩在作品中的反覆運用奠定了小說**恐怖、死亡和情欲**的基調。

小說中的「我」到鄉下去看望一位朋友，在車上碰到一位恐怖的老婦人。這位老婦人之所以令人可疑就是因為，其他旅客看到「我」旁邊的空位並沒有入座，而唯獨這個老婦人坐到了我的對面。她不喝茶，只喝白水。她相貌醜陋，「傴僂著背，臉上打著許多邪氣的皺紋，鼻子低陷著，嘴唇永遠地歪捩地，打著顫震，眼睛是當你看著她的時候，老是空著看遠處，雖然她的視線會得被別人坐著的椅背所阻

止，但她卻好像擅長透視術似地，一直看得到the eternity。而當你底眼光暫時從她臉上移開去的時候，她卻會得偷偷地，——或者不如說陰險地，對你凝看著。」[32]於是「我」就將眼前這個**老婦人**與中外的**巫婆、妖婆、埃及豔后、麗達、陳夫人**聯繫起來。她們都成了這個老婦人幻化的不同形態。

很久以前，在歐洲有一些婦女擁有豐富的民間生活智慧，懂得占卜和星象，是一批最擁有科學知識的人，這便是女巫的雛型。為了保持女巫集團本身的利益，她們刻意要念大段複雜難以理解的咒語，或比劃一大堆手勢。事實上，她們使用那些神秘的儀式是為了隔離一般老百姓的窺探，實施禁忌可讓人們對自己產生崇仰和畏懼。從此女巫的神秘與恐怖便開始植入人們的腦海。後來人們又把許多晦氣、咒詛的事情與女巫聯繫起來，使得女巫在人們心中的形象更加恐怖而可憎。其實直到中世紀之初，女巫一直受到極大的尊重，然而，基督教的發展帶來了深刻的變化。傳教士們認為對女人太尊重不符合基督教教義，女人應該絕對服從於男人。於是社會開始貶低女人，並由此而產生了醜化女人的女巫形象。男人由尊重女巫到迫害女巫，轉變的原因是，這些美麗聰明的女性威脅了男性在社會中的權威，男性對遺失自己手中的權力抱有極大的恐懼。**母系社會中男性為了爭得與掌權的女性性愛的機會，相互之間展開了血腥的爭鬥，所以在人類的集體無意識中，性既與甜蜜又與痛苦相伴。男性因為害怕這種痛苦記憶的重演，所以拼命地絞殺這些擁有非凡才能的女性。**

有人說施蟄存的這個故事延續了中國古代志怪小說以「豔遇」為核心的傳統模式，使得小說具有濃厚的聊齋氣。在志怪小說中，女妖是一些與傳統專制禮教格格不入的女性。風情萬種的女妖其實是男性

性欲望的潛在需要。在中國傳統倫理觀念的約束下，情愛是隱蔽而克制的，而且越來越壓抑。但壓抑與突破是一對矛盾，欲望被壓抑得太厲害，尋求突破的意念也更加強烈。於是男性在創作中，把女妖塑造成風情萬種、韻味十足，可以不受人間道德樊籬的束縛，言行自由主動的女性。男性體內過度壓抑的情欲通過這種創造也獲得了暢行無阻的抒發。在中國傳統的性文化中，從女性視角來看，性目的主要有傳宗接代、尋求經濟依靠和體驗快感三種情態。而蒲松齡筆下的妖女，則將「銷魂」認作她們性愛的唯一目的。於是男人與妖女之間的性愛關係進一步明朗化，在施蟄存的小說中，**男性對女妖的懼怕，也是對其單刀直入的性欲求的恐懼，流露了其性自信衰退的實質**。

在《魔道》中，作家雖然沒有直接提到**克莉奧佩特拉**的名字，但是行文中提到的那個古代的美貌王妃顯然指的就是她。埃及豔后克莉奧佩特拉女王是一位狡詐多變、愛恨無常、心狠手辣的美人，她在政治鬥爭中殺兄殺弟奪位專權；而在戰爭風雲中又能委身求全，先後與愷撒和安東尼兩位羅馬將帥有過豔史。他們不但都被她迷惑而拜倒在她的石榴裙下，而且都直接或間接因她而斷送了性命。這位女王直到死前還想利用自己的姿色，勾引屋大維，但未遂心願。由於懼怕被遊街示眾，所以絕望地用毒蛇自殺。在莎士比亞的《安東尼與克莉奧佩特拉》，蕭伯納的《愷撒與克莉奧佩特拉》中女王也都被描寫成妖姬和魔女。

不論是巫婆、妖女和埃及豔后都是一些美麗同時又具有極大的性誘惑力的女人。女巫多由身份特殊、相貌不凡的女子擔任。要麼奇醜無比，要麼美貌絕倫。越到「文明」之世，越喜歡優選明媚光鮮的少女充當。[33]《晏子春秋・內篇》記載，有位楚巫姿色甚美，頗得齊

景公喜愛。恰如吳則虞所訓釋,「此楚巫色美⋯⋯夫說（悅）之者,先說（悅）其色而後信其言也」。[34]希臘女巫也多美婦。溫克爾曼指出,「在（希臘）藝術的鼎盛期,人們是按照美的婦女模樣和形象來塑造女神像的」[35]這些美女就包括神廟的專祭女巫。[36]埃及豔后克莉奧佩特拉更是被稱為尼羅河的花蛇、不因時光變老的美人。

「麗達與天鵝」是歐洲情色藝術史中一個著名的主題,從米開朗基羅、達‧芬奇到卡拉瓦喬的文藝復興大師都十分鍾愛這一題材。麗達是古希臘埃托利亞國王的女兒,喜愛潔淨,常去河中沐浴。她那異常美麗動人的裸體引得主神宙斯動了凡心。於是,宙斯就化作一隻天鵝遊到她跟前。後來麗達和天鵝生下了波呂丟刻斯和海倫。[37]天鵝挺拔的脖子使人想起了男性勃起的性器官,**天鵝是基督教文化中常見的男性性器官的象徵。這個神話實際上表現了女性對男性性器官的愛撫**。以及**人獸相姦**的原始生活的遺跡。有人指出這類美女與野獸的主題,表現了佛洛伊德所指出的男性身上的**俄狄浦斯情結**,兒子不是通過武力而是通過**變形**取代了父親的地位。[38]通過神話就可以看出來,麗達也是一位美麗絕倫的女子,否則不會引得宙斯動了凡心。

陳夫人是小說中唯一一位具體的女性形象,她也是一個相當美豔的女人,她纖小的朱唇,緊束著幻白色輕綢的纖細胴體,袒露著的手臂,以及開得很低的領口,都極大地誘惑了「我」。同時她的嘴唇在黃色燈光的照耀下泛著枯萎的顏色,作家試圖通過這個細節表明陳夫人與巫婆及埃及豔后的僵屍之間有某種聯繫。巫婆、妖女和埃及豔后,作為男性集體潛意識中既魅惑又可怕的形象,源自男權中心社會對女人的期望和控制,是男性的欲望需求與閹割心理在文化中的折射。這種婦女形象反映了男性對女性的偏見、懼怕、壓迫和不公,是

他們在以男性的臆造來認識和再現的女性形象。

在民間故事和志怪傳奇中，總是以**勇士降服女妖**為結局。男性英雄對妖女只有絞殺沒有懼怕。《搜神記》、《阿紫》中用獵犬咬狐女，使之不知所終。《張福》中是「欲執之」，幸好妖女逃得快。在神話中英雄都是性能力極強的勇士。郎櫻在其《瑪納斯形象的古老文化內涵》一文中提到：「在初民的觀念中，性欲強烈，陽具碩大是體力過人、精力旺盛的表現。他們相信神與英雄之所以具有偉岸的身材、超凡的勇力、充沛的精力，均與他們強烈的性欲有關。從希臘神話中的海神之子赫拉克勒斯，以及從弗雷澤的《金枝》中所描述的森林之王來看，都是力大過人且性欲極強的英雄。而像柯爾克孜族的《瑪納斯》史詩，把瑪納斯的性欲描述得更為直率：他的陽具超長，做愛時驚天動地。」[39]也就是說在**男性英雄與女妖的戰鬥中擁有著性愛的隱喻**，男性英雄極大地滿足了女妖，並且使對方跪地求饒。這是一種男性性神話的極大張揚。在歷史上，1484年，兩位分別叫亨利希和耶科布的修士，發起了聲勢浩大的「歐洲巫婆大審判」。他們撰寫了《巫婆之錘》，詳列了多種識別巫婆的方法。兩三個世紀下來，一共處死了5萬到15萬個巫師。人們認為這些女巫與魔鬼交歡，所以人們以消滅魔鬼的名義，殺死這些放棄與男人做愛的巫師，剝奪她們與魔鬼交歡的權利。男性顯示了強大的控制力量，甚至在性上可以與魔鬼抗衡。在有些民族中女巫的處女身要由一些身份特殊的人，例如巫酋、僧王、男巫或族長、教主等代表神為女巫「開苞」，東南亞稱為「陣毯」者，這就是所謂「破瓜」儀式。[40]也就是說雖然女巫非常具有性魅力，但是在性生活中男性還是佔有絕對的權威與優勢。但是在**《魔道》**中男主人公「我」對這類女性卻充滿了恐懼。原來故事中

「英雄戰勝女巫」的模式變成了「**男性害怕女巫**」的模式，筆者認為**這是一種男權式微的表現**。當初的「破瓜者，開苞王」，如今卻被考驗，被煎熬，被嘲弄，直到被解構，被還原，被毀滅。其中體現了男性意識深處的**閹割焦慮**。這種閹割焦慮在「我」的女兒去世這件事情上達到頂點，作者試圖表達的是巫婆奪走了他的女兒，而本文認為，這實際上是一個具體的閹割儀式，男權文化奪走了他的下一代，從而實現了對他的種的延續的閹割。有資料顯示，施蟄存在寫這篇小說的時候，也確實因事事不如意而心靈受到永久的擾亂，而且他唯一的女兒也不幸夭折。所以這種焦慮是包括作家在內的當時男性身上普遍存在的。

佛洛伊德的性別獲得理論形象地說明了男童由認同母親轉向認同父親的過程。該理論建立在克服「俄狄浦斯情結」，即戀母恨父的基礎上。男孩從很小的時候就把情感投注到母親身上，男孩對待父親的方式則是認同於他。有一段時間這兩層關係分別進展，直到有一天小男孩對母親性的願望變得更強烈，並且發現父親阻撓著這些願望的實現，於是產生了俄狄浦斯情結。此後他對父親的認同蒙上一層敵意的色彩，轉為想要擺脫他以取代他在母親身旁位置的願望。當男孩產生這種戀母心理的同時，他害怕父親知道會傷害他，於是產生了閹割的恐懼。本文所說的閹割焦慮包括佛洛伊德所說的閹割涵義，同時還包括更加廣泛意義上的，男性對自己的性能力缺乏自信的，男權去勢的閹割恐懼。**從魯迅的《狂人日記》到施蟄存的《魔道》，時代已發生了深刻的變化，令男性人物感到恐怖的已不是「大哥」式的家長，而是城市情欲世界的征服者——「妖婦」**，她們令男性陷入一種人格與精神分裂的狀態中。

　　傳統知識者認為「勞心者治人，勞力者治於人，治於人者食人，治人者食於人」。可是**在商品社會知識份子的中心地位開始喪失。相反女性選擇生存道路的能力正在逐漸增強**。女性可以獨立工作，也可以依附於人。相對來說比較清貧的男性知識者，則受到女性的冷落。同時，據統計，當時中國城市人口中，男女比例為135：100，公共租界為156：100，法租界為164：100。[41]因此，兩性交往中，男性被女性遺棄的心理焦慮就更加濃郁。但是舊有的男權文化還在啃食著男性的心靈，所以說不是女人，而是**男權文化親手閹割了男性**。社會身份的強烈落差導致男主人公被閹割，成為精神上的陽痿者。同時，女性對男性的拋棄也激怒了男性。於是男性放棄對愛情婚姻的追逐，走上了革命的道路，或者把自己投入到抗戰的洪流中去，**並因此開啟了革命和抗戰文學中無性甚至視性為洪水猛獸的源頭**。

　　在中國傳統文學中，相對於西方所推崇的個人萬能、單槍匹馬掃蕩天下、鬥天鬥地征服自然的「超人」，中國「英雄」在父權專制最黑暗的時代，退化成了克己復禮、遵守人倫角色的謙謙君子，是家國宗族下的孝子，更是清一色的「**無性化**」的英雄。他們永遠處於「童年」，不知世間「情為何物」。這種無性化的英雄模式在「文革」文學中登峰造極，《沙家浜》、《海港》、《紅色娘子軍》、《奇襲白虎團》、《智取威虎山》、《紅燈記》裡的男女主角統統「不談愛情」，連是否結婚都沒有交代。**革命與戀愛衝突中無性英雄的誕生是英雄主動選擇閹割的結果**。其實在20、30年代的海派小說中就有革命與性愛分離的傾向。革命英雄的無性化已見端倪。**黑嬰《牢獄外》**中的方吉秋被誤認為是革命者而被關進了監獄，朱偉江趁機將方的女友惠金追到手。出監獄後方出於對這個吃人的社會的報復，又真正成了

革命者。**章衣萍《紅跡》**中的菊華既愛逸敏又愛啟瑞,菊華後來與逸敏結婚了,啟瑞失戀參加革命,英勇就義。**章衣萍《癡戀日記》**中的S姨在與芷英和任之的三角戀愛中,痛苦地認為,真的被當作共產黨抓進去也好,她希望就此犧牲她的頭,可以永遠不再見他們。這是用革命來逃避戀愛痛苦的典型想法。**崔萬秋《新路》**中的林婉華愛上了馮景山,但馮對她只有友誼。馮因為散發反日傳單而被捕,林因為拒絕做日本特務,同時又在馮散發傳單的現場出現,並在馮被捕時和警察有爭執,所以受到牽連,也被捕入獄。出獄後,「若不是在眾目睽睽之下,兩人一定相抱接吻,痛哭了。但這接吻絕沒有愛情的意味,而是同遇患難之後的感謝之吻,」[42]林說,「我覺得馮先生的人生態度是對的,他把戀愛看作是青春時代的插話,不為戀愛成敗牽扯到自身的事業,這種超脫的精神實在可以佩服。我再也不說戀你,愛你了,但我願把你看作一位可以尊敬的先生,長者,隨便你走哪一條路,我總跟隨在你的後邊。」[43]「林婉華的手被馮景山緊緊的握著,良久良久。這緊緊的握手,並沒有愛情的意味,是得到新路的伴侶的歡喜和感謝的表現。」[44]在抗日戰爭爆發之後的時代洪流面前,個人小我的情愛已經快速轉化成為捍衛民族主權與尊嚴而鬥爭的革命友誼。革命對個體性愛的壓制幾乎佔據了其後的「革命+戀愛」的敘事,直至走向革命的禁慾主義。革命與性愛分離的另一個極端的狀況就是革命者對無辜女性的性報復。如**穆時英《咱們的世界》**中表現的男性流氓無產者對女性的性暴力。

　　文本中這幾個令「我」神魂顛倒,恐懼害怕的女性形象,有著從陳夫人、巫婆到埃及豔后的僵屍的流變,即從年輕、衰老到死亡的變化過程。筆者認為這其中蘊含著,作家及小說中的「我」對美人遲

暮的**恐懼**。這其中包蘊著兩性對心理時間的不同感受。絕大多數男性的自然衰老在外在形象的表現上比女性要慢，這是一個不爭的事實。所以女性更注意美容保養，女性對衰老的感知也比男性敏銳。**施濟美《悲劇與喜劇》**中的藍婷說，「女人的青春原只有一剎那不像男人幾年後再見還是那個樣子。」[45]可見男人與女人的衰老速度確實不同。幾乎所有的女人，都害怕自己因為比愛人衰老的早，而失去對方的寵愛。而男性更害怕自己的愛人衰老得過快，而失去了對她的興趣。**章衣萍《紅跡》**中的男主人公逸敏慨歎，「我們看見許多活潑，有為的女子，一旦嫁了人，有了家庭，孩子……等煩累，她的個性也改變了，學問也退化了，臉也瘦了，皮也皺了。活像一個可憐蟲。」[46]女性的衰老在男性眼中總是來得很嚴重與特別深刻。一個女人在經歷滄桑後，男人在看女人，往往都覺得她變老了，其實時間的流逝是必然的，女人的蒼老也是必然的，可是在男人眼中似乎蒼老的只是女人，時間在男人這裡是停滯的，而在女人那裡卻是飛速流逝。誕生是偶然中的一種巧合，死亡卻是必然的，由誕生到死亡的這一過程則是衰老。一個人從他出生的那天起，就一步步走向墓地。不同的是，有的人走得快，有的人走得慢；有的人走得順暢，有的人走得磕磕碰碰。雖然衰老與死亡都是不可避免的，但是對它們的恐懼卻是人類一個永恆的主題。

註釋

1　蘇青：《好色與吃醋》，《飲食男女：蘇青散文》，北京：新世界出版社，2003年，第79頁、第72頁。

2　張愛玲：《創世紀》，《張看》，廣州：花城出版社，1997年，第143～144頁。

3　張愛玲：《十八春》，《十八春》，廣州：花城出版社，1997年，第21頁、第21頁、第142頁、第25頁。

4　同上註。

5　同上註。

6　同上註。

7　張愛玲：《五四遺事》，《張愛玲精品集‧色戒》，蘭州：蘭州大學出版社，1997年，第201頁、第201頁、第202頁。

8　同上註。

9　同上註。

10　章衣萍：《紅踪》，《情書二束》，廣州：花城出版社，1996年，第147頁。

11　施濟美：《第一個黃昏》，《鳳儀園》，哈爾濱：黑龍江人民出版社、北方文藝出版社，1998年，第306頁。

12　施濟美：《十二金釵》，《鳳儀園》，哈爾濱：黑龍江人民出版社、北方文藝出版社，1998頁，第245頁。

13　黃震遐：《大上海的毀滅》，《大上海的毀滅》，上海：大晚報館，1969年，第62頁、第63頁、第63頁。

14　同上註。

15　同上註。

16　施濟美：《悲劇與喜劇》，《鳳儀園》，哈爾濱：黑龍江人民出版社、北方文藝出版社，1998年，第189頁。

17　同註1。

18　徐訏：《女人與事》，《徐訏小說》，合肥：安徽文藝出版社，1996年，第59頁。

19　施蟄存：《舊夢》，《梅雨之夕》，哈爾濱：黑龍江人民出版社、北方文藝出版社，1997年，第281頁、第282頁。

20　同上註。

21　張資平：《性的等分線》，《性的等分線》，北京：北京師範大學出版社，1993年，第31頁。

22　張資平：《WORSE——HALVES》，《資平小說集》第一集，上海：現代書局，1933年，第277頁。

23　李修群：《時間觀的文化烙印探析》，六安：《皖西學院學報》，2005年3期，第106頁。

24　吳國盛：《時間的觀念》，北京：北京大學出版社，2006年，第102～103頁。

25　施蟄存：《燈下集》，上海：開明書店，第1937年，第80頁。

26　易思羽：《中國符號》，南京：江蘇人民出版社，2005年，第427～429頁、第455頁、第450頁。

27 [德]愛娃・海勒（Eva Heller）：《色彩的文化》，吳彤譯，北京：中央編譯出版社，2004年，第33頁、第43頁、第67～71頁。
28 同上註。
29 同上註。
30 同註26。
31 同註26。
32 施蟄存：《魔道》，《梅雨之夕》，哈爾濱：黑龍江人民出版社、北方文藝出版社，1997年，第25頁。
33 蕭兵：《神妓女巫和破戒誘引》，北京：《文化研究》，2002年1期，第83頁、第83頁、第84頁、第86頁。
34 同上註。
35 [德]溫克爾曼：《論古代藝術》，邵大箴譯，北京：中國人民大學出版社，1989年，第152頁。
36 同註33。
37 張敦福：《從獸性到人性》，濟南：山東人民出版社，2004年，第81頁。
38 姚宏祥、蔡強、王群：《西方藝術中的性》，桂林：廣西師範大學出版社，2003年，第144頁。
39 穆塔里甫：《論哈薩克史詩中的女妖母題——兼談民間文化中的妖女》，北京：《民間文學論壇》，1988年，第67頁。
40 同註33。
41 [美]Wakeman：《特許休閒》，轉引自李歐梵：《摩登上海——在中國一種新都市文化1930-1954》，毛尖譯，北京：北京大學出版社，2005年，第27頁。
42 崔萬秋：《新路》，上海：（對事新報、大陸報、大晚報、申時電訊社）四社出版部，民國22年，第486頁、第487頁、第490頁。
43 同上註。
44 同上註。
45 施濟美：《悲劇與喜劇》，《鳳儀園》，哈爾濱：黑龍江人民出版社、北方文藝出版社，1998年，第189頁。
46 章衣萍：《紅跡》，《情書二束》，廣州：花城出版社，1996年，第147頁。

第三章

磨鏡與斷袖

——海派小說中的同性戀現象

　　同性戀（homosexuality）這個詞，是匈牙利醫生本克爾特（Karoly M.Benkert）於1869年創用的。關於同性戀的界定在性科學界還頗有爭議。筆者比較認同的看法是，所謂同性戀，是指一個性成熟的個體自主選擇或習得的，指向同性的性取向。[1]

　　同性戀是人類生活中一種不容忽視的性現象。之所以這麼說，是因為它存在的歷史悠久，地域廣闊。同性戀現象是人類歷史上各種不同文化當中普遍存在的一種基本行為模式，無論是在高度發達的工業社會還是在茹毛飲血的原始部落，無論是在今天還是在遠古時代，都可以看到它的身影。無論在地球的哪個角落，都有這種現象存在。另外，同性戀人數眾多。據統計，男同性戀者約占男性總數的4%，金西的數字則高達10%，而女同性戀占總數的1%。也就是說全世界的同性戀約有2億左右。[2]還值得一提的是，世界上許多著名的人物都有同性戀的經歷，文學家王爾德、拜倫、普魯斯特、紀德、巴爾特、福柯、薩岡、波伏瓦，性學家金西，音樂大師柴可夫斯基，哲學家柏拉圖，畫家米開朗基羅、達・芬奇，香港影星張國榮，明代的嚴嵩父子，清代名士鄭燮、袁枚、畢沅等人都有同性戀傾向（同性戀傾向與同性戀是兩個有差別的概念）。在形形色色的性象中，同性戀很能表現出文化因素的影響。在許多未開化或半開化的民族中，同性戀是一種重要的風俗，而同性戀者往往得到別人的尊敬。古埃及人、古羅馬人、古希臘人都把同性戀看得相當神聖。中國的同性戀歷史悠久。中國歷史上對同性戀的最早記載是《雜說》中所記載的「變童始於黃帝」。之後直到明清時期民間的同性戀風也很盛行。特別應當指出的是，當歐洲處於黑暗的中世紀，同性戀者被施以火刑的時候，中國社會對同性戀的態度相當寬容。而且從宮廷到民間不少人沉溺於

此。新中國建立之後，同性戀問題突然成了一個禁區。直到80年代才有人從醫學的角度給予關注。90年代至今則出現了同性戀文藝繁榮的趨勢。

以往的醫學把同性戀列為一種變態性行為，然而最新的性科學研究表明，一部分先天同性戀是有生物學基礎的，美國神經科學家利維在權威刊物《科學》發表論文說同性戀者的下丘腦在結構上與異性戀者有明顯的區別。[3]另外，母親在懷孕期間如果遭受了壓力，如親人死亡、爆炸、強暴、嚴重的焦慮等，或者服用某些藥物，也都會導致嬰孩體內荷爾蒙分泌量的改變，使孩子有同性戀的傾向。[4]這些新的科學成果觸發我們對同性戀者給予更多的寬容和理解，一些國家已經允許同性結婚，我國新頒佈的《中國精神障礙分類和診斷標準》也不再將同性戀列為性變態。這對全社會進一步轉變對「酷兒」（包括同性戀、雙性戀、跨性者和變性者）的態度，實現不問性象的社會平等，是有積極的意義的。

中國從古代文學到現代文學對同性戀這一主題的揭示與表現一直與英美不相上下。眾所皆知，西元前6世紀，由孔子編訂的《詩經》；六朝阮籍的《詠懷》之十二；晉朝張翰的《周小史詩》；梁代劉遵的《繁華應令》和吳均的《詠少年》；明代醉西湖心月主人的《弁而釵》、《宜春香質》，京江醉竹居士浪的《龍陽逸史》；清代鈕琇的《觸勝》，李漁的《無聲戲‧男孟母教合三遷》、《十二樓‧萃雅樓》、《憐香伴》，丁耀亢的《續金瓶梅》、曹雪芹的《紅樓夢》，陳森的《品花寶鑒》，蒲松齡的《聊齋志異》，《幻影》（作者不詳），吳敬梓《儒林外史》，蘭陵笑笑生的《金瓶梅》，西湖漁隱主人的《歡喜冤家》；以及現代文學中，胡嫣紅的《蝶戀花》、胡

翔雲的《國慶日》、胡天農的《帷裡》、王警濤的《酒後的甜吻》、陳綠橋《四年之後》（前5篇小說都刊發於《紫羅蘭》）、廬隱的《麗石的日記》、石評梅的《玉薇》、《惆悵》和凌叔華的《說有這麼一回事》，丁玲的《暑假中》、《歲暮》，郁達夫的《她是一個弱女子》、《茫茫夜》中都有關於同性戀的描繪。當代文學又呈現了同性戀文學的一個高峰期，王小波的《似水柔情》，林白的《瓶中之水》、《一個人的戰爭》，陳染的《破開》、《空心人誕生》、《回廊之椅》、《另一隻耳朵的敲擊聲》、《嘴唇裡的陽光》、《無處告別》、《私人生活》，安妮寶貝的《下墜》，王安憶的《兄弟們》，鐵凝的《玫瑰門》；崔子恩的《桃色嘴唇》、《舅舅的人間煙火》、《紅桃A吹響號角》、《偽科幻故事》；臺灣作家白先勇的《孽子》、《孤戀花》、《滿天裡的星星》、《惡女書》、《感官世界》；以及中國的同性戀電影，李玉編導的《今年夏天》；改編自網路小說《北京故事》，由關錦鵬導演的影片《藍宇》；陳凱歌導演的《霸王別姬》；還有香港的同性戀影片，王晶導演的《愛在娛樂圈的日子》、陳可辛導演的《金枝玉葉》、王家衛導演的《春光乍洩》、麥婉欣導演的《蝴蝶》等作品都反映了同性戀生活。縱觀從古代到當代的同性戀文藝，早期文學中的同性戀情感是很純潔的，到了後世逐步摻雜進了鄙視、獵奇、迷戀、自責、頌揚等多種情感因素。

　　文學界雖然時有研究同性戀文學的文章發表，但是這些文章對同性戀文學都沒有明確的界定。筆者認為，**同性戀文學**是指以同性戀者為主要的人物，以他的情感、性愛和社會生活為主要的表現對象，以頌揚同性之愛為指歸的文學。根據這個定義，筆者反對文學界認為中國真正的同性戀文學在20世紀90年代才產生的看法，筆者認為同性戀

文學至少在明代就產生了，明代醉西湖心月主人的《弁而釵》、《宜春香質》，京江醉竹居士浪的《龍陽逸史》都已經是表現同性戀題材非常優秀的作品了，其實早在六朝時阮籍的《詠懷》之十二這首詩歌就已經是十分純潔瑰麗的同性戀題材的作品了。直到明清時期，同性戀都是社會比較認可的性行為，近現代的文學中仍然有關於同性戀的正面描寫，在已經被發現的作品中幾乎沒有對這一行為的醜化描寫，都將其看成一種符合道德的行為。對同性戀正確認識的斷裂正是產生在新中國建立之後，人們逐漸認為，同性戀是一種變態的性行為，是與舊社會相伴而生的，於是產生了對同性戀的負面評價。在新中國建立直至80年代初40年漫長的歷史中，這種觀念一直占統治地位。另外，正是由於認識上的斷裂，所以以往關於同性戀文學研究和關注得非常不夠，很多史實被遮蔽了。因此當王小波的《似水柔情》發表後，人們驚呼真正的同性戀文學誕生了。

另外，筆者比較認可的同性戀的定義，認為同性戀包括**肉體**和**精神**兩個層次的愛戀，所以文學作品中的同性戀現象實際上很難界定，搞不好容易造成同性戀泛化的傾向。不過還好，筆者主要研究的海派小說中的同性戀行為，都是作家明確指出其作品中的人物是同性戀，所以研究者本人不會承擔給小說中的人物盲目扣同性戀帽子的風險。**海派小說中並沒有筆者所說的真正意義上的同性戀文學**，只是小說表現了一些同性戀現象。並且以往研究同性戀作品的文章從來沒有提到過這些作品，所以我想我的研究還是可以給這方面的研究填補一些空白。

一、海派小說中的女同性戀

　　在中國古代，女同性戀多稱為「**磨鏡**」，由於女伴之間有相同的
生理結構，所以「磨鏡」是對她們的性愛方式的一種形象化的比擬，
如同在面前放了一面鏡子而自我廝磨。在歷代社會的實際生活中女同
性戀也是很常見的。漢武帝時期失寵的陳皇后與女巫，明朝馮小青與
楊廷槐夫人是中國歷史上有記載的著名的女同性戀。另外，宮女、女
冠與女尼中的同性戀也比較多。但是與「男風」不同，女同性戀卻在
任何一個歷史時期也沒有盛行過。所以**正史和文學中提到的女同性戀
屈指可數**。文學中表現女同性戀的作品主要是，李漁的《憐香伴》、
丁耀亢的《續金瓶梅》、曹雪芹的《紅樓夢》。

　　女性主義者認為，「在菲勒斯中心主義陰影的籠罩下，男性把女
性之間的關係看作是邪惡和不自然的，即**女人的團結威脅著男性統治**
和男性特徵的權威地位。**只有男人才有權利佔有女人，而女人則沒有
權利擁有女人**。因此，在中國古代，女性之間的同性情誼不僅在實際
生活當中被否定，而且在文學創作中也是註定要被隱匿的。在男性歷
史沉迷於編織『英雄惜英雄』的男性神話的同時，女性卻一再地被書
寫為互相妒忌和排斥的分裂群體，……女性之間呈現出來的，是爭風
吃醋，鉤心鬥角，互相提防，彼此算計，『不是東風壓倒西風，就是
西風壓倒東風』。歷代文人更是大肆渲染後宮之爭，《金瓶梅》可謂
登峰造極：眾多女性為獲得一個男人的歡心，用盡心機，爭得你死我
活，結果卻兩敗俱傷，還蒙上了淫蕩下賤的惡名，受人唾罵。作家的
這種津津樂道多少帶點陰暗心理。各類報紙、小說、傳記等似乎也在

反覆印證和加深這種印象：『女人對女人是很嚴酷的，女人不喜歡女人。』[5]於是**女性之間的戰爭成了女性的原始記憶**。所以從一定意義上說，文本敘事中**女性同盟的結成具有現代意義**。當然，這種現代性也是相對的不是絕對的，不論是女同性戀還是男同性戀，只有建立在相互愛戀的基礎上才是值得肯定的。

在我所讀到的**海派小說**中，提到同性戀情節的作品中，**女同性戀所占的比例非常大**，這不能不說是一個非比尋常的現象。章衣萍的《松蘿山下》、崔萬秋的《新路》、潘柳黛的《退職夫人自傳》、張愛玲的《相見歡》、《同學少年都不賤》、徐訏的《精神病患者的悲歌》中都有關於女同性戀的描寫。但是其中同性戀的類型又有差別。從靈與肉這個層面上來看，《相見歡》、《同學少年都不賤》、《精神病患者的悲歌》、《新路》中的同性戀是柏拉圖式的。而《松蘿山下》和《退職夫人自傳》則是伴隨著肉體需求的。

張愛玲的《相見歡》中提到了兩對女同性戀夥伴。按照苑梅的說法，荀太太和伍太太經常在一起聊天，許多時候都是重複著相同的話題，但是她們仍然津津有味，渾然不覺，在她看來，這是一種同性戀。據苑梅的分析，因為上代人自主婚姻的機會少，結婚後就沒有機會跟異性戀愛，所以既往的同性情感更深厚一些。她認為自己也害著同性戀的相思，她瘋狂地崇拜自己的音樂教師，家裡人都笑她簡直就是愛上了袁小姐。母親對她的這種感情也不反對。因為這種「同性戀愛」沒有危險性，跟迷電影明星一樣，不過是一個階段，過一階段她也就不再迷戀了。雖然作品中的人物將這兩對女性都說成是同性戀，但是筆者認為，荀太太和伍太太之間只是深厚的女性友誼，不構成同性戀。至少從文本中傳達的信息來看，她們並不屬於同性戀。苑梅與

她的音樂教師之間還勉強算是有一點同性戀單相思的味道，嚴格意義上也不應該算作同性戀。

《同學少年都不賤》這篇小說以趙玨（女）與恩娟的友誼為主線，其中提及了與她們相關的三段同性戀經歷。趙玨暗戀高她兩屆的女同學赫素容。她被她演講時泰然自若的神情深深吸引。趙玨將赫素容的名字寫滿了整整一張紙。當她們並肩散步時，趙玨覺得半邊身子麻酥酥的。她曾經將赫晾在走廊上的衣服，貼在面頰上，深情地依戀。她為了感受與赫肌膚之親的溫暖，等赫解手出去之後，她馬上坐在赫坐過的馬桶上體會那種間接性的皮膚親和。赫畢業了她送給她一對昂貴的銀花瓶作為紀念。同時，趙玨推測恩娟（女）暗戀芷琪（女），並且若干年後仍然對其一往情深。赫素容在學校的時候也有一個親密的同性戀夥伴鄭淑青。

這篇小說給我們流露了一個特殊的性倫理現象，那就是趙玨所在的**女校非常流行同性戀**，同學們喜歡做「拖朋友」的遊戲，如果發現誰對誰（女性間）癡情，就會把她們強行拖到曼陀羅花徑上散步。為什麼女校中同性戀現象會特別普遍呢？這是因為在女校單性別的生活空間，青春期女性正常的性需求，只能轉嫁到同性身上。這種生存狀態與古代宮女的生存狀態頗為相似，絕大多數人的同性戀應該屬於一種後天的境遇型的同性戀。所以筆者一直認為，高等學校性別比例是否平衡是衡量學校等級的一個很重要的指標。而以往的一些高等院校就存在著嚴重的性別比例失衡的問題，比如以文科為主的院校，特別是師範院校，女學生就比較多，而相反以理工科為主的院校男學生就比較多，這種性別比例的嚴重失衡的狀況，都會造成學生人格的不健全發展，然而建立綜合型的大學就會一定程度上解決性別比例失衡的

問題，所以，筆者認為，建立綜合型的大學將是未來高校發展的大趨勢。同時在當時的社會條件下，相當一部分女性不能實現自由戀愛，婚後主要沉浸在無愛的婚姻之中，所以一部分女性就以學生時代同性戀的經歷尋求感情的寄託與真愛的訴求。雖然同性戀在學校裡很流行，但是社會上對這種性取向並不認可，趙玨與恩娟在墓園裡散步，看園人誤把她們當成了同性戀，惡狠狠地將她們趕出墓地。

張愛玲的小說其深刻之處正是在於，她總是不僅僅停留在生活的表面，通過這個主要描寫女性友誼的故事，揭示出現代女性的婚姻戀愛狀況的種種困窘。在女校的特殊環境中，女學生們產生了相互的愛慕，一部分以趙玨為代表的女性，掙脫了包辦婚姻的牢籠，於是這種境遇性的同性戀很快就被異性戀沖淡了。在趙玨的心中，同性戀的價值曾經高於異性戀，她認為異性戀是為了傳宗接代，而同性戀才是無目的的真愛。可是當她有過異性戀的經歷後，她就不再留戀同性戀了，所以她驚訝的是，恩娟竟然沒有異性戀愛過。因為在她看來只有沒有異性戀過才會對同性愛記憶如此深刻。而另一部分以恩娟為代表的，陷入包辦婚姻之中的女性，只能以同性戀來成就一生唯一一次難忘的愛情。雖然趙玨的情感生活很豐富，但是她卻生活拮据困窘，恩娟的婚姻雖然沒有愛情，但是她卻生活安逸富足。不論是沉浸在異性戀還是沉浸在同性戀生活中的女性，其生存狀態各有無奈。

徐訏的**《精神病患者的悲歌》**中「我」（奢拉美精神病醫生的助手）為了治療白蒂（即梯斯朗小姐）的精神病受奢拉美醫生的指派來到白蒂小姐家，以圖書管理員之名在小姐家裡工作，以便接近白蒂小姐，取得她的信任後，安排她到精神病療養院進行全面治療。在工作過程中「我」與白蒂的女僕海蘭相愛。但是三個人之間形成一種微

妙的關係。白蒂的所謂精神病就是長期的極度精神壓抑以及相伴而生的極度狂躁，全由內心孤獨所致。是海瀾與「我」的愛和關懷喚回了她的青春、美麗和健康。海瀾與「我」相愛，引起了白蒂的嫉妒。而「我」在內心深處既深愛海瀾，又對白蒂不乏好感，有兩次在白蒂主動的情況下，也情不自禁地與其接吻。白蒂也深愛著「我」，但是也深愛海瀾。她甚至半開玩笑地希望自己是一個男子，能夠做她的丈夫。海瀾不忍心在白蒂沒好的時候和「我」私奔。為了成全白蒂與「我」的愛，並且防止白蒂因失去愛人而傷心，導致病情惡化，她選擇了服毒自殺。白蒂後來將自己獻給了上帝，進入修道院。這個故事中也提到了女同性戀，雖然最後海瀾為了她與白蒂之間的同性愛而犧牲了自己的異性愛，但是顯然同性戀的情感強度小於異性戀的情感強度。作家是故意製造這種同性愛與異性愛的衝突，以突出同性愛的聖潔，值得注意的是，與傳統的《金瓶梅》等小說中所表現的女性為了同一個男人而互相排斥的情況不同，《精神病患者的悲歌》中海瀾與白蒂之間充滿了愛、謙讓和犧牲。海瀾為了同性愛犧牲在先，白蒂為了捍衛她們之間的同性愛也沒有與「我」在一起，而選擇了做修女，把自己的身體獻給了上帝，從此結束了所有的愛與欲。可以說這是一曲讚頌女性情誼的美麗詩篇。

金秀瀾和林婉華是**崔萬秋**的《**新路**》中所描寫的一對同性戀愛的伴侶。書中明確寫道，「她們倆最初在東亞預備學校便一見如故，以後往來甚密，儼然和姐妹一般。本來沒有男性作對象的青春女子，容易感到寂寞，悲哀，她們即同是沒有對象的女子，往來久了，由純潔的友情變為清淡的同性戀愛，也不是什麼稀奇的事。」[6]小說裡還描寫了她們之間的曖昧舉動，「林婉華靠近她（金秀瀾）坐著，用左

臂輕輕攬住她的細腰，兩人的面頰相磨，低低地談了許多話，有時兩人臉上帶出一種第三者揣測不出的微笑。」[7]「她們兩人中，林是現代美人，身體肉感，性格豁達爽快，頭腦明敏，自視甚高，對於男性有些驕傲。金是中國傳統的美人，身體柔弱，弱不禁風，令人望而生憐，性格多少有些沉著憂鬱的成分，人雖然很聰明，心地謙和，凡事不肯走在他人前面，對於男性雖不十分尊敬，也不十分鄙視，不相干的人，則敬而遠之，多少有些交情的人則對之親切溫和，言動進退之間，總不肯有傷男子的自尊心。」[8]根據描述顯然在這對同性情侶中，林婉華扮演的是男性的角色，而金扮演的是女性的角色。但是她們之間的同性愛只是停留在精神階段，雖然有曖昧舉動，但並無明確的性含義。而且她們之間的同性愛並不穩固，很快被新闖入的男性打破。林愛上了馮景山，馮愛上了金，但是金卻與陳震東雙雙墜入愛河。由於誤會和嫉妒，林斷絕了與金的關係。這個故事顯示了女性聯盟的易碎性。有性科學專家調查指出，由於各方面的原因，同性戀的穩定性要比異性戀差。

就像異性戀不一定都指向性愛一樣，同性戀也包括精神與肉體兩個層次，**章衣萍**的《**松蘿山下**》描寫了三對有肉體愛情的女同性戀。淑琴與她的小學同學陳麗青，都是年幼而美麗的。「有一次，大約是夏天，她坐在位上，裙子翻起來，露出短褲外的雪白大腿，一面摸，一面低頭細看，不幸給上課的教員知道了，……我慚愧得哇的一聲，哭起來了，後來下課後，她拉我到學校後園，悄悄地說：『你歡喜摸，下課時摸摸吧。』說著，她撓起她的裙子，我的手又伸到她的褲子裡去了。……呵，她真美麗，她的瓜子臉，櫻桃嘴，皮膚雪白，現在想起，也還令人銷魂的。……難道同性戀愛竟不能長久麼？」[9]

這是一種有性色彩的同性愛。淑琴與中學同學玉蘭也是一對女同性戀。小說中有一段關於她們性行為的細緻描寫。「我的頭已經靠著玉蘭的頭，我的身體也已經緊緊地貼著玉蘭的身體了。她的清瘦的肢體，映在月光裡好像銀針般的微白顏色。……她的手摸著我的下身了，她笑著說：『喂，你怎樣把褲子脫了？』我也忍不住笑了，說：『脫著睡，衛生些，我要脫下你的褲子。』『幹嗎？不要吵，好好兒躺著。』說著，她便拉緊我的手。『我又不是男子，你還怕羞嗎？』『脫了幹什麼？』她已經鬆下我的手了，我便把她的褲子扯了下來。『我要摸，』我說，我便伸手亂摸，正在難分難解，百般癲狂的時節，我忽然感覺玉蘭的眼淚淌到我的臉上來了。我以為玉蘭是在惱我，哀求地說：『玉蘭不要那樣，我不鬧了。』」[10]後來她們就長期睡在一起。「在陽光底下斜望她白嫩的臉頰，紅豔得正同抹上了胭脂。四顧無人，我頗覺情不自禁，突然的吻了一吻她的美麗的嬌臉，……她……，說：『……我歡喜永遠地同你吻著，……』……『不，我決不嫁——不嫁旁人只嫁你！』我笑著說。」[11]「這時的玉蘭，愛我真愛得激烈極了，我們晚上緊緊地抱著，她的舌頭便自然地送到我的嘴中來了，有時我怕咬了她的舌頭的嫩皮，把她的舌尖送回去，她便故意的自己咬破了她的舌尖，把鮮血送到我的唇邊來求憐憫。有時半夜醒來，她咬我，摘我的肉，我總笑嘻嘻的，不喊也不怨。可惜世界上歡娛的時間是不能長久的，……」[12]在小說中作家隱約地表達出，胡婉和張秀也是女同性戀。雖然作家對她們並沒有細緻描寫，但是從她們每天同榻而眠來看她們之間可能也有性愛。在現代文學中這樣靈肉合一的女同性戀的描寫並不多見。從小說的文本來看淑琴是典型的雙性戀，因為小說開始就有一段她的性夢的描寫：「彷

彿你的身體輕輕地落在我的身上，我覺得害羞，又輕輕的把你的身體推下去，你只是嬉笑頑皮的纏著我，把無限的接吻掩覆著我的嘴唇。我的心魂已經飄蕩在浮雲裡，讓你緊緊的抱著我，任周身一陣陣的酸軟，心房不停的狂跳。」[13]夢中出現的是他的男友，而不是同性夥伴，所以她的潛意識中有對異性的強烈性欲。同時，她對同性夥伴的欲望也是出於本能，她是出於對美麗的女性的肉體不可遏止的渴望，這種渴望不像陳麗青和玉蘭是被動的，她是主動的。如果說，陳麗青、玉蘭都屬於境遇型的同性戀的話，那麼她就是屬於先天的同性戀。玉蘭主要由於在寄人籬下的生活中缺少關懷和愛，並且表哥還總企圖對她非禮，使她既孤獨又對男性產生了厭惡和反感，於是當淑琴主動後，她就將所有的感情都投放在她身上了。後來同寢的同學誣告她偷錢，她大伯偏聽偏信，一氣之下不允許她下學期繼續讀書，她傷心欲絕，並心中暗暗做好了自殺的決定，只是希望在臨死之前好好享受一下與淑琴的歡愛，所以在與淑琴的歡愛中才轉而出現主動的趨勢，並且伴隨著自虐的成分（咬破自己的舌頭）。

潘柳黛的《退職夫人自傳》中，貞一與女主人公柳小姐也有一段關於同性性行為的描寫，貞一是個年輕的寡婦，她既不能忘記一個男人給她的性快感，也不能忘記錢給她的快樂，所以她別無選擇，只能安分地做一個寡婦，當女主人公柳以好友的身份來看她的時候，她在深夜竟然要求和好友發生同性的性行為，這段描寫說明在金錢與性愛的這個古老的命題間，又一位可悲的女性選擇了金錢，但是性的需要是本能中無法回避的。「半夜，我忽然被一個人抱緊了，那二條手臂，熱烈而有力，像蛇一樣，像繩子一樣纏著我，屋裡漆黑，沒有點燈，我在黑暗裡掙扎著……，……『不要推我！』她將我抱得更緊

的：『我真忍受不住了，這樣的夜裡，你聽外邊又在下雨！給我一點安慰，像我丈夫給我的一樣……』……『……親親我吧！你看，我心要跳出來了，我要死了……。』」[14]這是一個受壓抑的女人的內心呼喊。這種情況是否屬於同性戀本人不好界定，因為性科學界對於同性戀的界定還頗有爭論，有人認為有同性性行為的也不一定是同性戀。但是也有可能婦女在極度壓抑的情況下把情感的指向轉向了女性。如果貞一算同性戀者的話，她也是境遇型的。而主人公柳小姐則完全是非同性戀者，這種行為讓她感到恐懼。

　　張愛玲與潘柳黛筆下的同性戀行為都屬於女性在傳統的婚姻困境中的特殊反抗，它恰恰體現了傳統婚姻陰影的存在，即便如此這些作品中女同性戀描寫的現代性色彩仍然是不容抹煞的。雖然書寫女同性戀行為本身具有現代性色彩，但是不得不指出，海派小說中的女同性戀的描寫與同時期的盧隱、石評梅、凌叔華、丁玲等的創作相比，甚至與鴛鴦蝴蝶派專刊《紫羅蘭》中刊登的陳綠橋等作家的女同性戀小說相比，其**現代性的程度**都**遜色很多**。酷兒理論家海爾波林指出：「同性戀運動具有一種超越了同性戀者自身的前景……它有可能形成一種更廣義的文化，一種發明出新的人際關係、生存類型、價值類型、個人之間的交往類型的文化，這一文化是真正全新的，與既存的文化形式既不相同，也不是添加在既存的文化形式之上。如果這是可能的話，那麼同性戀文化將不僅是同性戀者所作的同性戀的選擇，它將創造出新的人際關係，它的某些方面可以傳遞到異性戀關係中去。」[15]福柯同時指出，同性戀不是一種既存的欲望形式的名稱，而是「一種被欲望著的東西」；因此我們的任務是「成為同性戀者而不是堅持承認我們是同性戀者」。「做一個同性戀者就是進入一種過程

之中……關鍵不是去做一個同性戀者，而是一個持續不斷地成為同性戀者的過程……將自己投入這樣一種狀態，人在其中做出性的選擇，這些選擇將影響我們生活的面貌，這些性的選擇應當同時又是生活方式的創造源泉。做一個同性戀者預示著這些選擇將貫穿全部生活，它也是拒絕現有生活模式的某種方式，它使性的選擇成為改變生存狀態的動力。」[16]其他的女同性戀女性主義者指出：「女同性戀是反抗男性中心主義的一種行為，不僅僅是一種『性選擇』或『另一種生活方式』，它還是一種對傳統秩序的根本批判，是婦女的一種組織原則，一種試圖創造一個分享共同思想環境的表現，是女性在同類中尋找中心的嘗試。」[17]丁玲和陳綠橋等作家展示出的人際關係和生活方式似乎就是這些理論的直接闡釋，作品中的每一個主人公都執著地傾訴著她們之間的親密關係，並彼此生死相依地沉溺其中，她們似乎就是福柯理性世界裡呼喊的那些為了拒絕現有生活模式，通過性的選擇改變自我生存狀態的同性戀關係過程的實踐者。而海派作家筆下的同性戀描寫，也有這些作家下意識的現代性追求和超前的審美風格。但是在物欲橫流的現代商業都市的生存環境中，更多的是時尚世界亞文化的追求和表述。女同性戀常被描述成：**階段性的、不穩固的、單方面的以及發洩欲望的情態**。

二、海派小說中的男同性戀

「餘桃」、「斷袖」、「安陵」、「龍陽」都是中國古代對男同性戀的代稱。在我所讀到的海派小說中提到男性同性戀的情節非常少，只有葉靈鳳的《落雁》、張資平的《上帝的兒女們》和章克標的

《銀蛇》中涉及了男同性戀的情節。

在**葉靈鳳**的**《落雁》**中，落雁的義父是一位50多歲的老人，他專門喜歡少年男子。他讓落雁騙來少年男子供自己玩樂，這些男子最終都得喪命。這不是一個現實題材的故事。馮先生逃出虎口後，落雁臨別時給他用來雇車的一塊大洋，變成了死人用的紙錢，說明落雁與她的義父都是死魂靈。這裡有古代社會「**比頑童**」的遺風。歷代許多帝王都有男寵，都好男風。這些帝王大部分與男寵之間沒有真正的愛情，只是在發洩自己的淫欲。男同性戀不僅存在於宮廷之間，而且變成了一種社會風氣，氾濫於民間。魏晉南北朝時期，男風日益興盛，比娼妓業有過之而無不及，士大夫無不以此為樂，百姓中也有許多人競相效尤。到了唐代，在長安還出現了男妓。宋明清三代男風也都很興盛，清代的優伶就是戲子，京劇中的旦角都是由男伶扮演的，不少男伶都秀美有女腔，他們常被一些士大夫和富商巨賈所邪狎、玩弄。男伶的地位比娼妓還要低，伶人看到娼妓，還要請安行禮。法律甚至不允許他們參加科舉考試。男子被達官巨賈狎弄，除優伶外，還有男娼和男妾。這些行為都屬於**性壓迫**和性剝削。當然不論是在宮廷，還是在民間，男同性戀之間有真感情的，也不乏其人。但正因為在歷史上男同性戀行為本身就伴隨著性奴役和性剝削，所以這也影響了後來人對同性戀的評價，同性戀進一步被妖魔化了。《落雁》這篇小說中所描寫的男同性戀，也仍然延續了，男同性戀行為中腐朽骯髒的一面。

張資平的**《上帝的兒女們》**這篇小說展示了教會這個聖潔圈子裡人欲縱橫的生活。神父黃力珊因在河裡受洗禮得了傷風，從此便懷疑宗教。講道時，一邊目不轉睛地望著女席，一邊講《致羅馬人書》第

一章，並用所習生理知識大談男女之事，還想和文仲卿搞同性戀。男同性戀情節的設計是為了突出黃力珊生活的糜爛，屬於對同性戀的負面評價，也沿襲了古代男同性戀**淫亂**的風氣。

　　章克標的《**銀蛇**》關於男同性戀的描寫就相對純潔得多。朱士雄是邵逸人的同性戀愛的對象，這種愛是柏拉圖式的。文中有一段邵對朱士雄愛戀的描繪。「他為了他也曾寫過一章叫青楓的小說，現在那青楓卻不青了。但他又發現了他的一種真實的男性美，令人起畏敬之情的男性美，就是在他認為還保留著從前的優美的眼中，也尋出了和從前不同的沉著猛鷙的力量，這樣一想那蒼黑了的臉上，更加是光彩陸離了。」[18]「……注視著士雄的面孔，當初的嫩紅姣白是什麼地方去了呀？……那個漆黑的頭髮還是一樣的，那柔軟秀美的女性的發，壓在那呢帽子下面，卻在鬢邊耳後露出像柳絲一般的美麗。還是那個身子是多可愛，像這樣的高尚雅麗是希臘的名匠也不容易雕琢出來的。那耳朵還是從前的玲瓏，卻不過蒼黑了些，臉色卻是更加蒼黑了，本來是美玉一般的，現在卻泛不起玫瑰紅來，反而增加了黑斑面疤油漬，就是嘴唇也不同以前一樣鮮活了。啊，再沒有比擬到女性的優美了。」[19]可見邵逸人愛的是青春期充滿女性美的朱士雄，他曾經用唇吻過他的面頰。後面還有一整段關於朱士雄富於魅力的眼神的描繪。「在人類中怎地會有這樣一種眼光呢？是像貓一般柔和又是像貓一般兇猛的。停著注視窗外灰雲，眼中是看到了那幻影中的天堂麼。或者是在冥想，做那哲學上的思索麼？又是深湛的眼呀！像天目山頂的池一般清明而深奧的樣子，像富春江山嚴子陵釣台畔的清麗而優穆的樣子，卻又像北冰洋上的最深海底的寒冷而嚴肅。不過也有幾許像春陽的和暖，這就是可認做殘留著舊時的韻味，但又是怎樣的威重

呀！像泰山聳在前面，像皇宮出現在正午的時刻，像殉教者臨死時刻
的祈禱，這嚴厲又如秋霜般的烈烈，又如兩道劍光的飛躍。卻不過是
一雙靜悄悄的眼，怎麼會使人想起這許多變化來呢？那冥想的哲學者
卻因為口邊的一點微笑，立時代成了春園的春色；卻又因眉頭的一皺
便跳到了秋一般的凜冽。這是多富於變化的眼呀！」[20]描繪中充滿了
一個男子對另一個男子的愛慕。朱士雄外貌經歷了從女性美到男性美
的轉變，邵逸人對他的愛也經歷了從欣賞他的女性美到欣賞他的男性
美的轉變。

　　他們兩個人之間的同性戀是一種不摻任何雜質的純愛，作家並沒
有明確表明朱士雄對這段戀情的態度，朱對同性戀並沒有願望，但對
邵的這種愛也不覺得反感。他只是把他當作一個好朋友看待，而不是
把他當作愛人看待。所以這段同性戀屬於邵逸人的單戀。小說主要表
現了邵逸人不關心民族危亡，只知道花天酒地的頹廢生活。同性戀情
節的插入，很大程度上是以朱的正面形象來反襯邵的頹廢形象，所以
我認為在作家的潛意識中對這段男同性戀是持**否定**態度的，因此，我
覺得包括葉靈鳳的《落雁》中的那段男同性戀描寫在內，海派小說的
男同性戀描寫基本上延續了傳統男同性戀中的**狎邪風氣**，不屬於性倫
理方面的現代性表達。

註釋

1 李萍：《同性戀現象的倫理分析》，石家莊：《河北學刊》，2004年3期，第48頁。
2 [英]安妮‧莫伊爾（Moir.A）、大衛‧傑塞爾（Jessel.D.）：《腦內乾坤》，梁豪、邵正芳譯，上海：上海譯文出版社，2003年，第115頁、第118～127頁。
3 阮芳賦：《性的報告》，北京：中國古籍出版社，2002年，第156頁。
4 同註2。
5 宋曉萍：《女性情誼：空缺或敘事抑制》，北京：《文藝評論》，1996年3期，第60頁。
6 崔萬秋：《新路》，上海：（對事新報、大陸報、大晚報、申時電訊社）四社出版部，民國22年，第101頁、第102頁、第101頁。
7 同上註。
8 同上註。
9 章衣萍：《松蘿山下》，《情書二束》，廣州：花城出版社，1996年，第103頁、第104頁、第106頁、第110頁、第97頁。
10 同上註。
11 同上註。
12 同上註。
13 同上註。
14 潘柳黛：《退職夫人自傳》，上海：新奇出版社，1949年，第146頁。
15 李銀河：《同性戀亞文化》，北京：今日出版社，1998年，第419頁、第422頁。
16 同上註。
17 林樹明：《女同性戀女性主義批評簡論》，上海：《中國比較文學》，1995年2期，第76頁。
18 章克標：《銀蛇》，《一個人的結婚》，廣州：花城出版社，1996年，第66頁、第65頁、第66頁。
19 同上註。
20 同上註。

末日狂歡

——海派筆下混亂的性生活

一、亂倫禁忌的打破

　　無論是在原始氏族社會，還是在現代國家，人們對一些區域進行著嚴格的控制，亂倫可以說就是一種在全人類流傳最廣、禁忌最嚴的危險地帶。「**亂倫**一詞涉及兩方面的理解。一是**生物學**的意義，它指的是具有近親關係的男女之間發生的性關係，即核心家庭之中的成員——父女、母子、兄弟姐妹——之間發生的性關係。主要包括直系血親和三代以內的旁系血親。另一方面是**社會學**意義的亂倫，除了血親之外，從姻親（如公媳、岳母與女婿）到乾親（如乾爹、乾媽、繼父、繼母）、教親（教父、教母），所有社會學意義上相當於近親關係的人之間所發生的為當地風俗與法律所不允許的性行為，都被稱為亂倫。」[1]亂倫禁忌是人的一種本能，社會生物學的研究表明，所有的靈長目動物都存在亂倫禁忌。[2]所以人們將亂倫行為視為一種**性變態**行為。

　　人類經歷的漫長的**血緣婚**階段沉澱在人類的集體無意識中，它們**不斷尋找替代物以滿足這種隱秘的情感**。文學這種最善滿足想像的藝術，就成為表露此種情感的最好工具。文學中的亂倫表現，可以追溯到神話中，世界各地的亂倫神話資料非常豐富，美國學者史蒂芬·湯普森編訂的《民間文學母題索引》中涉及亂倫的母題可謂洋洋大觀，僅在「T」類中，就設立了關於亂倫的幾十個條目。中國的情況也不例外，聞一多在20世紀40年代寫的著名論文《伏羲考》中，調查了近50篇中國各族洪水後再造人類的神話，發現其中絕大多數都有亂倫婚配的情節。[3]海派小說中也有大量的亂倫題材作品。

　　從血緣關係上來看，在我所讀到的海派小說中，亂倫題材主要分為如下幾種情況：張愛玲的《心經》描寫**父女亂倫**；穆時英的《上海的狐步舞》、劉吶鷗的《流》、張資平的《最後的幸福》中描寫了**母子亂倫**；蘇青的《結婚十年》、張資平的《上帝的兒女們》、《愛之焦點》、徐訏的《字紙簍裡的故事》中描寫了**兄妹亂倫**；葉靈鳳的《女媧氏之遺孽》、張資平的《性的屈服者》、《苔莉》中描寫了**嫂子與小叔子亂倫**；葉靈鳳的《明天》、張資平的《梅嶺之春》中描寫了**叔父與侄女亂倫**；潘柳黛的《退職夫人自傳》中描寫了**嬸娘與侄子亂倫**；張資平的《戀愛錯綜》中描寫了**姐夫與小姨子亂倫**；張資平的《最後的幸福》中描寫了**姐姐與妹夫亂倫**。

　　總觀海派反映亂倫行為的小說，大體上表現了這樣幾個方面的主題：穆時英的《上海的狐步舞》，劉吶鷗的《流》，張愛玲的《心經》，潘柳黛的《退職夫人自傳》，張資平的《上帝的兒女們》、《苔莉》、《梅嶺之春》、《戀愛錯綜》、《最後的幸福》反映了當事人**頹廢與混亂**的生活狀態。蘇青的《結婚十年》、葉靈鳳的《明天》、潘柳黛的《退職夫人自傳》反映了當事人在性上的極度**壓抑**。張資平的《苔莉》、《愛之焦點》、《性的屈服者》、《戀愛錯綜》、葉靈鳳《女媧氏之遺孽》、徐訏的《字紙簍裡的故事》反映了當事人對**愛情**的大膽追求，以及對靈肉一致的愛情觀的嚮往與執著。這裡所指稱的海派小說中的亂倫，包含人物僅限於精神層次的亂倫欲望或意願，以及實際上的亂倫行為這兩種形態。

（一）淫亂型亂倫

　　穆時英的《上海的狐步舞》和**劉吶鷗**的《流》，都是通過兒子與

父親的姨太太之間的亂倫行為表現上海都市頹廢的生活。在任何一個民族的亂倫禁忌中，母子亂倫是最為忌諱並被深惡痛絕的，母子亂倫是一種特別嚴重的通姦。不僅妻子對丈夫不忠，而且兒子對父親也不忠，因此母子之間亂倫是一種最不常見的，然而在主體文化上又是極其可怕和令人憎惡的通姦。**張愛玲**的《心經》中，女兒許小寒愛上了自己的父親許峰儀，並因此對母親充滿敵意。當小寒還是一個天真的孩子的時候，她就已經自覺不自覺地對母親有了一種排斥：母親偶然穿件美麗點的衣裳，或是對父親稍微表現出一點感情，她就笑母親，以這種方式打擊母親的自信和破壞父母之間的感情，離間他們之間的愛。逐漸的在不知不覺中父女兩個產生了違背常情的感情。面對小寒那份灼熱、執著而又違背倫常的愛情，許峰儀在內心深處有了一種罪惡感，最終許峰儀還是離家與凌卿同居，凌卿是小寒的同學，並且與她有幾分相像。這是一個沒有緣由的純畸形情感故事。

《上帝的兒女們》中，瑞英與弟弟阿炳亂倫是由於青春期性的躁動。作家是將其列為教會混亂生活的一部分來表現的。瑞英讀到《撒母耳》下篇第13章，阿家侮辱塔瑪時，燃起了青春期少女朦朧的性欲望。而阿炳也一樣是個性萌動的少年，他嚮往亞當夏娃的故事，又企圖從《聖經》中找到兄妹婚的例證，他嚮往大衛的多妻主義，他對周圍的一切女性——中年婦人與少女都產生性狂想。後來他們終於抵擋不住父母遺傳的濫交的毒血，與姐姐有了不倫之戀。

與阿炳一樣，《苔莉》中的克歐作為20多歲的青年學生，也有著性的煩悶，對異性肉體充滿渴望。他被苔莉的美貌所吸引，但苔莉的身份是他的表嫂。苔莉是白國淳的第三個姨太太，白的母親和謝的父親算是同祖父母的嫡堂兄妹。苔莉與克歐之間的血統關係雖然在三

代之外，但是他們之間的愛情是有背人倫的。苔莉與克歐之間的所謂愛，在克歐，更多是性的苦悶，進而是一種男權主義思想下把女性作為附屬品的自私的佔有欲。他痛心於苔莉早已失去處女之身，但當苔莉與丈夫白國淳相處時，又覺得讓苔莉回到國淳那邊去對自己是種侮辱，苔莉的身體雖經國淳之手曾有一次的墮落，但經自己的手淨化之後，無論如何再難把她讓給人。很顯然，當時的社會並未給苔莉們的愛情追求提供必要的環境與條件，戀愛自由、婚姻自主等等，只不過是白國淳、謝克歐等騙取苔莉們感情，滿足自己私欲的手段。

也有作品描繪了女性的淫亂生活。《戀愛錯綜》中描寫了紫芸結婚前後兩種性質不同的亂倫。結婚之前她瘋狂地愛上了自己的姐夫劉昌化。她開始是極力地逃避這種愛，當她面臨永久失去這份感情時，她主動地向自己的愛人獻上了她的愛。張資平還描寫了紫芸被迫嫁給自己所不愛的梁辣腕後的其他幾次亂倫，這些亂倫不再像她結婚前與劉昌化的那次，出於不可抑制的愛，而是追求性欲的滿足。

淫亂型的亂倫最有代表性的女性是《最後的幸福》中的美瑛，美瑛和商店店員楊松卿過從甚密，然而，在金錢的誘惑下，她卻接受了癆病表兄士雄的提親，多病的士雄並不能滿足美瑛生理上的需求，美瑛利用種種機會與妹夫廣勳到市外旅館偷情。後來，美瑛要求與廣勳私奔不果，對故鄉別無所戀，便決定赴南洋找士雄。在往南洋之前，士雄前妻之子阿和以廣勳寫給美瑛的信相威脅，美瑛為免私情被張揚，遂以身體作為交換的條件。過後，在航向南洋的海上，她意外地重遇店員松卿。因為旅途寂寥，也因為想找個人為腹中胎兒負起責任，美瑛決定與松卿苟合。美瑛抵南洋後，士雄戲劇性的遽然病逝，這倒方便了她與松卿復合。然忽又橫生一枝，兒時玩伴阿根突然出

現。當身染癩病的松卿得知美瑛與廣勳及阿根的關係後，對她百般蹂躪。致使她妊娠中的胎兒中病毒流產，她的身子也垮了。唯一對她真心的人只有阿根，阿根殺了松卿為美瑛報仇，最終美瑛不治，阿根也難逃被捕的命運。痛苦中的美瑛將自己悲劇的一生歸結為性的誘惑。在文本中，**淫亂型亂倫業已成為商業文明重新包裹下的宗法家族制度蛻變腐敗並走向全面潰敗的時代佐證**。

（二）情愛型亂倫

　　張資平的《梅嶺之春》中，保瑛高等小學畢業以後，到教會中學讀書，並借宿在吉叔家中。後來吉叔母去世，她與叔父終於越雷池發生了不倫的性愛關係。因為這種不倫之戀，是為當時的宗法制倫理和基督教會所不允許的。迫於族人和教會的雙重壓力，保瑛只得回到了自己做童養媳的婆婆家中，8個月後早產了一男嬰。吉叔也迫於教會的壓力而辭職，遠走毛里寺島去做家庭教師。保瑛雖然飽受婆婆等人的侮辱，但她卻一直念念不忘那個卑怯的吉叔。這是一個畸形的愛情故事。吉叔由於對處女身體的迷醉而情難自控。保瑛一方面由於身體發育，對性有朦朧的需求，吉叔衝動的舉動，撩起了她無限的嚮往；另一方面，與自己的小丈夫相比，與吉叔在一起更有可能產生愛情。雖然保瑛與吉叔沒有三代以內的血緣關係，但是從文本的狀況來看，他們親戚的感情很近，而且保瑛寄住在吉叔家，吉叔就相當於義父。同時，保瑛是一個剛15歲的小女孩，她根本敵不過已經是33歲的吉叔的引誘。吉叔本身是一名教會學校的老師，他應該知道這種亂倫行為會給保瑛帶來多大的傷害，這根本就是一個亂倫中的誘姦故事。體現了舊社會女性對愛情的大膽追求，以及男性對女性的玩弄和遺棄。

　　同樣，**張資平的《性的屈服者》**、葉靈鳳的《女媧氏之遺孽》、徐訏的《字紙簍裡的故事》都描繪了男性始亂終棄，女性對愛情矢志不渝的亂倫故事。《性的屈服者》中，吉軒與馨兒原本相愛，但是當吉軒讀書離家的時候，大哥強暴了馨兒，馨兒懷孕被迫做了填房。吉軒畢業回家找工作，對馨兒重燃欲火，在得到馨兒的身體後又將其還給哥哥，自己暗結新歡。相比之下，女方的情感更加聖潔，她將吉軒視為精神上的丈夫，主動對吉軒張開懷抱。小說描寫了**在傳統專制禮教壓迫下女性自由戀愛的要求得不到實現的悲劇，喊出了個性解放的時代呼聲**。

　　葉靈鳳的《女媧氏之遺孽》中，嫂子蕙與莓篊有了亂倫之愛，並生下了孩子。莓篊懼怕父親的斥責，迅速離家，蕙的丈夫敬生斷絕了莓篊與蕙的書信往來，蕙在病痛、憂鬱與思念中死去。小說由蕙的內心獨白和給莓篊的書信組成，信中蕙一再鼓勵莓篊，「這本是不應隱瞞的事，這本是應當登載高峰之上載起榮譽的冠冕向萬民去宣告，萬民聽了都要為我們額手稱慶的事。無如在被幾千年傳統勢力積威的束縛下，在一點真情被假面重重的禮教斬割得的無餘中，人心裡終不敢迸出這一縷真靈！」葉靈鳳的小說是以「個性解放」思想為支柱的。它勇敢地向禁錮人性，扼殺人的感情生命要求的舊道德進行挑戰。在這些亂倫故事中，往往女性對愛情的追求更主動、更堅決、更執著。解放對於多數女性來說，恰恰不是要求情與欲分離，而是要求情與欲的更加統一。她們的反叛，常常是要沖決沒有愛情的婚姻和家庭，**抗拒某些金錢和權勢的合法性強姦**。她們的反叛也一定心身同步，反叛得特別徹底，不像男子還可以維持肉體的敷衍。**她們把解放視為欲對情的追蹤，要把性做成抒情詩。**

　　徐訏的**《字紙簍裡的故事》**中，大姐是媽媽與前夫所生，大哥是爸爸與前妻的孩子，大姐和大哥之間並無血緣關係，但是他們卻是生活在一個家庭裡的兄妹，在狹窄的生活空間裡，他們相愛了，但是這種亂倫的愛情遭到了家長的反對，爸爸為了阻斷他們之間的關係，將大哥送到美國，可是大姐並不灰心，她努力存錢希望將來到美國去與大哥團聚，可是大哥很快就變心了，他在美國交了新女友，大姐悲痛萬分，以自殺了卻痛苦。亂倫故事往往在畸形的狀態下發生，所以得不到社會的認可，因此這種亂倫的情感關係往往極不穩定，而在不穩定的狀態下意志最不堅定的又多是男性。**在中國的兩性關係中男子有著強烈的始亂終棄傾向**。這篇小說中的荻弟與菁妹，也分別是父母與別人所生的，沒有血緣關係的兄妹，荻弟暗戀菁妹，當菁妹把自己的男朋友介紹給荻弟時，荻弟非常不高興，並且很討厭她的男友。但是小說並沒有詳細描寫他們之間的感情糾葛，後來妹妹與老師私奔了。

　　與前幾篇小說不同，在**張資平的《愛之焦點》**中，向專制禮教喊出抗議呼聲的是男性。《愛之焦點》中的N姊與Q先生相愛，雖然他們的血統關係很遠，但是Q先生是她母親的養子，也就是說他們是生活在一個家庭中的乾兄妹，他們的結合將被視為一種亂倫。最終N姊與M先生結婚，N姊與Q先生的愛情無果而亡。Q先生曾對N姊有一段擲地有聲的表白：「……待我把愚昧的義理剷除去，……我們可以去家，我們可以去國！我們卻只不願做懦弱的妥協者，我們為固持我們的主義，為圖盡我們的責任，什麼都情願犧牲！」這幼稚卻堅定不移的宣言，表明了主人公對傳統專制禮教的憤怒抗議和對真摯愛情的執著追求。

（三）性愛型亂倫

蘇青的**《結婚十年》**中，早年守寡的瑞仙被傳與她親哥哥有染。「便是瑞仙近來忽然同她自己的哥哥有些不清不白，常常打扮得妖精似的回娘家去，攛掇著自己娘把傭人辭歇了，好讓那嫂子忙著幹燒飯倒馬桶等營生，她自己卻蹺起一雙腿來擱在她哥哥身上講風流笑話……」[4]由於瑞仙多年寡居生活的壓抑及社會對寡婦的歧視，使她產生了對親人的病態報復。**葉靈鳳**的**《明天》**中，叔父也是由於長期的性壓抑企圖強暴自己的外甥女。**潘柳黛《退職夫人自傳》**中的李阿乘是受了性和金錢的引誘才和嬸娘，一個33歲的少婦有了亂倫的肉欲之情。嬸娘也是受著寡居生活的壓抑才主動勾引阿乘的。

二、戀物癖與所謂的戀童癖

戀物癖（fetishism）指性活動的對象為某種物品或人體的某一部分的行為障礙。這些東西往往能引起性興奮甚至達到性高潮。能引起性興奮的物品多為異性的東西，或者僅對異性的手指、耳朵、頭髮感興趣，而對異性的整個身體和性器官不感興趣。有人認為，戀物癖實際上是對異性的神秘而導致異常愛戀的行為。因為每個人都可能喜歡所愛慕的人身體上的某些部分，或者使用的某些物品，這是正常的。但是，這種傾向過分發展或形成一種性的固有模式時，就成為變態心理。這時，只要有該物品的存在，就能引起性興奮，甚至達到性高潮。而正常的異性交往和刺激就成為多餘的了。戀物癖也屬於一種**變態**的性行為。戀物癖多為男性。[5]

張愛玲的《紅玫瑰與白玫瑰》、章衣萍的《愛麗》、章克標的《銀蛇》、施蟄存的《在巴黎大戲院》、無名氏的《塔裡的女人》這幾篇小說中描寫了男性戀物癖的變態性行為，張愛玲的《紅玫瑰與白玫瑰》、葉靈鳳的《浴》、章克標的《秋心》這三篇小說中描寫了女性的戀物癖行為。需要指出的是，為了將這一部分論證得豐富而充分，有些列舉的小說情節，只是與戀物癖行為相關、接近，原則上並不屬於真正意義上的性變態。

從《塔裡的女人》、《紅玫瑰與白玫瑰》、《愛麗》到《銀蛇》小說中人物的戀物癖行為的病態性逐步增強。**《塔裡的女人》**中的羅聖提對愛人是一種很純潔的相思，不包含變態的成分。「薇最愛戴薔薇花，春天我常常買一大束，大束的薔薇花，插在許多瓶裡，每個房間一瓶。沒有事，我獨自走過一個個房間，一瓶瓶的觀賞著，且不斷用手撫摩，用嘴親吻，一面吻，一面輕輕喚著薇的名字，喚著喚著，眼淚流滿了我的臉頰。」黎薇最喜歡薔薇花，所以睹物思人，羅就將薔薇花當作黎薇來愛。[6]這段描寫表現了羅聖提在心愛的人離去後，對她的思念。

張愛玲的**《紅玫瑰與白玫瑰》**中，振保對王嬌蕊一見傾心，並且想佔有她的肉體。「看著浴室裡強烈的燈光的照耀下，滿地滾的亂頭髮，心裡煩惱著。他喜歡的是熱的女人，放浪一點的，娶不得的女人。這裡的一個已經做了太太而且是朋友的太太，至少沒有危險了，然而……看她的頭髮！——到處都是她，牽牽絆絆的。振保洗完了手，蹲下地去，把瓷磚上的亂頭髮一團團揀了起來，集成一嘟嚕。燙過的頭髮，梢子上發黃，相當的硬，像傳電的細鋼絲。他把它塞到褲袋裡去，他的手停留在口袋裡，只覺渾身燥熱。這樣的舉動畢竟太可

笑了。他又把那團頭髮取了出來，輕輕拋入痰盂。」[7]通過這段微妙的性心理描寫，流露了振保被這個女人深深吸引的情感事實。後來他們果然背著嬌蕊的丈夫王世洪在嬌蕊的家裡偷情。此情此景振保也意識到了自己行為的變態，所以他把那團頭髮扔到痰盂裡。

在**章衣萍**的《**愛麗**》中，亞雄的戀物癖行為已經伴隨著自慰的性行為了，「可憐的亞雄，他把棉被當作對手的女性，已經不止一次！當他正想解開褲帶犯著無可奈何的罪惡時，心中又忽然發生了許多感想。棉被上的黃色成績太多了，實在不十分雅觀。」[8]亞雄是由於性的飢渴而產生的這種變態行為。顯然他經常把被子當作自己喜歡的美女而進行自慰。從嚴格意義上說，這主要是一段**自慰**行為的描寫，而不單單是戀物癖行為的描繪，在現實生活中，自慰行為通常會伴隨著戀物癖行為。男性自慰行為既往都是作為一種罪惡行為存在的。《聖經》中把自慰看做是要被上帝殺掉的嚴重罪惡。《創世紀》第38章說：俄南（Onan）「把精液遺在地上」，其所為，「使主不悅，主就把他殺掉」。手淫一詞又作Onanism，即來源於此。18世紀，在英國出版了一本匿名著作《手淫：自瀆的滔天罪惡及其全部可怕後果》，這本書一經出版就傳遍整個歐洲，自慰之害便廣為人知了。1767年，法國著名醫學家蒂索（A‧P‧Tissot）寫了一本《論手淫所引起的種種障礙》一書，這是第一位醫學權威出來列舉自慰可引起的各種精神和身體的疾病。之後，從18世紀到20世紀初最傑出的性學家靄理士（Ellis）、佛洛伊德、克拉夫特-愛賓（Krafft-Ebing）等人，也認為精神病與自慰有關。所以當有著男性自慰情節的《沉淪》一發表，立刻在社會上引起軒然大波。在20世紀初，首先出來否認自慰可以引起精神病舊說的是法國醫學家夏科。然而最有權威的研究還是當

代的瑪斯特斯和詹森博士用先進儀器所進行的研究。最終得出結論，**自慰既不是不正常的，也不是對身體有害的行為**。章衣萍小說中對男性自慰行為的態度是曖昧的，通過「罪惡」等詞的運用似乎表明作家對自慰行為是否定的，但是這種大張旗鼓的展示醜的寫法，**有潛在的發洩或者窺視獵奇的心理也未可知**。

　　章克標堪稱一位展示醜的大家，他的小說**《銀蛇》**有一大段關於邵逸人戀物癖的醜態描寫。邵為陳素秋（女）買了一件上等的浴衣。在陳沒用這件浴衣之前，他將浴衣放在床上仔細看花紋，他想像著浴衣將要包裹著那個他喜歡的美麗的肉身，「他恨不得自己化了這件浴衣去享這一種無上的幸福。」這是性幻想的開始，一段更加驚心動魄的戀物行為的預謀。[9]陳洗完走後，他將浴衣放在床上，他「把頭全個埋倒到浴衣裡去，」……「他嗅女人的肉息，他感著女人的觸覺，他益加用力抵住這浴衣，他的愉快益加擴大。」[10]這是與陳素秋所用過的浴衣的直接性愛行為，其實是在幻想與陳女士交歡。「這件浴衣上還留著些水漬和汗漬，他分明嗅得了，但是新衣所特有的一種布匹的氣息，……卻是更加濃厚，不是識別極銳敏的鼻子，是很容易受迷的。逸人的鼻子是受過訓練的，他最初是要求女人用舊的手帕，穿舊的裙子褲子小衣服，後來他對於平常的用品現在只要是染手過一回的絹頭，穿過一次的衣服，都能去找出頂快樂的境地。」[11]浴衣上的汗漬和水漬，舊手帕之上粘有的都是一些污穢之物，邵能從污穢之物中取得性快感，顯然是戀物癖的變態表現。從汗漬氣味中體會到異性的性吸引力，是古已有之。阿澤馬爾進行了一系列實驗，得出結論：嗅覺和性功能之間存在著密切的聯繫。人的嗅覺會對性慾產生生理和心理刺激。出汗能夠增強身體氣味的色情效應。[12]古希臘的時候妻子為

了迎接從戰場上回來的許久未見的丈夫，都要一個禮拜不洗澡，而保
留濃濃的體味以引發愛人的性衝動。也有研究表明，讓女孩子分別聞
有汗液味道的襯衫和乾淨的襯衫，結果女性通常覺得有汗液味道的男
性會比較有男性魄力。適度的皮膚氣息，可以喚起人們對異性的嚮往
與欲望，這恐怕是不爭的事實。但是把這種欲望完全轉移到物品身上
則顯然是一種變態表現。「這時他口鼻面頰，感著無限的愉快，眼裡
也是百花亂舞一般的五彩繽紛，耳中是轟轟地像戲園子裡才開台，看
他覆著的肩頭背上不住在抖動，兩條腿子在震顫，他像一頭狼在咬嚙
綿羊，像一隻貓在貪嚼魚腥。」[13]這段描繪幾乎類似於男性獲得極大
快感的高潮體驗，是嗅覺，視覺，聽覺的全方位體驗，而且伴隨著生
理的抖動。

　　戀物癖往往伴隨著主人公強烈的性幻想。「這是一件多好看的
浴衣！……這是袖口藏著雪藕一般的臂膀，這是胸前抵住一對平剖雪
梨那樣的乳房和像葡萄一般的乳暈；這是背脊，貼著像一根甘蔗的脊
椎骨和像芒果一般的肥軟的背肉；底下是腰部像葫蘆的彎彎一捏，還
有下面，像生的不整齊的南瓜，這突出的屁股；再前面這肚臍像枇杷
的花眼，這小小的肚子，像一個富有水分的西瓜，下去是兩條大腿，
是發狂大的那兩條太湖大蘆蔔，也許還是日本的櫻桃種；還有中間，
這是鮮紅水蜜蟠桃的縫縫。他又把浴衣平放在床上，他埋了頭去吃嫩
藕，吃了葡萄和雪梨，吃了甘蔗和芒果，吃了枇杷和西瓜，最後他狠
狠地吃蘆蔔，還貪嘗那個鮮豔的水蜜蟠桃。他是發狂一般地把頭在這
浴衣上周遊，像一尾魚的在水缸中巡迴，一路上想像這是高峰那是深
谷，他想像平原也想像丘壑，到後久久停住在衣的中段，心口季得氣
也換不過來，兩臂手合手住了頭只是全身顫抖。」[14]他面對著浴衣，

想像著予以包裹的女人的身體，性幻想帶來了強烈的性快感與性衝動。最噁心的還在後面了，他竟然通過舔食浴盆底部的污垢來尋求性快感。「這室內也還充滿一種水氣，香氣，肥香氣，人氣這些東西所合成的一種浴室中的氣味，逸人嗅著了又是感得十分愉快的。長長的吸了幾口，再走到浴盆邊一看，裡面什麼東西也沒有了，探手到盆底去一摸，還有些潤濕的。他用五個指頭及手掌在盆底拭抹了一回，把手攤開在胸前，兩眼凝視這五個指頭，覺得口裡的涎水像惠山的泉水一般只湧上來，他俯首下來，伸出舌來舐這手，像惡狗舐油膩碗底一般津津有味的，後來又把手指放進口中去像小孩子一般哂吮。他退一步坐在浴盆的邊上，別一隻手撐了浴盆。他又旋轉身子，用兩手攀著盆，把頭倒下去，探到盆裡面去舐這盆底了。」[15]這是在性慾極度膨脹，卻又沒有滿足的情況下，一種令人嘔吐的變態表現，這種缺失是將對武昭雪和陳素秋的情欲疊加起來的，所以異常強烈。

施蟄存筆下的《**在巴黎大戲院**》與《**銀蛇**》如出一轍，「她遞給我手帕了。……哦，好香，這的確是她底香味。這裡一定是混合著香水和她底汗的香味。我很想舔舔看，這香氣底滋味是怎樣的。想必是很有意思的吧。我可以把這手帕從左嘴唇角擦到右嘴唇角，在這手帕經過的時候，我可以把舌頭伸出來舐著了。甚至就是吮吸一下也不會被人家發現的。……這裡很鹹，這是她底汗的味道吧……但這裡是什麼呢，這樣地腥辣？……恐怕痰和鼻涕吧。是的，確是痰和鼻涕，怪粘膩的。這真是新發明的美味啊！我舌尖上好像起了一種微妙的麻顫。奇怪，我好像有了抱著她底裸體的感覺了。」[16]相比之下海派小說中的女性戀物癖的描寫則比較優美、陰晦，實際上並不構成戀物癖的變態行為。筆者將它列出來，是想比較一下兩性在這方面的不同表現。

張愛玲的《紅玫瑰與白玫瑰》中，王嬌蕊愛上了振保，她坐在他衣服旁邊，燃燒他吸剩下的香煙，感受他的存在。「原來嬌蕊並不在抽煙，沙發扶手上放著隻煙灰盤子，她擦亮了火柴，點上一段吸殘的煙，看著它燒，緩緩燒到她手指上，燙著了手，她拋掉它，把手送到嘴跟前吹一吹，彷彿很滿意似的。他（振保）認得那景泰藍的煙灰盤子就是他屋裡那隻。……嬌蕊這樣的人，如此癡心地坐在他大衣之旁，讓衣服上的香煙味來籠罩著她，還不夠，索性點起他吸剩的香煙……」[17]這是一種前戀物癖行為，不構成真正的戀物癖。

葉靈鳳的《浴》中，露沙是輕度的戀物傾向，這種狀態是性欲萌動的少女的一種正常的狀態反映，不屬於病態範疇。露沙初讀性愛小說，獲得了性啟蒙，又受樹枝上兩隻情意綿綿互相逗弄的麻雀影響，發生了自然界中的通感作用，使得她心裡癢癢的自己需要一種擁抱。一切平時輕易不會燃起的要求，現在都在她心中引動了。她將這種衝動與需要轉移到了這部小說的作家寶秋帆的信上，她忍不住將他的信向著自己的唇上吻去。她第二次再去將小說翻開來看，她是想望梅止渴，借了書中的描寫來發洩她自己的衝動了。閱讀小說的過程好像做了一場春夢，信與小說都成了她引發性快感的物品。

章克標的《秋心》講述的是一個貞婦守節的故事。她和丈夫新婚3個月，非常恩愛，結果丈夫不幸病逝，她用丈夫的照片來支撐三四年孤獨寂寞的留學生生活。「她走到桌邊，拿起那頁小照來，放到唇邊，只感著同屍體一樣的堅冷的觸覺。她忽然有一種欲望抬頭了。棄了那頁小照在地上，拿起自己的手來，吻了又吻。忽然又把中指伸進口中，盡力地咬了一口。她覺得面上陣陣的熱潮，心口不安的動悸。」[18]筆者認為這個細節可能有這樣的意思，首先她親吻她丈夫的

照片，只感著屍體一樣的僵冷，其中隱曲地傳達著，她的丈夫已經離開了人世，再不能給她溫存了。而她通過親吻自己的手則感知到了自己溫熱的體溫，用力咬了自己手指一口，則感到了陣陣疼痛，這說明丈夫雖然死了，但自己還活著，所以自己在哀痛過後，正像《秋心》的畫像所期望的那樣，應該尋找自己真實的幸福。

許多研究文章都將**施蟄存**的**《周夫人》**這篇小說中的周夫人列為戀童癖，但是我覺得她不構成戀童癖。周夫人年輕守寡，她覺得「我」一個小男孩與她的丈夫長得非常像，可實際上正如小男孩自己所感受的那樣，他們並不相像。這是一種由於對失去愛人的思念而產生的幻覺，這種幻覺的描寫在施蟄存的小說中經常出現。比如說**《鳩摩羅什》**中的活佛鳩摩羅什將宮女與性工作者嬌娘都看成了自己的妻子。**《石秀之戀》**中的石秀將丫鬟看成了潘巧雲。並且她對小男孩並沒有進行什麼變態的行為，只是希望他多來看她。所以說，周夫人**不能算是一種戀童癖**。

三、新道德建構的質疑與商榷

在所有的提到亂倫情節的海派小說中，張資平的小說占了三分之一，近一兩年有研究張資平的學者指出，「張的性愛小說中有一種強烈的道德建構意識，其中貫穿著對靈肉一致的新的性道德的描摹。這在當時是一種先鋒性的探索，因此在他的性愛小說中，新道德的實踐者在新舊道德激烈交戰的現實生活中常常是亂倫的叛逆者，是時代的悲劇性人物。他清醒地描寫著這時代的悲劇。」[19]「張批判了在中國傳統的性文化束縛下被扭曲的性價值觀，具有反封建的歷史意義和性

愛審美化的現代意義。」[20]筆者不同意這種看法，我認為包括張資平在內的海派作家，關於亂倫題材的寫作中現代倫理的因數很小，相反傳統倫理的成分濃厚。我更不認為，他夾雜著對女性的窺視欲與蹂躪欲的色欲描寫是審美化的。

這些論者的論述主要集中在三個方面，第一，亂倫本身就是對既存的性道德的一種對抗、叛逆和藐視。第二，認為張的小說中有些亂倫關係，以現在關於亂倫的評價來看不屬於亂倫。第三，認為張資平的亂倫故事中，男女主人公是靈肉合一的。第四，認為社會是男性中心的社會，在新舊道德的激戰中，男性比女性要承載更多的壓力，因此在這場激戰中，張資平筆下的女性常常比男性更主動，這種主動，隱含著新道德的成分。

筆者認為，以上幾個論點存在著嚴重的錯誤。**亂倫行為本身並不與舊道德形成必然的對立**，新道德本身也禁止亂倫，亂倫是違背倫常的病態行為。並且在古代社會亂倫就存在，在中國歷史中，亂倫的記載在春秋時期就有了，衛宣公娶其庶母夷姜，宋人奉公子娶其祖母襄夫人，楚平王娶其兒媳齊女，遺娶其嫂孔吉，[21]之後中國的許多帝王都有亂倫的家史，在民間亂倫的事情也時有發生。在（明）《癡婆子傳》、（清）曹去晶的《姑妄言》、（清）嘉禾餐花主人的《濃情快史》等古代狎褻小說中也有亂倫情節的描寫，其故事與人物全都猥瑣不堪。因此說，亂倫不但不是新社會的產物，反而是舊時代的遺毒。或者說是人類本能中的黑盒子。

根據血緣分析，有些亂倫關係以今天的法律和道德標準來衡量已經不屬於亂倫範疇，比如**張資平**的**《愛之焦點》**、**《上帝的兒女們》**就**不屬於亂倫**範疇，《愛之焦點》中，「他」與N姊的祖父間是

兄弟關係，他的祖父是庶出的，她的祖父是嫡出的，他們的血親關係
很遠。《上帝的兒女們》中，瑞英是父親余約瑟與前妻所生，阿炳則
是母親杜恩金與文仲卿所生，他們沒有任何血緣關係。但是亂倫問題
的複雜性正在這裡，禁忌的制定往往不完全根據科學與法律的規定，
亂倫禁忌本身還包括社會倫理層面的規範。同時亂倫禁忌在不同文化
中界定的範圍有很大差別，它還有一個時間流動性，也就是說不同時
代，人們劃定的亂倫範圍也有很大差別。在森嚴的中國宗法制社會，
一些血緣關係很近的親屬反而可以結婚，導致生出畸形兒，而一些名
義上有近親關係，實際上沒有任何血緣關係的親屬，則不允許結婚。
所以筆者認為對小說中的亂倫現象進行分析，還要將其放到特定的時
代背景中，才能實現對文本客觀準確的分析。因此，從這個意義上來
看，《愛之焦點》中「他」與N姊的關係，《上帝的兒女們》中瑞英
與阿炳的關係，在那個時代又是屬於嚴格禁忌的亂倫範疇。張資平筆
下沒有寫過一對真正直系血親的亂倫關係，但是他筆下的亂倫關係都
是當時社會所不容的亂倫關係，有些關係直到今天還頗受爭議。比如
《上帝的兒女們》中瑞英與阿炳畢竟是一個家庭中的姐弟。**《梅嶺之
春》**中外甥女段保瑛與吉叔父雖然沒有很近的血緣關係，但保瑛寄住
在叔父家裡，實際上身份類似於養女，即使在今天這仍然算是一種令
人不齒的父女亂倫行為。所以筆者不太同意部分研究者，為了將張資
平的文本價值拔高，而盲目地將一些行為都不列為亂倫範疇的做法。
根據中國亂倫現象調查報告[22]以及美國亂倫調查報告，[23]當代社會的
許多亂倫行為就發生在沒有任何血緣關係的家庭成員之間，並且這種
亂倫行為往往伴隨著誘姦、強暴、虐待等多種變態行為，會給當事人
帶來巨大的身心創傷。德國的心理醫生貝貝爾‧瓦德茨基對其診所中

的女病人進行調查發現，25位患者只有6位沒有受過性侵犯，婦女受到性侵犯的年齡從2歲到26歲。最常有性侵犯的人是父親、繼父、叔叔和祖父，家庭熟人，父親的朋友等。性侵犯產生了強烈的心理創傷，對當事人今後的交往行為產生影響。其後果可能出現一系列持續障礙，如恐懼感，驚慌失措，威脅感，不信任人，不安全感和交往困難。受到性侵犯婦女的人格和性別同一性都遭到傷害。致使兒童對父母的信賴，原本期望能從他們那兒滿足需要和得到保護的願望深深地受到了傷害。這些父母大多本身就是亂倫的受害者，他們沒有從自己的父母那裡得到情感上的支持和愛，現在他們當然也不能把這些東西給予孩子，他們似乎要在孩子身上重複他們童年的命運。[24]於是亂倫在家族內部形成亂倫的怪圈。鑒於此種狀況，本人更不希望盲目地將某些亂倫範圍劃小，亂倫就是潘朵拉盒子裡的災難，一旦被放出來，就很難收回去了。同時，與反對盲目將亂倫範圍縮小的觀點不同，本文還認為，以往被認為是亂倫題材的葉靈鳳的**《嫁姊之夜》**，不屬於亂倫範疇。小說所謂的姐弟亂倫，只是男主人公在嫁姊之夜的一個春夢而已。在春季，婚嫁的當日，男女性愛是一個敏感的話題。在喜事的催生下，男主人公春心蕩漾，做了一個春夢是很正常的。而且在青春期的男女，亂倫夢是常見的性夢，並且夢常常是以變形的形態出現，所以僅僅依據這個性夢不能說，弟弟暗戀姐姐或者說姐弟之間有亂倫行為。

本文也**不主張用亂倫的形式來實現靈肉合一的愛情觀**，亂倫是一種變態的性行為，不管當事人是多麼的相愛都不能抹殺其罪惡性的一面，以張資平為代表的海派小說中，就有一部分是由於主人公性的飢渴而發生的亂倫。事情一旦是罪惡的，不論你動機多麼純良都是犯

罪。而且實際上真實生活中發生的亂倫行為，比小說中所描寫的要醜
惡得多，所以從社會影響的角度來講，我也不同意打破禁忌。而且張
資平筆下的亂倫行為描寫，從文本效果來看，與魯迅先生所說的鐵屋
子中的吶喊，矯枉過正的舉動根本不同。

　　我也不認為在亂倫行為中男性承受更大的壓力。比如張資平的
《梅嶺之春》中，在那個民風淫蕩的村落中，對亂倫的懲罰異常嚴
酷，根據當地的習慣，男女亂倫，要把女的裸體縛在木釘上，任族人
鞭撻，最後還有用錘鑽刺死，把男的趕出本地，終身不許他回原籍。
可見在亂倫懲罰中，對女性的懲罰更嚴重。所以應該女性承受的壓力
更大才對。另外，對女性在亂倫中頗為主動的表現，筆者認為這更是
男性作家希望女性投懷送抱的「白日夢」，這是傳統文學中**巫山神女
自薦枕席原型**的再現。高唐神女故事見於宋玉的《高唐賦》，「昔先
王游於高唐，怠而晝寢，夢見一婦人，自云：『我帝之季女，名曰
瑤姬，未行而亡，封於巫山之台。聞王來遊，願薦枕席。』王因幸
之。」[25]文中對神女生性好淫，能為雲雨的描述，反映了遠古交媾致
雨的宗教習俗。同時在後世的《聊齋志異》中的女狐女鬼身上，我們
也可以看到巫山神女的影子。如果說在《聊齋志異》中，這類女性形
象身上所反映出來的作家的創作主旨，還有希望女性反對傳統禮教的
願望的話，那麼在現代文學中這種原型身上的反禮教的因素就越來越
小了。越是在現代社會再現這種原型，越表現了男性作家傳統的男權
心理。因為現代社會女性擁有更多的選擇自由，這實際上是對傳統的
男性權威的動搖和挑戰，男性知道那種男性權威的時代正在滑落，所
以更加變本加厲地在文本中書寫他的白日夢。這種神女原型的出現與
再現，與文人在當時社會人生價值的實現狀況有很大關係，與傳統專

制制度本身關係不大，**文人在男人的世界（社會）中實現不了自己的抱負，不受重視，於是就通過女性自薦枕席的方式來獲得夢幻中的男性權威的滿足。**

　　海派的混亂性敘事大致上將物質性、肉體性、庸俗性以及破壞性等因素錯綜混雜在一起，建構起一種巴赫金「狂歡式」時空的假像世界。可是實際上巴赫金的狂歡化世界與海派小說的狂歡式時空表達的是不同的涵義。巴赫金說：「狂歡節是沒有邊界，不受限制的，全民都可參加，統治者也在其中。它使人擺脫了一切等級關係、特權、禁令，它使人們不是以官方世界看問題，而採取了非官方的、非教會的角度與立場，所有的人都暫時超越官方的思想觀念，置身於原有的生活制度之外。其次，人回到自身，解去了種種束縛，異化消失，人與人不分彼此，相互平等，不拘行跡，自由來往，從而形成了一種人的存在形態，一種『狂歡節的世界感受』。再次，它顯示了對人的生活、生存的一種複雜的觀念，如生死相依，生生不息，死亡、再生交替更新的關係始終是節日世界感受的主導因素。」[26]也就是說巴觀念中的狂歡世界是民主、平等、生死相依的。重要的是，巴同時指出了所有這些表面上看來「亂七八糟」的東西，顛倒的行為，詛咒和廢黜一個世界及其中的舊權威和舊真理的代表者，正是為了促使和預備一個新世界的誕生，把原有的人們愚昧地奉為圭臬的東西發配至下水道，令其速朽。可是海派作家筆下的混沌世界是作家在非理性的狀態下建構的，作家根本在意識層面，沒有這種由破壞到新生的圓形時間觀。因此**他們的書寫無法達成對「陽中心」思維定式的解構。**

　　在世界上幾乎所有的民族都有發洩欲望的狂歡節，如古希臘的「地母節」、「酒神節」。在中國有「春社」、「桑社」。[27]**在這種**

春季的狂歡節中，性承擔著新生的涵義，表達了人們祈求穀物繁茂、人丁興旺的美好願望。但是性混亂是一柄雙刃劍，縱欲又往往是頹廢欲死的表現，極度縱欲常常預示著死亡即將來臨。「在幾乎所有未開化的民族和文明的民族中，都普遍存在著一種對亂倫極度恐懼的心理。特別是許多處於原始氏族公社時期的民族，他們將亂倫與整個宇宙的秩序聯繫起來，認為一旦發生這樣的事件，就會招致大旱、暴雨、莊稼不收、婦女不育、瘟疫流行的滅頂之禍。」[28]筆者相信，**這種亂倫會帶來災難的記憶沉澱在每個人的無意識中**。海派作家筆下的性混亂，同樣構築了一個淫蕩骯髒的世界，這個世界無禁忌、無羞恥，有的只是性墮落後的狂歡。這種性狂歡只是傳統專制父權的黃昏表現，而不是指向再生的鳳凰涅槃。**個人及時行樂的世紀末情緒和古老家族的衰敗，隱喻著傳統道德價值的沒落**。這種性狂歡嚴格上說，與《金瓶梅》、《九尾龜》等作品反映的性倫理並無根本上的差別。

殖民工業和殖民文化的橫向侵入和發展，造就了上海十里洋場的虛假繁榮，在這種虛假繁榮的背後，隱藏著中國傳統文化、鄉土風情揮之不去的魅影，正如周作人所說的「上海氣的基調即是中國固有的惡化」。[29]雖然人們將古衣古裙換成了摩登旗袍，將馬車換成了汽車，然而人們的情感方式、倫理態度仍然沒有根本的改變。**傳統糟粕文化對人物的性變態行為有著病原性和不可推卸的歷史罪責。海派作家正是以一種極端化的方式為傳統專制父權吟唱輓歌**，而這種吟唱本身是充滿感傷的，而不是巴赫金視閾中放縱的歡樂。海派作家筆下的性狂歡，不僅反映了中國文人傳統的性文化心理，更反映了中國文人的實用理性態度與現世情懷。

上海孤島的洋涇浜文化，在商業意識上，將社會所有領域都納入

商品交換的範疇；在生存方式上，崇尚極度的享樂主義；在價值觀念上，崇尚金錢至上主義；在女性覺醒上，則盛行極端個人主義、縱慾主義。由於這種文化的裂變，造成了人的心理變態、感情失重、信仰迷惘、行為偏執。人性在復甦的同時走向失落。除了這種文化的分裂之外，在一定程度上還表現為某些方面的文化斷層，由於新文化的因素相對於舊文化而言，呈現出強烈震盪的狀態，因而，**這種文化斷層會在一定程度上造成一些人在文化上的失落，從而出現人的心理、性格、行為上的原始復歸**，甚至呈現出無序、無度的反文化傾向。海派小說中人物在欲望的放縱上即是這種狀況的反映，它不僅展現了傳統文化的失落，也展現了文化的一定意義上的倒退，當然，在一定程度上，它又表現為文化的發展和進步（波浪式的）。

混亂性表現並非現代性事件。現代性並非一個單一的過程和結果，它自身充滿了矛盾和對抗。這裡有兩種現代性，即所謂世俗現代性與審美現代性的分歧，也有卡林內斯庫所說的面孔的五種：現代主義、先鋒派、頹廢、媚俗藝術與後現代主義的衝撞。根據這種說法，似乎與現代性過程相伴而生的，對性變態、亂倫等性混亂行為進行表現的媚俗、頹廢藝術，或者說具有這種色彩的藝術，也是屬於現代性的東西。**它是現代性自身包蘊的可以毀滅自身的成分**。同時，我們回顧一下性混亂行為在小說中出現的歷史，就會發現，這種說法似乎有一定的道理。

第一次混亂性行為（包括亂倫、戀物癖、戀童癖等各種變態的或者非常規的性行為）的表現在小說中出現，是在**明代中期以後**，延續於**清初**，即西元16世紀中至18世紀初葉的200餘年內。明清的狹邪小說中有大量關於家族亂倫、群交與性變態等混亂的性行為的描寫，其

粗俗、淫穢與猥褻的程度,在中外文學中歎為觀止。第二次出現在**20世紀20年代**之後的上海,在海派作家中,主要是張資平、葉靈鳳、章克標,有部分亂倫與性變態的描寫,其他的創造社作家郁達夫和郭沫若也有部分性變態行為的描寫。他們的作品在當時的社會上也是引起了軒然大波,毀譽參半。第三次就是**20世紀90年代**後,隨著具有先鋒意味的性描寫相繼在嚴肅文學中粉墨登場,與之相伴而來的是,泥沙俱下的描寫性混亂行為的網路文學的誕生,一些網友甚至興致勃勃地將已經近乎失傳的明清狎褻小說全文複製到網站上,變態性行為以各種藝術形式在網路內傳播。這三個時期都緣於**性能量經過長期壓抑之後必然產生的一個總量爆發**,小說產生的背景也有諸多相似之處。

首先,它們都處於**中國商品經濟繁榮時期**。明清狎褻小說的創作中心主要位於南方江蘇與浙江一帶。這些地方自明代中期以來工商業特別繁榮,是鹽業、紡織業、鑄造業、圖書業的中心,資本主義萌芽,市民階層空前壯大。20世紀20年代之後的上海,隨著其淪為帝國主義列強的殖民地,商品經濟空前繁榮,伴隨著貿易的巨大發展,上海的工業也得到了極大的發展,並迅速形成了中國的工業中心。30年代初,上海已經成為近代中國各種中外金融機構最集中的大本營。1931年,上海已成為名副其實的全國金融中心。1978年中國大陸實行改革開放政策,直到90年代中期,中國市場力量實現了從無到有,從小到大,從勃興而鼎盛的一個發展過程,同時,中國經濟也進入一個快速發展階段。文化公眾閒暇時間的增加和消費能力提高,需要出版業、報業和休閒雜誌提供更多的文化消費產品。於是,誕生了一群知識份子,這些知識份子所遵循的是隱蔽的市場邏輯,即使在訴諸批判的時候,也帶有曖昧的商業動機,以迎合市場追求刺激的激烈偏好。

消費文化的內在邏輯無限渲染和誇大了人的性欲望，波德里亞甚至略微有點誇張地指出，「性欲是消費社會的『頭等大事』，它從多個方面不可思議地決定著大眾傳播的整個意義領域。一切給人看和給人聽的東西，都公然地譜上性的顫音。一切給人消費的東西都染上了性暴露癖。當然同時，性也是給人消費的。」[30]**性的欲望挾消費文化之威空前活躍。**

其次，這三個時期都伴有**思想的激烈震盪**。自漢代以後，我國儒學成為統治思想，然而它在某些地域並不十分強固，人們的思想是相對自由的。從宋代到明代的理學家，儘管宗派與學說有異同，但他們都一致主張「明天理，滅人欲」。理學家們將「三綱」、「五常」等宗法制倫理原則作為「天理」，而將與此相違的思想、情感、欲望、行為等視為「私欲」。他們關於女婦之「大欲」，只在傳宗接代的神聖使命中才作為肯定對象，而且限制在家庭婚姻關係之內實現。這些思想在明代已深入和普及到人們的日常生活之中，同時構成社會價值觀念體系，於是曾經熱烈旺盛、生氣勃勃的生命意識在人性滅絕的黑暗王國之中變得模糊迷茫了。明代著名理學家王陽明卒於嘉靖七年（1528），此後理學分化了，思想活躍了。沿著王陽明「心學」的思路，以李贄為首的王學左派，猛烈抨擊理學的「存天理，滅人欲」的理論，大膽肯定人情、人欲的合理性，力圖使人的感性欲望合法化。李贄大膽肯定「好貨」「好色」是人的正常欲望，是無可非議的；顏山農也直言不諱：「人之好貪財色，皆自性生，其一時之所為，天機之發不可壅閼之。」[31]這種文化思潮一方面對理學的禁欲主義起到了很大的衝擊作用，對人性解放、社會進步也起到一定作用，具有強烈的啟蒙意義，但另一方面又造成了流弊，由於矯枉過正，人

心解放又走入了另一個極端：倫理道德日益惡化，禮教綱常的約束力急劇減退。由於道德淪喪，相當一部分人陷入極端享樂主義和縱欲主義的泥坑。晚明出現的一大批色情小說頗能反映那個時代的社會風氣，像《如意君傳》、《繡榻野史》之類作品，幾乎全以好色、誨淫為主要內容。正如魯迅所說：「著意所寫，專在性交，又越常情，如有狂疾。」[32]同樣，1919年在中國，爆發了一場在近代中國歷史上具有劃時代意義的五四新文化運動，這既是一場徹底的、不妥協的反對帝國主義和宗法制的愛國運動，又是一場思想啟蒙運動，它不僅使中國革命的性質發生了根本的變化，而且促進了中華民族的新覺醒。而第三個時期，20世紀70年代後期的思想解放是以結束文革為開端的，而後對真理標準的討論引起廣泛關注。在真理標準問題的大討論中，鄧小平一再強調的實事求是、解放思想的思想路線是對教條和空想的徹底否定，實際上為新時期思想文化的活躍和發展奠定了比較厚實的基礎。這場大討論是80年代思想文化解放的先聲。真理標準大討論展開之後，文學藝術領域中，很多人嘗試超越主流意識形態，追求個人解放。因此，80年代文化中充滿的憂患意識，是為即將到來的「開放的中國融入世界」的偉大歷史契機所做的思想準備。同時隨著西方思想的引入，中國人既在反思當下社會，又在建構一種新的社會思想體系。70年代末、80年代初的思想解放運動和80年代中後期的「文化熱」（後來被稱作為繼「五四」以後的一場「新啟蒙運動」）中，湧現了一批社會知名度極高、擁有大量公眾讀者的公共知識份子，他們中有作家、科學家、哲學家、歷史學家、文學家、人文學者，乃至體制內部高級的意識形態官員。雖然有這些身份上的區分，但他們所談論的話題無一不具有公共性、跨領域，從國家的政治生活到中西文化

比較、科學的啟蒙等等。這些公共知識份子在大學發表演講、在報紙和雜誌撰寫文章，出版的書籍常常暢銷全國，動輒幾萬、十幾萬冊，成為影響全國公共輿論的重量級公眾人物。也就是說，這三個時期都是伴隨著經濟的高速發展，思想解放運動的進行，處於除舊更新的歷史階段，因此比較容易使人誤以為，混亂性行為的文學表現具有著現代性的特徵，其實，這種現象是**現代性追尋過程中必然產生的對抗性力量，但它本身不屬於現代性的成分**。

另外，**這三個時期知識份子面臨的處境與創作的文化心態基本上也是相似的**。明清至近代的流浪文人根本沒有心思也沒有能力使自己獲得足夠的收入，面對新經濟時代的來臨，沒有任何經濟實力的知識份子只能整日淒淒慘慘地悶坐愁城。對他們來說，實現個人價值與政治理想最重要的途徑是走向仕途，但是科舉制度廢除之後，這條道路無形中被斷絕，等待他們的只有「好夢難圓」的悲慘結局，於是感物傷情成了他們生活的主旋律。狹邪小說生當天崩地坼的末世，它一方面不忘道德救世、整飭風俗的責任，另一方面則要宣洩作家人生失意的牢愁，誇示狎妓縱酒的風流。道德感、末路惆悵和享受情緒交織在狹邪小說中。

同樣，「五四」退潮後，許多小資產階級知識份子陷入報負和理想無法實現的深刻迷惘之中，整個一代知識份子命運失落的遭際感沉澱在海派作家的心中。尤其是張愛玲和穆時英等作家，更將身世的飄零與知識份子的時代命運雙調同唱。同時，處於物欲橫流的現代都市，無可名狀的焦慮和感傷不斷地吞噬著被壓扁了的窮愁潦倒的知識份子。這種情緒首先在創作主體身上呈現無遺。繼而作品中的人物也成了這種末世情緒的承擔者和表現者。

　　有研究者指出，新中國創富主體的變遷經歷了如下六個階段，第一代是個體戶。第二代是農村家庭聯產承包責任制後的承包到戶者、農副產品加工企業主、鄉鎮企業主。第三代是城市改革過程中，通過承包制、採購鏈和服務體系轉型富起來的個人。第四代是鄧小平南方講話後，在幹部分流、教師下海浪潮中形成的企業家，主要涉足房地產、國際貿易、開發區投資產業。第五代是2002年黨的十六大後，在我國產業結構調整、國企改革、城市化加速、民營經濟加快發展和經濟全球化程度迅速提升的大浪潮中成長起來的企業家。歷史正在促生第六代財富創造者。在他們中間，經過市場經濟洗禮的新知識份子，正在逐漸成為創富主體。這批出生於上世紀60─70年代的正值壯年的新知識份子，由於其成年的時代是改革開放的黃金時期，他們面對財富更具能動性，他們正在通過創業獲得財富支配權，通過辦實業或治理公司實踐自己「平天下」的人生理想，通過大眾媒體獲得話語權。他們中的不少人擁有博士或碩士學位，在本領域已小有名氣；他們中的不少人曾在國家機關工作過，然後跳脫出來，創辦企業或做職業經理人。[33]縱觀這一劃分，我們可以發現，改革開放初期，財富的分割還主要不是以知識份子為主，到了第四代財富才逐漸地轉到了知識者手中。因此，80年代初到90年代中期，此時的知識份子仍有一種被社會拋離的零餘感，這種感覺逐漸在文本中轉化為一種發洩，並以混亂的性表現形式呈現出來。

註釋

1 楚雲：《亂倫與禁忌》，上海：上海文藝出版社，2002年，第14頁、第12頁、第60頁、第84頁。

2 張敦福：《從獸性到人性》，濟南：山東人民出版社，2004年，第136頁。

3 同註1。

4 蘇青：《結婚十年》，《結婚十年正續》，上海：四海出版社，中華民國37年，第111頁。

5 鄧明昱、王效道：《性心理學探索》，上海：上海科技出版社，1989年，第194頁。

6 無名氏：《塔裡的女人》，上海：真善美圖書出版公司，民國37年，第125頁。

7 張愛玲：《紅玫瑰與白玫瑰》，《傳奇》，長沙：湖南文藝出版社，2003年，第334頁、第343頁。

8 章衣萍：《愛麗》，《情書二束》，廣州：花城出版社，1996年，第72頁。

9 章克標：《銀蛇》，《一個人的結婚》，廣州：花城出版社，1996年，第135頁、第134頁、第137頁、第137頁、第138頁、第138頁。

10 同上註。

11 同上註。

12 [保加利亞]瓦西列夫：《情愛論》，趙永穆、范國恩、陳行慧譯，北京：生活、讀書、新知三聯書店，1998年，第222頁。

13 同註9。

14 同註9。

15 同註9。

16 施蟄存：《在巴黎大戲院》，《梅雨之夕》，哈爾濱：黑龍江人民出版社、北方文藝出版社，1997年，第20頁。

17 同註7。

18 章克標：《秋心》，《銀蛇》，哈爾濱：黑龍江人民出版社、北方文藝出版社，1998年，第41頁。

19 徐仲佳：《新道德的描摹與建構——張資平性愛小說新探》，長沙：《中國文學研究》，2004年1期，第82頁。

20 葉向東：《論張資平的性愛文學思想》，昆明：《雲南師範大學學報》，2005年1期，第82頁。

21 同註1。

22 《北京晨報》，《中國亂倫現象調查報告》，http://www.easymr.com/Article_Show.asp?ArticleID=6522.2005.6.8。

23 惜陽：《美國亂倫調查報告》，http://bolan.cnfamily.com/198503/ca11557.htm。

24 [德]貝貝爾·瓦德茨基：《女人自戀‧渴望承認》，陳國鵬譯，上海：上海人民出版社，2003年，第130頁。

25 聞一多：《高唐神女傳說之分析》，《聞一多全集》，武漢：湖北人民出版社，1993年，第17頁。

26　[前蘇聯]巴赫金：《拉伯雷的創作和中世紀與文藝復興時期的民間文化》，《巴赫金全集·第6卷》，石家莊：河北教育出版社，1998年，第10頁。

27　石方：《中國性文化史》，哈爾濱：黑龍江人民出版社，2003年，第60頁。

28　同註1。

29　周作人：《上海氣》，《談龍集》，長沙：湖南文藝出版社，1999年，第92頁。

30　[法]波德里亞：《消費社會》，南京：南京大學出版社，2000年，第159頁。

31　王世貞：《弇州史料後集》卷份《嘉隆汀湖大俠》，轉引自張宣之：《宋明理學史》，北京：中華書局，1980年。

32　魯迅：《中國小說史略》，上海：上海古籍出版社，1998年，第129頁。

33　劉擎，沈亮：《中國新知識份子財富路徑》，原載《瞭望東方週刊》，http://www.china.com.cn/chinese/MATERIAL/1082569.htm. [EB/OL].2006.1 .4。

第五章

性愛與死亡

郁達夫認為，「性欲與死亡是人生的根本問題。」性與死亡分別代表著創造與毀滅。每個生物的肉身都會毀滅，而性的結合則是創造繼起生命的手段，生物透過性戰勝了死亡，但性裡面也含有死亡的陰影，因為性結合的時刻，通常也是生物最無防備、最容易遭受敵人攻擊而喪命的時刻。佛洛伊德認為，「性本能常欲將生命的物質集合而成較大的整體，而死亡本能則反對這個趨勢，欲將生命的物質重返於無機的狀態。這兩種本能勢力的合作和反抗即產生了生命的現象，到死為止。」[1]人在性愛的追求中獲得了滿足的同時，又把自己推向了死亡的端限。這種陰影在多數文化裡都蔓延擴散成像，《金瓶梅》裡的一首警世詩：「二八佳人體似酥，腰間仗劍斬愚夫，雖然不見人頭落，暗裡叫君骨髓枯！」，「性」乃是「死亡的進行時」。愛神和死神的臀部永遠是緊緊挨靠的，人類無法擺脫性與死亡的關聯，反而因文明的發展，而使性與死亡產生更多樣、也更隱晦的糾葛。

一、肺結核病人形象
──海派男作家閹割焦慮的藝術表現

疾病在文學題材中，使人物和他周圍的環境變得特殊。它是正常界限的逾越，它將人生真諦放到生命絕境上來加以認識，因而它會成為顯露一個人人格深處的條件，展現出常態下看不到的或不願表露出的東西，並由此形成對人類精神的檢驗。疾病更能表現出人們交往中出現的問題，再現了人類生存的某種危機。並且拷問讀者，假如沒有苦難，世界還有什麼意義，這是一種置之死地而後生的文學和人生體驗，是一種對命運、永恆和未來的溝通。疾病儘管是一種生理現

象，但在生理的痛苦、心理的重壓中卻分明有著人類文化的折光，負載一定道德批評和價值判斷。因而在文學中出現的疾病意象也擁有著耐人尋味的文化意蘊和審美指向。當疾病意象牽動起我們頭腦中所有關於此種疾病的神話和想像，以達到認識抽象事物和隱秘主題時，它就再也不是簡單的生老病死層面上的疾病，而成為通向深層主題的重要隱喻。疾病是僅次於愛欲之後小說中最常出現的情節。當兩者牽手之後，其作品便散發出更加瑰麗的藝術魅力。在現代文本及所有的疾病中與性愛生活聯繫最緊密的是肺結核。它僅僅是一種阻斷生命的符號，愛情大戲的一個道具，它更多意義上充當了愛情探討的一種方式。在愛欲面前個人的生死變得微不足道，死亡的恐懼被隱去。

結核病俗稱「肺癆」，它是由結核桿菌侵入人體後引起的一種具有強烈傳染性的慢性消耗性疾病。它不受年齡、性別、種族、職業、地區的影響，人體許多器官、系統均可患病，其中以肺結核最為常見。肺結核90%以上是通過呼吸道傳染的，病菌通過飛沫噴出體外感染健康人。現代醫學認為，結核桿菌侵入人體後是否發病，不僅取決於細菌的量和毒力，更主要取決於人體對結核桿菌的抵抗力，在機體抵抗力低下的情況下，入侵的結核菌不被機體防禦系統消滅而不斷繁殖，引起結核病。營養不良是肺結核高發的原因之一，它與貧困有著直接關係。結核病的病狀比較隱匿，不典型，歸納起來全身結核病中毒症狀有低熱、盜汗、疲勞、食欲不振、體重減輕、女性月經不調。肺結核的局部症狀如：咳嗽、胸痛、氣短、咯血。而其他肺外結核依其侵犯器官、系統的不同而各有不同的局部症狀，個別病人無任何症狀。結核病是一種頑固的慢性疾病，一旦感染發病，若不及時、不規範、不徹底治療，最終導致復發、惡化、產生耐藥，形成難治性肺結

核,形成慢性傳染源,危害家庭、社會,最終因反覆發作引發多種併發症而死亡。在19世紀這種「白色瘟疫」就使得數萬人喪命。肺結核病在小說創作中與隱喻以及宏大敘述密切地關聯在一起,從而超越了單純的臨床性的疾病本身。這些隱喻輻射到性、民族、文化和政治諸種領域。也就是說,**肺結核正是在隱喻和敘述中才獲得了真正的文學意義**。

穆時英的《白金的女體雕像》、《公墓》,張愛玲的《多少恨》、《殷寶灩送花樓會》、《花凋》,張資平的《苔莉》、《約伯之淚》,葉靈鳳的《肺病初期患者》、《女媧氏之遺孽》,劉吶鷗《殘留》,徐訏的《百靈樹》,施濟美的《三年》這些小說中戀愛著的男女主人公幾乎都死於肺結核。正如《魔山》中的一個人物所說,「疾病的症狀不是別的,而是愛的力量變相的顯現;所有的疾病都只不過是變相的愛。」[2]依據有關肺結核病的隱喻神話,人們認為,大概存在某種熱情似火的情感,它引發了結核病的發作,同時病人又在結核病的發作中發洩自己。這些激情必定是受挫的,這些希望必定是被毀滅的希望。這種激情通常表現為愛情。從西方浪漫派開始,**肺結核病被想像成愛情病的一種變體**。[3]

海派作家中的部分作品也將肺結核的致病原因歸結為愛情的煎熬。**《肺病初期患者》**中的蘭茵由於先天萎弱,讀書的用心過度,及三角戀愛的折磨,才19歲就由少女青春期的憂鬱病轉到了初期肺結核。**《女媧氏之遺孽》**中的嫂子蕙與小叔子莓篋真誠相愛,並生下一子。因為害怕父親的責罰,所以當父親知道了這件事情後,莓篋迅速離家。面對愛人的離去蕙病發肺結核。在病中蕙還是偷偷地給愛人寫信,書信和日記飽含了她對愛人的相思之情,以及她獨自生下孩子遭

家人指責的內心痛苦。蕙的丈夫敬生斷絕了莓箴與蕙的書信往來。蕙在病痛、憂鬱與思念中死去。**《約伯之淚》**中的幾個男子為了璉珊不同程度地在愛情上受了損傷。C音樂教師因為她去了職；H君因為她發狂；工科學生M因為她得了精神衰弱症而抑鬱自殺；醫科學生F因為她連年留級而退學返鄉；教育系的二年生N和「我」犯了肺結核中途退學回家。患病情節的設計既是從病理學的意義上解析主人公，也是**從精神苦悶和靈肉衝突的角度來敘述一個現代人的誕生**。肺結核標誌的是一種現代感性的覺醒，是一種新的感受方式，一種對現代的新的理解，並最終通向「自我」的塑造之途。

西方文學有為放蕩開脫責任的傾向，作品常常把肺結核病人的縱欲生活歸咎為生理的、客觀的頹廢或渙散狀態。[4]一部分海派作品也將肺結核的原因歸結為**縱欲**，《白金的女體雕像》中的女患者，被醫生診斷為「性欲的過度亢進」。《苔莉》中的克歐和苔莉則因為極度縱欲而身染重病。

《公墓》是一篇有代表性的描寫肺結核病人的小說，作品寫的是一個幻夢破滅的故事。「我」經常獨自跑去公墓，在母親的墳塋前放一束鮮花，懷念遙遠孤寂的母親。漸漸地「我」和另一位同樣坐在墓前懷念母親的歐陽玲結識了，兩顆孤獨的心碰撞在一起，從此，暮春三月充滿了愛的憧憬與氣息！但不幸的是丁香花似的姑娘卻身患肺病。「我」始終沒有勇氣向她敞開愛的門扉，東方的孩子們沒有學會表白。時光雖然有限，體會相互的心意已是足夠，要等待一個恰如其分的時機說出愛情，卻又太倉促。關於愛情他們都是失語的，尤其是傾訴的方式。似乎「我愛你」，這種外來的表達方式還沒有習慣，沒有成為格式化的詞序排列，成為年輕人表達愛慕的固定句式。溫暖的

故事中最有分量的部分，是他浮動在喜歡的邊緣，沉甸甸地欲語又止，而表達永遠都被阻滯在時間後面，跟不上光陰流轉。不久丁香姑娘香銷玉殞，愛的迷夢化為了一縷煙雲，「我」又重新被拋入孤獨與失望之中，無邊寂寞的唯一慰藉是那舊墳旁又添一座新墳。在愛情故事中疾病的涵義被弱化，肺結核只是一個引導讀者去推斷事情的說法，它只有在阻斷未來的時候才表現得具體。這個由作家宣佈的詞語斜插進來，不僅僅指明了故事的時限，還承擔了他們都不能如願的原因。**生命結束是令人恐懼的事情，肺結核作為原因催生了一種緊密依賴的關係模式，用以分擔玲子獨自一人面對死亡而生出的恐懼。**

他們之間的愛雖然沒有言明，但是彼此心有靈犀。在病中，「我」的來信成了她生命中的重要慰藉。她也不倦地給「我」回信，直到她病重得再也不能拿起筆。臨終前，她還囑咐父親把那兩束風乾了的丁香花和自己的相冊留給「我」。病入膏肓的主人公對「我」的愛就是一種渴念、一種盼望，她知道這種愛是不能在實踐中完成的，但是，她對愛的盼望始終沒有停止。愛是對死亡的抵抗，是對生命的救贖，是對價值的肯定，愛為存在奠基，此在不再被規定為必死者，真正的愛是不會死的。**愛情是在竭力為畏死的病體尋找一個出口，一個讓身體和永恆對應，離開疼痛而得恒久的救贖。**肺結核病人對愛情的執著不僅僅表現在用愛情來躲避死亡，有時也會走向另一個極端，就是用死來捍衛愛情。《百靈樹》中的先昊不小心將肺病傳染給了男友，男友不幸病故，而自己卻奇跡般地好了，身在異地的她為了殉情選擇了自殺。

疾病總是追逐一些無辜的女孩，將年輕的生命匆匆結束，重複著人生無常的感慨。可愛的女孩們是因為疾病而變得柔弱可愛，同時

也因為柔弱可愛而被疾病捕獲，美麗引發了愛慕，**疾病使她們變得美麗，疾病與愛成了不折不扣的同語反覆**。疾病的症狀很少在她們身體上出現，和疾病相關的令人不快的背景幾乎都被屏蔽了。疾病似乎只是規定好收回生命的時間，絲毫也沒有損傷她們的美麗。玲姑娘是一位憂鬱的美人，就像戴望舒《雨巷》中，那位結著愁怨的姑娘。她「老穿淡紫的，稍微瘦著點兒，只記得她給我的印象是矛盾的集合體，有時是結著輕愁的丁香，有時是愉快的，在明朗的太陽光底下嘻嘻地笑著的白鴿。」[5]她有「一雙謎似的眼珠子，蒼白的臉，腮幫兒上有點焦紅，一瞧就知道是不十分健康的。她叫我想起山中透明的小溪，黃昏的薄霧，戴望舒先生的《雨巷》，蒙著梅雨的面網的電氣廣告。」[6]「老瞧見她獨自個坐在那兒，含著沉默的笑，望著天邊一大塊一大塊的白雲，半閉著的黑水晶藏著東方古國的神秘。」[7]

除了人物的憂鬱美外作家還描繪了環境和風景中的荒涼美，「姑娘們應當放在適宜的背景裡，要是玲姑娘存在在直線的建築裡面，存在在銀紅的，黑和白配合著的強烈顏色的衣服裡邊，存在在爵士樂和neon light裡面，她會喪失她那種結著淡淡的哀愁的風姿的。她那蹙著的眉尖適宜於垂直在地上的白大理石的墓碑，常青樹的行列，枯花的淒涼味。她那明媚的語調和夢似的微笑卻適宜於廣大的田野，晴朗的天空，而她那蒙著霧似的視線老是望著遠遠的故鄉和孤寂的母親的。」[8]有一種觀點認為，肺結核是在潮濕昏暗的城市裡產生的疾病，所以醫生建議病人去遠郊的地方修養，因此肺結核病人療養的鄉村甚至墓園被**浪漫化**了。肺結核病人也往往像玲姑娘一樣被描繪成能夠與鄉村的自然風光恰到好處地融為一體的人物。海派作家筆下的風景既有中國古典詩歌中傳統的蕭殺秋意，又有法國象徵派詩人魏爾倫

詩歌中的頹廢美。疾病淨化了俗世的種種喧囂，少女早已知道生命會早早結束，她們只是靜候著結束，靜候著結束把這些事情的意義消除，就像先前疾病去掉像他人那樣按部就班生活的意義。除了靜靜旁觀，她似乎沒有對生活的其他期待。疾病的許可權範圍包括縮編時間，**青春帶著轉瞬即逝無從把握的脆弱，以一種令人傷感的審美氣質，同化了短暫、來不及展開的愛戀。**

　　與玲子姑娘具有同樣美麗的是《三年》中的黎莩，柳翔將黎莩比作空谷間溫靜的幽蘭。他們曾經在名劇《閨怨》裡合作演出，黎莩扮演患病的女詩人伊莉莎白，柳翔扮演勞勃‧白朗寧。後來柳翔移情別戀司徒蘭蝶，蘭蝶為了成全柳翔與患病的黎莩的愛情，悲傷地離開了柳翔。於是他們訂婚了。可是訂婚不滿50天，黎莩就魂歸離恨天了。柳翔和黎莩的結局與他們扮演過的伊莉莎白和白朗寧的結局一樣，陰陽天涯兩相隔。蘇珊‧桑塔格在《疾病的隱喻》這本書中指出，肺結核病已為隱喻修辭物所複雜化。「它被認為是一種有啟迪作用的、優雅的病。」[9]肺結核病人被塑造成美麗真誠的。人們把肺結核病想像成……是一種靈魂病。[10]這樣的死消解了粗俗的肉身，使人格變得空靈，使人大徹大悟。人們把死亡想像成一種裹著一層光輝、具有抒情詩色彩。[11]患肺結核病的梭羅於1852年寫道：「死亡與疾病常常是美麗的。」對結核病的崇拜，並不僅僅是浪漫主義詩人和歌劇作者的發明，而是一種廣為流傳的態度，事實上，年紀輕輕就死於結核病的人被認為是具有浪漫氣質的人。拜倫說，「我看上去病了」，望著鏡中的自己，「我寧願死於癆病。」[12]**結核病為雅致、敏感、憂傷、柔弱提供了隱喻性的對等物。**[13]

　　對女肺結核患者的審美化表達最集中地體現在《白金的女體雕

像》中，肺結核女患者的病體，在醫療檢查的過程中，激發了男醫生的性欲，疾病與欲望本身構成微妙的反諷。文本中關於病態女體的描寫頗有情欲的味道。「窄肩膀，豐滿食色的胸脯，脆弱的腰肢，纖細的手腕和腳踝，高度在五尺七寸左右，裸著的手臂有著貧血症患者的膚色，荔枝似的眼珠子詭秘地放射著淡淡的光輝，冷靜地，沒有感覺似的。」[14]「她的皮膚反映著金屬的光，一朵萎謝了的花似的在太陽光底下呈著殘豔的，肺病質的姿態。慢慢兒的呼吸勻細起來，白樺樹似的身子安逸地擱在床上，胸前攀著兩個爛熟的葡萄，在呼吸的微風裡顫著。」[15]「白樺似的肢體在紫外光線底下慢慢兒的紅起來，一朵枯了的花在太陽光裡面重新又活了回來似的。（第一度紅斑已經出現了！）」[16]通過對這個女肺結核病患者的身體的審美打量，醫生熄滅已久的欲望之火再次燃起。在西方文學中，**患有肺結核病的交際花這一形象反覆出現**，暗示著**結核病是一種能使人變得性感起來的病**。[17]在穆時英的這篇小說中，結核病顯然也使女病人變得更加具有性的誘惑力。

　　同樣，在海派作家筆下男肺結核患者也都是浪漫的情人。《**殷寶灩送花樓會**》中的羅潛之與殷寶灩漸漸地跨越了師生的界限偷偷地相愛了。他們天天見面，他仍然寫極長的信給她：「……在思想上你是我最珍貴的女兒，……我的王后，我墳墓上的紫羅蘭，我的安慰，我童年回憶裡的母親。我對你的愛是亂倫的愛，是罪惡的，也是絕望的，而絕望是聖潔的。我的灩——允許我這樣稱呼你，即使僅僅在紙上……」[18]就這樣在朦朧的愛中，過了6年，一天酒後，羅潛之吻了殷寶灩。他現在只看見她的嘴，彷彿他一切的苦楚的問題都有了答案，在長年的黑暗裡瞎了眼的人忽然看見一縷光，他看著她，顯然一

切都變得模糊了，只剩下她的嘴唇。《殘留》中的少豪也是一個浪漫的情人，他會用他那雙強力的手臂抱著霞玲登上陡峭的樓梯，並徑直把她抱到床上去；他會於深夜在灑滿梧桐葉的馬路上勾著霞玲的腰肢散步，用自己的身體為她取暖；他會用深情的聲音呼喚愛人的名字。最後強健的少豪，因為肺結核病的緣故，不情願地撇下美麗的妻子，撒手西去。

　　人們認為，結核病人具有某種不可或缺的內在癖性。醫生和門外漢都深信存在著一種**結核病性格類型**。根據古希臘名醫希波克拉底所創的「四體液說」，結核病被認為是**藝術家的病**。結核病患者是卓然而立的人物，他們敏感，有創造力，形單影隻。[19]無獨有偶，海派作家筆下的肺結核患者也往往是具有藝術修養的人。蘭茵是一個很喜歡讀小說的，美術學校的學生，作家將她患病的一部分原因歸結為學習的刻苦。黎蕚是一位有名的女演員，主演過《花蕊夫人》、《閨怨》等戲劇。羅潛之留學美國，遊歷過歐洲，略通法文和義大利文，現任大學外國文學的教授。他給殷寶灩補課，並一起翻譯音樂史。《約伯之淚》中的「我」，是一個學習非常優秀的學生。入學考試緊隨璉珊之後，全校排名第二。克歐是個作家，發表過幾篇有影響的小說，他還和幾個朋友創辦了紫蘇社。

　　關於女肺結核病人的描繪，筆者認為海派作家實際上延續了**林黛玉病態美**的傳統審美旨趣。曹雪芹筆下的林黛玉是中國文學中出現的較典型的肺結核患者。這一人物的身上除了具有聰慧、率真、純潔等素質外，還確實存在著多愁善感、多疑多慮、尖酸刻薄、胸襟褊狹、執著任性等肺結核疾病的人格特徵。黛玉的素體嬌弱在很大程度上由於她先天稟賦不足，再加之後天失調，主觀自覺地膨脹客觀際遇造

成的不幸，生活中情緒憂傷低沉，不注意自我調整和保養，睡眠飲食不佳形成肺結核。在林黛玉身上體現出來的肺結核病人的心理特徵，與海派小說中肺結核病人身上體現出來的心理特徵具有著驚人的一致性。曹雪芹關於林黛玉病態人格特質的摹寫並非偶然，有其深遠的文化根源和依託。中國傳統文人歷來有著對病態美的欣賞和癡狂，在他們看來梅以病為美，女子以嬌弱愁怨為美。中國古代的女人們還真就那麼自覺自願地鑽進男人設計的圈套裡而且樂此不疲。於是，**春怨秋悲成了閨閣女性之傳統，工愁善病成了貴族女子之情操，楚楚可憐成了古代中國女性價值的最高境界**。人類歷史上絕無僅有的女人纏足就是這種審美傾向的變態反映。

「審美是價值問題重建自己的家園的地方」[20]，審美問題之所以值得關注，因為它與人的解放、價值理想、終極關懷等問題有密切的關係。傳統性與現代性的關係在現代文本中的積澱比任何人的想像都要複雜得多，筆者並不認為肺結核女病人的形象僅僅是傳統審美的遺留，而同時認為它其中也涵蓋著**現代性**的內涵。當時的日本文學界正值對西方頹廢主義思潮的追捧階段。一切與頹廢相關的「疾病」、「憂鬱」等詞語都被當作先鋒與現代的同義語被大量運用。曾在日本留學的劉吶鷗等海派作家也不能不受其影響，再加上郁達夫等作家已經借疾病題材創造了萎靡的感傷之美與陰柔的文化情趣。正是在各種文化因素的合力之下海派作家創造了憂鬱感傷的女肺結核病人形象。

當所有的男作家都在病弱的女性身上看出美來的時候，**張愛玲**卻塑造了一個由於患了肺結核而變得醜陋的川常。川常原來有著極豐美的肉體，得了肺結核後，「她一天天瘦下去。她的臉像骨架子上繃著白緞子，眼睛就是緞子上落了燈花，燒成兩隻炎炎的大洞。」[21]「她

爬在李媽背上像一個冷而白的大白蜘蛛。」[22]作品以一種恐怖、冷酷和虛無的傾向以及迷戀於肉體的墮落和死亡的強迫觀念為主要特徵。「她自己一寸一寸地死去了，這可愛的世界也一寸一寸地死去了。凡是她目光所及，手指所觸的，立即死去。」[23]「碩大無朋的自身和這腐爛而美麗的世界，兩個屍首背對背拴在一起，你墜著我，我墜著你，往下沉。」[24]由於宗教信仰的喪失，疾病取代了地獄，成為凡能想像到的最可怕的懲罰方式中的一種。她的內心受到侵蝕，肉體和心靈備遭折磨，她忍受著痛苦的煎熬，遠離自我，也遠離健康的人們。父母不捨得花錢給她治病，男友在她病倒後又交了新女友。疾病成了一種懲罰，它使人內疚，使人恐懼，也使人自怨。正如卡夫卡的《在苦役營》中所描寫的，受難者身上就印著「罪惡」的字樣。張沒有延續以往關於肺結核病的浪漫化書寫，而是**透過疾病將人生最蒼涼的一面展現出來。她的這種書寫本身具有現代性色彩，是對傳統男權的身體審美的叛逆。**

如果說愛情是不可靠的話，那麼在這裡親情也一樣是虛假的，父親怕傳染不來看川常，母親又不捨得花私房錢給她看病。她想速死卻買不起安眠藥，只能聽憑疾病一絲一毫地吞吃著美麗。這是一個與其他的同類疾病題材的作品完全異質的小說。女性在傳統的宗法社會中的價值，很大程度上來自於她們身體的價值。所以在男作家筆下，即使女性患了肺結核其身體的美仍沒有消失，為了將女性肺結核患者審美化，作家都回避了病情惡化的最後階段的描繪，這正是男權的思維方式主宰的結果。而張卻強化了她在晚期的身體狀態的改變，直面女性人生最悲慘的一面。疾病使生不斷地接近死亡，並且這一過程被無限放大，稀釋僅有的一點人世間的溫情，把人生最悲涼的一面一點

一滴地凋零給我們看。張雖然同其他海派作家同樣生活在上海的土壤裡，但是她卻在幾乎每一種性倫理現象的探討中充當另類和變體。

張為什麼會在小說中給我們塑造一個如此異質的女性肺結核病人的形象呢？《花凋》中最令人難忘的，恐怕是家人和愛人對川常的疏離，她一個人獨自面對死亡，就連買安眠藥的錢都沒有。這種生存困境不能不使人想到張愛玲兒時的一段遭遇。父親相信了繼母捏造的謊言，對張愛玲施予了一頓無情的毒打。「無數次，耳朵也震聾了。我（張愛玲）坐在地下，躺在地下了，他還揪住我的頭髮一陣踢……」[25]之後父親將張在一間空房中關了一秋一冬，甚至在張患了嚴重的痢疾時也不請醫拿藥。張的小說之所以會寫得如此深刻，就是因為她是海派作家中唯一有類似的生存體驗的作家。

張不僅失去了父親其實她更早地失去了母親，張的母親黃逸梵崇尚西洋文化，在張四歲那年，她便拋下女兒遠去英國，而當女兒在中學寄讀的時候又二度出洋。長時間的分離使張從小對她感到陌生，有的只是對母親的崇拜，並沒有體會到母愛的似水柔情。當張從父親家中逃出來投奔她時，她出於對張不能適應環境的失望和不耐煩而說：「我寧願看你死，不願意看你活著使你處處受痛苦」（《我的天才夢》）。可以說，母親角色的出席與母愛缺席的強烈對比造成了作家心理上的強大落差，使其愈加感到缺乏母愛關懷的無限悲哀，從而造成了張小說中溫馨的家庭敘事場景的空缺。作家兒時那種被父母遺棄的痛楚與川常是何其相似。川常這個肺結核病人形象不僅僅是作家棄兒情結的反映，其實更深層次上隱喻了所有拋棄了舊家庭的乳汁而獨自闖世界的女性的心理狀態，**它反映了新女性在獨立之後無所依託的孤獨感**。她們要解放就必須脫離舊家庭，而人又恰恰是不能沒有依

託地活著的。尤其是1941年的港戰使張深深體會到了個體的脆弱。所以晚年的張愛玲對母親寄予了深深的思念。1994年張出版了生前最後一本書《對照集》，除了她本人的照片，最多的是母親的照片。而書中文字更流露出對母親細膩而濃烈的愛，不但不再有怨怪的語氣，而且表現出倦倦的依戀。體現出曾經的新女性由離家到戀家的轉變。

在19世紀的西方，**肺結核病曾是一種效勞於某種具有羅曼蒂克色彩的世界觀的疾病**。在中國的海派小說中，一定意義上肺結核病也扮演了這個角色。但是值得一提的是，在海派作家筆下，這種浪漫的肺結核疾病意象，往往表現在女性人物身上，比如紫丁香般的歐陽玲、白色康乃馨般優雅的黎萼。而**男性患者往往被描繪成暴躁、骯髒和可憐的**。羅潛之脾氣古怪、孤僻、暴躁，他曾經憤恨地將懷有三個月身孕的妻子用力推到牆上。《約伯之淚》中的「我」，在變態中希望把病菌傳染給天真的鄰家少女。他呼出來的氣息是臭的，病房裡到處都彌漫著臭味，每天護士都要在被上灑兩次香水。護士和朋友來看他都要用手掩著鼻子。最後他將在貧病交加中死去。患了肺結核的克歐對苔莉的愛也充滿了蹂躪和折磨。「（克歐）把她（苔莉）摟抱到懷裡來和他狂熱的接吻，忽然又恨起她來了，忙坐起來緊握著鐵拳亂錘她。」[26]對於海派文本中的大部分男肺結核患者來說，與其說是欲望的滿足，不如說是**欲望的匱乏以及欲望對象的難以企及**，最終則表現為一種壓抑形式，同時伴有一種**閹割焦慮**的心理。男患者的狂躁正是由壓抑和焦慮而生。正是通過這種壓抑的形式，海派作家建構了獨特的性愛敘事空間，同時這種敘事與**現代性**機制之間建立了一種深刻的內在聯繫。

福柯（Michel Foucaule）認為：「17世紀產生性壓抑，性壓抑的

觀點是與資本主義同步發展起來的：它似與資產階級的秩序融為一體。」福柯進一步追問：「在這漫長的兩個世紀裡，性的歷史就是一部日趨嚴厲的壓抑史，我們今天是否已經擺脫了呢？」[27]至少在海派作家筆下這種壓抑以「現代」的名義更趨於強化，海派文本也從一個方面提供了關於壓抑的豐富文學樣本，揭示出這是一種現代所固有的壓抑，是隨著現代歷史和現代機制的生成而產生的。

海派文本的主體之建構，也正與壓抑相關。男主人公正是在壓抑的話語中生成愛欲的主體。壓抑在他並非一種歷史的負面因素，恰恰是主體建構的機制。正是壓抑使主體發現了欲望，所發現的肉體的欲望乃是存在於被壓抑的肉體之中。這種壓抑最終則轉化為主體的一部分。[28]

肺結核病人的審美意象在西方文學中由來已久，中國作家對於這一意象的自覺選擇與創作模擬表明了作家對這一意象的審美內涵的認同和接受。繼承和選擇本身就表明了作家的態度。在中國，如果說**精神病是先覺者的疾病的話**，那麼在小說中的男性形象身上，**肺結核病就是閹割者的疾病**。作品中的男肺結核患者往往是陷於生活困境與情感折磨之中，《約伯之淚》中的「我」雖然在學校裡曾經是出類拔萃的優秀學生，但是卻因為追求不到璉珊而情感一再受挫。羅潛之雖然經綸滿腹卻仍然生活貧困，無法娶到一位心愛的太太，回國後只能隨便和一位沒有知識的女性結婚。貧困是他們的生存困境，愛情的缺失是他們的情感困境，並且往往這兩者相輔相成、互為因果。**肺結核病人的形象是男性知識者無法改變生存處境，無力搶奪心愛的女性的一種閹割焦慮的心理體現**。是歷史危急時刻主體性漂泊不定的反映。海派小說的肺結核病主題也由此獲得了更深入的理解，這就是疾病所承

載的現代意義。

即使男性作家在文本中塑造的是女肺結核患者，病人形象仍然反映了男性的閹割焦慮。「我」雖然與玲姑娘相愛了但是卻只能靜靜等待愛人的死去，面對必然失去的結局「我」無能為力。《女媧氏之遺孽》中同為當事人的小叔子莓箴與嫂子蕙相比顯得特別懦弱，事情一旦露出馬腳他第一個逃跑，留下已經懷孕的蕙，蕙直到生命的最後一刻還沒有同舊家庭妥協，她仍然堅持給莓箴寫信，向他傾訴她的愛情。在男性作家的文本中，男性主人公無法改變女性必然死去的命運，女性美麗的生命在男性面前慢慢消失。

男性作家在諸種疾病中選擇了肺結核作為特定的時代背景之下孱弱的知識份子命運的象徵性意象不是偶然的。因為肺結核與精神病、梅毒等其他疾病相比是平和而浪漫的。他正恰好**象徵了知識份子在20、30年代上海商業社會中，在苦難與死亡中垂死掙扎的生命歷程，**同時肺結核病人的死，在同為知識份子的作家本人看來，不如精神病患者般悲壯，更不像梅毒患者般卑瑣，他的死是滿含著詩意的。

海派小說所反映的其他疾病的類型就更豐富了。小艾（**張愛玲《小艾》**）是被老爺強暴後懷孕，之後又被姨太太打，流產時患了子宮炎，下體血崩，血流不止。**章衣萍**的《紅跡》中，女主人公患了重病，不能性愛，只有通過手術才可以治療，但是手術有生命危險。為了她的愛人，她願意冒這個險。**徐訏**的《鳥語》中，「我」患了嚴重的神經衰弱，到鄉下療養，後來與弱智的芸芊相愛了。沙美夫人（**徐訏《禁果》**）是一位絕代佳人，無數人為之傾倒，國王也為她害了相思病而死，詩人也為她病得臥床不起。菊華（**章衣萍《桃色的衣裳》**）患有纏不斷的沉重病症，她的每一封情書幾乎都是在病弱的情

況下寫出來的。她總能感到死神的慢慢走進。「假如我的前途是暮秋，我是花，便應該萎落，是草，便應該枯黃了；假如我的前途還是初春，我便應該鮮紅的盛開，碧綠地滋長著。」[29]菊華希望與同時愛她的逸敏和啟瑞一同死去。[30]姜二爺（**張愛玲《金鎖記》**）和姚二爺（**張愛玲《怨女》**）都患有軟骨病，姚二爺還伴有雙眼盲瞎、雙耳失聰。與他們結婚的曹七巧與銀娣則守了一輩子活寡。**曾今可**長篇小說《死》中的魏珊夫人，在與編輯何群「墜入愛河」時，懷有一種違背禮法的愧疚感，有著如履薄冰的矛盾心理，最後在疾病與情感的雙重折磨下離開人世。

　　海派小說中疾病的出現，是被現代醫學知識與西方現代性共同建構出來的，並且部分構成了現代性的隱喻，進而表徵了中國現代自我的新態度。

二、縱欲與禁欲

　　佛洛伊德認為，**禁欲可提高愛情的精神價值。**可歌可泣的浪漫愛情故事總是以性欲不得消耗及死亡為其基調，因為性欲一經消耗，就會減少愛情的強度，只有受阻而不得消耗的性欲才能濃縮、提煉出清純而又熾烈的愛情，也因此，感人的愛情故事必然含有種種阻力與痛苦，當事者卻都愈挫愈勇。但時間會使欲望減弱、激情消退，為了使熾烈的愛情永遠懸隔在它的巔峰狀態，肉體就必須適時的死亡。葉慈（William Butler Yeats）說：「欲望會死亡，因為每一次的觸摸，都耗損了它的神奇；而只有不能消耗的神奇，才會變成奪目的光譜。」這是禁欲與縱欲之間的兩難。

　　佛氏又指出，人的本能結構由生本能和死本能組成。生本能亦即以求生為目的本能，包括性本能和自我本能，前者具有可塑性，可以中途擱起，後者指飢和渴等本能，具有不可改變，不許延宕的特性。兩者的最終目標並不歧義，都是為了生命的保存或延續。死本能是一種以破壞為目的攻擊本能，這種攻擊本能既攻擊外界也攻擊自身，具有破壞生本能的特性。比如：性虐待狂和被虐狂，戰爭中的殺人與自殺。這種學說體現在張資平小說中，便是愛欲的涉及者一方面受性本能的驅使，沉溺在縱欲的享樂中不可自拔，另一方面又擺脫不了死本能的威脅。往往是積欲帶來的是狂躁，是對生命本真的壓抑，解欲之後又是空虛惘然，最終結果是愛欲雙方身患痼疾，生命源泉也就消逝了。**《苔莉》**中的苔莉與謝克歐，**《最後的幸福》**中的美瑛，**《梅嶺之春》**中的吉叔母，**《飛絮》**中的雲姨，**《曬禾灘畔的月夜》**的女主人公，**《黑戀》**中的奕芳，**《紅霧》**中的麗君，這些女性都受到社會輿論的譴責，但致死的原因卻是，在健康上已經絕望，而不是宗法勢力的迫害。「最後她（苔莉）患了血斯得利病，我（謝克歐）也患了精神衰弱症及初期的癆病了。我們都為愛欲犧牲了健康。」[31]「我們倆再次的經驗了可詛咒的疲倦後都覺自己的這種享樂完全和自殺沒有區別。」[32]「半年以上的無節制的性生活把克歐耗磨得像僵屍般的奄奄一息了。他也知道自己的身體崩壞了。每走快幾步或爬登一個扶梯後就喘氣喘得厲害。多費了點精神或躺著多讀幾頁書就覺得背部和雙頰微微地發熱。腰部差不多每天都隱隱地作痛。他覺得一身的骨骼像鬆解了般的。但他覺得近來每接觸著她，比從前更強度的興奮起來。他想這是癆疾初期的特徵吧。」[33]苔莉也臉色蒼白得像死人般的。毫無顧忌地傾力追求自我滿足把他們推向了死亡。當主人公陷入欲望的

陷阱，在快樂達成的表面之下隱藏著極大的痛苦，即對生存的恐懼，以及自我生存的不確定性，為了抵抗靈魂的痛苦可以逃向欲望，可是在身體獲得短暫的快樂後，靈魂痛苦的巨大陰影開始浮出水面，直指生存的本質，在欲望的最深處，生存面臨唯一的結局就是死亡。美瑛總想在有限的人生中通過增加生命密度來超越生命的時間限度，結果身患重病而早逝。人是在愛與死兩極中搖晃的鐘擺，人的唯樂原則必然受到死亡本能的阻礙而不可能成為生的本能的持久源泉，人在艱難追求中獲得滿足的同時，死亡本能亦相伴而來。質言之，**在唯樂原則下放縱不羈則意味著自戕**。當還沒有找到新的思想武器去衝擊傳統禁欲主義的時候，人的覺醒往往以人欲放縱的醜陋形式出現，而人性的放縱與人性的壓抑一樣，都在毀滅著人的自身價值。腐朽的當然在走向死亡，新興的同樣也前途渺茫。

女性身體在**穆時英**的小說裡往往作**無生命**的**比喻**。這些「活生生」的身體，處於縱欲情態下的死亡狀態。「一個衣服給撕破了幾塊的女子，在黑暗裡，大理石像似的，閉著眼珠子，長睫毛的影子遮著下眼皮，頭髮委在地上，鬢角那兒還有朵白色的康乃馨，臉上，身上，在那白肌肉上淌著紅的血，」[34] 在其他小說中，作家還進一步將身體比作模型，並且對患病的女體，一個無限趨近死亡的女體，進行審美化的欣賞。這些變態的描寫，都表明人的欲望無限滿足、疲憊之後，精神的缺失與匱乏同樣帶來死亡感受。

而**張愛玲**筆下的人物，則是**在欲望不得滿足的情況下，處於死亡狀態**。她作品中，某些受壓抑的身體意象也都是死亡化的。她將碧落和聶傳慶比作屏風上的鳥，「關於碧落的嫁後生涯，……她不是籠子裡的鳥。籠子裡的鳥，開了籠，還會飛出來。她是繡在屏風上的鳥

——悒鬱的紫色緞子屏風上，織金雲朵裡的一隻白鳥。年深月久了，羽毛暗了，黴了，給蟲蛀了，死也還死在屏風上。」[35]「傳慶生在聶家，可是一點選擇的權利也沒有。屏風上又添上了一隻鳥，打死他也不能飛下屏風去。」[36]作家喜歡將有生命的身體作無生命比擬，她將七巧比作蝴蝶標本，「她睜著眼直勾勾朝前望著，耳朵上的實心小金墜子像兩隻銅釘把她釘在門上——就像玻璃匣子裡蝴蝶的標本，鮮豔而悽愴」。[37]屏風白鳥和蝴蝶標本是取其喪失飛翔能力、失落自主空間的隱喻，女性天然的身體被幽禁在鐵闈中漸漸成為行屍走肉。如果說，屏風上的鳥與蝴蝶標本還有靜止的美麗的話，那麼到了**《紅玫瑰與白玫瑰》**中，男權文化壓抑下性情不得自然舒展的女性，則成了蚊子血與白飯粒，一點美麗的氣息也沒有了。「振保的生命裡有兩個女人，他說一個是他的白玫瑰，一個是他的紅玫瑰。一個是聖潔的妻，一個是熱烈的情婦……娶了紅玫瑰，久而久之，紅的變了牆上的一抹蚊子血，白的還是『床前明月光』；娶了白玫瑰，白的便是衣服上沾的一粒飯粒子，紅的卻是心口上一顆朱砂痣」。[38]在**《鴻鸞禧》**中，張愛玲把「半閉著眼睛的白色的新娘」比喻成「復活的清晨還沒醒過來的屍首」，把玉清的臉比作床，「玉清的臉光整坦蕩，像一張新鋪好的床；加上憂愁的重壓，就像有人一屁股在床上坐下來了。」（《鴻鸞禧》），在**《桂花蒸・阿小悲秋》**中，把人臉比成豬肉，「主人臉上的肉像是沒燒熟，紅拉拉地帶著血絲子新留著兩撮小鬍鬚，那臉蛋便像一種特別滋補的半孵出來的雞蛋，已經生了一點點小黃翅。」在《等》中，把「坐在懷裡的孩子」比喻成「一塊病態的豬油」。「她那密褐色的皮膚又是那麼澄淨，靜得像死。」（**《沉香屑：第一爐香》**）作家把「皮膚」的澄淨、寧靜與死相聯繫，把死亡

賦予有生命的東西。「死」雖是抽象的但在這個比喻中卻賦予死亡以形象的涵義。文中的她——慊細雖然有著如此柔順美麗的外表，但是她的無知與愚蠢、禁欲主義教育下的天真純潔恰恰冷漠地吞噬了她的丈夫，所以這種寧靜的外表本身充滿了殺機，靜可以靜到死的程度。張愛玲這裡所言明的死亡，並不是肉體的死亡，而是精神之燈的熄滅。人的肉體雖然存活著，但其精神早已被蛀空，那裡活動著的只是一些沒有靈魂的蒼白生命，等待肉體的消逝將是主人公今生唯一有意義的事情。他們根本無力抵抗這一宿命，他只能在一條漆黑的地洞裡越鑽越深，直至走投無路，任由死神懲處。

張愛玲說，如果讓她信仰宗教的話，她會信奉奧涅爾《大神勃朗》中的地母。「『地母』是一個妓女，一個強化、安靜、肉感，黃頭髮的女人，二十歲左右，皮膚鮮澤健康，乳房豐滿，胯骨寬大。她的動作遲緩，踏實，懶洋洋地像一頭獸。她的大眼睛像做夢一般反映出深沉的天性的騷動。她嚼著口香糖，像一條神聖的牛，忘卻了時間，有它自身的永生的目的。」[39]其實在這篇《談女人》的短文中，張愛玲主要推崇的是地母的慈悲精神，但是她卻特意加了一段地母的外貌描寫，足見她對性感的，情欲得到滿足的女性的激賞。在作家的心中，性欲望得不到宣洩與滿足的人等同於死人。只有自然的情欲得到正常抒發的地母形象才是健康的，其他的受到壓抑的身體都是必然的死亡結局。這裡所說的**壓抑其實包括女性主義層面上的多重壓抑**，並且被壓抑者不只是女性，只是張愛玲常常將其集中表現為性的壓抑。性成為作家整個隱喻世界的一個能指，它的所指是無限豐富的。

在**無名氏**的**《北極風情畫》**中，作家是這樣描繪奧蕾利亞的身體

的，「可我更歡喜扭開燈，像一個畫家，欣賞奧蕾利亞的形姿，在長長的，薄薄的粉紅色睡衣內的。那些半圓與橢圓，弧線與直線，新月與落日，三角形與海灣形，圓錐體與提琴體。一個西方女人形體的優美線條，是那樣生動，富有曲折性，又如此充滿大自然的彈力，對一個東方人說來，簡直是極大的蠱惑，」[40]從這段對奧蕾利亞身體的描繪中，可以看出無名氏對女性身體的感知是抽象的，其中有無數的幾何形體，與西方的新科學術語組成，顯得莊嚴刻板而沒有生氣，不如有些作家那麼生動性感，其中性的意味不但沒有突顯，反而遮蔽了。這也跟無名氏似乎更看重男女愛情中精神的重要性的傾向有關。用作品中主人公的話來表達就是「她的形體美給予我的吸引力是暫時的，她的智慧與情愫對我的吸引力卻是長期的。」[41]男主人公的審美觀照，使原本充滿活力的女體猶如冷冰冰的雕塑。它無意識中顯示了，**科技理性對古希臘生命感性的剝奪和入侵。**

《塔裡的女人》中的男主人公羅聖提的愛情觀，體現出更多的超脫空靈的宗教色彩，雖然充滿著性的氣息，但壓抑的成分卻愈加濃厚。羅聖提認為：「我對女人的興趣，與其說是生物學的，不如說是美學的。許多男人珍視女人肉體和官能滿足，把它看成一件大事，甚至是愛情的最高結晶。如果這種理論能圓滿成立，那麼，街頭野狗最懂得愛情了，公狗一遇母狗，除了滿足原始欲望，再沒有第二個念頭。我的戀愛觀念，自和這類男人大不相同。在我的眼中，我愛把女子看成大自然的一部分，是自然生命：靜靜的植物，如花草樹木；素食的禽鳥，如鴿子畫眉。摘一朵玫瑰，簪入瓶內，捕一隻黃鶯，關在籠中，不僅不人道，也不美麗。我寧願花開在園裡，鳥飛在天上，不願看花開在我手上，鳥走在我肩上。我很少帶衝動意味地欣賞女

子肉體。一個女人的形體美，只有和性靈美融合一致時，我才注意它。我觀賞一個女子的形體，與品鑑希臘雕刻維納斯裸像，並沒有多大區別。我的品味的著眼點完全是美學。基於這種態度，我認為男女關係也是一種美學，一種藝術。男女的接觸正像琴弓與琴弦，接觸得越微妙，越自然，越藝術，發出來的音籟愈動聽，愈和諧。」[42]「我對女子的感情，既少生理意味，它們自然不會狂熱。在我一生中，沒有一個女子（即使是最美麗的）的美，能給我一種大風暴的影響，叫我的感情起翻江倒海的作用，像法國浪漫派作家所寫的愛情一樣。我常想：也許，只有在一種情形下，我內心的火焰，才能真正沖出來，燃燒得像個毀滅體。這情形是：一個最慧美女子，用整個生命來愛我，無條件的愛我的一切長處和短處，並願為這種情感支付任何最高代價，從而表現出一種令人不能忍受的稀有癡情。自然，她也能欣賞我的上述男女美學的觀點。」[43]羅聖提與黎薇的交往過程也驗證了他的戀愛觀念。他們之間的故事，具有明顯的用純愛壓抑性欲的傾向，「不過，我們所謂真幸福，與其說是唯物的，倒不如說是唯心的；與其說是科學的，倒不如說是玄學的。我們像未吃禁果以前的亞當夏娃，孩子式的，徜徉在伊甸園中。」[44]「我卻始終沒有侵犯過她的貞潔。這方面，我一直保持道學成見。我認為，未和女子正式結婚前，絕不該佔有她，特別是我所最愛的，即使她自己心甘情願，我也得再三考慮。……我對薇的抱吻，並不全是官能的享受，更主要的，恐怕倒是靈的沉沒，靈的象徵。」[45]當然男女主人公也不是真的不在乎，還是有著深深的遺憾，「只有把『肉』加進去，『靈』才能放射更大的光芒。肉是油彩氛圍，沒有它，靈的線條在畫面不生動、不強烈。」[46]

　　愛情的最大特徵就是排他性，羅聖提的愛情觀從一開始就表現出共用性，他將之稱為審美的愛，然而博愛本身不是愛情，就是愛情也不是一種人道的愛情。他之所以持這種愛情觀也許與他本身有妻室有關，他不願意欺騙和傷害那些他本不能擁有的女孩子。因此，即使面對真心喜歡的黎薇，他仍然秉持男性少有的被動，這一點顯然留有作家**無名氏（卜乃夫）**本人的生活印記，作家與初戀女友劉雅歌的相戀就略顯木訥。羅在看到黎的第一眼就愛上他了，可是他一直做著與自己的內心相反的表示，他故意驕傲地回避與她接近，這種僵局竟然維持了3年之久，之後還是黎主動登門拜訪，要求師其學琴，才打破僵局。在師生頻繁交往的過程中，他也沒有採取主動的姿態，而是在其他的追求者之外，默默地施以母親式的愛，本來這種愛是父親式的，但主人公自己卻說這種愛是母親式的，流露出明顯的女性化傾向。最後還是黎薇主動袒露心跡，他們才真正相愛。兩性追逐的慣常比喻，通常男性為獵手，女性是獵物。而文中羅聖提將女性比做獵手，「在這種征服中，她似乎有意佈置一道道漁網，讓所有男子先後投入網中，一網打盡。一旦她發現其中竟有一尾魚漏網，她想盡辦法，也要把它捉進去；不這樣，她覺得尊嚴受了傷，自信失了廣泛基礎。」[47]

　　最後，羅聖提犧牲了自己，撮合黎薇和一個他並不十分瞭解的人結婚了，他以為這樣，自己獲得了解脫，也可以給黎薇幸福。但事實上，這個愚蠢的舉動不但沒有拯救他們，反而殺死了他們，他們都是在這件事情的折磨下，超越自己真實年齡而過度蒼老。而黎薇更是雖生猶死，猶如一個活死屍。散發著死亡氣息。「她的眼睛黯淡無光，散發一股死寂沉沉的陰氣，彷彿剛從墓窟底棺材中拖出來，仍在展覽死亡。」[48]「她的整個絕望形態，情態，使我聯想起一顆死滅的星

球：沒有光、沒有熱，沒有運動、沒有引力，所有的只是又黑暗又空虛的一團。如果宇宙間真有世界末日，她彷彿正是末日的象徵，奇怕極了！[49]不食人間煙火式的戀愛，最終走向了失敗與死亡。

徐的《禁果》進一步地描述了愛欲與死亡，禁忌與違反的吊詭邏輯，即通過生與死，欲望與畏懼，快感與苦惱交互錯綜的過程，去表現愛欲的內在體驗。沙美本來是一個山邊的女孩子，王爺千方百計地向她求愛，但是當她答應他的婚約後，直到結婚當天還沒有到，新郎在等待中激動得暈倒好幾次，新娘一到，他就興奮得離開人世。一位畫家請求給她畫一張速寫，但自從他畫了這張速寫以後，就再不作別的畫，不到一年，他也死去了。前前後後青年為她死去的不知道多少，老年人為她顛倒的也有，前代的國王就是因為想她而得病死了。一位詩人寫一首詩罵亞當和夏娃，說他們在快活的世界裡任何果子都可以向上帝要求而偏偏要吃那禁果。沙美夫人看了他的詩之後，寫一封信給他說，她願意像上帝將夏娃供給亞當一樣供給他，但是不允許向她求愛，如果他違反這一項禁忌的話就得死。他起初譏笑她太傻，然而，自從進了這個神秘圈套以後，他的生活像從天堂降到了地獄，只會一步步向死亡沉下去。最終詩人深愛夫人，他要求沙美夫人用她美麗的牙齒將他咬死。文本的表層是一位詩人的荒誕故事，而深層是一個亞當同夏娃的神話。並且夫人以前的經歷，無形中對現有的故事的死亡結局構成一種預設。整個文本的情節表面上隨著那位詩人的欲望而展開，實際上始終拘泥於另一個禁忌，擺脫不了亞當夏娃神話的幻影。故事的時間與空間在文本中也是空缺的，小說營造了一個封閉的魔幻世界，此世界的上帝就是沙美夫人，在她的主宰之下，一切的危險是無法避免的，他對她的愛愈深愈走進死亡的陷阱，只有死與她

的愛是他的天堂。他在生死關頭中掙扎著,對他來說,伴隨著所有快樂和幸福而同時帶來的只不過是痛苦和絕望。在欲望受阻的禁忌中死亡是唯一的出路。

　　許多研究者喜歡從佛欲衝突的角度解析**葉靈鳳**的《曇華庵的春風》這篇小說,我認為,這篇小說講的不是一個佛欲衝突的故事,而是一個少女懷春的故事。年幼的小尼姑自小就在庵中長大,她本身沒有自覺的佛教意識,更不明了在成年尼姑中可能存在的佛欲衝突,可以說不論是性啟蒙還是宗教啟蒙,在她身上都是未進行狀態,所以在這樣一個小姑娘身上,根本不可能存在這種衝突。14歲的小尼姑在金娘的性啟蒙下對男女之事充滿了好奇與嚮往,這天師父不在,她希望和24歲的陳四有男女之事,但是當她戰戰兢兢的來到陳四的窗前時,竟然發現金娘和陳四正在做愛。受不了刺激的小尼姑,霎時腦血充溢死去了。與此有異曲同工之妙的是,**葉靈鳳**的《嫁姊之夜》中,在夢中與姐姐有戀情的弟弟想像著姐姐與姐夫裸體接吻,竟氣得當場嘔出一口鮮血。極欲達成的欲望突然遭受挫折,主體承受不了這樣強大的心理落差頓時腦溢血死去。也正是欲望在積蓄的情況下,才會有如此強大的殺傷力。

　　人既不可能完全神化,也不可能完全獸化,只能在靈肉兩極之間巨大的張力中燃燒和舞蹈。**不論是道德苛嚴的君子淑女,還是極欲窮歡的浪子蕩婦,他們通常都從兩個不同的極端,感受到死亡的聖潔召喚,陷入肉體退化和自然力衰竭的苦惱。**這些滅種的警報總是成為時風求變的某種生理潛因,顯示出文化人改變自然人的大限。

三、處女眷戀

　　性禁錮的另一種極端的形式就是對處女美的眷戀。**當性禁錮由一種社會的性倫理觀念轉變為個體的性倫理意識之時，性禁錮就完全被當作一種貞潔意識而成為個體的自覺信仰**，在中國古代傳統文化體系中尤其如此。在漢代時，伴隨著禮制與婦道的出現，宣揚貞潔與性制共存。至宋代，一方面是程朱理學對貞潔觀的進一步強化，另一方面又產生出男性對於處女的嗜好。如果說宋以前的貞潔觀念還主要是一種外在的社會觀念的話，那麼宋以後則表現為婦女對於貞潔觀念的自覺信仰和男子對於貞潔婦女的崇拜，形成一種性畸變的價值觀。至明清之際，貞潔觀念的宗教化已達於極致。

　　20世紀20年代**與謝野晶子**的《貞操論》被周作人翻譯介紹到中國，這篇文章以討論現代性愛道德為目的，它對於當時的國人不啻陽光和空氣。在與謝野晶子眼裡，貞操「既然是趣味信仰潔癖，所以沒有強迫他人的性質」。她對道德的期許「是一種新自製律」，即基於個人自由意志的自製。此文包含了20年代現代性愛的幾乎所有內涵：個體主體性的訴求、對傳統性道德的批判、靈肉一致的道德兩難。很快，新知識份子就從貞操問題這一舊倫理體系對人壓抑最深重的領域找到了否定傳統價值秩序的突破口。隨著《貞操論》的翻譯和「**易卜生號**」的出現，在新知識份子內部展開了一場貞操問題的討論。胡適、陳獨秀、魯迅等人紛紛發表文章，（胡適：《貞操問題》5卷1號，1918年7月15日；陳獨秀：《偶像破壞論》；魯迅（署名唐俟）：《我之節烈觀》5卷2號，1918年8月15日）。討論在社會上引

起了很大的反響，討論所涉及的問題也在隨後的時間裡被延續並深入下去。沈雁冰曾經發表過數篇文章呼應討論；1922年12月章錫琛主編的《婦女雜誌》也組織了一次「貞操問題討論」，當時的許多討論婚姻愛情的專著都闢有專章討論貞操問題。1933年生活書店編輯出版了《戀愛與貞操》的討論集，共收錄討論文章52篇。這些討論大多是延續著貞操問題討論的話題而來的。貞操問題討論主要是在兩個方面展開的：首先，以現代性愛的道德觀反對當時甚囂塵上的「表彰節烈」的復古風氣。其次，討論在新知識份子中間的展開，主要是源於對現代人主體性的不同想像。討論雙方（以胡適、周作人為一方，以藍志先為另一方）都承認貞操應該是個人主體性的表徵。胡適強調：「貞操是一個『人』對別一個『人』的一種態度。」[50]藍志先也一再強調「夫婦的平等關係，是人格的平等」，夫妻之間的「感情的愛」也應該「變為人格的愛」。[51]但胡適等認為**個人的主體性可以為自己立法**，不需要「道德的制裁」；藍志先卻認為個人主體性不足以保證貞操，因此需要外在力量的裁制。在日後的現代性愛話語的建構中，以胡適、周作人為代表的自律的信念道德占了主要地位。

雖然海派作家都是經歷過五四啟蒙運動的現代知識份子，但是我們在海派小說的審美判斷以及人物的性觀念中，仍可以看到處女嗜好的性畸變價值觀的影子。文本中的男男女女，雖然大都是在「五四」時代思潮影響下覺醒的一代知識者，具有現代意義上的人的意識與性愛意識，然而在他們的性關係中，一旦面對貞潔問題，卻或多或少地流露出這種性畸變價值觀在他們的情感和理性世界裡留下的精神積澱。性文化作為社會文明的精神內核，在文明的發展過程中往往有著特殊的「**歷史惰性**」。海派作家與舊傳統的臍帶不可能一剪剪斷。當

我們層層剝離一些貌似現代的性倫理現象之後，發現背後其實隱藏著傳統倫理的內核。

　　海派作家的小說中多次寫到男性對於女性處女之美的迷戀，在男性作家的審美意識中，**處女之美**已經成了女性性感美的重要方面。在**穆時英**的《五月》中作家是這樣稱頌珮珮的，「頭髮是童貞女那麼地披到肩上的。在胸脯裡面還有顆心，那是一顆比什麼都白的少女的心。」[52]「她抬起腦袋來，半閉的大眼珠子全睜開了，一朵滿開了的白蓮花似的。便輕輕地，怕碰傷了她似的吻著這聖處女的嘴唇。『跟我結婚罷，我要把你瑪利亞似的供在家裡。你是力，你是神聖的本體，你是無瑕的水晶』……」[53]無名氏《塔裡的女人》中的羅聖提是這樣愛慕黎薇的，「從這片光彩中，我似乎敏感的看透她純潔的靈魂，她的處女的雪白的心。儘管她高傲、老練、世故，少女總是少女。這種少女的純感情，仔細品位起來，真比哈密瓜還可口。我對她望著，望著，似乎並不是望什麼，而是咀嚼一隻迷人的果子。實際上，她就是一座燦爛芬芳的果園。」[54]崔萬秋的《新路》中是這樣描繪天真無邪的如江惠美子的，「（如江惠美子）她是處女！一看她那滿身的清新，活潑無邪之氣便可知道。」[55]張資平《飛絮》中的吳梅所愛劉霞的，仍然是她的「處女之寶」。「我決不讓我以外的男人享有你的處女之寶。」題中之意無非是說，只要佔有了你的處女之寶，就不管這女人將來嫁給誰，他都是勝利者是贏家，都值得驕傲與自豪。這就赤裸裸地暴露出男人的自私、野蠻和卑劣。佛洛伊德在分析男人的處女情結時曾說：「要求女孩子婚前不得與其他的男性發生性關係，以免留下回憶盤踞在她們心中——這只是把壟斷女人的行為延伸到過去的時間裡罷了。」[56]同樣，男子一旦擁有了女人的貞操也就

擁有了這個女人的後半生。也就是說,不論男人什麼時候碰到這個女人,他都要做女人的整個生命時間的主宰。女人也因為對貞操的片面信仰而拱手將自己的生命時間的控制權奉獻給男人。

科學研究證明,人的嗅覺對性欲會產生生理和心理刺激。嗅覺既可以帶來本能的快感,也可以帶來高尚的、情感的、純人性的快感。健康的女人和男人,特別是如果他們都很年輕,通常都具有天然的**體香**,這種體香對於一切正常的異性來說,都是一種宜人的、略帶刺激性的氣味。明切夫在《兩性關係》中寫道:「女人的身體浸透著女人所特有的、撩撥男子性欲望的氣味。柔和的香氣是從全身皮膚中散發出來的。這種醉人的氣味像薄紗一樣籠罩著男人,使他心蕩神移。」[57]海派作家筆下也多次寫道處女之香,**張資平《梅嶺之春》**中的吉叔就為保瑛的處女之香而沉醉,「處女特有的香氣──才起床時尤更濃厚的處女的香氣,給了他一個奇妙的刺激。」[58]「他敵不住她的香氣的誘惑,終把她緊緊的抱了一忽。」[59]「吉叔父行近她的身邊,耐人尋味的處女的香氣悶進他的鼻孔裡來。⋯⋯她的一呼一吸的氣息把叔父毒得如癡如醉了。他們終於免不得熱烈的擁抱著接吻。」[60]**張資平《蔻拉索》**中的男主人公也為女性的處女之香而著迷。「禮江的頭低俯至靜媛的肩膀上來了。他的嗅覺感著一種能使人陶醉的刺激。大概是處女之香吧,沒有什麼比得上她尊貴的處女之香。」[61]「他的頭像受了磁石的吸引緊緊的枕在她的軟滑的胸部。她的處女之香──有醇分的呼吸吹到他臉上來了。他的唇上忽然的感著一種溫暖的柔滑的不可言喻的微妙的感觸。」[62]

對於處女的片面追尋,導致作家喜歡用處女來形容**美好**的事情。「啊,原來這便是宮島,已是如此可愛,將來有機會畫間來游時,當

然更美了！有許多人把宮島比做溫柔恬靜的處女，這將來是非瞻仰瞻仰不可的。」[63]**崔萬秋**在《**新路**》中將海島比作恬靜的處女。「……她腦中仍然浮現出一個不高不低，眉清目秀的處女似的徐博來。他是那樣溫柔，他是那樣含羞帶笑，他從不多言，別人用俏皮話諷刺時，他的臉立刻會紅起來。」[64]這裡作者又將處女比作女性化的男性，因此在作品中「處女」往往與羞澀、含蓄、單純、幼稚等詞構成同義語。

男性對女性的佔有和奴役首先表現在他們對女性貞節的病態崇拜上。對於男權分子來說，女人的價值只在於她的貞操，其重要性遠甚於女人的生命。為了保證女人的純潔性，並把她永遠禁錮在貞節之中，男人不惜泯滅她的生理欲望，剝奪她的聲音，抹殺她的天賦人權，目的是把女人趕進**性空白**的生活中去，把性欲當作可恥的東西從後門推出去。正因為男人如此地看中處女之美，所以當男人面對已經失去處女之身的情人時，往往發出深深的歎息。**在張資平**的小說中，男主人公就多次歎息沒有得到心愛的女人的處女之身。這其實是，男主人公意識中，本該屬於自己的寶物落入他人之手後，產生的若有所失的悵然感，這種歎息除了證明男人對女人的強烈的**佔有欲**外，恐怕不能說明任何別的什麼！《**苔莉**》中的（謝克歐）說：「但是她（苔莉）背後的確有一個暗影禁止我和她正式結婚……她不是個處女了！」[65]《**性的等分線**》中的鄭均松與梅茵相愛了，但是梅茵已經有了未婚夫，鄭均松退縮了，不願意破壞梅的傳統婚姻，5年後梅茵與鄭再次相逢，梅渴望與他重修就好，鄭問：「你的處女美那裡去了？」《**不平衡的偶力**》中的男主人公在海濱偶然碰到曾經的情人汪夫人後，心中暗暗歎息道，「不能窺她的最內部的秘密！不能享有她

的處女之美！這是我……生涯中第一個失敗，也是第一種精神的痛
苦！……他想到這一點，恨起她的丈夫來了。……他奪了我的情人！
他替我享有了她的真美！他叫我的情人替他生了一個女孩兒！……他
雖不認識她的丈夫，但他的憤恨還是集中到她的丈夫身上去。」[66]男
性對於處女之寶的愛戀，在**《性的屈服者》**中達到了頂點。馨兒和吉
軒相愛了，吉軒外出讀書，她向他保證，她要為他保守住處女的純
潔，決不會做出對不住他的事來。當馨兒被吉軒的哥哥強暴後，吉軒
的內心對馨兒充滿了厭惡：「不，她是性的經驗很馴熟了的女身了，
做了人的母親的女身了。想到這一層，吉軒對馨兒抱的反感……唾棄
她的，卑侮她的反感……更加強烈地起來。」[67]「他就他從前所知的
處女時代的馨兒和眼前的她比較，覺得處女時代的馨兒完全是他平日
所幻想的天仙，塵世上絕沒有這樣美好的女子。」[68]「但他想及處女
的貞操喪失在自己哥哥的手上的馨兒的肉身是不潔的了，和這不潔的
肉身接觸是一種罪惡，也是對自己的精神的一種侮辱。」[69]在這裡，
男人之所以與已經不是處女的女人發生性愛，是因為此時的女人已經
成了緩解男人一時性飢餓的「點心」，她們是用來改善男人胃口的野
味。這樣繪聲繪色的傳神描寫，正是典型的**男性本位**的文化心態的投
影和折射。在男權中心主義女性價值觀看來，失了處女之貞的女人，
無疑是一個地地道道的壞女人、賤貨。

貞操觀念、貞節規範，是**私有制**下的產物，是男人強加給女人的
不平等的倫理教條，是外在於女人生命本體的附加物，西蒙娜‧德‧
波伏瓦就指出：「將女人奉獻給貞操，它多多少少公開承認男人的
性自由，而女人卻被限制於婚姻，在男權文明統治下，沒被制度和
律條所允許的性行為，對女人來說，是一種過失、墮落、失敗和弱

點。」[70]女人的處女膜被當作了女人生命的全部，它像商品的包裝一般，表明某件商品未被使用過。女人一旦失去它，就將被貶黜、被棄置，被視為下流、墮落，甚至於一輩子都將背負著不名譽的罪名。

由於菲勒斯中心主義話語霸權的強大影響，貞操觀念不但體現在男人對女人價值的衡定上，還體現為女人對自身的觀照和對自我價值的確認上，對貞操觀念的自覺認同，即對男權主義的女性價值觀的遵守、服膺。甚至於在千年萬載之後，這種倫理範式被女人內化為自己生命本體中帶有明顯性別本質意味的內在的自覺要求和行為規範。在**周楞伽**的《肉食者》中，嚴絲波為了營救丈夫章北雁，被梁科長蹂躪，她面對自己的丈夫羞愧萬分，「我沒有面目再和你見面了，我失去了寶貴的貞操！」[71]**崔萬秋《新路》**中的金秀瀟也是用男權的有色眼鏡來觀看已經失去貞操的朋友，「金秀瀟看見林婉華的第一印象，覺得她失去了處女的光芒！她的氣色，她的眼角，都帶出了一種成了婦人以後的暗影。」[72]這根本就同男性對女性處女美喪失後扼腕歎息的口氣一般無二。同樣，**張資平《飛絮》**中戀著吳梅的女主人公劉琇霞，雖然默許對方於自己的身體擁有優先權，可是，當女主人公真正委身於他之後又陷於墮落的恐懼之中，自怨自艾，自歎自憐，背著沉重的精神枷鎖，始終無法擺脫深重的道德犯罪感，喃喃自語地悲憫、傷悼：「我不是個處女了！」「我這身體是受了男性的凌辱的身體了！」甚至於還自我詛咒：「我真是一個頂無恥的女性」，「我真是個近代娼婦式的女學生了！」一心只望儘早快快將這失去處女之寶的身體交給男人去負責，最後是奉父母之命，嫁與呂廣，草草成婚。女主人公對男權文化女性價值觀的強烈認同由此可見一斑。這出看似男人製造的婚姻悲劇，就其本質而言，它又是女性自我迷失、主體失落

的結果，也是男權文化下女人永遠無法逃脫的悲劇性命運。由於對於女性貞操的這種宗教化的信仰，所以當女人失去貞操後，就會對異性形成一種「性臣服」。**張資平《梅嶺之春》**中的保瑛就是一個代表，保瑛與叔父有了亂倫行為後，她寫信給叔父。「她對他的肉體的貞操雖不能保全，但對他的精神的貞操是永久存在的。」[73]**在任何情況下，一生只愛一個男人的情感的畸形貞節，是傳統中國女性貞操道德教條的衍生物，這仍然是傳統女性從一而終的思想的延續。**

　　如果女人對男權文化女性價值觀和道德觀加以認同，那麼結果將導致女人的自我物化和自主意識的喪失，在張資平的《曬禾灘畔的月夜》、《性的屈服者》，崔萬秋《新路》等小說中，女主人公在失去了處女之貞之後，無不自輕自賤，怨憤交加地自我譴責。這都明顯地見出**女人將自我物化**、商品化和玩偶化的價值取向，她們是站在男性價值立場上，用男人的女性價值尺度來框範、束縛自己。**林婉華**（《新路》）在失去處女貞操後，為自己辯解道：「二十幾年所矜持，珍重，防禦的『處女』，竟於昨夜那樣容易被徐博所奪。她有幾分嘲笑自己的脆弱，但是，她又回過頭來想：一個女子如果有一個從心底敬愛自己的人，保護自己的人，那麼這『處女』應該是屬於他的。可是一個無所屬的女子，換句話說沒有人愛惜的女子，她的處女是無所歸的。她縱願守貞操，究竟是為什麼人呢？而那男子竟不回顧自己一眼，自己苦守護著這『處女』，究竟所謂何事！我是對了，我並沒有錯。我這處女是無所屬的，誰高興就請他拿去。」[74]「這些淺薄的感傷是根本要不得的！反正男性都不是好東西，我這潔白的心被馮景山玷污了，我這潔白的身又被徐博姦污了，我複何所顧忌！我要報復我要向一切的男性報仇，我要顛倒一切男性，使他們失戀，使他

們發狂，使他們墮落。」[75]從這段自述中，我們可以看出，她所擁有的仍是男性本位思想，在她看來女性的初夜應該屬於一個敬愛她、保護她的人，而不是一個她愛的，她想要擁有的人，也就是說，在女性的意識中，男性仍然處於主體地位，女性處於被擇取的被動地位。一個沒人愛的女性，她的身體是無所歸屬的，女性的價值和幸福完全操縱在了男性的手中。女性實際上認為貞操不屬於自己，而是屬於男人，如果這個男人愛自己，那麼這個女人就是幸福的，如果這個男人不愛自己，那麼這個女人就是不幸的。林婉華的思想，實際上是男作家賦予的，不是真正的女性思想，也許社會中真有一些女性是這麼想的，但是從海派小說中，我發現其實有些知識女性，已經擁有部分覺醒的自我意識，她們身上的女性主體意識並沒有在漫長的男權長夜中完全沉睡。

潘柳黛的《退職夫人自傳》中的女主人公在一次酒醉之後失去處女之身。後來她又碰到了比自己小兩歲的邵平，他們在行魚水之歡之後，女主人公驚奇地發現床單上竟然有血跡。女主人公要他看，他說在這之前他還是處男。他是在表明自己的純潔，同時為了證明女主人公的純潔，又故意將床單弄上血跡。這種對處女之美的聖潔崇拜深深地傷害了她，她毅然離開了他。男性為女性制定的道德規範一再告誡女人，貞節乃道德之最，因為它象徵著家庭的榮譽和社會的價值觀。然而，作品中的女主人公卻對男子奉為珍寶的處女之身嗤之以鼻，因為，**她根本不認為貞操有什麼價值，那一層薄薄的皮膜**，在她心目中，**聯手指甲邊皮膚上的一絲倒刺都不如**。所謂女人的貞節與名聲，只不過是男人強加於女人的一種抽象概念，以期內化成為女人的責任，從而達到維護男性主體穩定性的目的。在《續結婚十年》中蘇青

則是這樣分析男子喜歡處女的心理的，「從此我又悟到男人何以喜歡處女的心理了，因為處女沒有性經驗，可以由得他獨自瞎吹。他是可憐的簡直不敢有一個比較的，他們恐懼中年女人見識廣，歡喜講究技術，其實女人的技巧有什麼用？你的本領愈高強，對方的弱點愈容易因此暴露出來，結果會使得你英雄無用武之地。女人唯一的技巧是學習『一些不知道』或者動不動便嬌喘細細了，使男子增加自信力，事情得以順利進行。」[76]充滿調侃氣息的字裡行間漫溢的是蘇小姐作為一位成熟的女性，對於自己擁有豐富的性經驗的自豪感，全然不見往昔女性失去處女之身後的哀怨之氣，表現了現代叛逆女性身上嶄新的貞操觀。

　　海派小說中還有其他幾處對**處子情結**的描繪。**張資平的《苜莉》**中的（苜莉）歎息道：「……而他是個純潔的童貞，他為我犧牲不可謂不大了。」[77]黑嬰的《不屬於一個男子的女人》中的男主人公將自己的初夜當做獻給自己愛人的珍貴寶貝。在處女越來越少的21世紀，處女情結已經被認為是個俗套的話題時，處男情結才剛剛開始登堂入室，在一些影視劇和一些網站上網民紛紛發帖討論這一問題。因此，在上個世紀30年代的海派小說中關於處子情結的書寫不能不說是具有一定的先鋒意味的。處男情結是一個非常複雜的性倫理現象。男權文化夕陽西下，頹勢四起，甚至在逐步消解，反之，女人的處男情結卻在悄然中開始肆意滋長，並且有愈演愈烈的走勢。一部分女性是從女權的角度為了對抗男性而提出了處男的要求，既然男性有要求處女的權利，那麼女性也有權利要求結識的男人是性初始的第一人。另一部分女性則認為性是男人成熟的一個通道，一個在性上沒有經驗的男人不是一個真正的男人，男人初夜的慌亂與羞澀讓女性對男性力量的憧

憬蕩然無存，所以女性對男性的處男之身不屑一顧。而男人自言自己是處男的情況也分為兩種。一方面男性的這種行為是在表明自己的純淨，同時暗示要求對方也是純潔的。他們把婚前性行為當作一種放蕩的舉動，他們自守童貞的行為表明了自己對情感的專一和理想化的追求。從另一方面看，在性上面男人是看得開的，不會像女人一樣畏畏縮縮。男人們喜歡得意洋洋地談論自己在這方面如何如何厲害，收服了一個又一個女人。所以他們不會刻意去注意什麼處男情結。而在這種情況下仍然堅持自己的處男之身的男性就顯得比較獨特。

幾千年來，中國男人們擎著貞操的大旗，不顧自身的貞潔狂情濫愛。在新女性的面前，男人的尊嚴因此而大打折扣甚至蕩然無存。覺醒的中國女性開始學會重新審視身邊的男人，她們對男人在肉體和精神上的背叛提出質疑，並大膽地要求「男人的貞操」。提出「男人的貞操」這一概念，其實是對傳統貞操觀的一種反叛，是對男人們的一種約束或警告，是實現男女平等的條件之一。也許男人們一時不能理解，更無法接受，但假如能喚起男人們的良知，或在新時代的兩性世界裡激起一層漣漪，也就足矣。在貞操匱乏、性愛氾濫的時代，貞操不僅僅是女人們的問題，它應該對男女兩性都具有約束力。在進步、文明的社會，愛與貞操應該是完美結合的。也許現在再提倡貞操觀念顯得有些陳腐，但是，假如能淨化情愛天空，穩定家庭、社會的話，再提一次又何妨呢？提出「男人的貞操」不僅僅是對傳統貞操觀的一種反叛和一種挑戰，更是對「貞操匱乏、性愛氾濫」的一種批判。

四、奉獻與毀滅

　　有時候愛比什麼都更容易成為紛爭的發端，罪過和滅亡的起因。**神聖的愛會導致自殺或殺人等不幸的結果，這是愛之受難的一種形式。**

　　英國哲學家伯爾頓曾說：「一切愛戀都是一種奴隸的現象」。戀愛者就是她愛人的僕役，他願意受到種種折磨，願意受到某種屈辱，為的是能侍候她，博得他的歡心。[78]愛是一種美好的瘋狂，感情輝煌地炸破了理智羈絆，火山般噴發了。沉迷於愛之中的人渴望向一個偶像奉獻自己，而不管那偶像是否接受，愛意味著無條件交出自己，實際上也就是喪失自己，並從這喪失中獲得一種強烈的幸福感，哪怕這愛最終並不帶來幸福。愛就是愛，談不上對錯，也沒有合理與不合理，甚至沒有目的，愛只是為了宣洩自己。達不到癲狂程度的愛是不徹底的愛，而徹底的愛往往又十分危險。愛曾經創造文明史上許多美好的詩篇，也曾經燒毀過離愛太近的一切東西。儘管那些東西也很美好，不幸的是它們站得離愛太近了。章衣萍《紅跡》中的女主人公患了重病，不能與愛人同房，只有通過手術才能治療，可是手術有生命危險。為了她的愛人，她願意冒這個險。「我的血是應該為我愛的人而流的，我不願他知道我的苦心，直到我血枯淚盡。」[79]**「愛的哲學」**在冰心等「五四」女作家創作中，主要是指主體覺醒之後對生命之脆弱的珍愛、關懷；而**在現代男性敘事中則常常被滲透進女性為男性愛人無條件忠誠、無私奉獻這一傳統女性規範。雖然它已被納入男性反叛父權專制、控訴社會罪惡的現代啟蒙框架中**，從的已不再是父輩指定的夫，而是進步的男性青年或者男性啟蒙原則，**但女性泯滅自**

己的主體意識、以夫為天的奴性實質並沒有變，只不過是宗法制的舊酒裝入了現代新瓶而已。

而**徐訏**的**《精神病患者的悲歌》**中，則更進一步塑造了一個為了成全別人的愛而自殺的聖女——海瀾。「我」是精神病醫生奢拉美的助手，「我」作為治療白蒂精神病的醫生受奢拉美的指派來到白蒂小姐家，以圖書管理員為名在她家裡工作，以便接近她，企圖在取得她的信任後，安排她到精神病療養院進行全面治療。海瀾是白蒂的貼身女僕，她們親如姐妹，正是在她的幫助下，「我」得以接近白蒂。「我」在內心深處深愛海瀾，對白蒂也不乏好感，有兩次在白蒂主動的情況下，也情不自禁地與之接吻。海瀾與我相愛，引起了白蒂的嫉妒。「我」請求海瀾與我一起遠走高飛，海瀾不忍心在白蒂沒好的時候離開，並且擔心在「我」與她私奔後，白蒂會因失去愛人而病情惡化，為了白蒂的身體，為了成全白蒂與「我」的愛，她選擇了服毒自殺。**自殺這一行為，始終凸現著一種死亡與復活、必然與自由、遮蔽與去蔽的劇烈衝突與強硬張力，它所加諸個體身上的是一種遠非個人所能承受卻又非要個己加以承受的巨大痛苦和折磨。**正是這一點顯出了自殺的救贖願望。救贖有著無可替代的個己屬性。然而，這種個己屬性不能向他人敞開，或者說，每一瀕臨死亡的個體都不能構擬一種向死而在的救贖景觀。其實以死亡來實現的所謂的救贖僅僅是一種虛妄。最終白蒂與「我」也沒有在一起，白蒂根本承受不起這份用女友的死換來的感情，她最終選擇了去做修女，一生皈依宗教。

章衣萍的**《癡戀日記》**記錄了一個企圖建立多角戀愛烏托邦的故事。芷英、任之和S姨成立了三角關係的家庭，他們住在一起。芷英和S姨是要好的姐妹，後來S姨認識了任之，芷英提議他們三個住

在一起。可是三角戀愛終究不能維持，芷英逼問任之是愛她還是愛S姨，並要拿手槍打死他。愛情的獨佔性開始表現出來，並且增加了戀愛關係中的緊張性。她與S姨之間的矛盾越來越明顯。最後S姨為了躲避抓捕來到了日本。可以說S姨的離開使芷英在這場爭奪中獲得了勝利。而充滿博愛精神的，對芷英和任之充滿理解和同情的S姨，忍受了情感上的巨大痛苦，有的時候芷英和任之會當著她的面做愛，她也不去干涉他們，只是有時引起她的衝動，有點不安。最後這個善良的女人客死在日本，臨死之前還癡戀著任之。這個故事**打破了多角戀愛烏托邦的夢想，在具有獨佔性的愛情中奉獻自虐的結果只能是死亡**。尼采說：「愛情這個字事實上對男人和女人表達了不同的意義。女人對愛情的意義瞭解得很清楚，它不僅需要忠心，而且要求整個身體和靈魂的奉獻，沒有保留，沒有對其他事物的顧慮……」[80]**女性在愛情中奉獻得越多，她悲劇化的程度就越深**。人本性中的那種強大的「自我中心」只有在性愛的情感和身體的雙重作用下，才能使人達到「忘我」的境界，只有在性愛中，人才能在盡可能多的具體方面表現出對利己主義的成功對抗。所以在性愛領域比任何一切其他領域都要多得多地看到「獻身」精神。

　　自虐的極端形式就是自殺，從愛中噴薄出來的力量如果因種種條件的限制而無法外洩，則要反激回去，戕害自身，以自殺的方式尋求解脫。如果相愛的人不得所愛，其中一部分人會選擇自殺的方式了斷這一切。恰如**無名氏**的《**北極風情畫**》中的奧蕾利亞所吟唱的，「生命不過是一把火，火燒完了，剩下來得，當然是黑暗。但是，我得火並沒有燒完，我還有成千成萬的火要燒。可悲憫的！一種不可抗拒的力量竟命令我停止燃燒了。我只有用自己的手為自己造成永恆的

黑暗。」[81]奧蕾利亞無法忍受與心愛的人分離的痛苦，選擇了自殺。《塔裡的女人》中的黎薇面對失去的愛情，也曾經選擇過跳海自殺這種方式來結束自己的生命。**徐訏**的**《字紙簍裡的故事》**中，爸爸反對實際上並無血緣關係的大姐和大哥之間的所謂亂倫之愛，爸爸為了阻斷他們之間的關係，將大哥送到美國，可是大姐並不灰心，她努力存錢希望將來到美國去與大哥團聚，可是大哥很快就變心了，他在美國交了新女友，大姐悲痛萬分，以自殺的方式結束了自己的生命。只有當人內在的純然性、完滿性遭致破壞、裂變，以至再沒有其他有效的方法使之恢復、整合時，自殺的發生才有可能。自殺是一種迫不得已被動接受的解脫之道。死亡在這裡祛除了神秘的面紗，消散了恐怖的氣氛，並最終戰勝了虛無。**死亡裡縈繞著意義和真理的光環，充滿著期待和允諾的喜悅。**趨向死亡的自殺遂成為一種自覺自願的自由選擇。它是一種由此岸向彼岸的引渡，一種「向死而在」的救贖。

　　「飛蛾撲火」是向死而愛的典型意象。是自虐者獻身精神的一種形象化表達。**蘇青《蛾》**中的明珠就是一隻撲火的飛蛾，它知道男女間根本難得所謂愛，也知道為了追求火般的熱情而會葬身在火焰中，不過他還是自投羅網了。撲火的飛蛾，意味著一種象徵性的死亡，它的愛欲將它引渡到險境，個體流浪到了性欲亢進的盡頭。海派小說中出現的幾段飛蛾撲火的景象，也都是暗指男主人公對女主人公，帶有自虐性質的愛戀。謝克歐在癡戀著苔莉的時候，（**張資平《苔莉》**）文中一再出現蛾的意象。「今天的火車遲了兩個鐘頭！早兩個時辰趕到來時還趕得及去看她的。克歐癡望著在熱烈的輻射的電燈和繞著燈光飛動的一群飛蛾。」[82]「電車路兩旁電柱上的電燈卻給一大群的飛蛾包圍著向他們的後面飛過去。」[83]**張資平**的**《約伯之淚》**中，男主

人公直接把自己比作飛蛾。「我們像夜間的飛蛾，都向著由你的瞳子發出的火焰撲來，或被燒死，或受灼傷。但是火焰自身並不認咎，也沒有罪，那對明燈並不知道它們的火焰下橫陳著幾個飛蛾的死屍，仍然繼續著放射它們的美麗的光線。」[84]在《紳士淑女圖》這篇小說中，作家**東方蝃蝀**將男主人公含山比作蛾，將妻子瑤台比作燈，**飛蛾撲火是整個兩性之間互相吸引的情欲和愛情的象徵**。「瑤台是弄門一盞燈，含山飛蛾似地朝她撲過來，瑤台是燈邊的一個妻子，手裡拿了活計，勤勤儉儉，大概是跟含山釘紐扣吧。」[85]

性虐待最極端的形式就是血淋淋的屠殺。在施濟美的《鬼月》中，長林由於怯懦，違背了他們愛的誓言，失望之極的海棠將長林推到河裡，自己也跳河自殺。他們生不能在一起，死也一定要在一起。

《石秀之戀》把《水滸傳》中石秀殺嫂的英雄傳奇改寫成一篇心理小說，由此創造了一個新石秀，他在這裡不是俠義的武士，卻變成了一個面目可憎、殺人取樂的淫虐狂。他始終關注著自己的性心理的滿足，為它受撩撥而興奮，受壓抑而變態，受侮辱而萌生殺機。他來到楊雄家被美嫂潘巧雲所迷，內心隱秘的熱情蠢蠢欲動。潘巧雲的調情，使他思緒紊亂，對她的愛欲更猛烈了，愛欲的苦悶和烈焰所織成的魔網完全抓住了他的心。然而他儘量遏制了這種妄想，因為他不能背叛與楊雄的兄弟之情。後來他窺破了報恩寺的和尚與潘巧雲奸通的事實，熾熱著的愛欲和強烈的嫉妒，促使他慫恿楊雄殺害自己的妻子。他曾從潘巧雲美豔的身上預感過未見的恐怖，他又將對潘巧雲的殺機與窺見娼女流血的手指的快感連在一起，石秀終於發現了排除這種內心恐慌的必由途徑，一個虐待狂的潛意識被性工作者奇麗的鮮血喚醒了。在性變態的心中愛欲與宰殺的欲念是如此緊密地糾結在一

起。從心理學來看，瀕臨死亡或者對它的暗示，都會讓人產生情緒騷動；而性的結合也會讓人產生情緒騷動；兩者有著類似的生理反應。**性與死亡就像一對夫妻，可能相背而眠，但只要一轉身，恐怖與激情就會融合成一種新奇的體驗。**

　　徐訏的《殺機》這篇小說，講述了一個三角戀愛的故事，「我」和好友趙遙敏都愛上了林曉印，曉印愛的正是遙敏，可是她的自尊心使她不願意有所透露，她一直在等待遙敏對她表示，偏偏遙敏不是這樣的人，他雖然愛她，但因為知道「我」在愛曉印，所以不想對曉印表示。遙敏選擇了退出的方式來解決他們三人之間的矛盾，他背著曉印離開了這座城市。曉印與「我」結婚了，但是她對遙敏始終念念不忘。戰後遙敏受邀住在「我」家裡，我感覺到妻子其實一直愛著遙敏，心中對遙敏充滿了嫉妒，對妻子充滿了仇恨，當家中失火，我故意沒有及時營救妻子和遙敏，希望他們在火中燒死。遙敏在煙火中看到門前的地下躺著曉印，他誤以為是「我」，也沒有及時營救，他希望燒死「我」，結果曉敏在火中喪生。愛源於人本身的某種匱乏。對人而言，它永遠是一種有所求的境界。它是一種如此強烈地尋求合一、獨佔的嚮往，以致不能謙讓他人。對相愛的人來說，只能是兩者合為一體，兩者以外的人對這美滿和睦的世界來說只能是多餘的。因而，這種愛是自私的，排他的，它在本質上就含有罪過，就是嫉恨其競爭者，對自己的嚮往的所有阻礙者，它都報以強烈的敵意和忌妒。發展到極端，就導致情殺。

五、性愛與物質文明

　　19世紀末，帝國主義列強的大炮，轟開了清王朝閉關鎖國的大門，迫使清政府簽訂了喪權辱國的不平等條約，上海被列為「五口」通商城市之一。於是，外國資本家、冒險家們蜂擁而到上海這個樂園裡來開廠、設店，攫取資源，銷售商品。大量商鋪和百貨公司在這裡湧現，各種最摩登的物品出現在浮華的櫥窗裡，彷彿是全世界新奇事物的博覽。社會生活的消費主義性質構成了身體頗受關注的外在環境。**身體作為消費主體和消費對象這樣雙重的角色，它的每一個角落都被灌注以商業的目光和手段。**在商業的操縱之下，對身體的矯情撫慰、過度寵信與任意踐踏、無情責難之間可以說是不分彼此的。

　　月份牌的誕生正源於外商致力於洋貨傾銷的廣告宣傳。洋商們起初企望以西洋畫片推銷其產品，然而成效甚微，於是便改用符合中國傳統審美趣味的年畫形式，在畫面適當的位置標有商品、商號與商標，並配以中西對照的年曆或西式月曆，贈送給顧客。這種形式新穎、寓意吉祥的月份牌一經誕生，其獨特的藝術表現手法便贏得人們的喜愛，於是精明的中外商家趨之若鶩，樂此不疲。20、30年代的旗袍時裝美女，開創了月份牌畫的鼎盛時代，因而月份牌又俗稱「美女月份牌」。

　　選擇年輕貌美的美女形象作為月份牌的圖像，這不僅是出於一種觀賞的需求，更是出於消費口味的需求，也就是把美女首先作為民眾消費的對象，其次再將她作為商品的消費者，並以此來達到商業宣傳的目的。月份牌廣告的具體商品是五花八門的，有香煙、酒、布匹、

電池、百貨、火油、肥料、藥品、保險等，其中香煙廣告居多，而香煙又主要是以男性為消費對象的，其實在男權背景下，大部分商品都是以男性為主要的消費對象的。因此商品要借助情欲來完成市場推銷的使命。「物如其人，美人如物」的廣告理念大行其道。南洋兄弟煙草公司的白金龍香煙的廣告詞雲，「美人可愛，香煙亦可愛，香煙而愛國，俱則更可愛」，最能佐證這一「美人如物」的廣告理念。**情欲與物欲的結盟是月份牌廣告的最高秘密**。應該說，這種現象的產生是中國流傳幾千年的**傳統糟粕文化遺存**與當時**畸形發展的商業文化**雙重作用的必然產物。誠如李慧英在她的《女性形象：作為文化的載體——用性別意識的眼光審視電視劇中的女性形象》一文中指出：「當漂亮成為衡量女性價值的尺度時，女性形象便漸漸脫離了生活的真實和作品的內在的規定性，演變成一種商品。然而更為有趣的在於，美女圖像作為消費者價值的尺度時，女性形象便漸漸脫離了生活的真實和作品的內在的規定性，演變成一種商品、一種包裝、一種賣點、一種裝飾、一種有價證券。當被男性的眼光過濾了的女性形象推向觀眾，當男性津津有味地欣賞女性相貌與身段，在想像中實現隱秘的性滿足時，女性便成為商業文化和男性眼光的載體，在審美中被消費被拍賣」。月份牌廣告畫中的美女形象，從不食人間煙火的古裝美女、清純脫俗的女學生到豐豔妖嬈的摩登女郎，女性形象不斷跟隨男性審美的變化。人們在消費這類商品時，潛意識中也在消費畫中引領時尚高檔生活的美女形象。畫中的美女尤其是以明星為模特的畫中美人就成了男人們鬥富揚名的一種裝飾品。

廣告中女性形象的徹底商品化，以裸體美女月份牌廣告畫的出現為標誌，《楊貴妃出浴》是鄭曼陀於1920年代末為大昌煙草公司作

的一幅商業廣告畫，畫中剛剛出浴的楊貴妃身披半透明輕紗，右胸袒露，身體輪廓清晰可辨。這是目前我國第一幅裸體月份牌廣告畫，其商業動機顯而易見。類似題材的廣告畫還有金肇芳為青島山東煙草公司作的《浴後》、杭稚英為宏興煙草房作的《一七情不惑圖》、吳志廠的《玉女情花圖》等。這些閃亮登場的古今美女雖然猶抱琵琶半遮面，但在女禁初開的社會，卻產生了預期的轟動效應，為商家帶來了滾滾財源。至此，女體徹底淪為商業競爭的法寶，成了會「生錢」的工具。

盧卡奇在《歷史與階級意識》一書中，深化了馬克思關於商品拜物教的思想。他進一步認為，「現代資本主義生產的所有經濟社會前提，都在促使以合理物化的關係取代更明顯展示出人的關係的自然關係。」他深刻地揭示了資本主義的非人化本質。人與人的關係，獲得了物的性質。商品形式無所不在，**物化關係必將滲透到生活的各個領域**。詹明信在《政治無意識》中，發揮了這一思想，他認為，在資本主義條件下感覺世界也充分物化。物的量化性質必然內化於人體之中，使人的感覺也最終量化。

而在海派小說中，人體物化的傾向更加明顯，人的靈魂與主體性已經脫節，只有物化的肢體和器官成為感覺的對象。**穆時英**筆下的身體意象泛著濃郁的商品氣息，「躺在床上的是婦女用品店櫥窗裡陳列的石膏模型，胸脯兒那兒的圖案上的紅花，在六月的夜的溫暖的空氣裡，在我這獨身漢的養花室裡盛開了，揮發著熱香。這是生物，還是無生物呢？石膏模型到了晚上也是裸體的。已經十二點鐘咧！便像熟練的櫥窗廣告員似的，我卸著石膏模型的裝飾。高跟兒鞋，黑漆皮的腰帶，──近代的服裝的裁制可真複雜啊！一面欽佩裁縫的技巧，

解了五十多顆扣子，我總算把這石膏模型從衣服裡拉了出來。這是生物，還是無生物呢？這不是石膏模型，也不是大理石像，也不是雪人；這是從畫上移植過來的一些流動的線條，一堆Cream，在我的被單上繪著人體畫。解了八條寬緊帶上的扣子，我剝了一層絲的夢，便看見兩條白蛇交疊著，短褲和寬緊帶無賴地垂在腰下，纏住了她。粉紅色的Corset緊緊地啃著她的胸肉——衣服還要脫了，Corset就做了皮膚的一部分嗎：覺得剛才喝下去的酒從下部直冒上來。忽然我知道自家兒已經不是櫥窗廣告員，而是一個坐著『特別快』，快通過國境的旅行者了。便看見自家兒的手走到了那片豐腴的平原上，慢慢兒的爬著那孿生的小山，在峰石上題了字，剛要順著那片斜坡，往大商埠走去時，她突然翻了個身，模模糊糊地說了兩句話，又翻了過來，撅著的嘴稍微張著點兒，孩子似的。」[86]在他的小說中女體成了無生命的石膏模型，並且男主人公也一再狐疑，她到底是生物還是無生物？**身體意象的全方位赤裸呈現與精神的虛無並置。**在商品文化的薰陶下，審美已經失去了它在古典時期所具備的訴諸人的心靈作用。在商品社會中，藝術已經逐步工具理性化，它成為人們之間物的關係的表現。在這裡審美感覺已經物化，與身體的其他功能分裂開來。而培養起這種感覺的基礎就是都市的物質文明。

在**葉靈鳳**的**《流行性感冒》**中，女性的身體已經與汽車相提並論了，更直接地表明瞭女體的商品屬性。「流線式車身。v形水箱。浮力座子。水壓減震器。五檔變速機。她，像一輛……九三三型的新車，在五月橙色的空氣裡，瀝青的街道上，鰻一樣的在人叢中滑動著。」[87]另外在穆時英的小說中，作家還將女性比作男性常不離身的手杖。女性徹底成了男性的裝飾品和紳士生活的點綴，「我把這位紅

色的小姐手杖似的掛在手臂上，走出這煩擾的，顛播著人類的悲哀，失望，興奮等情緒的名利場了。」[88]「是她纏著我的啊，以後她就手杖似的掛在我胳膊上，」[89]在《五月》中，劉滄波禁不起「爛熟的蘋果」（內心性欲蠢動）的誘惑，單身漢買了條手杖。在這裡手杖實際上也是女性的隱喻。這裡的人體同樣是死亡化的，沒有生命，有的只是美麗的曲線，對於人體精神層面的忽視，可以導致對人體物質層面的激賞，對人體靈魂的剔出使其形式得以片面的凸現。在都市生活的海洋之中，女體不可避免地沾染了商品文化的色彩。

　　與身體感覺的物化相關的是，性愛的遊戲性和消費性被突出，既然女體已經物化成了商品，那麼**做愛本身就是一種消費活動**，它與商品社會中的其他消費活動沒有本質上的分別，於是性與商品交換由於其在商品社會的同構性，而不折不扣地構成一種互涉的隱喻。在**穆時英**的筆下，性愛的旅遊比喻，顯示了現代性愛的遊戲本質。「人的臉是地圖；研究了地圖上的地形山脈，河流，氣候，雨量，對於那地方的民俗習慣思想特性是馬上可以瞭解的。放在前面的是一張優秀的國家的地圖：北方的邊界上是一片黑松林地帶（頭髮），那界石是一條白絹帶（頭皮），像煤煙遮滿著的天空中的一縷白雲。那黑松林地帶是香料的出產地。往南是一片平原，白大理石的平原，──靈敏和機智的民族的發源地（額頭）。下來便是一條蔥秀的高嶺，嶺的東西是兩條狹長的纖細的草原地帶（眉）。據傳說，這兒是古時巫女的巢穴。草原的邊上是兩個湖泊（眼睛）。這兒的居民有著雙重的民族性：典型的北方人的悲觀性和南方人的明朗味；氣候不定，有時在冰點以下，有時超越沸點；有猛烈的季節風，雨量極少。那條高嶺的這一頭是一座火山（嘴），火山口微微地張著，噴著Craven『A』的鬱

味（Craven『A』是一種香煙名），從火山口裡望進去，看得見整齊的乳色的溶岩（牙），在溶岩中間動著的一條火焰（舌頭）。這火山是地層裡蘊著的熱情的標誌。這一帶的民族還是很原始的，每年把男子當犧牲舉行著火山祭（接吻）。對於旅行者，這國家也不是怎麼安全的地方。過了那火山便是海峽了（脖子）。下面的地圖是給遮在黑白圖案的棋盤紋的，樸素的薄雲下面（衣服）！可是地形還是可以看出的。走過那條海岬，已經是內地了。那兒是一片豐腴的平原（身體）。從那地平線的高低曲折和彈性和豐腴味推測起來，這兒是有著很深的粘土層（皮膚有彈性）。氣候溫和，徘徊是七十五度左右；雨量不多不少；土地潤澤。兩座巒生的小山倔強的在平原上對峙著（乳房），紫色的峰（乳頭）在隱隱地，要冒出到雲外來似地。這兒該是名勝了吧。便玩想著峰石上的題字和詩句，一面安排著將來去遊玩時的秩序。可是那國家的國防是太脆弱了，海岬上沒一座要塞，如果從這兒偷襲進去，一小時內便能佔領了這豐腴的平原和名勝區域的。再往南看去，只見那片平原變了斜坡，均勻地削了下去——底下的地圖叫橫在中間的桌子給擋住了！南方有著比北方更醉人的春風，更豐腴的土地，更明媚的湖泊，更神秘的山谷，更可愛的風景啊！一面憧憬著，一面便低下腦袋去。在桌子下面的是兩條海堤（腿），透過了那網襪，我看見了白汁桂魚似的泥土（皮膚）。海堤的末端，睡著兩隻纖細的，黑嘴的白海鷗（腳、黑尖白皮鞋），沉沉的做著初夏的夢，照地勢推測起來，應該是一個三角形的沖積平原（女性的陰部），近海的地方一定是個重要的港口，一個大商。要不然，為什麼造了兩條那麼精緻的海堤呢？大都市的夜景是可愛的——想一想那堤上的晚霞，碼頭上的波聲，大氣船入港時的雄姿，（性交的比喻），船頭上

的浪花（潤滑劑與精液），夾岸的高建築吧！」[90]在作家筆下**女性身體被描繪成了等待男性入侵與遊歷的聖地**。與此比喻相同的則是將戰爭中將要入侵的敵國描繪成受奸的女性。

當女人被描繪成商品，那麼男性對女性使用價值的期待就只剩下「性」了。章衣萍《紅跡》中的男主人公說：「女人有三寶，一是嘴，二是胸，三是女陰。」[91]女性成了「性」的化身與代名詞。在穆時英的《夜》中，那個舞女說自己的名字叫茵蒂。這是一個頗具象徵意味的情節，故事中的舞女將自己稱為茵蒂即陰蒂的諧音。也就是說在眾多的男人眼中舞女（性工作者）本無姓名，她們的名字在男人眼中並無意義，在男人的眼中性工作者們只是一個發洩欲望的性工具，最後只濃縮為女性的性器官。在海派小說中，女性成為櫥窗中的商品，形體優美，五彩斑斕，呼喚著消費者的購買。男性的注視將女性變成了可消費的對象，而女性則以優美的藝術品的形式掩蓋了她作為商品的性質。在這裡，消費與被消費的經濟關係，以觀看與被觀看的審美關係表現出來。其實，這種女體物化的思想，一方面受商品經濟的影響，一方面受中國傳統的「**食色**」文化的影響。

石器時代的祖先受生存本能的驅使，其藝術表現的主題就是：食物和繁衍。他們在石壁上手繪了大量他們所蓄養的動物圖案，表達了最早的可持續發展的樸素願望。人類要維持種族的延續就必須生兒育女，所以遠古藝術家也留下了許多對人類繁殖具有神秘力量的圖畫。在這樣的藝術品中，最為有名的是「史前維納斯」，比如威倫朵夫的維納斯雕像等。中國有文字以來的歷史中，也經常把「食」與「色」相提並論，《孟子‧告子上》說：「食、色，性也。」《禮記‧禮運》也說：「飲食男女，人之大欲存焉。」可見在中國人的觀念裡兩

者息息相關，並因而形成了特殊的文化態度與宗教特質。古漢語中，食色二性也被認為相通。性交、同性戀，或稱「對食」、「朝食」、「朝飽」。在隋朝，隋煬帝楊廣曾經食過一種叫做「女體盛」的菜肴，這種菜肴是將裸體的少女放在飲食器具上，在少女的身體上面和周圍擺放上各種美食，後來這種菜肴傳到日本，至今日本還存在這種「女體盛」的性食文化。這一菜肴可以說將「食」與「色」巧妙地融合在一起，更成為中國「食色」文化的形象化表達。現代作家魯迅也曾經將「食」與「色」相提並論，他在《我們現在怎樣做父親》一文中指出，「食欲是保存自己、保存現在生命的事；性欲是保存後裔、保存永久生命的事。飲食並非罪惡、並非不淨；性交也就並非罪惡，並非不淨。」魯迅把這種生物學原理作為自己性道德觀的理論依據，並用它來攻擊把性交視為不淨的虛偽、愚昧的舊見解。正是在這樣一種「食」「色」相連的文化背景下，在男性對女性形體欲望化的描述中，女性身體就表現出物化的傾向。男人與女人之間的性別關係被異化為人與物的關係，女性淪為一種物的符號與工具。歷代文人們對女性外觀想像模式大同小異，借物喻人已經成為一個歷史悠久的修辭手段。若從文學作品來看，明清豔情小說大概是最能反映它們之間的密切聯繫的了。

明清豔情小說習慣拿食物來形容人體。在《水滸傳》和《金瓶梅》中，將潘金蓮嫁給武大郎比作，一塊羊肉落在狗口裡。至於專指身體某個部位的，則常見有，《玉閨紅》、《歡喜冤家》、《一片情》、《春燈迷史》中，用櫻桃來形容嘴唇；《桃花影》、《歡喜緣》、《歡喜冤家》、《一片情》中，用蓮藕來形容肢體；《繡榻野史》、《肉蒲團》、《株林野史》中，用雞蛋來形容睪丸或乳房；

《怡情陣》、《一片情》、《妖狐豔史》中,用麵團或涼粉來形容臀部;《玉閨紅》、《一片情》、《春燈鬧》、《鬧花叢》中,用餃子或蚌肉來形容陰戶。這些小說發揮奇思妙想,把人體當作美食,刻意地營造了一個暗藏玄機的飲食天地。

在海派小說中的女體描寫上,繼承了這一食色傳統。在**章衣萍**的**《紅跡》**這篇小說中,男主人公就曾說:「性欲原是同食欲一般的重要呀,……」海派作品中擁有大量將女性比作食物的描寫。**張愛玲**的**《連環套》**中,作家將女性比作點心,「有種中國點心,一咬一口湯的,你(霓喜)就是那樣。」[92]關於身體器官的比喻,海派作家也基本延續了明清小說的喜好,只是喻體中多了些現代飲食而已。比如有將嘴唇比作菱角、櫻桃、番茄或草莓的,「這盛開的玫瑰花一樣的十八歲的姑娘,皮膚並不白,可是黑得俊俏,黑黑的眉峰下,一雙烏黑靈活的眸子,長長的睫毛,又粗又濃,更顯得那雙眼睛亮而多姿,紅紅的小嘴,像熟透了的河塘裡的菱角。」[93]「……畫像上的女孩子活潑的,穿著翻領的運動衫,頭髮用緞帶束起,正中有一個挺大的蝴蝶結,小小的微微向上彎的嘴唇,有如熟透的紅菱,笑得像新月一樣的眼,好似對整個的世界永是那麼樂觀。」[94]「你愛squash裡的紅櫻桃,我愛你臉上的紅櫻桃呢!」[95]「她的鼻子較修挺;眼梢長長的有點上斜,眉毛纖秀,蘊藏著一種高貴的驕矜,嘴唇可真是櫻桃小嘴,像一朵微放的玫瑰花蕾,她蓄了一頭濃郁的長髮。」[96]「眼珠子,透明的流質;嘴,盤子裡的生番茄,稍為黑了些的夾種人的臉,腮上擦兩暈胭脂,像玫瑰花那麼紅的胭脂。」[97]「她的臉上浮現著一種近代的銳敏,鼻樑筆直,眼睛大而有光。乳白色的皮膚,紅莓似的嘴唇,頭髮漆黑。」[98]還有將臉色比作杏子黃的,「霓喜的臉色是光麗的杏

子黃。」[99]也有將兩頰比作果實的,「璀璨日光照射著,她(黎薇)的兩頰透紅,像是秋季的紅熟果實。」[100]也有將腳比作魚的,「脫襪子,便有了白汁桂魚似的,發膩的腳。」[101]也有將手臂比作倒出的牛奶的,「她(葛薇龍)覺得她的手臂像熱騰騰的牛奶似的,從青色的壺裡倒了出來,管也管不住,整個的自己全潑出來了。」[102]

男女兩性之間的關係也有一些飲食關係的比喻。章克標的《**蜃樓**》中,將男性對女性的渴欲比作猴子看見滿山的桃子。「這時是要有非凡肉感的體軀,成熟了的女性特有的芳香,才有引力的。她鮮紅的,潤澤的,像愛神背著的弓一般的,適合於給人接吻的嘴唇,靈活的,深黑的,像黑水晶一般晶亮的勾魂攝魄的眼睛,芙蓉花般豔麗,天鵝絨般軟和,香噴噴的面孔,還有花笑般的眉,鳥歌般的鼻,配給人擁抱的胸腰,豐麗的肩膀,俊秀的手臂,都是發出她們的歡呼,散開她們的幽香,招我的靈魂,醉迷我的心神,我像看見了滿山紅桃的猴子,一時心神混亂,手足無措起來。」[103]有趣的是,唐代敦煌陶俑文物中,就有一隻猴子一隻手捧著仙桃,一隻手摸著自己的生殖器,面露快樂之色,意指其食色兩大欲望都得滿足。[104]可見用猴子吃仙桃來比喻男女之間的性愛關係也是有歷史淵源的。男性對女性的欲望,最直接的表述就是飲水的比喻。「我和她在一起,又愉快,又煩惱。愉快的是:她是那樣美,像一副活動的迷人幻景,給我以狂熱的鼓舞,我從頭到腳,沉浸於她的美,像麋鹿嘴部赤裸裸的沉浸於泉水。煩惱的是:她太美了。這種美不是常人所能忍受的。」[105]在**施蟄存**的《**石秀之戀**》中,「她(潘巧雲)的將舌尖頻頻點著上唇的這種精緻的表情。」[106]是一種口渴的暗示,是希望與石秀和歡的一種隱曲的表達,「嫂嫂煩勞你給一盞茶罷,俺口渴呢。」[107]可見石秀心中也是充

滿了對潘巧雲的欲望。「這是一個神秘的暴露，一彎幻想的彩虹之實現。」[108]其他比較常見的性關係的比擬就是，將性關係比作捕食關係，「（男主人公）眼睛只注視著她的身體，蛇對著蛙一般地耽視她的紅唇，貓對著老鼠一般地守著她的胸口，老虎對著肥羊一般地望著她的腰圍，手也不再觸著酒杯，眼也不再斜視身旁的彩姐，但身上的血像沸騰那樣奔躍起來。」[109]

　　男女兩性之間的飲食比喻，通常男性是主動的一方，這其中隱含著性愛關係中的施動與受動的關係，女性是被動的一方，許多時候是獵物與盛宴的關係。但是在穆時英小說中，還出現了**女性為主動的飲食者**，將男性比喻為食物的情況。這確實是潛意識中兩性關係既有模式的一種反駁，男性不僅在現實中，而且在無意識的心理層面也開始落後於女性，這種**閹割焦慮進而投射在飲食關係**中。「從那天起，她就讓許多人崇拜著，而我是享受著被獅子愛著的一隻綿羊的幸福。」[110]男性將自己比喻成了捕食關係中任人宰割的綿羊。「這只能怪姑娘們太喜歡吃小食。你們把雀巢牌朱古力糖，Sunkist，上海啤酒，糖炒栗子，花生米等混在一起吞下去，自然得患消化不良症哩。」[111]這些食物都是用來比喻男性的，在以往的古代色情小說中食物都是用來比喻女人或者女性身上的個別器官，用來形容男性的不多，然而在穆時英的小說中，男人反而成了女人口中的食物，女人成了主人，男人成了被欺騙、被選擇、被獵獲的對象，男人為相思患上了神經官能症，充滿了哀怨的怨婦情懷。這是一種男性優勢開始衰微的表現，也是男性趨向弱勢化的標誌。

註釋

1 [奧]佛洛伊德：《精神分析引論新編（中文譯本）》，北京：商務印書館，1987年，第77頁。

2 [美]蘇珊·桑塔格（Susan Sontag）：《疾病的隱喻》，程巍譯，上海：上海譯文出版社，2003年，第20頁、第20頁、第24頁、第16頁、第17～18頁、第20頁、第30頁、第56頁、第24頁、第31頁。

3 同上註。

4 同上註。

5 穆時英：《公墓》，上海：現代印刷公司，1933年，第141頁、第143頁、第143頁、第151頁。

6 同上註。

7 同上註。

8 同上註。

9 同註2。

10 同註2。

11 同註2。

12 同註2。

13 同註2。

14 穆時英：《白金的女體塑像》，《白金的女體塑像》，北京：九州圖書出版社，1995年，第4頁、第10頁、第11頁。

15 同註2。

16 同註2。

17 同註2。

18 張愛玲：《殷寶灩送花樓會》，《色·戒》，石家莊：花口文藝出版社，1994年，第105頁。

19 同註2。

20 [英]特里·伊格爾頓（Terry Eagleton）：《審美意識形態》，王傑、傅德根、麥永雄譯，桂林：廣西師範大學出版社，2001年，第221頁。

21 張愛玲：《花凋》，《傳奇》，長沙：湖南文藝出版社，2003年，第266頁、第272頁、第271頁、第271頁。

22 同上註。

23 同上註。

24 同上註。

25 張愛玲：《私語》，《流言》，北京：五洲出版社，1994年，第161頁。

26 張資平：《苔莉》，《性的等分線》，北京：北京師範大學出版社，1993年，第223頁。

27 [法]米歇爾·福柯（Michel Foucault）：《福柯集》，上海：上海遠東出版社，1998年，第290頁。

28　吳曉東：《中國現代審美主體的創生──郁達夫小說再解讀》，北京：《中國現代文學研究叢刊》，2007年3期，第18頁。

29　章衣萍：《桃色的衣裳》，《情書二束》，廣州：花城出版社，1996年，第13頁、第39頁。

30　同上註。

31　張資平：《苔莉》，《性的等分線》，北京：北京師範大學出版社，1993年，第223頁、第231頁、第256頁。

32　同上註。

33　同上註。

34　穆時英：《黑牡丹》，《南北極》，北京：九州出版社，1995年，第276頁。

35　張愛玲：《茉莉香片》，《傳奇》，長沙：湖南文藝出版社，2003年，第98頁、第99頁。

36　同上註。

37　張愛玲：《金鎖記》，《傳奇》，長沙：湖南文藝出版社，2003年，第9頁。

38　張愛玲：《紅玫瑰與白玫瑰》，《傳奇》，長沙：湖南文藝出版社，2003年，第325頁。

39　張愛玲：《張愛玲美文精萃》，北京：作家出版社，1992年，第15頁。

40　無名氏：《北極風情畫》，《中國現代文學百家──無名氏代表作》，北京：華夏出版社，1999年，第111頁、第65頁。

41　同上註。

42　無名氏：《塔裡的女人》，《中國現代文學百家──無名氏代表作》，北京：華夏出版社，1999年，第180頁、第180頁、第214頁、第215頁、第235頁、第188頁、第268頁、第268頁。

43　同上註。

44　同上註。

46　同上註。

47　同上註。

48　同上註。

49　同上註。

50　胡適：《貞操問題》，上海：《新青年》5卷1號，1918年8月15日。

51　藍志先：《藍志先答胡適書》，上海：《新青年》6卷4號，1919年4月15日。

52　穆時英：《五月》，《中國新感覺派聖手：穆時英小說集》，北京：中國文聯出版社，1995年，第460頁、第486頁。

53　同上註。

54　無名氏：《塔裡的女人》，《中國現代文學百家──無名氏代表作》，北京：華夏出版社，1999年，第190頁。

55　崔萬秋：《新路》，上海：四社出版部，民國22年，第499頁、第2頁、第54頁、第312頁、第296頁、第299頁。

56 [奧地利]佛洛伊德：《愛情心理學》，宋廣文譯，北京：作家出版社，1986年，第146頁。

57 [保加利亞]瓦西列夫：《情愛論》，趙永穆、范國恩、陳行慧翻譯，北京：生活讀書新知三聯書店，1998年，第225頁。

58 張資平：《梅嶺之春》，《性的等分線》，北京：北京師範大學出版社，1993年，第75頁、第75頁、第80頁。

59 同上註。

60 同上註。

61 張資平：《苣拉索》，《性的等分線》，北京：北京師範大學出版社，1993年，第118頁、第121頁。

62 同上註。

63 同註55。

64 同註55。

65 張資平：《苔莉》，《性的等分線》，北京：北京師範大學出版社，1993年，第253頁、第268頁。

66 張資平：《不平衡的偶力》，《性的等分線》，北京：北京師範大學出版社，1993年，第55頁。

67 張資平：《性的屈服者》，《性的等分線》，北京：北京師範大學出版社，1993年，第89頁、第89頁、第96頁。

68 同上註。

69 同上註。

70 [法]西蒙娜・德・波伏瓦：《女人是什麼》，王友琴、邱希淳譯，北京：中國文聯出版社，1988年，第170頁。

71 周楞伽：《肉食者》，《上海孤島文學作品選》，上海：上海社會科學院出版社，1986年，第414頁。

72 同註55。

73 張資平：《梅嶺之春》，《不平衡的偶力》，北京：中國文聯出版社，1998年，第35頁。

74 同註55。

75 同註55。

76 蘇青：《續結婚十年》，《結婚十年正續》，上海：四海出版社，中華民國37年，第106頁。

77 同註65。

78 鍾雯：《四大禁書與性文化》，哈爾濱：哈爾濱出版社，1993年，第438頁。

79 章衣萍：《紅跡》，《情書二束》，廣州：花城出版社，1996年，第60頁。

80 侯曉明：《情愛百論》，武漢：湖北教育出版社，1996年。

81 無名氏：《北極風情畫》，《中國現代文學百家——無名氏代表作》，北京：華夏出版社，1999年，第115頁。

82　張資平：《苔莉》，《性的等分線》，北京：北京師範大學出版社，1993年，第175頁、第215頁。
83　同上註。
84　張資平：《約伯之淚》，《性的等分線》，北京：北京師範大學出版社，1993年，第155頁。
85　東方蝃蝀：《紳士淑女圖》，《紳士淑女圖》，上海：上海書店出版社，1989年，第53頁。
86　穆時英：《CRAVEN「A」》，《南北極》，北京：九州圖書出版社，1995年，第214頁、第203～205頁。
87　葉靈鳳：《流行性感冒》，《紫丁香》，北京：經濟日報出版社，2002年，第22頁。
88　穆時英：《紅色的女獵神》，《白金的女體雕像》，北京：九州圖書出版社，1995年，第304頁。
89　穆時英：《被當作消遣品的男子》，《南北極》，北京：九州圖書出版社，1995年，第146頁、第157頁、第140頁。
90　同註86。
91　章衣萍：《紅跡》，《情書二束》，廣州：花城出版社，1996年，第58頁。
92　張愛玲：《連環套》，《張看》，廣州：花城出版社，1997年，第79頁。
93　施濟美：《鬼月》，《鳳儀園》，哈爾濱：黑龍江人民出版社、北方文藝出版社，1998年，第219頁。
94　施濟美：《悲劇與喜劇》，《鳳儀園》，哈爾濱：黑龍江人民出版社、北方文藝出版社，1998年，第191頁。
95　穆時英：《五月》，《白金的女體雕像》，北京：九州圖書出版社，1995年，第276頁、第294頁。
96　同上註。
97　徐訏：《字紙簍裡的故事》，《徐訏小說》，合肥：安徽文藝出版，1996年，第35頁。
98　崔萬秋：《新路》，上海：四社出版部，民國22年，第34頁。
99　張愛玲：《創世紀》，《張看》，廣州：花城出版社，1997年，第13頁。
100　無名氏：《塔裡的女人》，《中國現代文學百家——無名氏代表作》，北京：華夏出版社，1999年，第184頁、第189頁。
101　穆時英：《墨綠衫小姐》，《白金的女體雕像》，北京：九州圖書出版社，1995年，第187頁。
102　張愛玲：《沉香屑第一爐香》，《張愛玲名作——華麗緣》，北京：中國華僑出版社，1997年，第26頁。
103　章克標：《蜃樓》，《銀蛇》，哈爾濱：黑龍江人民出版社、北方文藝出版社，1998年，第330頁、第331頁。
104　劉達臨：《中國性史圖鑑》，北京：時代文藝出版社，2003年，第7頁。
105　同註100。

[106] 施蟄存：《石秀》，《中國現代歷史小說大系第三卷》，石家莊：河北人民出版社，第83頁、第83頁、第83頁。

[107] 同上註。

[108] 同上註。

[109] 同上103。

[110] 同註89。

[111] 同註89。

第六章

用身體交換的生命

新文化運動以人道主義、個性解放的話語消解中國傳統道德倫理規範的權威時，最初的也是最成功的突破口是個人對婚姻愛情的自主和自由的追求。時代先驅們關於個性解放的求索，充滿了浪漫激情與理想歡悅的詩意色彩。「娜拉的出走」成為當時中國婦女尋求自身解放最為瀟灑的身影和最為熱切的話題。

然而，魯迅對「娜拉的出走」在現代中國造成的強烈反響非常冷靜，他指出：還沒有獲得獨立經濟地位的「娜拉」們只能有兩種選擇──「不是墮落，就是回來」。「回來」意味著女性依舊成為附庸於男人的家庭主婦、以經濟保障為目的的性奴隸，「墮落」則是為了謀生而靠攏金錢文化，成為「肉」的商品。在海派作家筆下，女性的命運也不過是「墮落」與「回來」兩種情況。其實，不只是「墮落」，就是「回來」也是一種變相的賣淫。恩格斯在《家庭、私有制和國家的起源》中指出：**「婚姻是以當事人的階級地位來決定的，……這種權衡利害的婚姻，往往變為最粗鄙的賣淫**──有時是雙方的，而以妻子為最通常。妻子和普通的娼妓不同之處，只在於她不是像雇傭女工做計件工作那樣出租自己的身體，而是把身體一次永遠出賣為奴隸。」[1]女性在沒有獲得獨立經濟權力的情況下，東方西方都是一樣的，婚姻就是財產的結合，就是遺產分割，婚姻制度說到底也就是一個家庭財產再分配。因此，不論是「墮落」與「回來」，女性總也逃離不了淪為性工作者的命運。

一、走進風月

　　性工作者是文明的懷疑者，她們用自己的存在，證明這文明包含

有人的買賣與性的買賣。海派作家就為我們塑造了一些由於生活貧困而被迫賣淫的女性。**黑嬰《春光曲》**中的茵子因反對舊式婚姻而離家出走，她想做個女戰士，到長沙，到武昌，到漢口，到南京。可是最後還是在上海的黑夜裡討生活。**《帝國的女兒》**描寫的是一個日本女性性工作者勉子窮困潦倒的生活。寂寞的黑夜，她找不到一個客人。她使了點計策才騙到一個中國人。他們並不認識，可她卻說，好像在什麼地方見過。她騙他找個地方談談，便徑直領他到了自己的住處，她為了生存試圖引誘他。「勉子的身體是污濁了。她不曉得該怨誰，恨誰，她更捉不到一個使他墮落的人。」[2]**施蟄存《阿秀》**中的鄉下姑娘阿秀，因家庭貧困被迫做了富商第七房姨太太，最後不堪凌辱，再嫁一個車夫，卻落個迫於生計不得不去賣淫的下場。在一個相當大的性工作者類別中「野雞」是一支賣淫業的大軍，「野雞」通常用來稱呼偶爾賣淫的貧困女子，後來又用來稱呼夜晚站在門階上或人行道上試圖吸引顧客的性工作者。[3]這些被稱作「野雞」的街頭性工作者是城市中最底層的女性，這些「夜晚的美女」參與制造了上海這個歡樂之都的神話。然而她們的生活最為困苦，並任人踐踏。相對來說，生活狀況好一些的是被包養的女性。**章衣萍的《花小姐》**中的女主人公就是這樣一位以自己的肉體從達官貴人處獲取金錢的女性。

曾今可《浪漫的羅蒂》中的羅蒂熱衷於享樂人生，她將金錢看得十分重要，她說：「做人家的姨太太也可以，只要他有很多的錢，能供我揮霍。」[4]她瞞著未婚夫L君，和一個有錢的朋友在電影院的休息室內「偷情」；她在逛「新世界」商場的時候，與一個穿著講究的男子搭話，並與他一同「不知了去向」；她還去引誘鄰居大學生T君。羅蒂的生活方式看似新潮，實則傳統，看似大膽勇敢，實則虛弱不

堪。她們的眼睛追隨著金錢煥發的熠熠之光，步履卻遊移於傳統與現代之間，這是她們的悲劇所在。**張資平《紅霧》**中的潘梨花也是這樣一位有著現代身軀的傳統女性，她是個演員，是當時社會條件下少有的擁有經濟能力的女性，但是她卻也不談愛情，她認為，「什麼愛情都是假的，結局唯有金錢。金錢是戀愛的培養料。」她利用自己的美貌，周旋於眾多男子間，目的只是為了錢，為了窮奢極欲的生活。她喜愛漂亮的李梅苓，也不拒絕腰包脹滿的武夫楊師長。為錢她厭棄了成為窮光蛋的李梅苓，為錢她可投入任何一個男子的懷抱。而男人，則用錢來玩弄她於股掌之上。她看似有很大的自由度。但不難想像，一旦人老珠黃，年老色衰，她必然被男子拋棄，成為無人玩弄的木偶。在商業文明籠罩下的上海，性工作者在文化發展中不再扮演重要的角色，而逐漸蛻變為單一的性商品。作為性交易對象的性工作者其商品本性越來越突出。此時，女性對成為性工作者命運的選擇往往是一部分女性在色彩斑斕的商業文化背景下，貪圖享樂、**好逸惡勞**的天性使然。作家不再局限於賣淫的原因為貧困的刻板印象，提出了女性成為性工作者命運的多樣性思考。

杜衡的小說**《人與女人》**中的珍寶，在糊里糊塗中就自覺自願地做了男性的玩偶。「她犧牲著處女底羞怯，向人類第一次盡了女人底本分。」[5]「照這樣，曾經為著貧寒的四毛多錢而做了十二小時工作的珍寶，現在卻已經做了就是十年苦工底代價也換不到的這樣和那樣底女主人。縱然在首尾兩年之間，男主人卻已經換上了三個，可是不相干，每一次男主人底更換都只表示著她又爬了命運之階梯一級。」[6]珍寶雖然經濟狀況有了很大改善，但是心裡卻曾受著巨大的壓力。「縱然是在自己的同伴和鄰居之中，她卻感到自己是陌生人。

那一帶眼光底壁壘。加以有時候還不免有一兩句不中聽的話吹到她耳朵裡來。」[7]女性對自己的命運只有逆來順受,「她只怪同一個娘胎裡為什麼要生出這兩般的貨來:哥哥是鋼筋鐵骨的男子漢,自己是女人……」[8]然而她總有一個疑問,嫂子也是女人,為什麼她和自己的命運不一樣呢?結果她哥哥參加革命犧牲後,她嫂子被生活所迫也做了性工作者。此時她似乎獲得了解脫,「然而哥哥的做人的大道理卻也不再苦苦地壓在她底心上了,她開始得到了一個解釋。人應得像哥哥所說地那樣做,她承認;可是女人是有她們自己底道理的,女人——兩樣。」[9]此時,作家流露出女人與男人生來命運不同,成為性工作者是女人一生拋不開的宿命的觀點。

農村的貧困、沒有選擇職業的機會、缺乏教育是女性走上賣淫道路的主要原因,其中90%的女性是由於貧困而走向性工作者道路的,就像海派小說中給我們描繪的一樣,當時社會向女性開放的職業很少,傭人、保姆、洗衣女工、縫補女工、酒吧招待這些常見的為低層女性提供的職業報酬相當低,而且工作很辛苦,還會受到主人的刻薄管理和社會各方面的盤剝,辛勤勞動賺來的微薄收入根本入不敷出,所以許多女性被迫走上了成為性工作者的命運。[10]根據淫業調查委員會的報告,在1947年的上海每14個女性中就有1個性工作者。[11]同樣,在**黃震遐**的《**大上海的毀滅**》中,作家借女主人公之口,也表達了女性與男性命運不同,女性為了生存只能出賣肉體的觀點。草靈問:「……你卻不以出賣你的身體為恥嗎?……」露露答:「……我並不是女英雄,也不能有什麼創造,然而我卻曉得這個世界是經濟的,一個人短了錢,就會連思想也變為不可能,更何況靈魂的自由?所以在這種制度下,像我們年紀尚輕姿色未褪的女人,既不能,或許

用身體交換的生命　193

是不願做什麼女英雄，亦不可能普渡眾生而勞苦創造著，為自身計，為思想與靈魂的自由計，就只可學習從自古以來我們那些聰明而懶惰的姊妹們一樣，找一個主顧，把自己的肉體出賣。……」[12]「如果我是男子的話，那麼姿色既然不生問題，就也許會找一個古人所謂的『英雄』，摩登人所謂的『領導者』來做做吧！」[13]露露一方面在經濟上依附於人，一方面也不放棄自己的情感訴求，她仍然在默默地尋找自己的意中人。這也是一種對命運的抗爭吧。「……在他那忠厚的，饑渴的眼光裡，我的肉體是整個的而無掩飾地湧現在他目前，使他昏迷，沉醉，情願拿出極高的代價來挽留著我，和我長期的親近，因此，我們就買賣式地搭著擋，他摟抱著我，我水般地用著他的錢，……不過在這整個的暫期之中，我的靈魂卻依舊是高高的飛翔在宇宙裡，尋找著對象，……」[14]其實，她們都是牽線木偶，被一隻隻有形無形的巨掌牽扯著，無論你怎樣掙扎，最終都難逃玩偶的命運。**曾虛白《偶像的神秘》**提供了這樣的現實：同樣是一個女人，當她在大世界的街角傻站、轉悠，便只能招來些揩慣油的臭男人，一旦換了副行頭，住進飯店，使男人看得見卻摸不著，她即能受社會之寵，一日而身價百倍。這就是都市壓抑下扭曲的人的價值。**女人從街上走進房間，社會功能沒有改變**。她仍然是男人的性消費品，其實即使女人走進了房間，並且做了這個房間永久的女主人，成為房間主人的妻子，她的性消費品的社會角色仍然沒有改變。

　　張資平《紅霧》中的麗君在18歲時，因麻醉於自由戀愛的思想，惑於打倒夫妻制，擁護情人制的口號，也因自己青春期的性的煩悶，拒絕了包辦婚姻，大膽與青年李梅芩同居了。最初，他們嚮往著共同生活定有不少的幸福和快感，然而實際生活的平凡、單調、乏味，使

他們很快就厭倦、失望了。麗君終於淪為中國傳統的家庭婦女：持家，撫養孩子。而李梅苓卻在外拈花惹草，做著堂堂男人的事。愛已從他們之間悄然離去。麗君不願像傳統的家庭婦女那樣，做丈夫的附屬品，做丈夫隨意使用的機械。她要反抗，她要學做娜拉。丈夫如找一個情人，做妻的便要以叛逆的精神去找兩個情人，這才是男女平等。可以看出，麗君受到了新思想的影響，但她對愛對平等的理解是多麼膚淺！這只是一種病態報復而不是反抗。在無法排遣的苦悶與憤怒中，她大膽地向丈夫提出分手。為了報復丈夫，她投向了追求自己的耿至中的懷抱。她清楚地知道，女人因為經濟不能獨立，處處受盡男子的氣，因此，在最初她拒絕耿至中的錢，力圖保持自己的尊嚴，自己的人格獨立。然而，社會並未給她提供相應的謀生環境與機會。經濟獨立對於麗君來說無異於癡人說夢。她陷入了難以排解的矛盾之中：一方面要維護自己的人格尊嚴；另一方面，為了生存又只能忍受精神上的痛苦，接受他五十元的津貼了。她痛感自己人格和地位的淪落，自己完全是一個青樓中人了。麗君跟從耿至中來到日本，但此時至中的興趣已轉移到日本舞女身上。學著娜拉拋家棄子的麗君不僅淪為耿至中的下女僕婦，而且從至中身上染上性病。她又一次陷入苦悶與失望中。幾經周折，回到上海的麗君成了電影明星。她經濟上果然獨立了，並且也私有過幾個男性，她終於解放了，不再依傍男性，不再做男性的傀儡。然而前夫李梅苓向她要錢，落魄的耿至中向她要錢，與她同居的編劇家用她的錢再去追逐別的女性，很顯然，表面解放了的麗君事實上成了男人撈錢的工具，成了一種具有經濟價值的玩偶。實際上，她仍然沒有獲得與男性平等的社會地位，沒有獲得人格的尊嚴與獨立。在男權制度沒有最終瓦解的情況下，女性無法實現根

本意義上的解放與平等，也就是說經濟權利是解放的基礎與關鍵，但是女性單單獲得了經濟的獨立，而沒有平等的社會環境，解放仍然是一句空話。魯迅或是他之後的思想家，包括馬克思主義女性主義者們，都曾認為經濟的依附、經濟上的不獨立，是女人的被束縛、女性不得解放的根本所在，而波伏娃卻不這樣認為，她覺得單純的經濟上的因素不能擺佈女人，相反，**社會存在、整個文明已先「形成了女人」**，是這種形成進一步再生產了女人的命運。從男人那裡獲得經濟解放的女人，在道德上、社會上和心理上還沒有處在和男人同樣的境遇。相當長時間以來，我們學界還主要停留在經濟決定論上，在一些女性主義的寫作中，這種認識也仍相當流行，對整個文明，具體是語言構成的反思顯得不夠。

二、「謀愛」即「求生」

金錢婚姻作為女性「物化」的表現形式，最集中地體現了女性深層意識中求安穩的依附性和劣根性。對於舊時代的中國女性而言，婚姻有著非比尋常的意義，因為婚姻是她們唯一賴以生存的方式，也是她們唯一能體現自己價值的空間。尋找婚姻便成為她們非常迫切的需求，而婚姻形式的背後則是非常實際的經濟因素的考慮。在男性中心意識時代，婦女沒有獨立的政治、經濟地位，所以他們只能借助婚姻找一個可以依靠的男人，才能終身有托，生存下去，成為男性世界永遠的依賴者。

婚姻是獲取生存的保障，戀愛是獲得保障的途徑，謀愛是為了謀生——這就是女性蒼涼而現實的人生。**張愛玲**在《談女人》一文中指

出，「以美好的身體取悅於人，是世界上最古老的職業，也是極普通的婦女職業，為了謀生而結婚的女人全可以歸在這一項下。這也毋庸諱言——有美麗的身體，以身體悅人；有美麗的思想，以思想悅人，其實也沒有多大分別。」[15]張愛玲筆下的女性幾乎都積極主動地為能爭取到一樁「金錢婚姻」而掙扎著。《金鎖記》裡的曹七巧、《傾城之戀》中的白流蘇、《連環套》中的霓喜、《沉香屑——第一爐香》中的梁太太、《留情》中的敦鳳，都是這種處心積慮的女性，她們為了維持自身的基本生存或發展乃至享受，不得不壓制自己的身體欲望，憑著機智的頭腦，審慎、冷靜的盤算，如花的青春，猶存的姿色乃至豐豔的肉體，想方設法去攫取金錢，為此首先要做的是征服金錢的所有者，從這個意義上說，他們的人生就好比一場戰役，激烈的心理戰，戰利品則是以強大的經濟實力為後盾的物質保障。（關於張愛玲筆下女性人物的分析既往研究已經非常翔實，所以筆者在這裡並不贅述。）

在海派作家中，**東方蝃蝀**的小說風格與張愛玲的最接近，在其小說中，也有大量的這一主題的再現。《惜餘春賦》中，季先生的太太金嬌豔拋棄他，與一個美籍華人私奔了。金嬌豔身上雖然有洋派作風，骨子裡仍然逃不過謀愛即求生的思維路徑，「我眼看你這幾年打仗下來，也沒什麼好銅好鐵給我！」[16]於是她毅然離開自己的丈夫與那個外國人結婚了。《河傳》中的明蟾身上也面臨著謀愛與求生的困境，一方面後母對自己不好，親情冷淡，家事衰微，另一方面想找到真愛，但是又想過上物質豐富的生活，穿美麗的衣服，她在小店員與王約翰之間的徘徊，仍然是謀愛與求生之間的抉擇。《懺情》中圓珠是嚴永汝的情人，嚴永汝還有一個舊式婚姻下的妻子。圓珠雖然是新

派女人，可是卻具有許多舊式品格。她希望與嚴永汝有婚姻的保障，她需要一個有能力的男人保護她，但是嚴永汝卻不是這樣的男人。

《紳士淑女》中的瑤台城府很深，她是為了快速逃離了那個她不喜歡的舊式家庭，才急於出嫁的，當然她對含山也有好感。正是由於她那麼急於出嫁，含山才那麼容易就將她追到手，相比之下，鳳髻就幼稚得多，同時，由於家庭環境不同，鳳髻求生的渴望不及瑤台強烈，所以她也就輸掉了這場求生的比賽。**一個女性只有開始思考自己的生存問題的時候，她才開始從父母的羽翼下走出來，才開始從小女孩變成女人。**

徐訏《女人與事》中的李曉丁，孤身一個女孩子在社會上打拼，她早就悟出了其中的道理。（李曉丁）：「為什麼不能把婚姻當作職業呢？」[17]（劉則偉）：「那麼你就要人用錢來買你的青春。」[18]（李曉丁）：「你知道青春不出賣，它也是要過去的。」[19]「只要隔十年，我就是三十七歲，已經是老太婆了，那時候你是三十四，才剛剛成人，你想，到那時候你還會像現在這樣愛我嗎？……不瞞你說，現在我如果是你太太，你的收入不夠我做衣裳，等你有力量養我，我已經不是打扮的年齡了，是不？」[20]作家通過李曉丁的故事，道出了女性中這種金錢婚姻觀念的普遍性，「對於戀愛與婚姻的主張，像李曉丁所說的，也許正是這個時代小姐們共有的人生哲學。而如果世界上多數小姐們抱這樣的戀愛態度與婚姻哲學，於歷史的影響會是很大的。」（作者語）[21]女性的生存必須以性的出讓、隱忍為前提，這種出讓和隱忍只不過存在著是對一個社會或對一個人的分別。作家在文本中，對女性的這種擇偶觀持批判態度。

與男作家不同，身為女性的**張愛玲**，常常是帶著悲憫與無奈的

筆觸去描述那些蒼涼的「**金錢婚姻**」故事。她對這種擇偶觀，不完全持批判的態度，張愛玲更多地意識到了，女性在當時的社會條件下，必然做出這種社會抉擇，對於女性來說，**這甚至是一種智慧的生存抉擇**。她認為，「我們這時代本來不是羅曼蒂克的，所以我們都非常明顯地有著世俗的進取心，對於金錢，比一般文人要爽直得多。」[22]**蘇青**更進一步道出了其中女性的無奈。有的時候，母親為了年幼的孩子會迫於無奈與不愛的人生活在一起，用肉體的出賣來完成母愛。「貞操與女人真個又有什麼相干？一個靠賣淫來養活孩子的女人，在我看來不啻是最偉大最神聖的聰明人中的一個，」[23]「有一次他（丈夫）慘笑著對我（蘇小姐）說道：現在我可明白你的心了，我這次上了你的當；你實際上並不需要我，只叫我替你掛個虛名，來完成孩子們的幸福罷了。」[24]

海派作家筆下的這些女性，披著婚姻的外衣，而實質上經營著性工作者的事業，她們大多擋不住金錢的誘惑與脅迫，不過是用自己的身體和生命與男性社會中的貨幣做了一次交易而已。正是經濟的枷鎖，使得女性幾千年來無法掙脫主宰經濟大權的男性世界的壓迫和束縛，經濟不能自立，女性就永遠擺脫不掉對男人的依附。在男性操縱經濟槓桿的社會裡，婦女經濟不獨立，便很容易被金錢鎖住，淪為男性的附庸與奴隸，從而導致女性自我的嚴重「物化」。因此，魯迅說：「要求經濟權固然是很平凡的事，然而也許比要求高尚的參政權以及博大的女子解放之類更重要。」[25]恩格斯也指出，「婦女解放的第一個先決條件，就是一切女性重新回到公共的勞動中去」。這樣婚姻的充分自由才能在消除了一切經濟的考慮之後普遍實現，婦女也不再會出於經濟的目的委身於自己所不愛的男子。海派作家的文本實踐

一再提醒我們，女性只有發揮自己的經濟能力，求得經濟的獨立，才能擺脫對男人的依附。否則金錢對女性的壓迫和異化程度愈深，就愈會導致更多的「黃金殺人」的悲劇。雖然男權文化君臨一切地規定了女性的從屬地位，但是經濟地位的獲得仍然是女性走向解放的第一步。

註釋

1. [德]馬克思、[德]恩格斯:《馬克思恩格斯選集:第四卷》,北京:人民出版社,1995年,第69頁。
2. 黑嬰:《帝國的女兒》,《帝國的女兒》,上海:中和印刷公司,中華民國23年,第63頁。
3. [法]Christian Henriot:《上海妓女——19-20世紀中國的賣淫與性》,袁燮銘、夏俊霞譯,上海:上海古籍出版社,2004年,第93頁。
4. 曾今可:《浪漫的羅蒂》,《愛的逃避》,上海:新時代書局,1931年,第69頁。
5. 杜衡:《人與女人》,《海派小說選》,上海:復旦大學出版社,1990年,第191頁、第193頁、第192頁、第194頁、第198頁。
6. 同上註。
7. 同上註。
8. 同上註。
9. 同上註。
10. 張耀銘:《娼妓的歷史》,北京:北京圖書館出版社,2004年,第141頁、第133頁。
11. 同註10。
12. 黃震遐:《大上海的毀滅》,上海:大晚報館,1932年,第218頁、第219頁、第217頁。
13. 同上註。
14. 同上註。
15. 張愛玲:《談女人》,《張愛玲文集》,合肥:安徽文藝出版社,1992年,第17頁。
16. 東方蝃蝀:《惜餘春賦》,《紳士淑女圖》,上海:正風文化出版社,1948年,第26頁。
17. 徐訏:《女人與事》,《徐訏小說》,合肥:安徽文藝出版社,1996年,第58頁、第58頁、第58頁、第59頁、第72頁。
18. 同上註。
19. 同上註。
20. 同上註。
21. 同上註。
22. 張愛玲:《張愛玲全集》第一卷,海口:海南出版社,1995年,第65頁。
23. 蘇青:《結婚十年》,《結婚十年正續》,上海:四海出版社,中華民國37年,第220頁、第221頁。
24. 同上註。
25. 魯迅:《魯迅全集:第一卷》,北京:人民文學出版社,1981年,第159頁。

第七章

性衝突

　　男女兩性是人類文明的抽象基元，兩性角色和關係的演變構成了文明史的演變。無論生產方式和生活方式如何變化，兩性關係問題始終是人類社會永恆的話題。由合作到紛爭，由衝突到諒解的兩性關係將是一個永不停息的動態過程。筆者認為，兩性關係中最根本的關係就是性關係，於是**性關係就成為兩性關係的原型**。

一、原型的缺失

　　真正的兩性戰爭是兩性在地位平等、力量均衡的基礎上進行的交鋒。學者柯優絲（Eva Keuls）認為**亞馬遜女戰士**的故事是**西方兩性戰爭的原型**。亞馬遜女戰士的形象最早出現在《伊里亞德》中，亞馬遜女戰士是戰神艾瑞斯（Ares）的後裔，她們崇拜狩獵女神阿蒂米絲，居住在小亞細亞的卡帕多西亞，舉國上下都是女人，由女王統治。每年一度，她們為了繁衍後代，會和外面的男人交歡，生下的如果是男孩，便被送走，或者弄成殘疾做奴隸；如果是女孩，就撫養長大成為女戰士。西元前5世紀的希臘古典文學裡，亞馬遜女戰士被認為是女性特質的反轉：她們拒絕結婚、不要兒子，和男人一樣上戰場廝殺。她們彪悍、獨立、不僅遠離男人，更視男人為敵。在古希臘人的意識裡，她們代表了女人一旦放棄哺育男人、擁有男性特質後，就會釋放出摧毀的力量。當我們分別站在兩性的角度分析這則神話，就會發現它其實反映了更深的心理意義。以男人的角度觀之，它洩露了居主宰地位的男人憂懼女性潛藏的報復力量，亞馬遜女戰士被視為是怪物、潑婦、違逆自然、錯誤扮演了男戰士角色。對女人來說，亞馬遜女戰士代表了榮格所謂的陰影自我，意指不為社會接受、

暗自壓抑的行為。亞馬遜女戰士就像女性破繭而出的陰影自我，昂首闊步於陽光下，她們刻意割除乳房以強大力量，讓男人畏懼敬佩。割除乳房加上男性特質，顯示神話中的亞馬遜女戰士渴欲成為雙性人，既是哺育孩子的女人，也是侵略戰鬥的男人。[1]然而，在中國文化中兩性戰爭的原型是什麼呢？

我國古代的房中術是一門古老的性學，其精髓在於利用男女交合，達到享樂和養生的雙重目的。它是我國古代一個全面而細緻地研究兩性性關係的理論。所以我認為研究中國兩性關係的原型，首先要從分析房中術中包孕的兩性思想入手。在中國古代的許多房中書中，性交往往被描繪成戰鬥，雙方戰鬥力的強弱取決於他們平時的修煉，勝利者屬於那些在性交中順利獲得對方元氣的男女。在著名的房中書《秘戲圖考》中，隨處可見「上將禦敵」、「兵亦既接，入而復退」、「收戰罷兵」、「戰敗下馬」等軍事用語。《肉蒲團》中的未央生在性交中總是以善戰者自居，在與豔芳性交中，他料到對方是個難以攻擊的敵人，就採取了「知彼知己，百戰百勝」的戰術。《金瓶梅》中作者將林太太比作千嬌百媚的花狐狸，西門慶則被比作為降魔伏妖的灑金剛。性交的過程即是戰鬥的過程，灑金剛經數回合的攻擊、較量，最後打得花狐狸大敗投降。女性的身體在性交中具有承接含納的功能，並且可以多次重複高潮，還能夠孕育後代，女性身體的奧秘使得男性覺得女性神秘莫測。這些便構成了潛意識中男性對女性的恐懼之源。不得不承認中國祖先的聰慧，本來在性愛這樣一個互惠的領域，男人是很難佔據上風的。但是房中術卻為男性在性領域繼續統治女人提供了種種指導，如果說禮教在道德領域為男尊女卑做了保證，那麼房中術則在性方面為男女不平等製造了具體的方法和手段。

將性交比為戰鬥，據說是出於司馬遷《史記》中的一則軼事。吳王用宮女和寵妃來示範孫武戰略原則，操練時宮女覺得可樂，哄然而笑，孫武為了顯示紀律森嚴，毅然殺掉領頭的兩個宮女，後來房中書中經常用「花陣」、「吳營」來指性交的雙方。[2]但實際上正如前所述，房中書只是教男性怎樣在性交中獲勝，這並不是中國文化中兩性戰爭的原型。

西方文化中有亞馬遜女戰士的傳說，中國民間則流傳著花木蘭替父從軍的故事。可是花木蘭的故事卻將戰爭的含義弱化了，替父從軍的命意被空前強化，花木蘭掩藏了自己的性別角色只是為了父權盡孝，這還是一個一邊倒的父權故事的圖解。而在中國民間流傳的非常有名的河東獅吼的故事中，陳季常的妻子柳氏，如果發現丈夫宴請賓客的宴會有歌女陪伴，就會在隔壁用棍子敲打牆壁，並大聲叫嚷。妻子再見不得自己的丈夫與別的女人在一起，也不會用棒子去打他，而只能用獅吼來嚇跑歌女。硝煙的矛頭所指為女性。而吃醋的典故，則說唐太宗要給房玄齡納妾，房怕老婆不肯，太宗就賜房夫人毒酒一杯，如果房夫人不同意其夫納妾就喝了這杯毒酒，房夫人毫不含糊，拿起杯來一飲而盡。其實太宗在杯中倒的不是毒酒乃是陳醋。從此吃醋就用來指稱喜歡嫉妒的人。這個故事也僅僅表明房夫人性格的剛烈，而沒有任何性別戰爭的味道。中國傳統文化中很難找到兩性戰爭的原型。歷史長河中記錄的都是男權性奴役的情景。海派小說也不例外，男權性奴役仍然是兩性關係的一個基本的主題。這也是真正現代意義上的兩性戰爭產生的倫理背景與歷史背景。

二、「且」的勃起──男權性奴役

　　理安・艾斯勒（Riane Eisler）在《聖杯與劍》中指出，從西元前5000年到西元前3000年，嗜血尚武的遊牧民族克甘人，多次大規模的入侵，徹底破壞了歐洲母系社會田園詩般的生活，整個社會系統跌入混沌狀態。在黑暗當中產生出的新秩序是克甘人帶來的父系社會制度。男神代替了女神，劍代替了聖杯，男性等級統治代替了女性和男性的夥伴關係，整個社會完成了一次文化轉型。中國是在4000年前，進入男性統治和壓迫女性的「父權」社會，婦女地位大大下降，男尊女卑成為天經地義的法則。但是中國女性歷史性地敗北，卻不是遊牧民族大規模入侵造成的，父權制統治關係，是中華民族在本土文明中原生地產生出來的。當然，中華民族從母系制向父系制過渡的催生婆仍然是戰爭。五帝中的最後一位禹，在去世前7年將權力「禪讓」給自己選定的接班人伯益，然而禹子啟深得民眾擁戴，十多年後發動戰爭，奪取政權，建立中國第一個實行父系繼嗣制的王朝夏朝，變「共天下」為「家天下」，這件事標誌中國進入父系制社會，女性地位從此開始下降。中國的第一種統治關係模式是以父系血緣為紐帶，按地域分邦建國的宗法制度，它是在夏商週三朝（西元前2100年至西元前256年）建立和逐步完善的。一夫一妻多妾和嫡長子繼承的父權制家庭也是在這兩千年誕生的。按《說文解字》的解釋，「宗」是「尊祖廟」之義，今人考證「祖」是「祭男根」之義，「且」是男根的象形字。「宗法制」的意思是：供奉同一個男性祖先並按他的血緣關係封土建國。這樣，一個按男性祖先的血統分封的、世襲的、具有「中國

套箱」式結構的等級系統就終於完全建成了。在春秋戰國時代諸侯混戰的混亂狀態中，創生出的秦朝中央集權的君主專制政體是中國的第二種男性統治關係的社會模式。緊接著，在漢朝，中央集權的君主專制政體同宗法制度相結合，形成中國式的東方專制主義社會模式，並對女性實行了更為深重的壓迫，自此男權之劍揮舞了數千年。[3]

　　海派小說一方面表現了男女情愛生活中的美好人性，表現了一些追求自由生活的現代思想，另一方面又常常夾雜著男權思想的痕跡。**施蟄存**的**《石秀之戀》**就記載了一個男性揮舞道德之劍，懲治淫婦的傳統道德倫理故事。面對美豔的潘巧雲，石秀有著強烈的愛欲，但他迫於義兄的道義而深深地壓抑著自己。可潘巧雲卻與和尚裴如海媾和，妒火中燒的石秀親手殺死了和尚，並挑唆楊雄殺死了潘巧雲。石秀饑餓著的性欲與異常的殺機微妙地結合在一起，透露出一種變態的虐待症心理。他對潘的身體，尤其是對其具有性魅力的器官的殘害與割裂，表達著男性敘述者對女性性欲望的恐懼與詛咒。潘的死是滿含著性別政治含義的，凱特‧米利特（Kate Millett）在《性政治》中從性政治的角度分析了勞倫斯小說中的性宗教，勞倫斯（David Herbert Lawrence）性宗教的核心就是，讓性交發揮殺戮的功能，以「殺人來實現自己的最高境界，」[4]將女人作為活生生的祭品，以使男人獲得更崇高的榮譽和更強大的權勢。勞倫斯的性宗教的涵義與中國傳統的房中術中性交的戰鬥涵義頗為相似。在繡榻玉枕這一方特別的戰場上，性成了男性對女性奴役的一種手段，男性再次操持了對女性殺剮存留的權力。由於性功能不可能在一具死屍上大有作為，所以筆者痛苦地意識到，《石秀之戀》這篇小說的用意純粹是政治性的。作家將石秀的生殖器轉換成武器，使其從性走向了戰爭。正是作品中將性愛

變成殺戮的倒錯，或更確切地說，是對性愛的歪曲和否定，使男主人公顯得如此恐怖和癲狂。「原來石秀好像在一刹那間，覺得所有的美豔都就是恐怖。雪亮的鋼刀，寒光射眼，是美豔的，殺一個人，血花四濺，是美豔的，但同時也就得被稱為恐怖；在黑夜中焚燒著宮室或大樹林的火焰，是美豔的，但同時也就是恐怖，鴆酒泛著嫣紅的顏色，飲了之後，醉眼酡然，使人歌舞彈唱，何嘗不是很美豔的，但其結果也得說是一個恐怖。」[5] 殺人成了一種藝術欣賞活動，它的快感極大地激發了石秀的情欲。「在那白皙、細膩，而又光潔的皮膚上，這樣嬌豔而美麗地流出了一縷朱紅的血。創口是在左手的食指上，這嫣紅的血縷沿著食指徐徐地淌下來，流成了一條半寸長的紅線，然後越過了指甲，如像一粒透明的紅寶石，又像疾飛而逝的夏夜之流星，在不很明亮的燈光中閃過，直沉下去，滴到給桌面的影子所隱蔽著的地板上去了。詫異著這樣的女人的血之奇麗，又目擊著她，皺著眉頭的痛苦相，石秀覺得對於女性的愛欲，尤其在胸中高潮著了。」[6] 血腥與性感於石秀的頭腦中，在一個變態的交叉點不期而遇。「如果把這柄尖刀，刺進了裸露著的潘巧雲的肉體裡去，那細潔而白淨的肌膚上流出著鮮紅的血，她的妖嬌的頭卻痛苦地側轉著，黑潤的頭髮懸掛下來一直披散在乳尖上，整齊的牙齒緊齧著朱紅的舌尖或是下唇，四肢起著輕微而均勻的波顫，但想像著這樣的情景，又豈不是很出奇地美麗的嗎？」[7] 對被殘害的身體的病態欣賞，是性欲不得滿足後，向一個不正常的渠道發洩的表現。「以前是抱著『因為愛她（潘巧雲），所以想睡她』的思想，而現在的石秀卻猛然地升起了，『因為愛她，所以要殺她』這種奇妙的思想了。……因為石秀覺得最愉快的是殺人，所以睡一個女人，在石秀是以為決不及殺一個女人那樣的愉快了。」[8]

在殺人的過程中，摧毀的快感替代了性愛的高潮體驗，「所有的紛亂，煩惱，暴躁，似乎都隨著迎兒脖子裡的血流完了。……石秀好像做了什麼過分疲勞的事，四肢都非常地酸痛了。」[9]而實際上，他並沒有費力氣殺人，殺人的是楊雄。摧毀的快感與性的快感達到了同等激烈的程度。這個彌漫著血腥氣味的故事，仍然是男性對女性佔有與役使的主題延續，它只是以一種非常形象地方式表達了「性愛＝殺戮＝戰鬥」，即「性愛＝戰鬥」的中國房中術的古老主題模式。

在實際的兩性戰爭中，女性的報復貌似指向男性，卻更多地指向女性，而男性報復落點在社會，卻總使女性首當其衝地毀滅掉。**穆時英**的小說**《咱們的世界》**中，海盜李二爺將階級的仇恨發洩在女性身上，他在船上強暴了小狐媚子（一位富家小姐）和委員夫人。在**《生活在海上的人們》**中，翠鳳和「我」的嫂子，是兩個見利忘義，背叛本階級利益，投靠惡霸的走狗。「我」與翠鳳有密切的性關係，又由這一性關係而鄙視她，居高臨下地指責她，早忘掉了她自己死去的丈夫，儘管實質上趁虛而入，佔有這個孤苦無依的女人的是「我」。顯然，「我」並沒有把自己和翠鳳放在同一性愛道德尺度上來要求。「我」對翠鳳在性道德上的鄙視，其意並不在於維護某一性愛道德準則，不過是以自我為中心，從男人的立場出發憎惡女性而已。在作家的想像中，翠鳳在性關係上的無節操與階級政治上的無節操相應和。當「我」得知翠鳳告密，「我」首先想到的是，「要再讓我碰見了，不把你這窟窿，從前面直搠到後面。」這句粗話表明，在「我」的意識中，性關係其實只是男人對女人的暴力關係；女人哪怕參與階級政治，歸根結底仍不過是男人的性暴力對象，女人從本質上講沒有其他方面的人的內涵，因而對女人政治節操方面的懲罰也仍然是性懲罰；

同時它表明，男人誇大其詞地臆想自己具有無限的性暴力能量，這是男性陽具自我崇拜這一集體無意識的顯現，它是孱弱男人的強心劑。小說末尾，「我們」對敵對者、變節者的實際懲罰是虐殺。對虐殺充滿快意的描述中，作者和「我」一起沉醉於對富人、對走狗、對女性施暴的狂歡中。這一暴力狂歡，拯救了浪子孱弱帶來的人生無力感，但也無節制宣洩了人類非理性的破壞力，放縱了人性之惡。[10]

　　同樣在**黑嬰**的《**牢獄外**》中，方吉秋被誤認為是革命者被捕入獄，朱偉江趁機將他的女友惠金追到手。出監獄後他出於對這個吃人的社會的報復，又真正成了革命者。但是這種報復最初也是發洩在了日本女招待的身上。女性本就是無辜的，女招待更是以賣笑為生的孤苦的一群。他的行為實際上與流氓無產者對女性的性暴力是一樣的。在作家的意識中，與他們敵對的他者群體有兩個，一個是富人階層，一個是女性群體。女性對男性構成誘惑，往往又背叛他們這一階層的男性，投靠富人階層的男性，成為其所有物和走狗。他們這一階層的男性常常以懲戒者的身份居高臨下地對女性施暴，從而一箭雙雕既報復女性，也報復富人。這些作家筆下的性政治是附屬於階級政治，對階級政治構成生動的補充。這種魚目混珠的階級意識，轉到性別領域來，便失去了其反抗社會不公的合理性，只剩下放縱人性惡的性別暴力。因為，女性對男性並不像富人對待窮人那樣實際上存在著一個群體壓迫另一個群體的事實。

　　徐訏的《**殺機**》這篇小說是一個典型的三角戀愛故事，男主人公的殺機本意是指向情敵，可作家卻讓結果出乎意料地指向了女性。我相信這個情節不是作家賣弄技巧偶然為之，而是蘊藏著更深的兩性秘密。雖然男性主人公殺人動機的指向都是同性，但是最終死去的卻

是女性，並且在女主人公死去之後，他們不但沒有反目成仇，反而冰釋前嫌，友情更加濃厚。此結局似乎在說明，男人之間為了女人的戰爭永遠都打不起來。女人只是男人生活中的半壁江山，男人可以為了兄弟情誼割讓這半壁江山，但卻很難為了這一點點領土而拼得你死我活。遠古時代當人類的情感進化出了愛情後，原始群團內部還沒有產生出一種用來約束兩性在情愛問題上的社會規範，而每個個體都擁有接受與拒絕的權利，於是整個群團便陷入了情愛糾葛的紛爭之中。在狩獵生產中所形成的團結協作精神，在愛情糾葛面前蕩然無存，男性為爭奪女性而相互殘殺，衝突在原始群團內部造成了大量的傷亡。根據人類學家考古發掘的結果，有相當一部分北京猿人，由於腦部被其他猿人由鈍器或石器所傷而致死。[11]也許，這一頁已經成為男人記憶中的殘酷夢魘，所以男性之間，在之後的歲月中，再也不敢開啟這扇惡的門。當然，這只是人類情感發展史的最初歲月，隨著男權秩序的產生與鞏固，我相信，女性之間終有一天也會建立起這種默契。**張愛玲的《多少恨》和《殷寶灩送花樓會》**就多少體現了這種默契。

　　這兩篇小說同樣是三角戀愛的故事。家茵與宗豫相愛，羅潛之與殷寶灩相愛。但是家茵與殷寶灩一樣不忍煞費苦心破壞對方原來並不圓滿，但很平靜的家庭。在這種三角愛情中，男性對舊式妻子充滿了殘酷的折磨，雖然宗豫的妻子肺病已近晚期，但是宗豫還是不顧一個舊式女人在臨終之際遭棄的身心感受，堅持要同她離婚。而羅潛之則將有三個月身孕的妻子無情推到牆上。相反，處於第三者位置上的新女性卻對那些舊式妻子充滿了同情。在這種雙重關係中，男性對他們的舊式妻子的態度仍然有始亂終棄的色彩，而女性之間建立起來的這種友愛，則是一種有別於宗法社會妻妾爭寵行為的嶄新情感，這種女

性關愛行為本身，閃耀著聖潔的道德光輝，具有明晰的現代性色彩。

三、「菊」與「劍」的廝殺——兩性戰爭的誕生

如果說千百年來，男性一直在女性面前揮舞著屠刀，而女性卻毫無怨言，並且一直保持沉默的話。那麼，到了海派女作家的筆下，女人不再沉默，她們開始意識到這種衝突，並通過文本強化了女性的這種痛苦記憶，言說女性長期被壓抑的生存處境成了女性走向反抗的第一步。當整個歷史與現實都已變成了男性菲邏斯的自由穿行場，雲層和地面上佈滿了男性空洞的閹割焦慮的時候，女性以她們壓抑已久的嘶啞之音，呼喊與細語出她們生命最本質的憤懣和渴望，表明她們心底的不甘和顛覆的決絕。但願人人都能冷靜下來，認真從她們的細語中讀出那一份深長而痛楚的生命體驗，讀出她們對於愛與美的呼喚。並因此而感知到，這是一個男女共存的世界，不光有男性粗糙、堅硬、喉結上下竄動翻滾的聲音，還有女性纖柔、細膩、充滿彈性和質感的聲音。

在**潘柳黛**的自傳體小說《退職夫人自傳》中，男女兩性的不和諧狀態，從潘小姐的父母那代就開始了。到了女主人公這一代，不幸的情感生活更像可怕的遺傳病一樣纏繞著她。在一次酒醉之後，她失身於並不喜歡的，大她22歲的陳浩。被陳浩拋棄後，她又碰到了比她小兩歲的邵平，魚水之歡後，邵平坦言自己是處男，並將床單弄上血跡，以證明潘小姐同樣是初夜，這種舉動深深地傷害了女主人公。潘小姐在離開她的小愛人之後，又碰到了擁有著「巫師」、「騙子」和「毒蛇」頭銜的李阿乘，她的地獄般生活其實才剛剛開始。「那

個瘦長的高個子青年（阿乘），彷彿一個巫師一樣看透了我（潘小姐）的心境，他抓住了機會如影隨形，不久我們的如火如荼的熱戀展開了。」[12]「也許我是真的太容易迷惑於花言巧語的誘騙了，現在想來，我才知道，幾乎我的每一個愛人，都是能言巧辯，善伺人意。而後來一度作為我丈夫的『阿乘』更是有著使人少見的語言天才，像一個『談情說愛』的專家一樣，他的戀愛的表現手法，可以使每一個少女心醉。」[13]後來潘小姐惴惴不安地同這個可怕的情人結婚了，「在我（潘小姐）的身上不再找到新娘的氣氛，我忽然湧起一陣莫明的淒涼之感。」[14]家庭是社會的基本單元，無論社會處於何種動盪和暴力當中，人們都相信家庭是一個充滿親情的相互扶助和呵護的溫馨之地，是遠離暴力的安全港灣。然而現實並非如此，越演越烈的暴力將部分家庭變成地獄。有人說，除了行軍打仗，家庭是一個暴力最多的社會場所。阿乘的猙獰面貌也終於在婚後完全暴露出來，他開始折磨並毆打潘小姐，（阿乘）「像閃電一樣打了她一記耳光，」[15]並讓她脫光衣服跪在那裡，作為對她不在家裡陪丈夫，而外出工作應酬的懲罰。除了肉體的凌辱外，他還對她百般地進行精神折磨。他給她講丈夫謀殺妻子的恐怖故事，並引證他們。「……我（阿乘）自然會佈置很好，我把你衣服都脫光了，推出窗外，然後我立刻去通知鄒小姐，說是剛才跟我吵架，她（潘小姐）跳樓自殺了。」[16]阿乘後來迫於生活的困窘將潘小姐拋棄，和他的嬸娘私奔了，而潘小姐一直被蒙在鼓裡，並在困苦中默默等待自己丈夫的歸來。值得慶倖的是，最後女主人公終於從絕望中驚醒，主動選擇了離婚，結束了自己可怕的婚姻。女性走向最終反抗這一步是如此艱難由此可見一斑。

潘柳黛的這篇小說簡直就是熱播的電視劇《不要和陌生人說話》

第七章

的現代海派版本，它表明關於私人化的家庭暴力問題，（家庭暴力是指家庭內出現的家庭成員間的一方對另一方的暴力行為，包括身體傷害、精神摧殘和性暴力。家庭暴力是侵犯他人人身權利的違法行為，其表現形式是多種多樣的，比較常見的有捆綁、毆打、譏諷、辱罵、恐嚇、冷漠、性虐待、性暴力等。）早在上個世紀的30年代，在海派女作家的文本中，就有細緻而全面的反映。《退職夫人自傳》**堪稱現代家庭暴力文學的先聲**。因為作品所表現的潘小姐的家庭組合正是典型的現代家庭結構，男主人公李阿乘是大學教師，女主人公是知名記者，是中國現代社會職業女性的前輩，可以說他們的家庭衝突是非常有代表性的，**它體現了在兩性基本平等的現代家庭中，兩性衝突的男權陰影**。雖然兩性在現代家庭中獲得了形式上的平等，但是父權思想仍然根深蒂固。阿乘對獲得了經濟獨立的妻子潘小姐的經濟依賴，強烈地撼動了他的自尊，使他產生了一種變態的仇視心理。男性在家庭中所擔任的主宰角色與其經濟收入的不平衡，使其產生一種喪失其主導地位的焦慮。這是隱藏在他內心深處的權利控制欲望和男權文化對他觀念構成的影響。同時，小說也體現了知識份子家庭暴力的特殊性，由於施暴者掌握一定的心理學知識，使得其深知精神折磨更能達到迫害對方的目的，所以家庭暴力常會以冷暴力的精神摧殘的形式出現。另外，小說與《不要和陌生人說話》一樣，都有丈夫限制妻子社交的情節。實際上，丈夫在乎的不是妻子和多少陌生人說了話，而是她是否對丈夫忠貞和是否依然在他的控制之下。因為，在社會觀念中已經形成了「男尊女卑」，「男主外，女主內」這種兩性模式，這種文化已經成為人們觀念的一部分。對這種觀念的挑戰就是對丈夫權利的觸犯。施暴者經常打自己的妻子而不是其他人，這不是一個簡單的

心理問題。如果強調施暴者的個人心理特質，和家庭環境的特殊性，容易成為支持施暴者的托詞，也容易把這樣一個有深刻文化原因的社會問題私人化。一些家庭暴力的出現，並不是所謂「愛的缺失」，也並非全是經濟生活中的問題，更深層的原因在於一種家庭文化的扭曲和道德的失範。

張愛玲的小說《怨女》，對兩性的不和諧狀態也有著深刻的反映。藥店的夥計小劉與銀娣彼此有好感，但是銀娣的哥嫂卻將她嫁給了一個有錢的瞎子。在她新婚回門的時候，大家都爭先恐後地觀看銀娣病弱的丈夫，小劉也和大家一樣，帶著點別有意味的微笑在一旁觀看。這個麻油西施雖然沒有屬於他，但也沒有屬於哪個出色的男人，她嫁給了一個廢人，這是一種卑瑣男性的幸災樂禍的笑。男人與女人在張愛玲的小說中不僅沒有真情，就連最起碼的和諧的狀態也不具備。同樣，**蘇青**也在其自傳體小說《**結婚十年正續**》中，言說了女主人公和丈夫無愛婚姻的發展史，女性在無愛的婚姻中掙扎，最終迫不得已放棄了這段婚姻。其實從文本的內容來看，她的丈夫是愛她的，她和丈夫之間也有感情，但是雙方都沒有經營好這段婚姻。早期婦女解放時期的女性作品往往將家庭衝突簡單化，初步具有知識的女性缺乏對生活的深刻領悟和生活智慧，所以比較容易被生活淘汰，相比之下，張愛玲小說中的一些女性反而生活比較殷實，情感生活也比較豐富。但是值得一提的是，正是通過這些女性文本，女性不再生活在飄渺的唯美愛情之中，她們不但開始記錄，而且開始思考兩性之間的不和諧問題，雖然這種矛盾還沒有白熱化到兵戎相見的程度。但是她們終究在兩性虛擬和平的空白之頁上，用自己的親身體驗記錄下了戰爭的先聲。

到了**予且**的《**辭職**》這篇小說，兩性戰爭終於拉開了帷幕，小說中的女性具有清晰的女性意識，她要捍衛自己作為妻子的權力，她希望管理丈夫的所有財產，希望丈夫謝絕社會上的所有異性友人的友誼，希望丈夫能在業餘時間取消其他的消遣而專心陪伴她。並且為了爭取自己的這種權利，她與丈夫既熱戰又冷戰，最後丈夫被她的話打動了，毅然辭職全天陪她。但是真正閒下來的王先生，卻在家裡覺得異常的空虛與無聊，連陪太太去看電影都提不起精神。這場戰爭沒有真正的勝利者，雖然妻子表面上占了上風，可是丈夫心裡並不甘心。小說提示人們，兩性衝突沒有那麼容易解決，它需要一種全新的價值觀念來化解千百年來在兩性之間就一直存在的衝突。而在當時的社會條件下根本不具備這種全新的價值觀念。

　　當兩性之間戰火燃起，其中最為激烈的衝突就是，女性對男性的弒殺，至此，女性對父權制展開了最為激烈的反抗。女性對於男性由失望轉為絕望，由絕望終於發展成為與男性不可調和的戰爭。在**張愛玲**的《**連環套**》中，竇堯芳待霓喜不薄，他連自己死後霓喜的事情都給安排好了，並且有意撮合霓喜和崔玉銘，把一個小店送給了崔玉銘，希望他們將來好好過日子。一個對她那麼好的人，在臨死前的一瞬間，霓喜對他沒有愛，有的只是由於失去了保護和依靠後孤獨無助而產生的報復，她親手用花瓶送了他最後一程。「這個人，活著時候是由她擺佈的，可是現在他（竇堯芳）就要死了，他不歸她（霓喜）管了。她要報復，她要報復，可是來不及了。……霓喜將花瓶對準了他砸過去，用力過猛，反而偏了一偏，花瓶嗆郎郎滾到地上，竇堯芳兩眼反插上去，咽了氣。霓喜趴在他床前，嚎啕大哭，捏緊了拳頭使勁地捶床，腕上掛的鑰匙打到肉裡去，出了血，捶紅了床單，還是

捶。……她低頭看著自己突出的胸膛，覺得她整個的女性都被屈辱，老頭子騙了她，年輕的騙了他，她沒有錢，也沒有愛，」[17]「真讓她撲到靈床上，她究竟打算摟住屍首放聲大哭呢，還是把竇堯芳撕成一片一片的，她自己也不甚明白。」[18]張愛玲並沒有把霓喜寫成反抗男權社會的女英雄，所謂的對抗並不具有自覺意義上對男權社會的顛覆意識，作為對抗武器的女性主體意識更多地是以男權社會的意志為核心，其本質仍是要維護男權社會的正常秩序。霓喜的歇斯底里更多是為了能成為某一個人正式的妻室，而名正言順地長期依附於男人。然而，**當女作家執著於表現現實的蒼涼時**，與此相反的是，**男性作家筆下的女性往往具有理想主義色彩**，這也往往是許多主題中，男性作家與女性作家態度的分野。

葉靈鳳的《愛的戰士》刻畫了一位勇於捍衛自己尊嚴的「愛的戰士」莎菲，她憤怒地殺死了負心漢小萍。筆者認為，這篇小說有戲仿丁玲的《莎菲女士日記》和魯迅的《傷逝》這兩篇小說的傾向。因為作品中遭到小萍（男性）玩弄的女性有兩位，一位是莎菲，她與《莎菲女士日記》中的莎菲同名；一位是紫君，她又恰好與《傷逝》中的子君諧音同名。而葉靈鳳這篇小說中的兩位女性基本上延續了《莎菲女士日記》和《傷逝》這兩篇小說中同名女主人公的性格特徵。莎菲性格剛烈，所以她會向不忠的男友報復。紫君比較單純，所以，她在聽說小萍有女朋友的情況下還會聽信他的謊言。「五四」運動之後，婦女解放已成為時代潮流，戀愛和婚姻的自由度也增大了。但是許多用心不良的男子卻趁機以自由戀愛的名義玩弄女性，像小萍和莎菲、紫君這樣的人物在當時的社會上都有一定的代表性，葉靈鳳的戲擬也正是為了表明這種社會現象的普遍性與典型性。隨著兩性衝突的加

深，女性的自救與反抗必將更加猛烈和積極。

同樣，在**施濟美**的**《鬼月》**中，當長林對海棠說，他們不能在一起的時候，「她哭出來：『我恨不能殺死你，殺死你，你這個沒出息的小雜種，你騙了我。』她順手拿起桌上的酒瓶子，猛地一摔，長林來不及讓，撞個正著，殘酒濺得他一臉，破玻璃劃破了他的腮，鮮血直往下流，血和著汗，和著酒，往下流，往下流，流的是人的血，活人的血，可是長林這小子還是個面捏的人兒。」[19]因為長林認命了，不想和她在一起。她由愛生恨，先是用瓶子打了他，後來將長林推到河裡，她也跳到河裡與長林一起撈月亮去了。他們雙雙回到令他們能真正得到解脫的，混合著經血、眼淚、乳汁的有機象徵的婦女之流——水中。海棠極端變態的對抗手段，折射出女性在別無選擇的兩難境地裡突圍的艱難。歷史上女性的任何「性」的抗爭帶給她們的都是雙重的打擊和失敗，她們在肉體毀滅前絕望的聲音至今仍不絕於耳：「在一切有理智、有靈性的生物當中，我們女人是最不幸的。」[20]但是我們應當看到，女性的突圍是歷史的必然，幾千年構築的男權樊籬需要女性無數次衝鋒陷陣。

兩性戰爭在文本中有時是以曲折的形式表達，張愛玲的《怨女》中，曾經懷著對愛情生活美好嚮往的銀娣，被他的哥嫂嫁給了二爺，二爺雙目失明，前雞胸後駝背，總是張著嘴，從小就有氣喘病，為了維持病弱的身體還抽大煙。他信佛，他最喜歡那串核桃念珠，挖空了雕出巨羅漢。他看不見，摸不著串珠十分著急，他怕佛珠掉地下被人踩壞了。銀娣看著自己的丈夫如此焦急，她不但沒把手中的串珠遞給他，反而用夾核桃的鉗子將念珠一隻隻夾破。並故意用話杵他，「又不是人人都是瞎子，」誰會看不見你的串珠。銀娣將自己命運的不幸

全都發洩在這串念珠上了。念珠成了哥嫂、二爺、小劉等所有欺負她的人的象徵。[21]

　　兩性之戰是現代性愛的內容，是現代人性愛領域內思考的新內容。女性由於性壓抑而產生的反抗，在宗法社會常見的兩種反抗形式是偷情亂倫與私奔，如果壓抑源自妻妾爭寵，那麼報復的矛頭往往殘酷地指向女性，而真正針對男性的情況則比較少，所以殺戮男性本身具有現代性的意味。

四、被去勢的男性

　　張愛玲是中國20世紀40年代上海淪陷區名噪一時的女作家。在她的小說中，兩性戰爭外化為張愛玲作家本人與作品中男性形象之間的衝突。她的小說塑造了兩類不健全的男性，作家以冷酷的筆調，解構了宗法社會中以男性為中心的夫權社會的基石，把作品中的男性一個個放逐到社會、家庭的邊緣地帶。他們成了被去勢的閹割者。大體而言，她筆下的被閹割男性形象分為兩類：一類是肢體殘缺的男性，一類是精神殘障的男性。既從**生物學層面把男性身體閹割矮化**，又從**內在精神層面閹割父權權威**。

　　男性的身體最受無情鞭打的，要算《金鎖記》裡的姜二爺和《怨女》中的姚二爺。**張愛玲解構了男權文化對傳統男兒身的美好建構**，為她顛覆男性霸權的敘述策略選擇了一個最直接、最辛辣的切入口。姜二爺生於富貴之家，卻天生殘廢畸形，全身的肉「是軟的、重的，就像人的腳有時發麻那樣」；長年臥床不起，「坐起來，脊樑骨直溜下去，看上去還沒有我那三歲的孩子高」，「那樣兒，還成個人嗎？

還能拿他當人看？」[22]女性敢於直接藐視丈夫的軀體，並以此嘲弄了傳統男性形象的權威。在作者筆下，姚二爺則受著遠比姜二爺更為嚴重的肢體殘疾，不僅患著嚴重的軟骨病，而且雙眼盲瞎、雙耳失聰。即便做了新郎官，在喜慶的婚禮上也無法體面地坐直，全身的軟骨塌在婚宴的桌子上。除此之外，《金鎖記》裡的姜長白，十三四歲的少年瘦弱得像七八歲孩童；《茉莉香片》裡的聶傳慶，二十幾歲的青年卻「發育未完全」，像個十六七歲的少年；還有《怨女》裡身材瘦小、常涎著唾液的姚玉熹等，在象徵意義上他們都屬於肢體殘疾之列。他們可以視為張愛玲筆下所有**失去權威男人的原型表達**。[23]根據拉康的鏡像理論，身體是人理解個人與世界關係的一個維度。身體社會學認為，身體觀念包括物質身體和社會身體兩個層次。並且前者受到後者的制約，在社會交往過程中，個體不斷地將自然的身體轉化為社會文化的符號。因此**身體可以成為社會的隱喻**。在張愛玲的小說中，「身體」與「社會」，「丈夫」、「家庭」與「父權」是一些外延不同，但其象徵意義等價的能指，**男性身體的殘缺隱喻著整個男權社會的不完善**。

在精神疾患方面，張筆下的男性形象又可分為以下四種類型：第一種，幼稚化的男性。他們大多被貶為嬰孩、孩屍、未發育完全的孩子，這在張愛玲的小說中比比皆是。如《花凋》中的鄭先生是「泡在酒精缸中的孩屍」；《留情》中的米晶堯「除了戴眼鏡這一項，整個地像個嬰孩」；其他如《茉莉香片》中的聶傳慶，《創世紀》中的匡家父子，《怨女》中的姚玉熹等皆屬此類。第二種，猥瑣化的男性。他們不務正業、狂嫖濫賭、昏庸猥瑣，抽鴉片、逛窯子、玩女人就是他們全部的生活。這類男性有姜季澤（《金鎖記》）、喬琪喬（《茉

莉香片》）、佟振寶（《紅玫瑰和白玫瑰》）、潘汝良的父親（《年輕的時候》）、白流蘇的父親以及范柳原（《傾城之戀》）等。《花凋》中的鄭先生「有錢的時候在外面生孩子，沒錢的時候在家裡生孩子」；《傾城之戀》中的白家四少爺更是狂嫖濫賭，玩出一身病；而范柳原本人在繼承祖產之前，也是一個嫖賭俱全的無賴之徒。第三種，陰性化的男性。《茉莉香片》中的聶傳慶即為典型例子，「蒙古型的鵝蛋臉，淡眉毛吊梢眼，襯著後面粉霞緞一樣的花光，很有幾分女性美」，由於女性氣質先天性地存在於聶傳慶的身上，雖然他沒有男扮女裝的癖好，但是也暗中顛覆了聶傳慶的男性自我。第四種，低能化的男性。他們大多憂鬱、懦弱，如潘汝良「是一個孤伶伶的旁觀者」，「不是什麼要緊的人」（《年輕的時候》）；米先生也不過是一個唯唯諾諾，看後妻臉色行事的男人（《留情》）。[24]

可以看出，張愛玲對男性的閹割化書寫，是她對整個男性世界價值評判的刻意表達和外化凸現；是一種基於女性主體意識，藐視男性權威、顛覆宗法父權的敘述策略。在張愛玲筆下，無論是達官顯貴、遺老遺少，還是窮街陋巷的凡夫俗子。或是不同地域、不同文化背景、不同身份地位的各色男人，他們共同構成了浮世醜陋眾相圖。他們不再是男權文化下英俊、瀟灑、挺拔、偉岸、粗獷、豪放等「高大」的傳統形象，而是醜陋、委頓、可笑、粗鄙、庸俗、浮浪的標誌。這是作者對宗法父權和男性世界由內到外的刻意反叛和徹底否定。

年輕時的張愛玲不僅有挨過父親拳打腳踢的記錄，甚至還有被父親囚禁長達六個月，因病得不到治療差點丟掉小命的夢魘般的記憶。因此，張愛玲對於父親權威的遺棄，便強烈地表現在文本的書寫模式

中。這些男性多少都帶有張愛玲父親的影子。身為顯赫世家的末代遺少，張志沂的淫靡荒唐、蠻橫霸道，對張愛玲日後反叛父權，肆意嘲諷男性角色的書寫有著重要的影響。

其實，沿著性別界線把社會分為兩部分是不可能的，女人根本不可能設想消滅男人，男人自然也不可能設想去消滅女人，男人和女人之間有差異有矛盾，但差異矛盾不等於勢不兩立、非此即彼、有我沒你，兩性關係是人類諸關係中最悠久、最基本、也最自然的關係。兩性人體構造的性生理和性心理的同質同量對應，天然地構成了男女兩性互相吸引互相需要和互相補充的關係，然而，性別之戰決不是一場莫須有的風車之戰。

兩性和諧狀態的守望是虛幻的，特別是在家庭這一方狹小的天井。對於許多人來說，家庭是一個摘除面具，任由個人情緒自由揮灑的地方。同時，兩性分化不僅是個生物學事實，更是一個歷史事實，兩性思想和行為方式的差異是客觀存在的，因此，由差異而帶來的衝突也一定是不可避免的。另外，在家庭這樣一個放鬆的場域，人的情緒也更容易失控。所以兩性絕對的和諧是不可能實現的，和諧只能是相對和動態的，在戰爭中男女兩性獲得了溝通和諒解，兩性生活正是在和解與戰爭中不斷更迭，而戰爭將是主旋律。當然，這其中的戰爭顯然是狹義的，它其實包括各種形式的對話和衝突。

五、女性相仇

嫉妒是人類的通性，是一種墮落的灰色情感，它會使主體違背人際情感，逾越社會界線，呈現出惡的形態。在中國古代一夫一妻多

妾制的性文化影響下，極容易在妻妾之間激起相互的嫉妒。中國妒婦的歷史可謂悠遠，早在奴隸社會妻妾制度形成時，人們就把女子的嫉妒心理視為惡德，在遺棄女子的「七出」中就有一條是針對妒婦的。之後劉向的《烈女傳》、班昭的《女誡》等書也堅決戒除妒婦。隨著養妾蓄妓風氣日盛，到了魏晉南北朝時期女子嫉妒已經超出了家庭範疇而成為嚴重的社會問題。上至天子、三公九卿，下至文人墨客及庶民百姓中的多妻妾者，總是被妒婦搞得心神不寧。妻妾嫉妒是一夫多妻制的必然產物，是傳統宗法制社會一個根本無法醫治的社會痼疾。在嫉妒心理的驅使下，平民女子及富賈權貴的女眷，直至皇宮後妃，都是想盡一切辦法，使出渾身解數，在嫉妒之火的宣洩中置她人於死地，區別只在於女子是根據各自的身份地位來決定採取何種宣洩方式。如一般人家的女子，只能通過去詆毀別人來抬高自己。而稍有根基的女子，則可以依仗權勢，將對方毀容直至處死。至於像武則天那樣因嫉妒爭寵殺人、改姓，乃至遷都的事例，在中國歷史上亦屬罕見。

　　同樣在海派小說中也有大量關於女性內部戰爭情景的描繪。女人之間的戰爭打上了深刻的傳統宗法制社會中妻妾爭寵的情感印跡。女性爭利奪愛的鬥爭是傳統性愛內容的延續。**予且**的**《誘惑》**這篇小說的主題就是女性之戰，妹妹愛上了姐夫，姐姐原來並不知情，只是托姐夫給妹妹找個夫婿。妹妹受不了這個刺激，企圖向姐夫表白，但終究只是流了許多眼淚，沒有啟齒。姐姐看到他們在一起，指桑罵槐地數落了一大頓，妹妹忍受不了責罵服毒自殺了。在傳統文化背景中，經常會出現姐夫與小姨子發生曖昧關係的情況，所謂「姐夫戲小姨」，本是常有的俗話。所以根據精神分析理論，在夢境中夢見小姨

子，則往往是對不法性行為的一種掩飾。丈夫與小姨子之間的關係，表面上是一種親屬關係，在夢境中則是夫妻關係的象徵。[25]可見在人們的潛意識中，姐夫與小姨子亂倫是一種比較常見的亂倫形式。於是在姐妹之間爭風吃醋的事情也是比較常見。

張愛玲的小說《十八春》中，曼璐的父母替她和豫瑾訂了婚，他們兩個也非常願意。後來曼璐為了養家做了舞女，就解除了婚約。現在豫瑾又愛上了曼楨，曼璐又誤會曼楨。於是曼璐對妹妹充滿了恨。「只因為她是一個年輕的女孩子，她無論怎麼樣賣弄風情，人家也還是以為她是天真無邪，以為她的動機是純潔的。曼璐真恨她，恨她恨入骨髓。她年紀這樣輕，她是有前途的，不像曼璐的一生已經完了，所剩下的只有她從前和豫瑾的一些事蹟，雖然悽楚，可是很有回味的。但是給她妹妹這樣一來，這一點回憶已經給糟蹋掉了，變成一堆刺心的東西，碰都不能碰，一想起來就覺得刺心。連這一點如夢的回憶都不給她留下。為什麼這樣殘酷呢？」……曼璐回想過去：「我沒有待錯她呀，她這樣恩將仇報，不想想從前我都是為了誰，出賣了我的青春，要不是為了他們，我早和豫瑾結婚了。」[26]女性相妒在親姐妹之間來得更為強烈，報復也更觸目驚心。曼璐為了籠絡丈夫，親自設定騙局，自己裝病，迫使妹妹在她家裡住下，唆使祝鴻才趁機強暴她。祝鴻才一把揪住她頭髮，把一顆頭在地板上死勁磕了幾下，也不知道她可是死了，「趁著（她）還沒醒過來，抱上床去脫光了衣服，像個豔屍似的，這回讓他玩了夠，恨不得死在她身上，料想是最初也是最後的一夜。」[27]就這樣，曼璐毀掉了妹妹的愛情，也毀掉了妹妹一生的幸福。整件事都是她主動策劃的，她不折不扣地做了男性權力的同謀與幫兇，客觀上鞏固與強化了男性權力。

　　有的時候女性的嫉妒被描述成天性，很有些「女之初，性本妒」的味道。蒲松齡也在《聊齋‧邵女評》中雲，「女子狡妒，其天然也！」**蘇青**在其短文**《好色與吃醋》**中也指出，「好色性也，吃醋亦性也；第一個『性也』似乎多指男子而言，下面那個『性也』就與女人的關係來得密切了。」[28]在**張資平**的**《性的等分線》**中，明瑞與舊日的授業恩師有婚外情，當明瑞看見以前的老師，現在的醫生，和看護婦調笑也會泛起一絲不快。可是這個時候明瑞與自己的老師之間並沒有建立起明確的戀愛關係，他們偷情是後來的事。**蘇青**在她的小說**《結婚十年》**中也流露了女子嫉妒的天性，「我不知該怎樣對待自己的丈夫才好？想討好他吧，又怕有孩子，想不討好他吧，又怕給別人討好了去。我並不怎樣愛他，卻也不願意他愛別人；最好是他能夠生來不喜歡女人的，但在生理上又是個十足強健的男人！」[29]這是一個少婦天真的願望，她雖然不愛自己的丈夫，但也不願意和別人分享自己的丈夫。女人會因為一個不愛的人而與別的女人爭風吃醋，可見中毒之深。據心理學家的研究，愛情中的嫉妒，男女雙方都有，但表現方式不同。假如同樣是因為另一個人的原因影響了他們的愛情生活的話，女方就會把一切統統都發洩在那個女人身上，認為是她破壞了他們的愛情，甚至有的想著如何對那個女人進行報復；男的則更多的是向女友發洩，罵她水性楊花，用情不專。[30]可見在女性的無意識中，女性相煎已經成了揮之不去的陰影。

　　黑格爾說：「愛情在女子身上顯得最美，因為女子把全部精神生活和現實生活都集中在愛情裡和擴大為愛情，她只有在愛情裡才能找到生命的支持力，如果她在愛情方面遭逢不幸，她就會像一道光焰被第一陣狂風吹熄掉。」[31]愛情是女性生活的全部，所以對於女

性來說，嫉妒往往與愛情相伴而生。在**張資平**的《梅嶺之春》中，保瑛愛上了叔父所以對叔母十分嫉妒，「章媽又告訴她（保瑛）叔父和叔母，他們是很風流的，夜間常發出一種我們女人不該聽的笑聲，……」「叔父在叔母房裡的笑聲是對她的一種最可厭的誘惑。不知從什麼時候起，這種笑聲竟引起了她的一種無理由的妒意。」[32]「我還是回母親那邊去罷，我在叔父家裡再住不下去了。我再住在這家不犯罪就要鬱悶而死了——真的能死還可以，天天給沉重的氣壓包圍著，胸骨像要片片的碎裂，頭腦一天一天的固結，比死還要痛苦。」[33]保瑛在嫉妒中飽受煎熬的心境，恰如莎士比亞的名言：「嫉妒是綠眼妖魔，誰做了它的俘虜，誰就要受到愚弄。」

不孝有三，無後為大。子嗣問題，是宗法社會中人們極為看重的大問題。它直接涉及到權利和財產的繼承問題。並且宗法社會法律明文規定，百姓四十而無子可以納妾。《廿載繁華錄·16》云，「有子方為妾，無子便是婢」。因此，不育成為女人內心恐懼的一個陰影。因子嗣而生妒恨，歷代皆有，不絕於史。東漢章帝宣皇后殺死生子之妃。《趙飛燕外傳》中，就有飛燕姊妹當著成帝面摔死妃子所生之子的情節。晉賈後刀戳孕妃之腹的記載，令人毛骨悚然。正因子嗣問題的極端重要，因此在妻妾鬥爭中對子嗣的迫害往往非常殘酷。**張愛玲**的《小艾》這篇小說，就反映了由子嗣問題而引起的女性之間的殘酷相殘。王景藩強暴了丫環小艾。小艾不幸懷孕，王太太和姨太太知道了這件事，瘋狂地毆打小艾，企圖傷害她腹中的胎兒。平時對人總是和和氣氣的王太太這時也彷彿是兇神惡煞附了體似的「她只恨兩隻胳膊氣的酸軟了，打的不夠重，從床前拾起一隻江皮底的繡花鞋，把那鞋底劈劈啪啪在小艾臉上抽著。小艾雖是左右躲閃著，把手臂橫擋在

臉上，眼梢和嘴角已經湾湾地流下血來，但是立刻被淚水沖化了，她的眼淚像泉水一樣的湧出來，她自從到他們家來，從小時候到現在，所有受的冤屈一時都湧上心來，一口氣堵住了咽喉，雖然也叫喊著為自己分辯，卻抽噎得一個字也聽不出。」[34]「憶妃一言不發的走進來，一把揪住小艾的頭髮，也並不毆打，只是提起腳來，狠命向她肚子上踢去，腳上穿的又是皮鞋。」……「憶妃又驚又氣，趁這機會便用盡平生之力，向小艾一腳踢去，眾人不由得一聲『噯喲！』齊聲叫了出來，看小艾時，已經面色慘白，身子直挫下去，倒在地下。」[35]根據心理學家的研究，嫉妒心理的發展分為四個階段：首先，自卑與補償自卑為嫉妒性格的形成奠定了心理基礎；接著進入嫉妒者內心否定體驗的隱性嫉妒階段；之後是嫉妒者的言語攻擊階段，敗壞對方的名聲；最後進入行為攻擊階段，直接傷害嫉妒對象或其扶植者的身體。嫉妒發展到第四階段，也是最強烈的階段，嫉妒已達到了登峰造極的程度，於人於己都具有明顯的破壞性和危險性。[36]在這個故事中無疑，憶妃和王太太已經達到了非理性攻擊的第四個階段。

　　如果女人自己很不幸的話，那麼她還會嫉妒別人擁有幸福。蘇懷青受父母之命同一個沒見過面的男人結婚了，她沒愛過他，所以她對曾經經歷過愛情的表嫂非常嫉妒。蘇懷青並沒有因為表嫂和表兄的愛情而感動，也沒有為表嫂的不幸命運而同情，蘇懷青的堂哥哥去世後，她表嫂一直為他守寡至今。她反而非常的羨慕與嫉妒表嫂，「她的心中總有這麼一個人，他永遠是屬於她的，雖然他在臨死的時候終於沒有捏牢她的手。然而她的心卻是永遠紀念著他呀，天荒地老而不變。」[37]她竟然希望破壞這種美麗的愛情，惡意地猜度著，「假使我的堂兄還在，他也許早已討小老婆了吧。」[38]女性陰暗的嫉妒心理，

讓人痛苦地窺見女人內心深處善的泯滅與惡的膨脹。

當嫉妒心理超出顯意識嫉妒心理層次，再向前發展時，則進入了變態嫉妒心理層次。嫉妒者要麼更加瘋狂地向被嫉妒者進行攻擊，要麼變成一個無事不嫉妒的人。[39]曹七巧就是這樣一個具有變態人格的人。曹七巧經歷了一個由被虐而自虐而施虐的心路歷程，最終鑄成了她人性的沉淪。在男性主體的社會裡，女性是不該有欲望的。曹七巧本來也可以像千千萬萬的婦女一樣默默地過完這一輩子。然而可悲的是，曹七巧卻是有著強烈情欲的人，她渴望得到三少爺季澤那樣健康男人的愛，應當說這是人性的正當要求。然而，在男性主體社會裡，這種要求是不可能得到滿足的。長期的性壓抑導致了她的變態心理。如佛洛伊德所說，原欲就像一道主流受到阻礙的溪流，它只好溢向一向乾涸的旁道，直接導致性錯亂心理和性變態行為。如果說開始她只用敦促姜家小姐結婚、調笑三奶奶蘭仙等性移位方式變態地滿足自己內心的欲望。那麼，在她一旦獲得了家長的權力之後，她的性變態心理便不可遏制地與她的報復欲結合起來，長期的奴化教育使她不可能明白造就她悲慘命運的是這個男權社會，反而使她不自覺地用男權意志武裝自己，將報復的矛頭直指向地位更為卑微的女性。她縱容兒子長白吸毒、納妾、嫖妓。要兒子整夜替她裝鴉片煙，探聽兒子與媳婦之間的隱私，肆意宣揚嘲諷媳婦的隱私。像當年自己遭受摧殘一樣摧殘著芝壽，致使芝壽在痛苦的煎熬中死去。被扶正做了長白繼室的娟姑娘也不堪折磨上了吊。

七巧對自己的婚姻不如意，她也不能夠容忍女兒有如意的婚姻，因為母親把女兒看作自己的化身，母親把自我關係中的矛盾完全拋射在女兒身上。為了控制女兒，限制她的行動，在姜家這樣守舊的人

家，纏過腳的也都已經放了腳的時候，七巧竟然強迫女兒纏起腳來，任憑女兒疼得鬼哭狼嚎一樣，她也不停止這種殘酷的行為。對於愛情，長安充滿著渴望，正如當年七巧對季澤的期盼一樣，雖然在母親的調教和潛移默化影響下，她學會了挑是非、使小壞、干涉家裡行政，可是，面對愛情，長安努力改變著一切惡習，而且體現出驚人的毅力和耐性，她正一步步將那被母親掠奪的人性喚回到自己的身邊來。七巧看到女兒戀愛後像換了個人似的，心裡極端地不平衡。長安洋溢著幸福的表情刺疼了她內心的傷疤，惱羞成怒的她把多年積壓在心頭的怨恨全都瘋狂地潑向了長安：「這些年來，多多怠慢了姑娘，不怪姑娘難得開個笑臉。這下子跳出了姜家的門，趁了心願了，再快活些，可也別這麼擺在臉上呀——叫人寒心！」[40]不僅如此，七巧還以侮辱女兒人格的語言來打擊女兒在婚姻方面的自信心：「不害臊！你是肚子裡有了攔不住的東西怎麼著？火燒眉毛，等不及的要過門！嫁妝也不要了——你情願，人家倒許不情願呢？你就拿準了他是圖你的人？你好不自量，你有哪一點叫人看得上眼？」[41]這不是一個母親對女兒說的話，這是一個瘋狂地失去了理智的女人對自己仇視的同性的瘋狂報復。最後，七巧用「她再抽兩筒就下來」的謊言，委婉地向童世舫表明女兒是個斷不了癮的煙鬼，從而斷送了女兒的婚事。姜公館最後一點人性的光輝被曹七巧瘋狂地撲滅。長白不敢再娶妻，只在妓院裡走走，長安更是早斷了結婚的念頭。受到壓抑的曹七巧不自覺地站在男權中心文化的立場上，瘋狂地扼殺同為女人的女兒和兒媳。男性主體意識已經內化為她的心理結構。同時，作為家長，她又被賦予男性家長的特殊權力，從而成為男性話語體系的代言人。作為男權的代言人，她們不僅自己安心於奴隸地位，還充當了壓迫者的同盟，

壓制、扼殺著一個個鮮活的生命。

嫉妒還可分為直接攻擊和間接攻擊兩種，所謂間接攻擊就是不直接攻擊被嫉妒者，而是攻擊被嫉妒者的象徵物。在**予且**的**《案壁之間》**這篇小說中，女性爭寵的鬥爭，外化為一種妻子與丈夫喜歡的裸體畫之間的鬥爭，最後妻子巧施計策，毀了那張畫。其實那個裸體女人的畫像，是企圖與妻子爭寵的其他女性的象徵。

在女性之間的利益傾軋中，男權暗影隱性地出席在女性意識的深處，女性的原罪意識將女性自身奉上了人性之惡的祭壇。在中國文學中，妒婦的描寫可以追溯到秦漢之前。《離騷》就有「眾女嫉余之娥眉」的句子。其中的「眾女」就是屈原虛擬的妒婦側影。《說文》中釋「妒」為，「婦妒夫也」，可見古人把嫉妒視為女人的專利。唯其如此，女性的命運更顯得悽愴悲涼。她們的心理痼疾也就更頑固持久，凝固成一種特有的民族文化心理結構。海派作家從妒婦這一獨特的視角出發挖掘並批判了這種民族文化心理，從而客觀上為建構全新的女性文化起到了特殊的作用。對女性意識裡女性惡德的展露與批判，正是對健康的女性心理建構的一個補充，是對女性意識的進化和發展的一個貢獻。

六、受挫的白日夢——《殺人未遂》抉微

劉吶鷗的《殺人未遂》講述的是關於羅君欲將情欲的白日夢在女銀行職員身上實現，但卻遭到對方拒絕而受挫的故事。

女主人公在銀行保險庫工作，她在羅先生的眼中是一位並不美麗的高層建築的棲息病患者，一尊縹緲的無名塑像，沒有溫的血，沒

有神經中樞，沒有觸角，只有機械般無情熱的軀殼。羅君喜歡看她穿綠色的衣服，這樣的色彩與粉色的牆壁搭配起來，使她看起來就像是一朵豔麗的牡丹花。然而，這樣的衣服她只穿過一次。在羅先生的心中，她是一個夾雜著性欲與遺憾的混合體。

　　每當羅君與她在保險庫獨處的時候，羅君總是不自覺地在心裡湧起了對她的狂熱情欲。「我覺得她是我唯一的膩友，使我對於她感到一種優雅崇高的愛著。」[42]於是他們在一起短暫的獨處時節，所有的物象，所有的動作都有了性的味道。「那條廊是那麼狹又是那麼長，」……「跟那位女職員走著那條長廊時的心地著實不能算壞」。[43]這個有暖氣和腥味的走廊總是使人想起擁有著女性體溫與愛液的陰道。長廊同時也成了一種界限，成為劃分公共與私密，喧嘩與幽雅，平庸與快樂的界限。羅先生幻想著，越過這條長廊，他就可以到達一種與女職員獨處的快樂境界。而這種境界卻不得不使人覺得它與性，這種同樣只有當事人雙方才能體會的快樂境界，有很大的關係。同樣，插入鑰匙開鎖的動作也具有了性的隱喻，它與性交一樣是一種插入動作，並且需要兩個人的合作才能完成，羅先生擁有保險庫的鑰匙，而女職員則是保險庫的保管員，於是開鎖彷彿便成了需要兩個人加入的性愛行為。握鑰匙的女職員的手，更成了柔順體貼的女性的指代。伴隨著女職員開鎖的動作，羅先生對女工作人員的性欲望被點燃，他「瞬間中只有一個衝動，想在（她）跟前跪下來抱住她那嬌小的腰身，提起乞憐的眼光向她求得一個愛憐的微笑，如果她願意的話我整個箱內的珍寶都可以盡送給了她，我覺得那些東西根本就是我跟她兩個人共有的。」[44]然而羅先生的美麗幻夢，很快就被冷酷的現實擊碎了，保險箱開了之後，女主人公總是冷冰冰地一點不睬羅君。

女主人公回避的態度打破了他美麗的性幻想，浪漫的情欲幻夢被打破之後是蒼涼的現實，「……讓我一個人在那裡被強搶去了什麼似的老發呆。」「我內心總有些不滿，有時真欲哭出來似的……」「但我著實覺得她的心腸比常把我從溫和的床裡踢出去的妻還要殘忍。」[45]將女主人公的冷漠與妻子拒絕性愛的行為相提並論，使羅君對女主人公的性欲望進一步彰顯出來。由於現實中女主人公表現的冷漠，所以想像中的溫情的幻夢便無法進行下去，於是羅先生首先感到的是深深的失落感，接著是潛意識中自己的性欲望無法得到滿足的悵惘，男性尊嚴遭到殘酷地玷污。尤其，羅先生的白日夢不是無理由的漫散，他潛意識中始終認為自己是一名可以吸引許多女孩子追求，具有一定的性魅力的英俊男子。面對這樣一個相貌一般的女主人公，他的性想像應該合理地進行下去，而不應該遭到拒絕，然而現實與他的想像剛好相反，女主人不但沒有傾慕於他，反而對他置之不理，冷若冰霜。這是對羅君男性自我價值確證的一種挑釁。這種潛在的打擊甚至使他想要在此時此地自慰一下，以尋求一種發洩，而這種發洩沒有通過打人，摔東西等常見的形式表現出來，可見這種壓抑本身就與性有很大的關係，是利比多遭到壓抑的表現。當羅先生一走出保險庫，他立刻就被現實的吵嚷驚醒，從一個恐怖的白日夢中獲救。

最初，女主人公只是在辦公大樓裡與羅君碰面，這裡除了鋼筋就是混凝土，環境沒有生氣，女主人公就像一個沒有血肉的機器在機械地工作，所以她對男主人公一廂情願的情欲需求不可能有任何應答。然而，女主人公與特定的空間相伴而生的冷漠形象很快被摧毀。「她已經除掉了機械性的假面具，脫落了神聖的軀殼了。」[46]一次偶然的機會，羅先生在外面的餐館裡碰到了女職員，她沒有看見他，他因此

得以暗暗地仔細觀察她。她與一位男士親密地共進午餐，那位男士是一個蓄著卓別林式的鬍子，穿著漂亮西裝的庸常之輩。可見，她在異性選擇上並不清高。女主人公現著做作的微笑，顯得「她是一個普通都會產的摩登女，」[47]決不是羅君所知道的機械般的沉默、木訥。她非但不是性冷淡，依當時的情景看來，她也許還會對異性做一些有挑逗性的動作，在桌子下面玩著堆疊沙丁魚的把戲。

郁達夫先生在他的大作裡就寫過，每逢吃藕的時候，他就想到二小姐的玉足，於是乎他閣下就多吃了兩碗。以跳花牆聞名於世的張君瑞先生，他第一次看見崔鶯鶯小姐時，便是先迷上了她的腳，連看見她走過去的腳印，心裡都突突直跳。古人的審美觀認為，三寸金蓮是傳統中國女性所特有的性器官，很性感，能夠激發男性的性慾。所以西門慶引誘潘金蓮的時候首先是試探性地觸摸她的腳。而從現代海派作家的文本與海派插圖來看，往往是摩登女性主動以腳去觸碰男性的腳。即通常所說的堆疊沙丁魚的把戲。這一個小小的兩性交往的動作的變化就蘊含著豐富的性文化含義。女性由被動轉向了情感表達的主動形態，現代性的倫理形式初見端倪。

飯後羅先生再次去保險庫那裡取東西，當他們又一次經過那個長廊的時候，既往的性幻想與沉澱的性衝動被再次啟動，並且由於性幻想的強烈，羅先生緊張得插不進鑰匙，女主人公看他這個可笑的樣子，不禁唇邊泛起一個眯笑，本來一個很平常的微笑，但是此時在羅先生看來，卻有著色情引誘的意味，「因她這一笑，我的靈魂卻脫羈了。……血管熱滾著。我瞬間只有一個欲：把她緊抱在懷裡。」[48]其實，他只是想與他親熱一下，並無殺她之意，也無盜竊的想法，但是由於女主人公的反抗，同時由於羅君情欲一時間來得過於強烈，並且

不顧對方的反抗，所以一個類似強暴的事件被誤會成了欲殺人奪物的事件。

這個故事反映了，**男性在常態下利比多受壓抑，潛意識中充滿了對女性恐懼的閹割心理。只是此時的閹割者已經不是「父親」而換成了「母親」（女性）。**兒子由於失寵而遭到閹割，這種危機感與恐懼感恐怕是每一位現代男性身上都驚魂未定的噩夢。根據性科學的調查，在現代社會，40歲-70歲的男性52%患有勃起功能障礙，[49]85%-90%的患者是由心理焦慮造成的。[50]所以在男性那裡由性焦慮而造成的性恐懼幾乎成為一種情結。這是男性在現實中不斷被去勢的悲慘現實在內心世界的投射，它以一種文本幻夢的形式表現出來。其實，除去羅先生與女職員建構起來的二維關係，潛在的男性作家則是真正的閹割者。這實際上也是作家內心世界的一種反映。他對周圍的女性，尤其是職業女性充滿了驚恐的愛慕。這個故事與施蟄存的《石秀之戀》這篇小說如出一轍，羅君的這個殺人未遂的事件與石秀殺潘巧雲的故事都體現了男性相同的內在焦慮。

在傳統的中國文學中，男性對女性只有需要與拋棄兩種情況，女性永遠是男性的掌中玩物，男性對女性永遠擁有掌控命運的權威。然而在這篇小說中，作家表現了在新興的物質文明下男性陽萎和閹割的焦慮。這種男性對女性的恐懼在傳統文本中根本沒有，它表明文學中兩性的格局發生了微妙變化，這是不同於中國傳統的兩性關係的新型的倫理關係，具有「現代性」色彩。

這種閹割化了的男性形象在海派小說裡也非常常見，在張愛玲的筆下，傳統宗法社會中的男人的英雄氣概和陽剛本色，代之以身體的殘疾和精神的殘障。鄭先生是連演了四十年的鬧劇，姜長白、姜季澤

坐吃山空，姚源浦指望以女兒的婚姻換來榮華富貴，喬琪喬則乾脆依靠妻子賣淫供養。他們的精神生活被完全腐蝕，活動的只是一具具沒有生命的行屍走肉。他們無力挽回命運的沒落，無所作為。生活平庸無聊，驕奢淫佚。東方蝃蝀筆下的男性與張愛玲筆下的男性猶如同胞的雙生嬰兒，東方蝃蝀筆下的男性世界同樣是一片倒塌了的廢墟，飄蕩的是荒涼的人性。潘柳黛筆下的幾個男性也都是弱性人格的代表，阿乘更是一個需要靠女人的錢活著的，有戀母情結的大男孩。穆時英作品中的男性是一些被生活壓扁了的，擠壓出來的人，他們並不表示出反抗、悲憤、仇恨，他們只喜歡在悲哀的臉上戴著快樂的面具。張資平的筆下也儘是一些，沒有勇氣結束舊式婚姻，不能給心愛的女人幸福，只能在偷歡中求得片刻滿足的卑瑣男性。章克標小說《銀蛇》中的邵逸人是一個在民族危亡面前無動於衷，只知道戀慕一個又一個女性的懦弱文人。而《一個人的結婚》中的「我」則是一個無法在現實生活中尋找愛人的可憐男性，每日都生活在自己虛構的愛情幻夢之中。無名氏的《北極風情畫》和《塔裡的女人》這兩篇小說中的男主人公都有著約翰似的禁欲主義傾向，拒絕性愛，強調精神的交融，最終這種清教徒似的愛情也走向了毀滅。也就是說，《殺人未遂》這篇小說中所體現出來的男性的閹割焦慮，是在整個海派男作家的作品中普遍存在的。它是作家言說男性閹割焦慮的囈語，**它是瞭望近現代知識份子內心世界的一個舷窗。**

　　中國在20世紀能產生這種閹割似的男性形象，是有多方面原因的，其中一個很重要的原因是，在中國社會由古代近代社會向現代社會轉型的急劇動盪的時代背景下，許多知識份子原本滿懷挽救民族危亡的「原任感」，但是隨著新的經濟時代的來臨，尤其是上海社會商

品經濟初步繁榮，**社會價值的評判標準出現了從知識向金錢的傾斜，**現代知識份子特別是文人在不具有任何資本的情況下，必然產生尋夢失敗的幻滅感。十里洋場的金錢魔力，使人們在悠閒微笑的時候裡猛然間看到田園牧歌式的溫情脈脈已經成了遙遠的海市蜃樓，或使人們在愁苦求生的時候突然發現原先的世界是有錢有權的人的，而他們只是像奴隸一樣被驅使。面對著這個人情淡薄、道德淪喪的世界，先前的信仰都發生了動搖，人們對自身的存在產生深深的疑慮。

　　知識份子的生活窘境，當然有當時社會的政治動盪因素的直接影響，而傳統的現代化轉型引起了社會經濟結構的動盪，導致職業競爭慘烈，也是引起文人的社會生存景況急劇下滑的重要因素。一位歷史學家說過，由於現代化的不平衡，「**社會事業雖漸見發達，**卻不是很快的發達，**不能與知識份子增加的速度成正比例，**……於是在事實上，發生一種供過於求的現象」。知識份子在社會上的生存成了問題，「結果遂造成中國知識份子的厄運。」[51]現代小說裡常常出現知識份子學成之後在尋找職業方面不斷碰壁的不幸遭遇。如潘柳黛《退職夫人自傳》中的李阿乘雖然是大學生，但是還要通過向嬸娘出賣青春和肉體這種令人不齒的方式求得生存。潘小姐作為早期的職業女性其就業的難度就更大了，多次陷於貧病的邊緣。張愛玲的《同學少年都不賤》和《多少恨》也描寫了早期的職業女性趙玨和家茵，求職的不易與生活的艱辛。蘇青《結婚十年》中的丈夫大學畢業後也是一度求職無門，起初還要靠妻子的稿費維持家用，後來竟做起了投機生意。甚至有一部分知識份子，因為「失業」而走上窮途末路。從20年代到30年代，因生活貧困而流浪、病死甚至自殺的作家大有人在。《寒夜》（巴金）中的汪文宣則是由於失業有病不得治而死去的。

　　現代知識份子的現實生存地位與他們的習慣思維定式產生了嚴重的錯位。面對讀書做官的傳統出現逆轉，知識份子缺乏足夠的心理準備，焦慮便油然而生。王以仁的《流浪》裡主人公頗為自己的地位感到不適。「假使我在幼年的時候就被送進商店去做學徒，至少我的衣食我自己能夠圖謀得過了！我的一位比我年長一歲的堂兄，他在早六七年以前就在店中出了師，現在已經自己在家振家立業了。還有我幼年時代的同伴，他們在作工的作工，務農的務農，沒有一個象我這樣不二不四的在外面過著漂流的生活的。……現在的學校真是養成無業的遊民的唯一地方了；除去剝奪我們作事的能力以外，再也沒有別的用處了！」

註釋

1　[美]瑪莉蓮・亞隆：（Marilyn Yalom）《乳房的歷史》，何穎怡譯，北京：華齡出
　　版社，2001年，第25頁。
2　鍾雯：《四大禁書與性文化》，哈爾濱：哈爾濱出版社，1993年，第262頁。
3　閔家胤：《陽剛與陰柔的變奏——兩性關係和社會模式》，北京：中國社會科學出
　　版社，1995年，第393～407頁。
4　[美]凱特・米利特（Kate Millett）：《性政治》，宋文偉譯，南京：江蘇人民出版
　　社，2000年，第391頁。
5　施蟄存：《石秀》，《中國現代歷史小說大系第三卷》，石家莊：河北人民出版
　　社，1999年，第78頁、第95頁、第105頁、第104頁、第112頁。
6　同上註。
7　同上註。
8　同上註。
9　同上註。
10　李玲：《穆時英小說中的性愛意識》，福州：《福建師範大學學報》，2001年1
　　期，第65頁。
11　石方：《中國性文化史》，哈爾濱：黑龍江人民出版社，2003年，第40頁。
12　潘柳黛：《退職夫人自傳》，上海：新奇出版社，1949年，第57頁、第58頁、第95
　　頁、第111頁、第182頁。
13　同上註。
14　同上註。
15　同上註。
16　同上註。
17　張愛玲：《連環套》，《張愛玲作品集・張看》，北京：經濟日報出版社，2002
　　年，第69～70頁、第73頁。
18　同上註。
19　施濟美：《鬼月》，《鳳儀園》，哈爾濱：黑龍江人民出版社、北方文藝出版社，
　　1998年，第220頁。
20　羅念生：《歐里庇得斯悲劇二種》，《美狄亞》，北京：人民文學出版社，1979
　　年，第22頁。
21　張愛玲：《怨女》，《張愛玲精品集・色戒》，蘭州：蘭州大學出版社，1997年，
　　第63頁。
22　張愛玲：《金鎖記》，《張愛玲文集：第三卷》，合肥：安徽文藝出版社，1992
　　年，第93頁。
23　常彬：《鞭撻顛覆下的男性世界——張愛玲小說論》，韶關：《韶關學院學報》，
　　2004年4期，第25頁。
24　成秀萍：《男性的放逐與女性的迷失——論張愛玲小說中的女性意識》，鎮江：
　　《鎮江高專學報》，2004年1期，第21頁。
25　張同延、陳敏：《解夢門診》，北京：中國文聯出版社，2004年，第147頁。

26 張愛玲：《十八春》，《十八春》，廣州：花城出版社，1997年，第263頁、第263頁。

27 同上註。

28 蘇青：《好色與吃醋》，《飲食男女：蘇青散文》，北京：新世界出版社，2003年，第70頁。

29 蘇青：《結婚十年》，《結婚十年正續》，上海：四海出版社，中華民國37年，第17頁。

30 寒心：《嫉妒心理學》，北京：大眾文藝出版社，2001年，第190頁、第117～121頁、第84頁。

31 黑格爾：《朱光潛翻譯》，《美學第2卷》，北京：商務印書館，1986年，第327頁。

32 張資平：《梅嶺之春》，《性的等分線》，北京：北京師範大學出版社，1993年，第75頁、第75頁。

33 同上註。

34 張愛玲：《小艾》，《張愛玲精品集‧色戒》，蘭州：蘭州大學出版社，1997年，第315頁、第316頁。

35 同上註。

36 同註30。

37 蘇青：《續結婚十年》，《結婚十年正續》，上海：四海出版社，中華民國37年，第198頁、第198頁。

38 同上註。

39 同註30。

40 張愛玲：《金鎖記》，《張愛玲文集第二卷》，合肥：安徽文藝出版社，1992年，第117頁、第119頁。

41 同上註。

42 劉吶鷗：《都市風景線》，北京：中國文聯出版社，2004年，第131頁、第130頁、第132頁、第132～133頁、第135頁、第134頁、第136頁。

43 同上註。

44 同上註。

45 同上註。

46 同上註。

47 同上註。

48 同上註。

49 阮芳賦：《性的報告》，北京：中醫古籍出版社，2002年，第281頁。

50 鍾雯：《四大禁書與性文化》，哈爾濱：哈爾濱出版社，1993年，第413頁。

51 周谷城：《中國社會史論上冊》，濟南：齊魯書社，1988年，第249～250頁。

第八章

「神性」與「魔性」的「所指」轉化

　　男性作家創作中的女性形象，表達的是男性對女性世界的想像和對女性世界的價值判斷，同時也可能還以性別面具的方式曲折地傳達著男性對自我性別的確認、反思和期待。從女性的立場上看，是他者對女性自我的一種誘導、規範。這種誘導、規範，可能促使女性超越自我性別的主體有限性，借助他者的眼光來反思自我；但也有可能成為一種強大的他律力量，對女性主體形成壓制，使女性放棄自我的主體意識而成為臣服於男性需求的第二性。事實上，父權制社會至今，男性一直是占統治地位的性別群體。他們所製造的虛假女性鏡像，一直以強勢文化形態，從四面八方對女性的生存真相、生命需求形成擠壓。

　　愛欲是人類繁衍的根本欲望。中國古人也承認「天地不合，萬物不生」（孔子），「君子之道，造端乎夫婦，及其至也，察乎天地」（《中庸》）。但隨著禮法的制定，性變成了「中冓之言，不可道也，所可道也，言之醜也。」（《詩經・牆有茨》）周代成了中國人愛欲開始受到壓抑的時代。隨著禮教的明確化、細密化和深入民間，愛變成了與社會現行倫理規範相適應的、具有善的因素的文明之愛，因愛欲而生的美被改造成了非性之美。但是愛欲的美人想像變成了不可接近的文化美人之後，並不能使愛欲的美人想像消失，而只能使得美人意象向兩極撕裂。於是在男性文本中，女性不再是一個豐富多彩的多面人，而是被異化為兩個絕對對立的極端，要麼是美麗、溫順、忠貞、無私的「天使」，要麼是醜陋（妖冶）、兇狠、淫蕩、自私的「妖婦」。**天使實質上只是男性審美理想的體現**，而**妖婦**則不過是男權文化的叛逆者，**實際上恰恰是女性創造力對男性壓抑的反抗形式**。這兩種女性形象都是男權社會按自己的意志對女性進行的一種重塑和

扭曲，是男權文化思維的傑作，其實是男性世界用以壓制婦女的話語
形式。

西方文學中的「天使與妖婦」，在中國傳統文學中完全可以找
到極為相似的對應形象——「貞女與蕩婦」，貞女視婦德為聖訓，而
蕩婦視自我需要高於一切；貞女把男權社會的規則作為自己行為的尺
碼，以循規蹈矩為生存原則，而蕩婦則藐視規則，貪逸享受，一味地
滿足欲望。海派作家仍然不厭其煩地重複這兩類女性形象，以期強化
對女性的這種歪曲的劃分。**東方蝃蝀**筆下的**《牡丹花與蒲公英》**和**張
愛玲**筆下的**《紅玫瑰與白玫瑰》**就是妖婦與天使的中國說法。恰如東
方蝃蝀所說，「一個男子在一生中至少碰到兩個女子，一枝牡丹花與
一簇蒲公英。牡丹花雍容華貴，花中翹楚，供在明瓷藍花瓶裡，回眸
微笑，顧盼生姿，但是沒有人敢招它下來。於是，她在花瓶裡老了死
了。地裡長滿了蒲公英，她不太美，她不被人注意，可是今年開了，
明年她還要開，一直生存下去，結實地生活下去。」[1]張愛玲是這樣
形容男人生命中渴望的兩類女性的，（男人）「……的生命裡有兩個
女人，他說一個是他的白玫瑰，一個是他的紅玫瑰。一個是聖潔的
妻，一個是熱烈的情婦……娶了紅玫瑰，久而久之，紅的變了牆上的
一抹蚊子血，白的還是『床前明月光』；娶了白玫瑰，白的便是衣
服上沾的一粒飯粒子，紅的卻是心口上一顆朱砂痣」。[2]在一些作品
中，天使與妖婦的形象是並列存在的，除了剛才提到的，還有**施濟美
《三年》**中的司徒蘭蝶與黎萼（司徒為天使，黎為妖婦），**崔萬秋
《新路》**中林婉華和梅如玉與金秀瀾（金為天使，梅為妖婦，林經歷
了由天使到妖婦的轉變）。但是更多的作品中天使與妖婦的形象是單
獨出現的。這兩類女性形象都不能代表女性本真意義上的情感和欲

望,她們體現的是父權制對女性的壓制、希冀和篡改。

一、爛熟的妖星

　　天使是男人心目中理想的女性,有著天使般的美麗和純潔,內斂、順從並且無私奉獻,她們回避著她們自己——或她們自身的舒適,或自我願望,或者兩者兼而有之。這種把女性神聖為天使的做法,實際上是將男性的審美理想寄託在女性形象上,正如波伏娃指出的那樣,女性在這裡成了沒有自由意志的東西,沒有真實人的生活,只是一個美好但沒有生命的對象。這顯然是對真正女性的歪曲,實際上阻礙著女性的創造性。因為天使是被塑造的,她根本不具備創造的才能——女性形象變成了體現男性精神和審美理想的介質,僅是一個空洞的能指,被她們的男性創造者按照自己的意願進行削足適履地扭曲變形。

　　因此,佛吉尼亞・伍爾夫(Virginia Woolf)提出,**女作家在寫作之前必須殺死「屋子裡的天使」**,也就是必須殺死男性為達到控制女性的目的而創造的理想女性的文本形象,女性想要徹底擺脫父權制的控制,從而成為獨立的人,就必須先從精神上獲得解放,必須先在寫作中顛覆「天使」形象,重構女性形象,還女性以本來面目,使她們作為有自我意識的、不斷自我完善的人而存在。因此,研究者**以懸置的方式,變相地在文學研究中,殺死由男性一手締造的天使**。在下面的研究中,本文將集中筆力介紹一下海派作家筆下的妖婦。如果說妖婦也是作家的一個白日夢的話,本文相信在美麗的妖婦中隱藏的男性心中的性秘密更多些。

潘朵拉實際是西方天使與妖婦的原型中，妖婦的文化原型，象徵著邪惡的力量。潘朵拉是按宙斯的意志製造，用來懲罰普羅米修士的。普羅米修士用泥土造成了人。後來他又從負責看管火的眾神那裡偷來火種，把火送給世人，幫助人類發展文明。普羅米修士竊火給人這件事激怒了宙斯。宙斯說道：「作為竊取火的代價，我將送給人類一個邪惡的東西，讓所有的男人把人類的邪惡作為心中的愛物，沉耽其中，永遠不能解脫。」[3]這個邪惡的東西就是潘朵拉。雖然潘朵拉的故事是有關女性的一種敘事，但她卻是一個阿尼瑪的形象——她象徵著男人的夢中情人，她用自己的美豔使男人自慚形穢，用自己編造的謊言使男人就範稱臣。榮格提出了雙性別的概念，認為我們每個人都有著一種無意識的（或較少意識的）異性人格，即在我們的阿尼瑪與阿尼姆斯意象中，反映出來的仍是我們自己的真面目。他性陰影即男性的阿尼瑪陰影，與女性的阿尼姆斯的陰影，原本是自我的另一側面。阿尼姆斯對應著男性的邏各斯（理性）；而阿尼瑪對應著女性的厄洛斯（愛欲）。也就是說**妖婦形象的誕生離不開男性對女性的性夢幻**。

　　而在中國，女人**禍水論**恐怕是中國妖婦形象產生的心理基礎。中國歷來有一種視女人為不祥之物的傾向，《詩經·瞻仰》「天之哲夫，哲夫成城，哲婦傾城。懿厥哲婦，為梟為鴟，婦有長舌，維厲之階。亂匪降自天，生自婦人。」把女人比作不祥的鴟鴉。中國人鄙視女性，也與對女性的性恐懼有關，在古人看來，精是人體內元氣之本，失之則亡，一個人一旦貪戀女色，就會傷了元氣，一事無成。司馬遷舉例說，「桀之放也以末喜……紂之亡也嬖妲己……幽王禽也淫於褒姒。」[4]馮夢龍也說：「若論破國亡家者，盡是貪花戀色人」；

「蛾眉本是嬋娟刀，殺盡風流世上人」。[5]在中國天使與妖婦的二元對立結構中，天使是男性潛意識中母性的無端放大，是性上受到極大淨化的超凡脫俗的所謂無性女人，而妖婦則被男性誣衊為淫欲放蕩的女人。

　　通過研究，筆者發現妖婦的文本形象有一個出入，一部分人認為妖婦是邪惡醜陋的女巫，而另一部分則認為妖婦是風騷豔麗的惡魔。比如在湘西有一種類似於妖婦的蠱婆，本地人稱為「草婆子」、「草鬼婆」、「琵琶鬼」，他們一類為眼睛發紅、眼角常年有眼屎、相貌醜陋的婦人；另一類為年輕美麗的少女，頭髮烏黑、肌膚白淨，貞靜好幻想，眼睛裡常常放出一種異樣的光。[6]也就是說，實際上與天使相對的妖婦，又可分為美與醜兩類。在一些文學作品中，作家有時會將兩者合二為一，情節往往被設計成，妖婦給自己的醜陋面目施了魔法，使其變得美豔動人，並常常用美麗的外形來魅惑男性。海派作家筆下的妖婦也大都是憑藉自己嫵媚的外形，以性為手段，在男人世界裡興風作浪的女人。並且誘惑本身伴隨著流血、傷害與死亡。**施濟美《鬼月》**中的海棠「……是一枝玫瑰花兒，又香又美，可是碰不得，挨不得，……長得一身都是刺。」[7]面對軟弱的情人，這朵憤怒的玫瑰無情地將情人「刺」死。**章克標《銀蛇》**中的武昭雪也是一個令人神魂顛倒的尤物，「她的一舉一動之間，都是一種媚婦型，是未成熟的妖婦。」[8]她使邵逸人剛剛萌生的革命激情立刻消退。女人在潛文本中成了男人走向革命道路的障礙。本來是男主人公自己意志消沉，反誣女性促其墮落，是男人親自用污濁的筆將女性妖魔化的。女性形象有著非常強大的隱喻功能，**妖婦在海派作家筆下成了腐敗的上海社會的象徵**。男性要麼沉迷其中，要麼保持著深刻的自醒，對這類女性

既魅惑又恐懼。《大上海的毀滅》中的草靈,為情欲的化身的露露所沉醉,無法自拔,但是卻時刻批判這是墮落,是沉迷於腐朽的資本主義之中。這裡面同樣存在著一個**將妖婦等同於情欲**的阿尼瑪情結。而這個推導顯然是源自中國女人禍水論的幼稚和魯莽。男性對妖婦的厭惡,實際上是對女性無窮的性魅力的恐懼。

茅盾《子夜》中吳老太爺的死就是男性這種內在性恐懼的一種形象化的表達。筆者以為「吳老太爺之死」是隱喻性的。由於躲避所謂的匪患,第一次到上海的吳老太爺,遭遇了「肉體炸彈」的滅頂之災。他滿眼看見的都是薄紗緊裹著的女性的壯健身體,高聳的乳峰,嫩紅的乳頭,腋下的細毛,好像沒有穿褲子的刺裸裸的白腿,蓬蓬鬆鬆的頭髮亂紛紛地披在白中帶青的圓臉上,發光的滴溜溜轉動的黑眼睛,紅得可怕的兩片嘻開的嘴唇。在他快要炸裂的腦神經裡通過了這樣的思想:「這簡直是夜叉,是鬼!」[9]「突然吳老太爺又看見這一切顫動著飛舞著的乳房像亂箭一般射到他胸前,堆積起來,堆積起來,重壓著,重壓著,壓在他胸脯上,壓在那部擺在他膝頭的《太上感應篇》上,於是他又聽得狂蕩的豔笑,房屋搖搖欲倒。」[10]「他覺得有千萬斤壓在他胸口,覺得腦袋裡有什麼東西爆裂了,碎斷了;⋯⋯女郎,都嘻開了血色的嘴唇像要來咬。」[11]吳老太爺臉色像紙一般白,嘴唇上滿布著白沫,頭顱歪垂著。就這樣吳老太爺做了現代女性的犧牲品,刺激過度而死。**吳老太爺之死既隱喻著五四以來現代男性知識份子的歷史,又預示著他們未來的命運**。三十年前吳老太爺也是頂呱呱的維新黨,滿腔子的革命思想,他也曾是普遍於當時社會中的父子衝突中的主角。然而,意外跌了腳,又不幸患有半身不遂的毛病的吳老太爺,卻最後蛻變為整天捧著個《太上感應篇》的老古

董。就如吳老太爺一樣，五四以來的現代知識份子也是曾經懷揣著救國夢想的一代進步青年，他們面對現代摩登女性同樣充滿了恐懼，雖然這種恐懼更多是在潛意識中，吳老太爺的死正預示著他們無法回避的歷史命運。作家通過吳老太爺的死昭示著，**如果男性再不接受女性的「現代化」，仍用宗法制下的男權體制束縛女性，那麼最先被歷史淘汰的將是他們自己**。吳老太爺突然從一個維新人士，蛻變為一個每天只知道捧著《太上感應篇》的活死屍，茅盾將其中的緣由處理成意外的事故，該情節略顯突兀，老太爺思想上的巨大轉變是不合邏輯的，而作家將轉變的緣由歸結為意外更顯荒謬。作家對這一情節的設計在無意識中表明**作家對五四以來知識份子理想的突然破滅，對其命運遭際的變化也是非常迷惘**，就像吳老太爺的大幅度轉變一樣，無法把握其思維變化的具體脈絡。

女性從裸露到遮掩再到裝飾，其本身的情慾化成分不是降低而是越來越提高了，高跟鞋使女性的臀部高高翹起而更顯渾圓，就像發情期母獸的臀部。唇膏使女性的嘴唇更紅豔，好像紅腫的陰部，引發男性的漫天遐思。紋胸與襯墊將女性的胸部高高托起到奪目逼人的地步，撩撥男性對這一情慾部位的原始欲望。尤其在摩登社會的上海，洋場女人更是中國數千年冰封社會之後突然乍現的一朵性感的玫瑰。對妖婦的恐懼正是男性對性本身的恐懼，是內在自卑與陽痿的表現。女性本無意成為男性眼中的妖婦，女性化妝有迎合男性口味的成分，但實際上愛美是女人的天性，我想上帝創造亞當與夏娃之初，即使夏娃不為了取悅亞當，也會在伊甸園中採摘一朵嬌豔的花朵插於鬢角以作裝飾。女人們因為這種審美選擇而快樂。而男人的恐懼只能是男人自己心中的閹割焦慮在作怪了。

　　無名氏筆下的黎薇（《**塔裡的女人**》）也是一個火焰般的女子，「啊，好一個美人！簡直是火焰的化身！任何接觸她的人，全會給燒死的！」[12]黎薇的外貌描寫更透露出明顯的性感氣息，「一副鵝蛋形的臉，流露安格爾女像的俊美畫風。一雙又大又亮的眼睛，像兩座又黑又深的地獄，透射一片又恐怖又誘惑的魅力，叫你忍不住想墮落。與這兩座黑暗地獄相對照的，是那副比罌粟花還紅豔的菱形小嘴，它是那樣飽滿、強烈、甜蜜，簡直刺激人一種想『衝過去』的勇氣。如果說這雙眼睛與這張嘴是為害人而生的，那麼她的頭髮是為了救人而生的，它濃而黑，似一片黝黯的風茂森林，裡面潛伏無窮的和平與溫柔，一種叫人馴順的柔美情調。唯一破壞它的，是鬢邊那朵鮮致的紅薔薇，它插在這張粉臉旁，似乎並不是裝飾，而是一種警告：『哼，小心點，別碰我，當心那叫你流血的刺！』」[13]無名氏的女性描寫體現出更多的現代科學氣息，他的人物描寫經常使用諸如「鵝蛋形」、「菱形」這樣的幾何圖形，這是科學精神在五四引進中國後，人物表現的一種變化，同樣在西方，科學獲得巨大發展，人們相信科學是萬能的時候，作家的人物描寫中也會經常出現幾何圖形的表現方式。與王爾德筆下的莎樂美不同的是黎薇的頭髮流露出更多的女性溫柔的氣息，具有更加濃厚的東方色彩。同時，她又與莎樂美一樣是致男人死地的深淵，「地獄」、「恐怖」、「誘惑」、「墮落」、「罌粟花」、「紅薔薇」、「刺」這些詞都流露出濃重的性感、誘惑與死亡的氣息。

　　無名氏作品《**無名氏書稿**》的第二部《**海豔**》和第三部《**金色的蛇夜**》中的瞿縈和莎卡羅，分別代表人間人性和地獄魔性，其實她們都來源於男性心理世界的妖婦原型，在印蒂看來，魔性從來比神性

更深刻、更永恆。用兩手兩腳追求神性的人，必然用四手四腳追求魔性。繼而印蒂對她們展開了猛烈的追求，當他真正獲得兩個女人的芳心之後，又最終離開她們。在他看來生命中最可珍貴的自由，正由於戀愛而喪失。他所謂的生命探求，是要以無視女性的情感，踐踏女性的肉體而前進的。印蒂無情地拋棄莎卡羅，很快引來了莎卡羅的瘋狂報復，她通過勾結上層階級的力量，徹底摧毀印蒂一夥在海上的走私集團，顯示出她代表地獄魔性的巨大威力和作用。

從無名氏與劉雅歌、趙無華、馬福美的交往過程來看，他是一個情感表達很羞澀，與異性交往很被動的男性，可是這樣一位男性為什麼會在作品中一再重複妖婦類型的女性形象呢？他雖然賦予每一位妖婦以比較明顯的創作動機，比如瞿縈和莎卡羅分別象徵人性和魔性，然而筆者以為，創作其實有著更深的動因，他其實在潛意識中認為所有有吸引力的女性都屬於妖婦類型，心裡懷有對所愛慕女性的深深恐懼，故而患有恐女症。另外，妖婦類型的女性往往在兩性交往中表現得比較主動，這正是作家渴望對方主動打破尷尬局面的被動心理的反映，說到底最終作怪的仍然是男性的閹割焦慮。

石秀殺嫂的故事（《石秀之戀》）雖然經過了施蟄存的精心改寫，但是潘巧雲在小說中仍然扮演著一個喜歡勾引男人的淫婦角色。「石秀的心情，也正如這個微小的火焰一般的在搖搖不定了。其實，與其說石秀的心情是和這樣的一個新朋友家裡的燈檠上的火焰一樣地晃動，倒不如說它是被這樣的火焰所誘惑著，率領著的，更為恰當。」[14]這是石秀在與潘巧雲見面之後內心躁動的一段描寫，其中「火焰」的意指是比較模糊的，既指引起石秀內心激動的女性潘巧雲，又指他甦醒的性意識。這些都是女性的負面價值的體現，女人無

疑是英雄心頭的一劑追心的毒藥,「他所追想到的潘巧雲,只是一個使他眼睛覺著刺痛的活的美體的本身,是這樣的充滿著熱力和欲望的一個可親的精靈,是明知其含著劇毒而又自甘於被她的色澤和醇鬱所魅惑的一盞鴆酒。」[15]對具有蠱惑力的女性,施氏寧願將她魔化幻化,使其變成一個不可知的象徵性符號,也不願正面狀寫她的狐媚之態。可見,在作家的心中,只知道妖婦可怕,但並不知道妖婦究竟怎麼可怕,妖婦形象的產生是源於連作家都沒有意識到的,男性集體無意識的遺留。其實從《鳳陽女》開始,作家就塑造了一系列與城市妖婦截然不同的鄉村妖婦和魔化妖婦的形象。《鳳陽女》描寫了男性主人公如何艱難地排遣著他對一個風騷的玩雜耍女人的欲望。這篇作品可以說是具有傳統文化素養的**施蟄存**對中國民間妖狐志怪小說的一種重新演繹,儘管其中包含作者在佛洛伊德學說影響下對人物作心理分析的現代意向,但從小說人物故事的傳奇性設置,對鳳陽女的妖狐特徵的突出以及敘述語調看來,它的確帶有民間妖狐小說的跡象。這篇小說一直沒有正面狀寫鳳陽女的臉龐、身體及其所具有的魅惑力,只是把她魔化狐化,而單方面展示男性主人公在這個幻象的困擾之下性壓抑的心理。這一處理方式在《魔道》、《夜叉》、《旅舍》中也不斷重複。而且鳳陽女是一個民間走江湖女子,也就是說,施氏的妖女原型來自傳統的鄉間而非現代的城市。此後不僅是《魔道》、《夜叉》中的魔化女性人物,而且像《石秀之戀》中的潘巧雲、《鳩摩羅什》中的孟家大娘等雖然人物形象取自歷史人物,但也都是**來自同一類原型的民間狐媚女性。妖婦構型與城市想像沒有必然的聯繫,這進一步證明了妖婦原型來源於作家的無意識**。1932年前後寫完《石秀之戀》而深感黔驢技窮的施蟄存決定放棄魔幻筆法,回到現實主義上

來，於是有了《善女人行品》一系列作品。一旦回到城市卑微者的角度上來，施氏的女性構型也發生了變化。這個時期他推出「**善女人**」**系列**，表明他對女性現實的一種認識。「善女人」，顧名思義即指信奉禮法、循規蹈矩的良家婦女，中國家庭中的妻子或母親的形象。也就是說善女人就是家中天使，至此他徹底完成了男性關於女性想像的兩極敘述。

二、女性的變形力量

英國著名的文藝理論家特雷·伊格爾頓曾在《後結構主義》一文中指出了男性對妖婦的恐慌，「女性作為人類的整整一半在歷史上無時無刻地不被當作一個不完全的存在，一個異己的下等存在而遭受排斥和壓迫。這種歧視婦女的意識形態包含著一個形而上學的幻覺，……它也是被一個由恐懼、欲望、侵略心理、受虐和焦慮組成的複雜結構所保持著的。」[16]當人們讓美麗的雅典娜穿上厚重的鎧甲，遮掩起自己的美麗身體的時候，當中國哲學發展到程朱理學的時候，這種恐懼恰好達到一種頂點，於是聊齋妖女應運而生。妖婦的淫蕩特質，是**男性視角下對女性主動獻情的心理期待的反映**。在中國倫理觀念的約束下，情愛是隱蔽而克制的，而且越來越壓抑。於是，男性們只能在文學創作中將女性寫得比男人大膽主動，真摯熱情，以作為他們情感空虛的補償。中國傳統聊齋故事中，那些風情萬種的神女、鬼女、妖女就是男性處於壓抑狀態渴望啟動的性欲望的象徵。

其實，現代文學中的妖婦形象與聊齋「妖女」形象有很深的淵源，在《搜神記》與《聊齋志異》中妖女大都是動物所化，與神女和

鬼女相比，作家對妖女多為醜化，她們是「雨冷香魂吊書客」的邪祟妖孽，必除之而後快。與這種妖女形象的女性構造相伴而生的是，女性的動物比擬。在海派作家筆下經常出現的，對女性比擬的動物意象，主要有蝴蝶、蛇、貓和狐。

蝴蝶是中國人很喜歡的具有浪漫色彩的意象，從莊子《齊物論》裡的「蝴蝶夢」到梁山伯與祝英台的化蝶，它包含了豐富的性文化內容。蝴蝶意象最早出現在莊子娓娓道出的蝴蝶夢中，「不知周之夢為蝴蝶歟？蝴蝶之夢為周歟？」在這裡蝴蝶成為將人帶入太虛境界，模糊主客關係的信使。夢蝶表明了道家的「物化」之理，宇宙萬物雖變化無常，但同為大道所化，具有本原的同一性。在後來的文學中物化直接演化為了人到蝶的轉化。最早的化蝶情節見於《搜神記》載，韓憑妻為忠於先夫而自殺化蝶的傳說。在這個愛情故事中只有韓憑妻一人化蝶，而在梁祝傳說中則是有情人雙雙化蝶。梁祝傳說源於晉代，化蝶的情節是從元明時期開始插入的，這一情節的始作俑者就是馮夢龍。他的《古今小說‧李秀卿義結黃貞女》中形象生動地描寫了化蝶的壯烈場景。更為有趣的是，也是在元代，莊周夢蝶的情節開始融入了更多的世俗化的情欲色彩。在元雜劇中，這一情節摻入了《莊子‧至樂》中「莊子妻死，箕踞鼓盆而歌」的名典。據《警世通言‧莊子休鼓盆成大道》的演繹：莊子原本是混沌初生時的一隻神界白蝴蝶，因為偷了瑤池的蟠桃花，被王母娘娘的青鸞啄死，轉世為莊周。莊周假死以考驗其妻。守喪期間，他讓蝴蝶幻化成一主一僕兩個漂亮青年，誘妻再嫁。莊妻把持不住，與青年有了苟且之事。一日青年突然病倒，只有人腦可以醫治，莊妻就劈開棺材，直取莊子腦殼。莊子斥責妻子的不忠行為，妻子羞愧萬分，上吊自殺。於是莊子鼓盆而歌，

慨歎人生的荒誕。這個故事在清代被編成《蝴蝶夢》，又稱《大劈棺》。故事中的莊周由一個哲學家演化為一個法術無窮的蝴蝶精，劇中的蝴蝶成了赤裸裸的引誘者，使先代的性暗示進一步明朗化。蝴蝶由於其華麗的翅膀，使其經常用來形容具有性魅力的女性。「豔珠紮括得像個花蝴蝶似的。」（《十二金釵》）[17]「露露那彩色的輕衣被風揚起，也像美麗的大蝴蝶。」（《大上海的毀滅》）[18]「……她在校外受了崇拜回來，紫色的毛織物的單旗袍，——在裝飾上她是進步的專家。」「在銀色的月光下面，像一隻有銀紫色的翼的大夜蝶，沉著地疏懶的動著翼翅，帶來四月的氣息，戀的香味，金色的夢。」（《被當作消遣品的男子》）[19]「奧蕾利亞黑蝴蝶似的翩翩飛下來。」（《北極風情畫》）[20]

　　關於蝴蝶意象的象徵性內涵在施蟄存的小說《蝴蝶夫人》中得到了集中的表現。在小說中蝴蝶既代表了男性莊子和李約翰，又代表了女性Aphrodite（希臘戀愛女神）和李約翰的太太。李約翰教授捉到了一隻叫做Aphrodite的美國品種的蝴蝶，傳說這只蝴蝶就是希臘戀愛女神幻化的。並且這種有著金黃之羽衣，白銀玄玉般身體的蝴蝶就是蝴蝶王國裡備受嬌寵的愛情女神。李教授近一步將它的纖細而修長的觸鬚看作他女朋友的手臂。言義之間自然是把他的女朋友看作了這只Aphrodite。在中國傳統文化中，蝴蝶意象與男性有關，同樣在這篇小說中，蝴蝶也有喻指男性的功能。李教授捉到了一隻白翅黑點花紋的中國品種的蝴蝶，名叫莊周蝶，關於這隻蝴蝶的傳說，他是這樣說的，莊子有一個美麗的妻子，他害怕妻子有情人，所以每當他的妻子出門，莊子都將自己的靈魂化成一隻蝴蝶，追蹤著他的妻子。莊子死後仍然將靈魂變做了一隻蝴蝶，永久地追蹤在他美麗的妻子身後。

從小說來看，這個轉引的故事與中國的莊周傳說有些不同，莊子成了害怕被戴綠帽子的可憐蟲。小說最後李教授也成了這樣的可憐蟲。他看見自己的妻子和陳君哲在一起捉蝴蝶非常沮喪。

在人類文化史上，蝴蝶和蛇更多的時候是女性變形力量的標誌。將女人比喻為**蛇**，因為蛇軟綿綿的、光滑的軀體，與女人的柔軟的嬌軀、潤滑的肌膚，蛇扭動著的行進的姿態與女人扭動腰肢的行走，蛇不動的倒下的姿態與女人的玉體橫陳，具有外形方面的相似性，還在於兩者的內在品質具有同一性。《聖經》則將蛇看作是引導人類走向墮落的邪惡力量的象徵。所以將女人比喻為蛇往往表明其危險和邪惡的本性。「梅茵像蛇一般的智慧，也像蛇一般的固執……」（**《性的等分線》**）[21]**葉靈鳳**《國仇》中將金子的笑容形容成「這完全是中年婦女蛇一般的笑」。[22]**《摩伽的試探》**中將引誘摩伽的靜姑也比喻成蛇，「靜姑在洞門口像蛇一般的慢慢的蜷了下來，」。[23]「靜姑已經似蛇一般的纏在了他的身上。」[24]**穆時英**的**《PIERROT》**中潘鶴齡想像著自己的女朋友去勾引別的男人，「他看見玻璃子蛇似的纏到他身上」。[25]**蘇青**的**《結婚十年》**中將靠男人賺錢的舞女比作蛇，「這裡多得是一條條蛇似的女人（舞女），緊緊纏住你丈夫，恨不得一口把他連錢包都吞下了，」[26]將女性比作蛇，往往是取其可以困住男人的特點，「她（海棠）蛇纏腿般不放鬆你，你愛還愛不過來，哪兒會恨？」（**《鬼月》**）[27]又如**《墨綠衫的小姐》**中，描寫女主人公的醉態，「她躺在床上，像一條墨綠色的大懶蛇，閉上了酡紅的眼皮，扭動著腰肢」，更是一種充滿著頹廢之美的西方19世紀末女性形象的典型描繪。

貓在我國文化傳統中，除了《宣和畫譜》中載有《蜂蝶戲貓

圖》，因貓蝶與耄耋同音，含有祝人壽考之意外，它從不是寵物，而是帶有幾分妖氣和巫氣的動物。《北史‧獨孤信傳》記一「性好左道」的老婦，養「貓鬼每殺人者，所死家財物潛移於畜貓鬼家」。《新唐書‧奸臣傳》云，李義府貌柔恭而陰賊褊忌，時號「笑中刀」，「又以柔而害物，號曰『人貓』。」《太平廣記》卷四百四十引《聞奇錄》：「進士歸系，暑月與一小孩子於廳中寢。忽有一貓大叫，恐驚孩子，使僕人以枕擊之，貓偶中枕而斃。孩子應時作貓聲，數日而殂。」中國十二生肖，首列鼠而摒棄貓，大概也與把貓視為不祥物有關。[28]凡讀過《金瓶梅》的人，都會對潘金蓮所養的那只白獅子貓兒留下深刻的印象：這隻貓是使西門慶家由暴發到敗落的關鍵。白獅子貓首次亮相就是在西門慶與潘金蓮交媾的場合。其後它似乎一度隱身了，出現了它的一個黑色的影子。潘金蓮受託付看管官哥兒，卻到山洞與陳經濟調情，一隻大黑貓蹲在旁邊，嚇得官哥兒號啕大哭。當白獅子貓正式登場之時，它已是一個令人毛骨悚然的謀害兩條人命的特殊殺手了。從某種程度上看它與潘金蓮有著互為映射的隱喻關係。

　　同樣在海派作家筆下，關於女性的貓意象描寫，也流露出了鬼魅的氣息。「可真是危險的動物哪！她有著一個蛇的身子，貓的腦袋，溫柔和危險的混合物。」（《被當作消遣品的男子》）[29]在和這危險的動物的周旋中，男主人公最終由於無法抵抗蓉子的魅力而寧願做她的捕獲物，當他後來發現蓉子又跟別的男人在一起時，他看到了「白雲中間現出了一顆貓的腦袋，一張笑著的溫柔的臉。」[30]《流行性感冒》中的男主人公也面臨著這樣的嘲弄，「我一抬頭：一件黑絲絨的短外套，鼠色毛織品的旗袍，抱著猩紅的大錢夾，咬

著豐滿的下嘴唇，兩口貓一樣的陰而黑的眼睛正躲在頭髮的陰影裡得意地笑著。」[31]在《Craven「A」》中，余慧嫻警告受自己誘惑的男主人公，「留心，黑貓是帶著邪氣的」，Craven「A」是一種香煙的品牌，而這種香煙的紅盒子上即蹲著一隻黑貓，可以說，用Craven「A」作女主人公的代稱和小說的題目，作者是有寓意的，黑貓作為主導意象貫穿於整篇作品，反映了作者對女性的複雜的態度，女人和貓一樣都是溫柔而又危險的動物。而貓的溫柔、嬌媚、狡黠，都暗合了女人的某些品質。

另外，與貓蛇的比喻義相似的還有**狐狸**的比喻。在中國古代典籍中，富有魅力的女人常被比附為狐，遭到男子的唾罵和仇恨。商紂王貪淫好色，寵倖美貌絕代的蘇妲己，不理朝政，最後亡國滅家。這本來是男人的悲劇，但男人們卻將罪過歸到妲己頭上，認為她故意惑溺人主，導致了商朝的滅亡。在後世的關於商朝與妲己的傳說中，妲己為狐狸精所幻化，妖冶、讒媚、兇殘、狠毒。男子用狐狸比附女人，一方面基於男子對女子性恐懼的現實，一方面還在於狐狸狡猾且元氣充沛。據說狐狸還能含沙射人，使人迷惑，這更導致了狐狸與女人的聯想。於是，醜化女性，咒罵女性，將她們比作「狐狸」，就成了中國文學中一個有趣的現實。一般情況是，狐狸幻化的女子主動去誘惑一位男性，和他性交，有時繼續鍾情他，有時就吸乾男子的精氣，致其憔悴而死。在**穆時英**的筆下惑人的女人也是狐狸。「我愛這穿黑的，她是接在玄狐身上的牡丹──動物和靜物的混血兒！」（《**黑牡丹**》）[32]**男人們將女人與動物相聯繫，是為了突出女人身上的動物性，並且表明女人所具有的誘惑性、放縱和惡魔的力量是固有的、本能的，從而說明墮落植根於女人的天性。**

三、天使與妖婦的「所指」轉化

　　與男人白日夢中的妖婦形象不同，**女作家筆下的妖婦卻往往內藏著天使的心腸**，女作家以自己大膽而真實的寫作，將妖婦從男性的噩夢中拉回到現實，從而解構了原始意義上妖婦的涵義，並且實現了妖婦向天使的所指轉化，塑造出了生活中真實的女性。

　　女作家首先對男性敘事文本中「妖婦」式的女性形象進行戲擬，通過這種戲仿，她寄予這個故事以豐富而深刻的文化內涵，它包含著作家對男權社會、男權文化的深刻理解，蘊含著她對受男權文化壓抑戕害的弱勢人群的深沉悲憫。**施濟美**的小說**《紫色的罌粟花》**中，許多人將趙思佳比作罌粟花，「她的衣服漂亮時髦，她的髮型新穎，她使用昂貴的化妝品，也會做蘋果布丁，會彈、能歌善舞、長交際，有大群的追逐者……」[33]她看上去就像一個典型的交際花。在**《三年》**中，施濟美同樣塑造了這樣一個，「一半是火焰，一半是海水」的女人，她是「一個有錢的無聊人物，放浪而又神秘的女人。」[34]「綠幽幽的光輝射上她的石像似的聖母的臉，像『神秘女伯爵』，像『湖上悲劇』裡的女主角，尤物中的尤物，她美得令人蝕骨銷魂。」[35]尤其令人著迷的是，「那半是妖魔半是天使的眼神。」[36]司徒蘭蝶以其無法阻擋的性魅力深深地吸引了柳翔，他們相愛了，她在他身上找尋到了自己往日的回憶，柳翔酷似她以前在戰爭中犧牲的愛人，她在柳翔身上重溫著昨日的舊夢。在作家的筆下，在男主人公的眼中，司徒蘭蝶是個喜歡金錢和刺激的尤物，當她忍痛割愛地將自己的愛人讓給黎萼時，柳翔甚至誤解她是嫌貧愛富地與別人跑了。**在拆穿男性敘事文**

本對女性「妖婦」式形象塑造的心理內幕的同時，作家也尖銳地揭示出男權文化傳統的反人性實質。男權文化在對女性劃定的框範中屏蔽了對真實女性豐富性的認識的同時，也製造了阻礙兩性溝通的更加堅固的壁壘。實際上，人們並不暸解趙思佳。「知道她三分的，說她浪漫浮華，知道她五分的，說她冷酷無情，知道她十分的，說她善良忠厚。」[37]她因為撫養自己心愛的老師去世後留下的兒子，所以冷酷地拒絕了所有的追求者，追求者劉文川在遭到拒絕後，憤恨地將她稱之為「罌粟花」。然而作為趙思佳同學的「我」則將她稱之為顏色美麗憂鬱的水晶紫，但是卻想不出那最崇高神聖的花朵的名字。實際上它是很聖潔的，「她的一切，感受、磨難、犧牲、天使般的愛情，生於它的痛苦的，死於它的痛苦的，使人間的正義也傾心拜倒的一種崇高的熱忱；……」[38]司徒蘭蝶也同樣是一個善良的充滿同情心的天使。當她知道黎萼也深愛柳翔，並且黎萼肺結核病已進入晚期的時候。她覺得自己不應該這樣自私，佔有了黎萼的情人，來尋找自己的回憶，所以她決定離開上海，離開心愛的柳翔。

在施濟美的小說中，關於趙思佳和司徒蘭蝶的描寫，作家運用了傳統男性文學中關於妖婦描寫的常規語句，描寫本身投射著「男主人公」作為男性、作為強勢者的窺視目光。這種寫法使得這兩個文本的前半部分成為一個非常典型的充滿男權意味的敘事文本，小說如果僅僅到此為止，它就與其他眾多愛情婚戀題材的小說雷同，而沒有什麼特殊之處了，但施濟美小說的妙處恰恰在於，她最後又筆鋒一轉揭示出，這個男性意義世界中的「妖婦」，實際上是一個善良的「天使」。「螳螂捕蟬，黃雀在後」，以女性文本否定這種神話製造者，以「釜底抽薪」之法揭露這種神話的虛幻和脆弱的同時，還在強與弱

地位的顛倒置換中，巧妙地揭示出這其中包含的「性政治」，指明這種陰謀即使對男性自身也無異於引火焚身。

同樣，在張愛玲的《紅玫瑰與白玫瑰》中，女作家仍然重複著男權文化對女性角色的這種二元化分。「紅玫瑰」王嬌蕊和「白玫瑰」孟煙鸝，分別承載著男權社會男人的性愛理想和婚姻理想，並分別賦予她們「淫」與「貞」的社會性別特性，以及各自的價值與倫理判定，表達著男性他欲的雙重需求，維繫著男性的自我認同，確立著社會性別機制的虛假運行。

被佟振保視為「熱的」、「放浪的」、「娶不得」的「紅玫瑰」王嬌蕊，在幾年之後，出乎意料地變成了一個心性淡泊，母愛有加的賢妻良母。而賢妻良母，正是傳統性別社會賦予女人的最「尊貴」的性別角色，它的妻性與母性被社會性別制度充分肯定和鼓勵。王嬌蕊從「妖婦」到「天使」的轉化過程，反諷了男性自我中心的性觀念的裂縫：他們既需要女人「放浪」、「淫蕩」，滿足其欲望訴求，又從「禮制」上、意識形態上對其擯棄蔑視，將其歸入蕩婦之列加以否定；而按照男性理想塑造的，為男性家族生育「純種後代」、延續子嗣香火的賢妻良母，雖為「禮制」所推崇稱頌，卻由於其缺乏性的吸引力，而為男性所厭棄。賢妻良母的「好女人」孟煙鸝便是如此。

貞潔賢淑的妻子「白玫瑰」孟煙鸝，面目姣好、大學畢業，清純得「從不出來交際」，並且無條件地「愛」她的丈夫。更難得的是她「不淫不妒」，甚至還替丈夫四處遮掩，是男權文化建構下最理想不過的「賢妻良母」型的理想妻子。但她「美好的」妻性母性不能替代、更不能滿足丈夫對女色的追求，她沒有贏得丈夫的尊重和愛憐，反而愈加激起佟振保對她的鄙棄厭倦並施以精神折磨。使佟振保的思

想世界遭到徹底轟毀的是這個理想妻子的不貞行為，她竟然與背有點佝僂，臉色蒼黃，腦後有幾個癩痢疤的裁縫私通。孟煙鸝由為人妻母的賢淑貞淨向下賤放浪的淫婦的轉變，震裂了佟振保的思想世界，使他的認知世界發生了極大的錯位。在他的觀念中，女人的「貞潔」與「淫蕩」是楚漢河界，涇渭分明，其「規矩」是無法僭越的。他一心想創造一個自己做主的世界，而妻子的「紅杏出牆」，粉碎了他的世界，他做不了他「治下」女人的主人。從此以後，他以公開嫖娼、瘋狂地墮向情欲來毀滅自己。「兩朵玫瑰」分別從「淫」向「貞」和從「貞」向「淫」的互為逆轉，對「法」與「禮」的越矩，打破了傳統的社會性別秩序，暴露了男性中心主義性觀念的自相矛盾性，顛覆了男性霸權文化對既定的社會性別話語及其權利的界定。體現了張愛玲的女性主義立場和批判精神，表達了對父權制下女性生存困境的審視和關注，以及對女性社會性別角色的質疑和反叛。

張愛玲《十八春》中曼璐形象的設計也是這樣一種文化策略。只不過它是反其道而行之。曼璐本也是好人家的女兒。但為了一家人的生活她犧牲了自己，做了舞女，之後又淪為暗娼。像這樣一位為拯救一家人犧牲了自己的女子，是傳統題材中並不少見的形象。她們往往是美麗、善良、剛烈而又無奈的，如同荷花出污泥而不染。但張愛玲卻刻意將這樣一個有著「天使」一樣義舉的人物，描繪得相當的粗俗和尖刻，曼璐雖然用青春和肉體養活了一家人，但卻又時常把這件事掛在嘴邊，牢騷滿腹，總覺得家裡人虧欠她太多。久而久之，家人生厭，連母親也說她嘴不好。後來，曼璐嫁了個做投機生意的暴發戶，當了闊太太。對她，這似乎是一個最圓滿的結局，但結果是，為了籠絡住丈夫，她設計使丈夫祝鴻才強姦了曼楨，毀掉了妹妹的愛情。出

污泥而不染只是人們的美好願望，在一個充滿罪惡污濁的環境裡，在生活的重壓和扭曲之下，一個女人要保持住自己的清純是何等的不易，而人性中善良的一面又是多麼不堪一擊。在這裡，張愛玲指出了女人的兩難處境，不論你是「天使」還是「妖婦」，都無法遁逃其悲劇性的命運。曼璐並沒因為妹妹的緣故得到丈夫的好處，在疾病交加和良心譴責的折磨下迅速死去。

戲擬男性文本的敘事手段和文化觀念較諸直接的反抗之文具有更強烈的震撼力，就如魯迅所言，從舊營壘中來的人，當反戈一擊時，就會產生更強的衝擊力。「戲擬」，作為女性作家反抗男權文化觀念秩序的最佳手段之一，為許多女性作家所自覺而成功地加以運用。它既拆解了男性眼光中的女性神話，又消解了虛擬男性強者式的主體地位。佟振保們的男性主人公依然擺脫不了「兒子」這一弱勢身份地位給他們造成的桎梏，同時，又不自量力地依仗男權傳統賦予的強勢者權力，去一廂情願地臆想女性，這使他失去了真正愛的權利和能力，同時也使他無法達到男權文化所期望的男性理想，他遭受到的是個人生命和社會價值認可雙方面的慘重損失。如果「天使」們繼續忍受這種無愛的婚姻，繼續謹遵傳統婦道，那麼，佟振保的男性理想就可能完全實現。但是，偏偏這時代社會已經開始褪去男權專制倫理的沉沉厚甲，佟振保們以傳統男性的優越特權設計出來的「天使」要造反，他們建立在對女性殘酷壓制基礎上的美夢必然落空。

四、「娘娘腔」與「小白臉」
——女性想像世界中男性形象的兩極

　　在奧維德的《變形記》中記載著這樣一個故事：賽普勒斯王皮格馬利翁感慨於女人天性中的鄙陋與邪惡，親自動手用象牙雕塑了一個潔白的、無與倫比的美女，並用美麗的服裝和首飾打扮她。他狂熱地愛上了這個栩栩如生的雕像，當雕像變成了一個真正的美女時，他欣喜地叫道：「這才是女人的身體！」美國女性主義批評家蘇珊・格巴（Susan Gubar）以這個故事來說明各種男性本位的創造神話，「它表現在宗教、藝術、科學諸種領域」，既有的文化就深深地根植於其間。這套男性中心主義的神話系統力圖讓人相信，完美的女人是被男人、按照男人的標準塑造出來的，「女人還不僅僅是一般的物。作為文化的產物，『她』是一個藝術品。『她』或是一個象牙雕刻，或是一個泥製品，或是一個聖像、偶像，但她從來不曾是一個雕塑師。」

　　數千年來女性一直保持著緘默，她們沒有藝術工具用來表達自己的內心期望，我想，如果她們也有一把雕刀，她們也會用自己的纖纖玉手雕琢出心中渴望的男性形象。那麼當中國歷史之舟悠悠劃到了現代，女性終於可以名正言順地觸摸文字的時候，在女性文學的言說之初，她們想像中的男性形象的兩極又是什麼樣子的呢？

　　我遍尋女作家的作品，發現丁玲的《莎菲女士的日記》中的葦弟與凌吉士便是女性心目中男性形象的兩極。他們類似於女人常說的，「愛我的和我愛的人」。葦弟是傳統意義上標準的「好人」、現代意識中堪稱樣板的「庸眾」，任何時候、任何場合都中規中矩、無可指

「神性」與「魔性」的「所指」轉化　263

摘。他一味地滿足於平淡瑣屑的日常生活，甚至不懂如何去愛。他平庸無才／財，缺乏足夠的獨立性和擔當性，沒有自食其力的能力，需要得到家庭和兄長的經濟支助。在兩性關係中，他們不是作為強悍的男性征服者出現，也不是被巨大的情欲衝昏頭腦失去判斷力的盲目衝動者；反之，在充滿了自憐自歎的悲哀中，他們首先需要的是得到來自異性的愛憐和同情，他們都希望在能夠理解他們、接受他們的異性面前，一吐積愫，一訴衷腸，在比他們自身強大得多的異性的認同和支持中獲得生存的力量。葦弟之於莎菲，充其量是一種傾慕、一種眷戀，甚至完全可以看作戀母情結的一種表現。葦弟以笨拙怯懦的「哭鼻子」的方式，以「盲目」的關心代替了對女性內心世界的把握和瞭解，放棄與女性產生靈肉結合的真愛與激情，從而遭到了莎菲的捉弄和拒絕。

郁達夫筆下的於質夫們，郭沫若筆下的「我」，甚至《紅樓夢》裡的賈寶玉等男性形象，表面上看與丁玲所塑造的葦弟非常接近。這類形象的產生有著男性作家本身所體會到的弱國子民的悲哀，也有著個人身心的疲憊病痛。這類形象與女作家文本中相似的形象的產生背景並不相同。但是女作家畢竟是在遍佈一切的男性文本中得到啟蒙並成長起來的，所以這類形象的塑造受男性文本中此類形象的影響恐怕也是難免的。同時，就如許多人所意識到的一樣，這類形象本身具有作家自己的影子，可見這類形象在當時的社會中確實是作為一種類型而存在的，具有一定的典型性。所以女作家在文本中對這類形象的表現也有一定的真實性。只是女性作家在看待這類男性形象時具有與男性作家截然不同的角度與立場罷了。

凌吉士堪稱世俗社會的寵兒和驕子。他俊美風流、瀟灑富有，有

頎長的身軀、嫩玫瑰般的臉龐、柔軟的眼波、惹人的嘴，極具個人魅力。他老於世故、工於心計，性格中往往有明顯的「剝削傾向」，慣用強力和策略從他人那兒奪取所需物，在愛情和感情上也是如此。他在京都大學第三院的英語辯論會中任組長，志趣是留學哈佛，做外交官，公使大員，或繼承父親的職業，做橡樹生意，成資本家。然而，在思想和精神上，他是可憐的，他所需要的是金錢，是在客廳中能應酬他買賣中朋友們的年輕太太，是幾個穿得很標致的白胖兒子，他的愛情也只是拿金錢在妓院中，去揮霍而得來的一時肉感的享受。凌吉士身上體現的是「五四」時期一部分資產階級青年醜惡的靈魂。這兩個形象一個是無私的，一個是自私的，一個是蒼白無力的，一個是極具性魅力的。同樣，在海派女作家的筆下，我們也可以找尋到他們的影子。

張愛玲《金鎖記》中的姜季澤，《怨女》中的姚三爺，《紅玫瑰與白玫瑰》中的佟振保，《沉香屑‧第一爐香》中的喬琪喬，《傾城之戀》中的范柳原，《小艾》中的席五老爺，《花凋》中的鄭先生，《心經》中的許峰儀，蘇青《結婚十年》中的徐崇賢，潘柳黛《退職夫人自傳》中的李阿乘，都是這類凌吉士的浪蕩子式的男性形象。其中比較有代表性的是張愛玲《金鎖記》中的姜季澤，《紅玫瑰與白玫瑰》中的佟振保，《怨女》中的姚三爺，《沉香屑‧第一爐香》中的喬琪喬，潘柳黛《退職夫人自傳》中的李阿乘。而比較典型的葦弟式形象，主要是潘柳黛《退職夫人自傳》中的邵平。

《金鎖記》中的姜季澤是個結實小夥子，偏於胖的一方面，腦後拖一根三脫油鬆大辮，生得天圓地方，鮮紅的腮頰，往下墜著一點，有濕眉毛，水汪汪的黑眼睛裡永遠透著三分不耐煩，穿一件竹根青窄

袖長袍，醬紫芝麻地一字襟珠扣小坎肩。儘管有英俊的外表、健康的身體，卻終日東遊西蕩、不務正業，沉溺於聲色犬馬，把產業都敗光了。拒絕了七巧愛情的季澤，卻拒絕不了黃金的誘惑，當經過多年的苦等與煎熬，七巧終於有了當家理財的權力，成為一家之主的時候，滿面春風的姜季澤來向七巧傾吐他的愛情。然而在姜家摸爬滾打多年的經歷教會了七巧猜忌，也學會了算計，她檢測出姜季澤是為金錢而來，不是為愛情而來。震怒中的曹七巧用扇子打走了這個曾讓她無限痛苦地愛著的男人。可是把他打走後，她又後悔了，她守寡的日子實在太苦了，她知道他不是個好人，她要與他好，她就得裝糊塗，就得容忍他的壞。《怨女》中銀娣與姚三爺的感情糾葛就是七巧與姜季澤的再現。《紅玫瑰與白玫瑰》中的佟振保出身寒微，留學英國，靠自己的本事赤手空拳打下一片天地，成為上海一家老牌外國商社的高級職員。他的爽快與厚道，讓人即便沒有看準他的眼睛是誠懇的，就連他的眼鏡也可以作為信物。就是這個亦步亦趨社會規範，津津有味做著好人的振保，靈魂深處卻備受著煎熬，他渴望肉慾的刺激和人性的放縱，甚至認為，「嫖，不怕嫖得下流，隨便，骯髒點敗」。就是這樣一個人物，竟讓在遊戲場中玩慣了的王嬌蕊深深愛慕，她是真心喜歡他，她想為了他，同自己的丈夫離婚，她願意為了他，做一輩子白玫瑰，可怎奈，花瓣一旦染上色彩就再也抹不掉了。最終佟振保拋棄她，娶了白玫瑰。《沉香屑·第一爐香》中的喬琪喬外貌俊朗，氣質高雅。面無血色，連嘴唇都是蒼白的，和石膏像一般。在那黑壓壓的眉毛與睫毛底下，眼睛像風吹過的早稻田，時而露出稻子下的水的青光，一閃，又暗了下去了。人是高個子，也生得勻稱，身上衣服穿得服帖而隨便，使人忘記了他的身體的存在。喬琪喬是唯一能夠抗拒梁

太太的魔力的人。他在喬家可以算是出類拔萃地不成材，五年前他考進了華大，念了半年就停學了。後來因為表姐的緣故，他又進了華大，鬧了許多話柄子，製造了許多亂倫的緋聞。他在家裡不得寵，他母親也沒撈到什麼錢，他除了玩之外，什麼本領都沒有。他整日只知道尋花問柳，他甚至勾引葛薇龍的服侍丫頭睨兒。他不想與葛薇龍結婚，他甚至對她無所謂愛，他從來沒有真心愛過誰，他只愛他自己。就是這樣一個不學無術的男人，竟然讓葛薇龍動了真情，她願意用出賣自己肉體的錢來養活他。**潘柳黛《退職夫人自傳》**中的李阿乘是一個談情說愛的專家，他依靠嬌娘的錢和肉體活著，他認為潘小姐有錢所以追求她，但是當他發現潘小姐沒有錢後，又無情地遺棄他，欺騙她，並且毆打和恐嚇她。可是她心裡還是愛他，她把錢一次次給他，她被他騙了一次又一次，還不死心。每當溫柔的愛撫和甜蜜的謊言襲來，她就立刻喪失了理智。

凌吉士類型的男性大都外形英俊，高情商，與異性交往手段圓滑，極富性吸引力，但情感極不忠誠，喜歡尋花問柳。在經濟上，家庭富有，事業有成，生活方式比較闊綽，但是往往不務正業，花天酒地。從中國男性形象的發展史來看，他們屬於西門慶類型男性的現代遺留物。在這類男性身上，女性對男性美麗身體的愛慕佔據重要位置，**女性對漂亮男性的渴求心理是依據身體適意原則而產生的生命要求，喜好男色正是女性基於現代自由倫理而做出的道德選擇。**女性主義的現代倫理敘事始自平等的身體感覺，**這使自然欲望的表達獲得了平等的權利。**愛欲表達使女性身體以絕對主體的面目出現，以此反抗男性話語編織的有關女性身體的倫理評價和道德判斷，挑戰並解構男性文化身體與欲望的言說特權，從而維護女性自身的話語權利。這些

女性的愛欲表達正是女性與男性平等的表達身體自然欲望的話語權利的實踐和運用。**但女性的痛苦之源在於，對身體的自然欲望的追求另有境界，即靈肉一致。**女性對愛的需求超過對性的需求，同時女性渴望對方，不僅有性感的身體，而且有高潔的靈魂。**凌吉士類型的男性固然能給女性感官的享樂，但是他庸俗淺薄的靈魂，扭曲不忠的心靈，成為女性心靈上的負重。**女性可憐他，鄙視他，女性透過豐腴的肉體看到裡面躲藏的是一個卑醜的靈魂。這些女性與凌吉士男性的價值觀是相左的，和凌吉士男性身體的交往無法安置女性渴望心靈相契的要求，女性大膽的愛欲訴說遭遇身體與靈魂的分離。

儘管凌吉士的美貌能夠撫慰女性的身體欲求，但是他的靈魂卻使女性深感厭惡，身體的熱情和靈魂上的冷遇使女性漸漸失望於個體身體欲望的表達與追逐，靈肉相契的生命感覺終不可尋，她只有承擔靈魂與身體斷裂的悲哀，悄悄地活下來，靜靜地死去。現代女性與潘金蓮時代的女性最大的不同在於，她們心靈痛苦的關節點不同。潘金蓮家境貧寒，出身卑賤，在妻妾爭寵的大家庭中，身體快感的滿足都源自你爭我奪的血腥爭鬥，她每日都處於基本生存的焦慮之中。而海派作家筆下的現代女性則不同，她們具有一定的經濟能力，生活基本可以自立，所以她們在尋找異性時，對方的經濟狀況已經不是首要考慮的因素，於是對方的形象因素就被突出到重要的位置，凌吉士正是女性心中的阿尼姆陰影，但是女人痛苦所在的是，她要尋找的是愛情，可是這種凌吉士類型的男性只能給她們性的滿足，卻不能給她們忠誠和真摯的愛，並且由於這些女性大都具有一定的文化修養，所以在愛情中，更注重精神上的契合，而生活淫蕩放縱，不學無術的男性又往往令她們非常失望。

凌吉士類型的男性形象的產生，實際上源於女性對始亂終棄命運的恐懼。作為一個古老的創作題材，始亂終棄在古代文本中的出現數不勝數，從《詩經・氓》到杜甫的《佳人》以及蔚為壯觀的怨女詩、棄婦詩、唐傳奇和宋元話本，反映出中國古代婦女在男權社會下的屈辱姿態。「但見新人笑，哪聞舊人哭」，女性被棄後的悲苦心情與男性喜新厭舊的放縱生活形成鮮明對比，勾勒出具有普遍意義的婦女生存圖景。正是這種心理的遺留，使得女性勾畫出凌吉士類型的，既愛且恨的男性形象的典型。

　　潘柳黛《退職夫人自傳》中的邵平比潘小姐小兩歲，他是個年青的文人，聰明，好看，他有一雙像懷春一樣漂亮而靈活的眼睛，他給潘小姐寫的情書辭藻美麗，婉轉動人。在他的眼中潘小姐比鄧肯還偉大，他並且向她求婚。就是這樣一個溫情，對女人充滿責任感的男人，就因為他說他自己還是個處男，無形中傷害了已經不是處女的她，她竟然中斷了與他的聯繫。與凌吉士類型的男性相對，葦弟類型的男性對女性的愛充滿了無私和奉獻的精神，往往有著戀母情結的痕跡，個性比較懦弱柔和，感情生活中一旦碰到什麼阻礙就只會哭泣，沒有任何處世智慧和應變能力。這種類型的男性是中國千百年來男子弱性人格的歷史延續，是中國最普遍存在的男性形象，是女性對這種男性記憶的集體無意識再現。

　　葦弟類型的男性從某種程度上說是女性戀父情結的發展，但是這一形象的缺憾正在於他給女性的愛是母親似的，而缺少了父親的陽剛之氣。葦弟類型的男性，正代表著一種被制度、文化、生活壓抑變形的典型。中國傳統專制文化為塑造合格的傳統中國人搖旗吶喊。儒學是中國文化的主流和靈魂。儒家理想可以說是對「仁」的追求。而

為了實現這一理想，它對作為個體的人提出太多苛刻而嚴厲的要求，如「克己復禮」、「殺身成仁」。中庸是儒家道德的最高標準。正因為傳統文化對中庸之道的極力推崇，所以溫柔敦厚成了最為人們所欣賞的性格。在漫長的專制社會裡，男性所面臨的生存環境是異常嚴峻的。他們在某種意義上不是有血有肉的人，而只是一個符號，一種象徵。對家族而言，男性承擔著傳宗接代，承續香火的神聖不可推卸的責任，也承擔著光耀門楣，興旺家業的長遠事業。對國家而言，沉重的賦稅，無休止的兵役的承擔者是他們，兼濟天下，造福萬民的也是他們。對男人而言，修身、齊家、治國、平天下，任重而道遠。在層層重壓、重重糾葛之下，他們只能夾起尾巴做人。因此說**這種弱性人格的男性是傳統的宗法制度下的必然產物**，傳統文學中的許多愛情故事中的男性主人公都體現出了這種傾向。海派女性作家筆下出現的這種葦弟型的男性形象，正是傳統文學中這種弱性的男性形象的延續。為了反駁這種懦弱的男性形象，到了20世紀80年代尋找男子漢成為女性寫作的重要主題之一。不管是早期的張潔、張抗抗、張辛欣，還是中後期的鐵凝、王安憶等等，這些女作家的許多作品都是可以歸結到「尋找男子漢」這個主題之下的。但是伴隨著對男性世界的一次次失望，絕望似乎也在加深，90年代的女作家們基本上放棄了這一「再造」，她們毅然決然地拋開男性，走向另一個弒父的極端。

　　中國傳統文學中也有硬漢形象，但是為什麼這種英雄形象沒有走進最初的女性作家的情感世界呢？因為中國傳統文學中的英雄是清一色的無性化英雄。中國民間由於一直流傳女色傷身的說法，以習武為生的英雄好漢對此尤為忌諱。梁山好漢俠肝義膽，懲奸除暴，劫殺貪官，滿腔正氣，可謂不折不扣的英雄。但他們都是無性化英雄，梁

山也成了「被愛情遺忘的角落」。梁山領袖晁蓋不娶妻室,終日只知鍛造筋骨,他的繼任者宋江只愛學使槍棒,於女色上不十分要緊,梁山的重要首領盧俊義,平昔只顧打熬氣力,不親女色,軍師吳用也沒有妻室,最後自殺時仍然是孑然一身,李逵一聽到男女之事便焦躁不安,極為厭煩。《西遊記》中的孫悟空是頂天立地的英雄,火眼金睛,七十二變,就連玉帝都要讓他三分,可他偏偏患了厭女症,一見絕色女子便看出是妖精。《三國演義》中的關羽、張飛和諸葛亮也都沒有什麼轟轟烈烈的愛情。因此無性化的英雄自然不會走進女作家的情感世界。正是出於對無性化英雄與凌吉士類型的男性形象的調和,當下的武俠作品中大量出現了英雄氣短、兒女情長類型的男性英雄形象。

總之,男人是女人生活中不可或缺的一部分,就像張愛玲所詮釋的那樣,「女人一輩子講的是男人,念的是男人,怨的是男人,永遠永遠。」在文學世界裡,男性形象繼續填補著女性殘缺的夢,承載著女性審美的想像。

註釋

1 東方蝃蝀：《牡丹花與蒲公英》，《紳士淑女圖》，上海：正風文化出版社，1948年，第112頁。

2 張愛玲：《茉莉香片》，《傳奇》，長沙：湖南文藝出版社，2003年，第325頁。

3 [美]波利‧揚‧艾森卓：《性別與欲望》，楊廣學譯，北京：中國社會科學出版社，2003年，第101頁。

4 胡邦煒、風崎丙美：《古老心靈的回音》，成都：四川文藝出版社，1991年。

5 [明]馮夢龍：《警世通言‧初版本》，卷38，金陵兼善堂刊本，1624年。

6 陸群、譚必友：《湘西苗族巫蠱信仰生成之剖析》，懷化：《懷化師專學報》，2001年3期，第49頁。

7 施濟美：《鬼月》，《鳳儀園》，哈爾濱：黑龍江人民出版社、北方文藝出版社，1998年，第212頁、第211頁。

8 章克標：《銀蛇》，《一個人的結婚》，廣州：花城出版社，1996年，第29頁。

9 茅盾：《茅盾全集3》，北京：人民文學出版社，1984年，第16頁、第17頁、第18頁。

10 同上註。

11 同上註。

12 無名氏：《塔裡的女人》，《無名氏代表作》，北京：華夏出版社，1999年，第170頁、第169頁。

13 同上註。

14 施蟄存：《石秀》，《中國現代歷史小說大系第三卷》，石家莊：河北人民出版社，第70頁、第75頁。

15 同上註。

16 [英]特雷‧伊格爾頓（Terry Eagleton）：《後結構主義》，《二十世紀西方文學理論》，伍曉明譯，北京：北京大學出版社，2007年。

17 施濟美：《十二金釵》，《鳳儀園》，哈爾濱：黑龍江人民出版社、北方文藝出版社，1998年，第254頁。

18 黃震遐：《大上海的毀滅》，上海：大晚報館，1932年，第254頁。

19 穆時英：《被當作消遣品的男子》，《南北極》，北京：九洲圖書出版社，1995年，第158頁、第138頁、第139頁。

20 無名氏：《北極風情畫》，《中國現代文學百家──無名氏代表作》，北京：華夏出版社，1999年，第61頁。

21 張資平：《性的等分線》，《性的等分線》，北京：北京師範大學出版社，1993年，第18頁。

22 葉靈鳳：《國仇》，《處女的夢》，北京：北京師範大學出版社，1993年，第49頁。

23 葉靈鳳：《摩伽的試探》，《處女的夢》，北京：北京師範大學出版社，1993年，第84頁、第86頁。

24 同上註。

25 穆時英：《PIERROT》，《白金的女體雕像》，北京：九洲圖書出版社，1995年，第138頁。

[26] 蘇青：《結婚十年》，《結婚十年正續》，上海：四海出版社，民國37年，第141頁。
[27] 同註7。
[28] 徐天河：《白獅子貓的寓意》，南寧：《閱讀與寫作》，2001年9期，第6頁。
[29] 同註19。
[30] 同註19。
[31] 葉靈鳳：《流行性感冒》，《紫丁香》，北京：經濟日報出版社，第25頁。
[32] 穆時英：《黑牡丹》，《南北極》，北京：九州出版社，1995年，第273頁。
[33] 施濟美：《紫色的罌粟花》，《鳳儀園》，哈爾濱：黑龍江人民出版社、北方文藝出版社，1998年，第45頁、第51頁、第55頁。
[34] 施濟美：《三年》，《鳳儀園》，哈爾濱：黑龍江人民出版社、北方文藝出版社，1998年，第107頁、第114頁、第127頁。
[35] 同上註。
[36] 同上註。
[37] 同註33。
[38] 同註33。

長袖善舞

──現代上海女作家倫理生態闡釋

　　海派文化的多元和開放使得這座城市把女人的出現作為一種時尚，這給了她們一個得天獨厚的好舞臺，使她們能長袖善舞。上海造就了這些女人的傳奇故事，另一方面，有怎樣的女人，就有怎樣的城市，這些女性又為上海加進了新的質地和品格，在另一些維面上再造了城市的新生。

　　對於這些在狹小的世界生存，並以情感為最高生存境界的女子們，物質世界的爾虞我詐，權力空間的拼死爭奪，百姓生活的善惡美醜，並不是她們所能瞭解參透並從內心生髮出切膚貼心的興趣的。因此，除了寫深入靈肉的身心感覺，她們不太可能將筆觸伸向更廣闊的世界。正如張愛玲自我揭示的那樣：「我甚至只寫些男女間的小事情，我的作品裡沒有戰爭，也沒有革命。我以為人在戀愛的時候，是比在戰爭和革命的時候更素樸。」當代海派女作家**王安憶**也說：「要真正地寫出人性，就無法避開愛情，寫愛情必須涉及性愛。」以下筆者探討了包括張愛玲、蘇青、施濟美、潘柳黛等海派女作家，和東吳派女作家，又稱小姐作家，包括湯雪華、俞昭明、邢禾麗、鄭家瑗、楊依芙、練元秀、程育真等人，以及曾經生活於上海的丁玲、關露在滬的部分創作。

一、從自敘傳到性意識覺醒

　　在完全的男權時代女作家由於個人生活的壓抑和坎坷，不自覺地以寫作來宣洩個人情感，從而擁有一個展露自我的場所，實現自身的存在價值。自敘傳寫法漸漸成了女性文學的一個傳統，甚至成為女性寫作者的一種集體無意識。

　　五四時期女作家作品就體現出明顯的自敘傳特色。她們通過寫自己、寫愛人、寫朋友，使作品體現出濃厚的自敘傳的性質。如蘇雪林的《綠天》記載自己求學時代的種種經歷，馮沅君的《春痕》、白薇的《昨夜》等則圍繞個人戀愛經歷編織故事。最具典型性的「自傳體」小說家廬隱更是通過作品表現自己的生活經歷和內心感受，從《海濱故人》、《靈海潮汐》、《曼麗》、《歸雁》、《雲鷗情書集》、《玫瑰的刺》、《東京小品》等一系列作品中，我們可以看到廬隱的成長過程，瞭解到她的情感變化。而石評梅的作品較之廬隱則是更為直露的精神自敘體，無論她寫什麼，主人公永遠都是她自己。女作家集作者、敘述者和主人公於一身，大膽地寫自我、寫女人，將敏銳的目光投向女性自身的生活，將女性形象的塑造作為創作的主要題材和目的。[1]

　　上海女作家的作品中也延續了這一傳統。**蘇青**小說中的柴米油鹽諸事全來自於本人真實的生活經驗。**潘柳黛《退職夫人自傳》**是以第一次婚姻為藍本進行再創作的作品。**施濟美**筆下的作品與其自身的遭遇有著千絲萬縷的聯繫。她的初戀情人，出於愛國熱情赴內地求學，不幸因敵機轟炸而遇難。悲痛的初戀成為她埋在人生道路上痛苦的種子，在時代風雨中長出一朵朵淒豔的花，成為她筆下一篇篇寄託相思和哀愁的文章。她小說裡的人物大多有她自己的影子，她也通過小說抒發蘊藏在她心坎裡的隱忍和懷念。

　　關露是與丁玲和張愛玲齊名的上海灘最有名的三個女作家之一。1936年她出版了詩集《太平洋上的歌聲》，1940年出版了小說《新舊時代》，1943年10月15日至1945年4月15日又在其供職的《女聲》上連載小說《黎明》。1951年發表了兒童文學作品《蘋果園》，1986年

發表了散文集《都市的煩惱》。她前期作品蜚聲海內外，奠定了她在新女性文化運動中的地位。她的小說大致可分為兩類，一類是自敘傳體式，如《新舊時代》和《黎明》，另一類是世相記錄，提煉社會生活，如《姨太太的日記》、《仲夏夜之夢》、《一個牛郎的故事》等。《新舊時代》是她的一部自傳體作品。該書講述了她從童年到大學時代的經歷。

公共話語中的女性個體是被抑制了個人特性的人，因而是殘缺的、不完整的、局限性的。女性寫作目的之一就是要將被集體敘事視為禁忌的私人經驗從壓抑的記憶中釋放出來。女性欲望在農業文明中被壓抑，而城市卻以其開放和繁華形成對女性的誘惑，同時也為女性提供了發展自身的舞臺。城市作為工業文明發展的結晶和標誌，對女性欲望的表達起著不可忽視的作用。對生存的物質欲望和情愛本能的表現，是上海女作家們一個很大的共同點。**從張愛玲、蘇青、潘柳黛、丁玲到當代的王安憶、衛慧、棉棉都直接或間接地揭示了各種欲望的掙扎。**上海女作家的欲望寫作經歷了一個逐步甦醒的過程。如果說第一代的海派女作家書寫了都市欲望的萌芽，第二代描繪了10年浩劫後的都市欲望的被壓抑以及它艱難的甦醒過程，那麼到了衛慧、棉棉、朱文穎、魏微、戴來等一代則是發出了驚世駭俗的欲望的尖叫，成為商業化社會語境下最眩目的欲望書寫。

張愛玲《金鎖記》中的七巧常把與「軟骨症」丈夫之間「性」的苦惱掛在嘴邊，這本身就昭示著一個健全的、情欲旺盛的青春女性對正常夫妻情欲的焦灼渴盼。**蘇青**的《蛾》中，明珠雖然知道自己在他心目中不過是一件叫「女」的東西，卻仍無法避免像撲火的蛾撲向欲望之火。在**潘柳黛**的《退職夫人自傳》的字裡行間我們可以深切體會

到女主人公在弄蛇者的遊戲中對丈夫身體的難以自拔。丁玲《莎菲女士的日記》表現了莎菲熱辣的性欲。《阿毛姑娘》中的阿毛總有一種不滿，在她與丈夫的生活中，一些細小的動作和日常語言顯示出她對肉身的渴求。

其實上海女作家文本中的性還是非常朦朧和隱晦的，張愛玲《金鎖記》中的曹七巧，僅僅是曾經渴望性愛並且與二少爺有過一次偷情。《結婚十年》中的蘇青也僅僅是提到了女主人公與幾個男性有過性愛，但究竟性愛體驗是怎樣的，過程是怎樣的都是空白。潘柳黛在小說中袒露了女性最幽秘的創傷和欲望，但是關於性愛的描寫卻是淺嘗輒止，較之章衣萍等海派男作家更是小巫見大巫。丁玲的小說也僅僅言說了女性與男性同樣對性的不厭倦狀態。因此說這些文本照比當下的70、80後作家寫作，根本談不上什麼個人化寫作。身體是如何在性愛中盡情歡娛的仍然是空白之頁。

事實上，身體寫作是一種非常極端的題材，一方面因攜帶的**人性原欲**，獲得了探視某種玄奧高深的人性要義的契機，因而存在著高雅的可能；另一方面，又因其表像化展示帶來的感官刺激，排斥了這種微妙的人性表達，又完全可能是一種**庸俗**的題材。某些女作家筆下的身體寫作很可能是與商品社會合謀的結果，它以媚俗的姿態迎合讀者，主動參與文學的**商品消費**的生產環節，因而作家的創作更多體現了出版社富有商業性質的策劃意志。從這個意義上說，身體化寫作本質上與女性主義思潮截然對立，在商業消費的背景中，具有明晰的解構性質，不僅驅除了男性社會主流意識的權威性，**也解構了女性主義欲全力以赴進行建構的女性烏托邦**。同時，這些女性作家的欲望寫作與大多數女性真實的生存境地生疏而隔膜。[2]

從女性文學發展史的脈絡來看，陳衡哲、冰心、廬隱、馮沅君、凌淑華、蘇雪林等五四新文化運動催生下的女作家，是從社會、制度、法律、人權等角度來書寫女性的不平等遭遇和爭取獨立的行動。到了張愛玲、蘇青、潘柳黛、丁玲筆下，女作家開始從人性的角度，為女性的原始衝動正名，描述女性的物欲、性欲等感性內容。總之，女作家的寫作經歷了**從靈到肉**的轉變。性的表達曾經是衡量女性解放的一個重要尺規，它是區別於傳統女性寫作的一個重要標誌，其意義不僅在於它開啟了女性文學性愛描寫和欲望敘事的先河，更在於它昭示了女性在人類的情愛和欲望活動中試圖恢復主體地位的可貴嘗試和努力，並構成了對傳統兩性關係和性愛模式的前所未有的顛覆和反叛。

二、從賢妻良母到娜拉出走

在20世紀20年代之後的女性文本中**拋棄了妻性和部分母性**的女人恣意地擴張自己的欲望（解放區文學和50、60年代的創作除外）。**張愛玲《金鎖記》**中的曹七巧向未來的女婿謊稱自己女兒抽鴉片而殘酷地扼殺了女兒的幸福。她還嘲弄兒子，藉口要他為自己裝煙，誘使他離開妻子的床，而徹夜陪在自己身邊。她逼迫兒子說出與媳婦的房事，並在與親友打麻將時，將其加以醜化，通過大肆宣揚來羞辱兒媳。在她的折磨下兩個兒媳相繼自殺，兒子也再沒有成家的願望。無法獲得妻性滿足的七巧開始主動遺失母性。**蘇青**和**潘柳黛**作品中的女主人公也都放棄了家庭和婚姻，也即是放棄了為妻的職責。**施濟美**的**《小不點兒》**、**《暖室裡的薔薇》**等小說都以朋友在婚前婚後的對比，反覆表達著「婚姻是女子墳墓」的思想。在湯雪華《一朵純白的

蓮花》中女性感慨到：「女子嫁人等於斷送了上帝苦心創造的一件美術品，這是人世間的悲劇。」到了90年代陳染、林白等作家筆下，女主人公基本都是獨身狀態，陳染《無處告別》中的黛二小姐，林白《一個人的戰爭》中的多米都是單身女性。完全拋棄了妻子和母親這些社會角色的單身女性徜徉在並不快樂的性生活中。1990年代末亮相於文壇的衛慧、棉棉等新生代女作家（或謂晚生代）在拋棄了妻性和母性之後把「個人化寫作」推進到了「身體寫作」的階段。母性源於女性的本能，當女性的本能被壓抑或者抽離後，女性只能用膨脹的欲望來填充它。女作家在否定了家庭、妻性、母性這些原始的女性責任之後，在欲望張揚中迷失了自己。**欲望張揚並不能讓女性真正滿足**，欲望文本中的女性瀰漫著濃濃的哀傷，而相反充滿母性的冰心文本中卻充滿著歡樂和溫馨。

冰心、陳衡哲、盧隱、馮沅君、凌叔華等一批五四女作家，面對傳統與現代的激烈交鋒，她們能夠融會中西，以客觀冷靜的態度審視家庭與婚姻，思考相夫教子、生兒育女、扶老攜幼等傳統女性職責。她們明瞭中國傳統女性的地位，但她們並不把女性非人地位的緣由歸結到女性賢妻良母角色的扮演上。家庭是國家與民族的中心點，是文化的重要基礎，而一個女子是一個家庭的中心點，她們擔負著下一代的身體鍛煉、人格薰陶、智識加進的責任，而健康的體格、知識、情感恰恰是一個民族活力的來源，直接關係到一個民族的興衰。所以早期的知識女性比較肯定女性賢妻良母的家庭角色。在《兩個家庭》、《六一姊》等作品中，冰心塑造了一系列具有豐富愛心的女性形象，無論是賢慧的亞茜，還是溫柔的六一姊，她們都用自己的愛照亮了生活。

　　拋棄了母親和妻子角色的女性更多地使人聯想到只知索取無力回報的幼女，也就是這些女作家的寫作不得不使人悲劇性地意識到**拋棄了母性和妻性的女人是沒有斷奶的幼年女性**，它反應了女性心裡的不成熟或者害怕和抗拒成熟。為什麼女作家要通過拋棄妻性和母性來獲得所謂人格的獨立和個性的解放呢？這可能和《玩偶之家》被介紹到中國來有關係。這是不是又落入了男性啟蒙的圈套呢？

三、從平權到對峙

　　五四女作家站在與男性相平等的位置上言說女性心聲，重新思考兩性關係，在觀念層面上確定愛情的神聖性。而到了上海女作家這裡。她們開始質疑男性的神聖和偉大，開始塑造了一系列閹割化的男性形象。

　　在張愛玲的筆下，傳統宗法社會中男人的英雄氣概和陽剛本色，代之以身體的殘疾和精神的殘障。施濟美在《鬼月》和《悲劇與喜劇》等作品中塑造了一系列懦弱、無知的、自以為是的男性形象，並表達作者對於中國男權社會中某些男性外強中乾本質的揭示。在丁玲的《莎菲女士的日記》中，莎菲從葦弟身上，看到男人的懦弱卑鎖；從安徽男人身上，莎菲看到了笨拙；從凌吉士身上，莎菲看到了男人的淺薄與卑鄙。邢禾麗的《睡蓮》講述了男主人公郁青尋找志趣相投的伴侶而不得的痛苦。表明男性開始遺失對女性的控制和主導能力。湯雪華的《郭老太爺的煩悶》嘲弄了男性永不衰竭的性欲和玩弄女性的欲望。已經70多歲的郭老太爺心裡還一直想著要個女人，先後讓大女兒買了兩個婢女，一個17歲一個竟然11歲。17歲的婢女與男

備私奔。而11歲的小女孩還是個孩子，連自己都照顧不好，不慎將老太爺凍感冒了。最終老太爺只能嫉妒娶親的孫子而孤獨終老。《紅燒豬頭和小蹄膀》中記錄了中學教員洪先生因為口吃而被迫辭職的笨拙相。

女性在剛剛確立自我以後，渴望生長的驅使欲、征服欲使她們把男人從中心地位拉了下來，以自己取而代之，表現了強烈的女性獨尊意識和反叛意識。施濟美《鬼月》中的海棠殺死了不能承擔愛情承諾的長林。在張愛玲的《怨女》中銀娣經常辱罵和折磨丈夫。《連環套》中，霓喜對丈夫沒有愛，有的只是由於失去了保護和依靠後孤獨無助而產生的報復，她親手用花瓶送了他最後一程。由於中國文化傳統中沒有真正的兩性戰爭的原型，既有的文本記錄大部分都是男性欺辱女性的男權敘事，所以，書寫男性與女性都在平等地位上的兩性戰爭的文學敘事本身具有現代性內涵。

當女人不再願意扮演父權制文化要求她們扮演的角色時，男人與女人之間業已形成的固有關係模式被打破了，男性也就可能用一種更客觀的態度看待自己和另一個性別，他們會慢慢地懂得自己並不是天生擁有役使另一性的權利，他於是也會改掉一些缺點，以適應新的角色。也只有男性和女性都意識到建立新型的男女關係的重要性時，這個世界才是人的世界。沿著性別界線把社會分為兩部分是不可能的，女人根本不可能設想消滅男人，男人自然也不可能設想去消滅女人，男人和女人之間有差異有矛盾，但差異矛盾不等於勢不兩立、非此即彼、有我沒你，兩性關係是人類諸關係中最悠久、最基本、也最自然的關係。兩性人體構造的性生理和性心理的同質同量對應，天然地構成了男女兩性互相吸引、互相需要和互相補充的關係。

四、從愛情神聖到解構愛情

　　「五四」女作家確定了愛情是神聖不可侵犯的觀念，突現了女性在愛情中自覺尋找人的價值的現代女性意識。但是，這無疑也導致了愛情的神聖化，愛情被神聖的光環所環繞，從現實的一個女人和一個男人的愛情演變成飄在雲端的神話。在沅君式的知識女性那裡，愛是她們生命的全部意義之所在。但同時從五四女作家開始，戀愛路上的玫瑰花就是血染的，愛史的最後一頁是血寫的，愛的歌曲的最終一闋是失望的呼聲。瓦西列夫在《情愛論》中說：「愛情的悲劇是情感衝突和社會衝突的一種特殊形式，是一個人的高尚追求同反對這種追求的外部力量、某種重大客觀障礙之間深刻衝突的一種特殊形式。」

　　到了上海女作家筆下，都市生活之中只有算計、欲望，愛情被毅然地槍斃了。《十八春》中顧曼禎與沈世鈞的愛情是張愛玲筆下唯一充滿溫情的愛情，他們之間的感情沒有利益的計較，沒有物欲的牽絆，但是他們的真摯愛情卻因為沈世鈞的父命難為，以及曼璐的陰謀作梗而告結束。施濟美《悲劇和喜劇》寫現代女性對男性中心世界的絕望，《秦湘流》寫現代女性在男性中心世界逼迫下再次出走，《三年》和《鳳儀園》均寫尋求男性精神同盟者之不可能。丁玲《夢珂》中曉松、澹明兩位男士與夢珂、楊小姐、章太太等幾位女士之間根本沒有愛情只是輕浮男女的遊戲。湯雪華《牆門裡的一天》描寫了舊式大家庭平常、典型、混亂的一天。大少爺在外面風流快活染了性病。老爺新官上任又娶了姨太太，姨太太與二少爺偷情。三少爺在放學的路上因調戲少女而撞破了頭。老爺酒醉後調戲傭人阿發嫂。老爺的朋

友張老爺在吃飯和吃煙的時候百般調戲老爺新娶的姨太太。小姐與男朋友約會而夜不歸宿。這裡面有各種各樣的兩性關係，唯獨沒有愛情。俞昭明的《專員夫人》中，秦巧芬從一個修指甲的女郎一躍而成為視察專員黃韻雄的姨太太。她背著丈夫私自存錢，在老家買了房子田地、盤回了油坊。在丈夫販鹽失敗逃跑後，自己帶著滿滿一箱子金銀財寶回老家享福去了。他們的婚姻沒有愛情，只有欺騙。

五、憂鬱詩人與世俗欲望

在海派小說的藝術氛圍裡，總是淡淡地滲透著悲涼的女性生命品味。張愛玲擅於在古今意象、中西境界相錯綜之處，變幻出一副副充滿蒼涼與不安的圖畫。施濟美小說在文體上具有強烈的抒情性，她深受中國古典詩詞薰陶，她的作品多具有一種古典韻味。她往往能以較高的格調去處理愛情題材，她把男女情感織成霧再漫散為詩情，同時這種詩情的美又能同畫意的美有機融合在一起。鄭家瑗《號角聲裡》、《霏微園的來賓》，楊依芙《玫瑰念珠》，程育真《聖歌》這些上海小姐作家的作品筆調清新流利，故事美麗纏綿，情感柔婉乾淨，不僅追求某一字、某一詞甚或某一句的推敲、斟酌，而且營造了追求一種語言上的總體詩境，通讀全篇後可以強烈感到一股詩情撲面而來或充盈心腹。

詩化寫作從五四女作家到現代上海女作家，再到後來的陳染以降的當代女作家一以貫之，一脈相承。陳染、林白、衛慧、棉棉描寫當代女性隱秘生活的作品中有相當一部分具有很鮮明的詩化特徵。林白說：「她比較喜歡那種在小說中和詩之間更接近一點的小說。」[3]陳

染說：「我一直用詩的方式來寫小說。」[4]衛慧在半自傳體小說《上海寶貝》中寫到：「對於我這樣一個年輕女孩而言，詩意的抒情永遠是賴以生存的最後一道意象，我會用流淚的眼睛看窗前的綠葉，用嘶啞的嗓音唱『甜蜜蜜』，用纖細的手指抓住時光飛逝中的每一道小縫隙，抓住夢想流動中的每一個溝坎，抓住上帝的尾巴，一直向上。」

同時，海派女作家不約而同地選擇了市民文化的主體——市民階層作為描寫對象。「在上海浮光掠影的那些東西都是泡沫，就是因為底下這麼一種扎扎實實的非常瑣細日常的畫面，才可能使他們的生活蒸騰出這樣的奇光異色。」基於這樣一種對上海的本質把握，她們描摹著一副副日常世俗的畫面，傳遞出代表這個城市精神的市民意識，而正是這種市民意識衍生了上海獨特的世俗文化。張愛玲、蘇青還有潘柳黛始終是從凡俗生活入手，揭示社會動盪給市民階層帶來的精神惶恐和由此暴露出來的人性本相。而究其底裡，三個人的俗是不大相同的。張愛玲是把上海的混血氣質表達得最好的一個人，即使俗，也含著一些雅致，一股貴族式的驕矜，一種沒著落的虛無，筆下的家居瑣事也帶著些掙扎和痛楚，就好比皮鞋之於川娣，已經病入膏肓了，還追逐人情世故的細枝末節。**中國人的宗教是生存，活著便是一切**，至於活著的意義，一聲人生如夢的感喟便化解了，在中國傳統文化中，虛無主義和享樂主義總是一路同行，張愛玲就走在這兩者之間。另一個卻是俗得實實在在，俗得轟轟烈烈。在《結婚十年》、《續結婚十年》、《兩條魚》、《胸前的秘密》、《蛾》等作品裡，蘇青寫洞房花燭夜，寫愛的飢渴，寫產房驚變，寫與形形色色的男人打交道，寫離婚女人的艱難，取材都從自己的實際生活中來，用坦白的文字把一個妻子、母親、職業女性的委屈、感慨娓娓道來。沒有張的虛

無詩意，她始終是踏在堅實的地面上的，是以生計為重的，讀她，便知道上海女人的功利世故、練達聰慧、精打細算、厲害潑辣是怎麼回事了。潘柳黛的《退職夫人》也是從柴米油鹽、肥皂、水與太陽之中去尋找實際的人生。市民群體的知識化和文人群體的世俗化之間的融合，使得海派文學充滿了世俗性。「小姐作家」的創作也部分地實現了通俗文學的理想，既切近現實俗態人生又堅持自我理想追求和道德訴求。

註釋

1　劉慧娟：《試論五四時期的女作家群體》，濟南：《中華女子學院山東分院學報》，2008年1期，第63頁。
2　王挺：《1990年代的女性個人化寫作》，北京：《社會科學戰線》，2008年9期，第25頁。
3　張均：《林白生命的激情來自於自由的靈魂》，《小說的立場》，桂林：廣西師大出版社，2002年，第282頁。
4　林白：《齊虹女性個體經驗的書寫與超越》，廣州：《花城》，1996年2期，第92～97頁。

目迷五色的性愛世界

——海派小說的性愛觀念及其寫作的
文學史意義

雖然性行為本身是一種生物行為，但它深深植根於人類社會的大環境中，是文化所認可的各種各樣的態度和價值的縮影。任何一場全面、深刻的社會革命都必然要涉及到性的革命。**異己的身體歷來是男性行使幻想暴力和構思社會問題的寵兒**。並非是男性想像力缺乏，而是因為性一直都是文化的一個核心密碼，性的支配權是文化中最根本的權力概念。

一、海派小說的性愛觀念

文學題材如同它所映照的這個大千世界一樣無比豐富，在不同的民族文化和時代語境中，不同流派的作家對性愛的關注程度和表達方式各有不同。由於海派作家其各自相異的文化背景與經歷，使得海派作品成為各種性倫理現象競相表演的一個交彙場。都市文化的特點是比較自由，同時外來文化迅速輸入，各種性文化現象在原有的性倫理土壤中，在外來文化的衝擊下被進一步啟動。在這片古舊的**傳統倫理道德**的土壤上，我們既可以看到**五四啟蒙理性**的影子，又可以看到嶄新的都市所承載的前衛**現代**的性倫理觀念的身影，同時隨著革命文學逐漸火爆，還不時有**革命理性**的身影在文本中閃現。

具有現代意味和後現代意味的性倫理觀念，及多種性倫理觀念共融共生的狀態，使得海派小說的性愛敘事具有特別的文學史意義。由於工業化、現代化而引起的人口向城市集中的過程造就了城市化，同時城市化也引發了各種要素的空間集聚與重新分佈。**現代性**的內容與涵義是與都市這個光怪陸離的潘朵拉盒子息息相關的，關於現代性的理解離不開都市，所以也更多地會在海派作家的筆下找到蹤跡。

　　愛情是人類最基本的精神渴求。個性自由在五四時期被當作一項社會變革的內容而被提起，中國人戲劇性地起來衝破自己給自己戴上的枷鎖。**人性的覺醒和個性解放使人們呼喚真正的愛情**。在部分海派作家的筆下愛情同樣罩著理想的光環，被充分肯定。張愛玲曾在小說中指出，「愛是熱，被愛是光。」[1]「在當時的中國，戀愛完全是一種新的經驗，僅只這一點點已經很夠味了。」[2]五四運動高舉民主科學兩大旗幟將批判矛頭指向沿襲了幾千年的宗法制價值信仰，大力宣傳民主思想，提倡尊重人的尊嚴。對改造整個社會價值體系產生了巨大的影響，尤其是對於人們的戀愛婚姻觀衝擊甚大。反映在小說中就是出現了許多為爭取自由戀愛而決絕反抗傳統婚姻制的男女青年，出現了高呼自由戀愛萬歲的人物形象。中國人被壓抑了千年的對於愛情的渴求，終於憑藉文學革命的巨瀾得到井噴式表現。

　　在五四運動的感召下，**對愛情的忠貞不渝和勇於追求成為文學作品書寫的主要內容**。是否有勇氣衝破宗法家長制婚姻，成為衡量愛情價值的標準。「及今想來自己真愚不可及！受名義支配著的戀愛不成其為純正的戀愛，因生活的保障而發生戀愛，也不是純正的戀愛。純正的戀愛是盲目的，一直進行不顧忌其他的一切障礙的。」[3]「對於舊來的問名納采三盤六禮的婚姻，我也早已認為不合理的，我的結婚觀的基礎，是建築在自由意志上面，而且絕對負責任的結婚。」[4]在幾千年的中國傳統婚姻生活中，中華民族形成了適合於自己生活狀況的婚俗制度。站在近代時空的定位上對中國傳統婚俗制進行考察，其陋俗特徵表現在傳統婚姻的無自主性、買賣性、抑女性、承嗣性、繁縟性上，近代婚姻文化的變革自然體現於對傳統婚姻陋俗特徵的否定上。

　　「五四」個性解放運動衝垮了幾千年傳統禮教的堤防，肯定了人的本能、欲望，造成了現代性愛觀念與傳統性愛意識的尖銳衝突，這種衝突表現在創作中就是作家**大膽暴露了性愛的要求得不到滿足而產生的苦悶壓抑乃至變態的心理**，通過靈與肉的衝突對傳統道德觀念、性愛觀念、婚姻觀念進行顛覆。幾乎被寫進文學史的所有現代作家對性都持一種認可的態度。在啟蒙的意義上作家對性充分肯定。在靈肉二維的性愛生活中，性的重要性被空前凸現出來。在海派小說中不只是張愛玲和蘇青等女作家，就是男作家也在作品中敘述了女性對性的渴求，女性不再是蓋著遮羞布的歷史文明中的沉默者，她們開始直面自己的本能欲望，並為之瘋狂地追求。在葉靈鳳和章克標的小說中，男性對女性的性需要，不再是躲在床幃子裡看春宮畫的初級階段，已經變成了赤裸裸的性愛宣言。「純潔的戀愛是騙中學生的話。所謂戀愛是由兩方的同情和肉感構成的。」[5]《一個人的結婚》中男主人公「我」自述道「以前的神秘的乃至唯心的戀愛觀，現在已經不適用了……說戀愛只有物一方面，或只有心一方面，那都是偏畸之論，是不健全的思想，……戀愛得當是靈肉一致，已經是眾所公認的，凡是瞭解一點現代思潮，或稍有教養的人，都知道的。」[6]張愛玲更是在小說中語出驚人，「……到男人心裡去的路通過陰道。」[7]在海派作家筆下，在嚴峻的生存現實面前，愛情是脆弱而無奈的。性的地位被凸現出來，愛的意義模糊不明或隱於背景之中。

　　另外，在海派小說中還有部分性幻想、自慰等以往嚴肅文學作品少見的性象的描寫。在葉靈鳳的《浴》這篇小說中，**有關於女性沉迷於自慰快感的描寫**。《浴》中女主人公受了不良書籍的誘惑，而悄悄的一個人去嘗試男作家竇秋帆書中所描寫的那種手淫方法。她從這

種舉動中得到了異樣的愉快，便漸漸沉迷在其中，她時時用這種方法去解決她的煩悶，去秘密地享樂。她反而覺得男子對於她的貢獻，所給予她的愉快，遠及不上她自己用自己的手所創造出的快樂。這種對女性自慰行為的正面描寫在當時是相當前衛的，因為男性自慰行為既往都是作為一種罪惡行為存在的（詳見第4章的第2節關於自慰的論述）。葉靈鳳的《國仇》中也有類似的男性自慰情節。在外國文學中關於女性自慰行為的描寫也是在很晚才出現的。在20世紀初，首先出來否認自慰可以引起精神病舊說的是法國醫學家夏科。然而最有權威的研究還是當代的瑪斯特斯和詹森博士用先進儀器所進行的研究。最終得出結論，自慰既不是不正常的，也不是對身體有害的行為。當然，海派小說對自慰的評價也是褒貶不一的。在張資平的《最後的幸福》中，對阿根自慰的描寫就是負面的。阿根通過「自瀆」（出自小說中的用法）引誘美瑛。可以說，正是這些令人目迷五色的性愛主題，最典型地代表了海派作家。他們在奇姿百態的性愛世界中，拉開了現代社會壓抑下的性躁動、性混亂的重重帷幕，展露了兩性之間真正意義上的現代矛盾。

海派筆下的性愛正在剝離宗法的壓抑，裸露出某種「原始」的意味。在章衣萍的《松蘿山下》中更有著同性交歡的細緻描寫，並且已經超過「女性情誼」的精神戀愛的層次而達到了女同性戀中靈與肉相結合的性愛階段。女性主義者認為，在菲勒斯中心主義陰影的籠罩下，男性把女性之間的關係看作是邪惡和不自然的，即女人的團結威脅著男性統治和男性特徵的權威地位。只有男人才有權利佔有女人，而女人則沒有權利擁有女人。因此，在中國古代，女性之間的同性情誼不僅在實際生活當中被否定，而且在文學創作中也是註定要被隱匿

的。在男性歷史沉迷於編織「英雄惜英雄」的男性神話的同時，女性卻一再地被書寫為互相妒忌和排斥的分裂群體，⋯⋯女性之間呈現出來的，是爭風吃醋，勾心鬥角，互相提防，彼此算計，「不是東風壓倒西風，就是西風壓倒東風」。歷代文人更是大肆渲染後宮之爭，《金瓶梅》可謂登峰造極：眾多女性為獲得一個男人的歡心，用盡心機，爭得你死我活，結果卻兩敗俱傷，還蒙上了淫蕩下賤的惡名，受人唾罵。作家的這種津津樂道多少帶點陰暗心理。各類報紙、小說、傳記等似乎也在反覆印證和加深這種印象：女人對女人是很嚴酷的，女人不喜歡女人。[8]於是女性之間的戰爭成了女性的原始記憶。所以從一定意義上說，**文本敘事中女性同盟的結成具有現代意義**。當然，這種現代性也是相對的不是絕對的，不論是女同性戀還是男同性戀，只有建立在相互愛戀的基礎上才是值得肯定的。

　　源自1850年的法國的歐洲頹廢精神是在對資產階級文明，連同它標榜的進步、理性、人道主義等感到厭倦後，轉向了精微的精神領域和感覺世界，他們表面上的冷淡和孤立其實孕育著反現代文明的英雄氣概。頹廢主義的含義中其實包含著進步的時間觀，頹廢的概念也與上升、黎明、青春、萌芽等等相聯繫起來，在生物學意義看來，頹廢的真正對立面也許是再生。對尼采來說，頹廢是一個「意志」問題，是一種理想，它不是沒落本身，而是接受和促進沒落。[9]也就是頹廢即進步，進步即頹廢。尼采甚至認為現代性的本質就是頹廢。但是在海派小說中對頹廢的繼承，並沒有達到如此深度，醉生夢死的官能追逐是這些作品的統一主題。

　　穆時英、劉吶鷗、黃震遐、林微音等作家的小說，**流露出世紀末的享樂主義情懷，從而失去了應有的嚴肅性和思想深度**。而在施蟄

存的《在巴黎大戲院》和章克標的《銀蛇》等小說中則有關於戀物癖的性變態描寫。尤其是章克標的《銀蛇》，作品雖然影射郁達夫與王映霞的情感糾葛，但是並無郁達夫反傳統式的頹廢。小說裡有大段細緻的戀物癖描寫，邵逸人與陳素秋穿過的浴衣交歡，甚至舔食浴缸底部的陳素秋身體上剝落下來的污垢。這種精神變態的展示，於文本無任何積極的作用。它只能更深刻地表現邵逸人這位洋場文人，詩酒風流，見色心喜，把獵豔視為創作靈感，在為藝術的名義下極盡風流的性格特徵。而且作家本人對這個人物並無強烈的批判意識。

亂倫是人類文明史上的一個重要的文化命題，也是古今中外文學的一個不可忽略的敘事母題，它觸及到人類集體深層心理和文明進化程度。從血緣關係上來看，在我所讀到的海派小說中，亂倫題材主要分為如下幾種情況：張愛玲的《心經》描寫了父女亂倫；穆時英的《上海的狐步舞》、劉吶鷗的《流》、張資平的《最後的幸福》中描寫了母子亂倫；蘇青的《結婚十年》、張資平的《上帝的兒女們》、《愛之焦點》、徐訏的《字紙簍裡的故事》中描寫了兄妹亂倫；葉靈鳳的《女媧氏之遺孽》、張資平的《性的屈服者》、《苔莉》中描寫了嫂子與小叔子亂倫；葉靈鳳的《明天》、張資平的《梅嶺之春》中描寫了叔父與侄女亂倫；潘柳黛的《退職夫人自傳》中描寫了嬸娘與侄子亂倫；張資平的《戀愛錯綜》中描寫了姐夫與小姨子亂倫；張資平的《最後的幸福》中描寫了姐姐與妹夫亂倫。亂倫行為本身並不與舊道德形成必然的對立，新道德本身也禁止亂倫，亂倫是違背倫常的病態行為。海派作家筆下的性混亂，同樣構築了一個淫蕩骯髒的世界，這個世界無禁忌、無羞恥，有的只是性墮落後的狂歡。這種性狂歡只是傳統專制父權的黃昏表現，而不是指向再生的鳳凰涅槃。個

人及時行樂的世紀末情緒和古老家族的衰敗，隱喻著傳統道德價值的
沒落。

　　同時由於都市性愛的前衛與先鋒性，有些作家不止一次地在作品
中暢想著**以女性為中心的多角戀愛的烏托邦**。體現了海派作家對現代
性愛形式的多樣性思考。「對於一個人的相愛，和對於他人的相愛，
為什麼一定要衝突呢？自然說是根據於愛的獨佔性。不過這獨佔性是
源於宗法制度的，實在是該首先打倒才是。平常我們愛一幅畫，同時
可以愛一件雕刻……並沒有什麼限制的，為什麼愛一個人，不能愛第
二個呢？在戀愛為什麼有一對一的必要呢？說戀愛自由，自由戀愛，
戀愛實在不該受任何約束的，該是極端的放縱自由，才是名實相符的
戀愛。但是愛了第二個人便要被罵做負心薄情，被認為不道德，這不
是太無理由了麼？愛了一個人，再去愛第二個人若是不道德，那並非
戀愛的不合理，而是道德的褊狹，戀愛只要真純，總是合理的，本來
要沒有顧忌，放棄自由，才可稱為戀愛，若有讚美，戀愛反對放棄的
人，便是勸人不可挨餓而禁止他們吃東西同樣的不合理。不過男子卻
更加守舊，我竟未曾見一個可以談這些話的人。戀愛假使是領受的，
那麼從個人可以領受從別一個人為什麼不可以呢？因為戀愛的機會完
全是偶然的，而每一個人的偶然性不能有什麼差別。戀愛假使是付給
的，那麼付給一個為什麼不能再付給第二個呢？倘使他的戀愛並沒有
使用完。因為戀愛是如同泉水一般的源源湧出，不容易枯竭的。而且
付給與領受，原是一事的兩樣看法，有付的必有受的，有領的必有給
的。現在一個豪富，若使散他的資財，給許多窮人，博得善人仁士的
美稱，而且散財愈多是愈好，為什麼一個富於愛情的人，不能把他的
戀愛撒散給許多人呢？要是做了便要被加一個浪子淫婦的惡名呢？富

於財富和富於愛情卻同樣受著讚美的，也是財與情同樣可以使人快樂的。這真太無道理了。」[10]同樣，女作家也站起來高舉以女性為中心的多角戀愛的旗幟。「一個女人可以愛著一個男人，也可以愛兩個或兩個以上的男人，只要她的愛是真實的。愛是應該絕對自由的。愛神是有翅膀的，她不應該受任何的拘束。」[11]「我相信一個女子可以愛幾個男人，一個男人也可以愛幾個女子，只要社會制度改良，醫學的衛生發達，一定可以達到的。嫉妒可以測量愛情的深淺。那是舊式社會的流毒的產生物。女性的私有正和財產的私有一樣無聊，不合理。」[12]最後這些烏托邦的設想終究以痛苦的結局而破滅。

海派小說中所體現出來的性愛觀念是新舊駁雜的。其中也不乏**傳統倫理精神**的影子。**處女情結**是幾千年來一條纏繞在女性心靈上的枷鎖，一個男人無法釋懷的心結，一個永遠爭論不休的話題！隨著社會的進步，中國男人放棄了諸多傳統道德觀念，但對處女情結卻寸步不讓，總是將它與愛情純潔聯繫起來，堅守著最後一塊男性特權陣地。「不能窺她的最內部的秘密！不能享有她的處女之美！這是我——生涯中第一個失敗，也是第一種精神的痛苦！——他想到這一點，恨起她的丈夫來了。——他奪了我的情人！他替我享有了她的真美！他叫我的情人替他生了一個女孩兒！——他雖不認識她的丈夫，但他的憤恨還是集中到她的丈夫身上去。」[13]基本上說男人需要熱愛處女情結，是男權中心文化的一個固執的情結。女性現在用愛情不經意地忽略了貞節，不是令男人膽寒的一種復仇，而是社會的進步。「貞操」只是男人們送給女人的一副枷鎖，折射了男女不平等的觀念。

一個茶壺配若干個茶杯的「**多妻主義**」從來都是男人的夢想，「俗諺有一句：『妻不如妾，妾不如婢，婢不如偷，偷得著不如偷勿

著。」這很道出了男女關係的微妙所在，這也就是沉虛無縹緲的幻境有至上的情味，雖多少帶有些理想主義的色彩，但是事實也確是如此。每逢有做不到的事情，總覺得像是很好的，等到一旦做成，便又不稀罕了。男女間的關係，也是一樣。」[14]在古代社會中，男性的性能力是力量和地位的象徵，諸侯要「一娶九女」，天子則有「三宮九嬪二十七世婦八十一御妻」（《禮記・昏義》）。在現代社會（1919年－1949年）一夫多妻制逐漸遭到質疑但暗流卻一直存在。雖然它的存在不符合文明及道德的氣象，但男人之欲難以滿足卻是不爭的現實。上海這座都市只具一個現代的軀殼，骨子裡仍因襲著古老文明的重負。

當人們失去了土地，放棄了自給自足的農耕生活，從農村來到城市成為城市平民，此時**金錢**才顯示出它萬能的魔力。所以金錢與都市文化相互交纏，金錢至上是市民意識裡的盛典，也只有在都市中金錢才是發揮神奇魔力的寵兒。金錢與性的夾纏關係只有到了都市文學中才更加明顯。在海派作家的文本世界中，金錢是主腦，支配著這個世界，它成為作品表現的題旨，成為情節結構的樞紐和支撐點，成為人物性格的驅動力，成為人物命運的牽引之神。性和婚戀愛情亦成了人與人之間一種交易的商品。「一個男人要一個女人，是錢；一個要與女人割斷關係了，也是錢；出了錢便可以洗淨一切罪惡，就此永遠於心無愧了。」[15]劉吶鷗的《方程式》寫密斯脫以金錢解決了婚姻的方程式；馬國亮的《伴侶》中的劉伯定為了獲得40萬的家產而徵婚，而鍾珍玲僅為一個鑽戒、二千元支票而應徵；予且的《乳娘曲》、《金鳳影》、《淺水姑娘》等作品中的女主人公，都是從物質生活的實際利益來調整自己的婚戀方向，經濟砝碼在情感天平上顯得那樣地沉

重。金錢和愛情構成一種悖論關係，很難兼而得之。但當兩者不能統一時，她筆下的城市麗人們常常不得不選擇金錢財富物質享受，如果她們追求兩全，就常常身陷泥沼而難以自拔，成為悲劇人物。[16]

　　文學史是記錄人類前行腳步的歷史，所以文學史也是人類生活史，性生活從來都是人類生活中無法回避的重要一維。因此，海派小說所記錄的性倫理狀況必然對性史的書寫提供了極為有價值的資料。它記錄了從20年代到40年代在上海這個國際化大都市，新興都市人性倫理進化或者說是發展的軌跡。

二、性愛敘事譜系

　　一種文學現象的文學史意義不是先驗地存在的，它必須在一個廣泛的話語知識譜系中才能被表述出來。因為文學史意義實際上是一個在歷史中，不斷分析和建構的過程，海派小說性愛敘事的文學史意義也是在與其他的性愛敘事的話語知識類型的不斷區分之中建立和凸顯的。正確分析海派小說性愛敘事的文學史意義必須將其放入縱橫的文學史鏈條中去看待。以此形成完整的20世紀中國文學的性愛敘事的歷史圖景與總體價值結構形態，在學理上更系統地將中國文學性愛敘事的文學遺產知識化，讓它的效驗性與它自身的問題意識相聯繫，讓它的美學自足性與局限性建構在雙向的批判維度上，即與之相區別的其他的文學傳統對它的批判和它對它們的反批判。**海派作家**與**沈從文為代表的京派、茅盾為代表的革命文學、趙樹理為代表的解放區文學**共同構成了一個多層的性愛敘事的文學共生場（當然中國現代文學性愛敘事共生場不只包括這幾個方面，筆者只是為了此論題取幾個有代表

性的為例）。

　　許多人都將都市文化與欲望化聯繫起來，其實性欲望來自於人類本原與欲望深處，所以欲望本身應該是與任何一種文化形式相聯繫的，只要有人類生存的地方就有性欲望的火光。所以說，對性倫理現象的偏愛不是都市文學的特有嗜好。

　　沈從文的創作對性愛的態度呈現了前後的明顯分野。以沈從文在上海公學教書和在北京結婚為界，把他的創作分為前後兩個時期。前期是壓抑苦悶和焦慮時期，後期是思索成熟時期。[17]前期心情焦慮、浮躁、壓抑，他要尋找一個宣洩的方法，因此他注意到湘西人強悍、直露地表達性愛的方式，能讓他被壓抑的精神世界舒放自如。湘西人那種不受約束的性愛文化，緩解了沈從文在都市中無所適從的困境。後期社會地位變了，生活狀況也變了，實際上他已經步入了文化人的行列，心態的變化導致他觀看事物的角度變了，他發現了湘西人含蓄內斂的善所蘊含的美。性愛敘事其前期的激烈與原始的意味被甜美寧靜的韻味所代替。

　　施蟄存指出，「沈從文小說的性描寫，既不是《金瓶梅》型的國貨，也不是《查泰萊夫人》型的舶來品，而是他的湘西土貨」，「這是一個苗漢混血青年的某種潛在意識的偶然奔放」。[18]我認為沈從文的性愛敘事中最有意義的部分恰恰是前期的創作。前期的沈從文還是作為一個初進城市的湘西邊地的文學青年，他的創作會留有湘西邊地的原生態。《月下小景》從一個側面表現了《湘西‧白河流域幾個碼頭》中流傳的關於初夜權的傳說。「作土司的，除同宗外，對於此外任何人新婚都保有『初夜權』。新婦應當送到土司府留下三天，代為除邪氣，方能發還。」至於神巫之愛則是具有湘西地方宗教信仰特色

的性現象。另外，《三個男人和一個女人》中還有奸屍的性變態行為的描繪。相比之下，沈從文後期的創作則受過了城市的文化規約的洗禮。

在革命文學中，性與革命的張力狀態呈現兩極的情況。一方面，性的強力等於革命的激情。愛情的產生源於革命的思想與言行，趙樹理的小說也受這種傾向的影響。另一方面性的需求在革命面前遭到壓抑，性成了小我中必須拋棄的東西，從而體現出革命者的無私奉獻精神。

在趙樹理的筆下，鄉村的婚戀生活處於啟蒙後的執行階段，小說中多表現了自由愛情在專制鄉村的艱難突圍過程，同時由於解放區新婚姻法的推行，故事的結尾都是以大團圓結局。其實在解放區婚姻法的推行主要是為了配合革命形勢的需要，同時即使在新中國成立後鄉村中的買賣婚姻仍然存在。所以，趙樹理筆下的新人新事從某種程度上來說也是一種烏托邦的守望。

與沈從文為代表的京派、茅盾為代表的革命文學、趙樹理為代表的解放區文學相比，在這個性愛敘事譜系中，海派作家的文本給我們留下了**一個在農業社會國家在現代都市工業文明與現代商業文化背景下的性倫理狀況的寶貴資料。**

同時，從這些不同類型的性愛敘事的比照中我們可以看出各流派的性愛敘事的微妙互滲。或者說他們的相似之處。沈從文性愛敘事的意義不止在於表現了楚苗文化融合之處的性文化，而是在於他是處於未開發或半開發狀態的鄉村的性倫理狀況的一個特異性代表。在中國漫長的歷史時期內由於種種原因，這樣的鄉村比比皆是，各地都保持著各自鄉村性文化的土風與原始，各地的鄉村惡俗雖不盡相同，但

也有許多相通之處。《蕭蕭》講述的是一個童養媳的故事，童養媳是在許多鄉下都流行的婚姻形式。許傑《奇特的朋友》和于逢《鄉下姑娘》中也有關於童養媳的描繪。至於《巧秀與冬生》中，媳婦犯了無法饒恕的家規，而要被沉潭或者被出賣的命運在農村也是相當普遍。張資平的《梅嶺之春》中與叔父偷情的保瑛就會受到類似的殘酷懲罰。沙汀《在祠堂中》和《丈夫》中描繪的典妻與賣淫相結合的腐朽社會現象在農村也是相當普遍。柔石的《為奴隸的母親》就描寫了被「典妻」的春寶娘忍辱負重的悲慘人生，凸現了貧困的勞動婦女精神麻木和命運的無奈。許欽文的《鼻涕阿二》、台靜農的《蚯蚓們》和《負傷者》、許傑的《賭徒吉順》和《小草》、羅淑的《生人妻》、靳以的《別人的故事》中都有相似的典妻情節的描繪。程造之甚至在小說《沃野》中記載了叔娶嫂的民間風俗。鄉土社會的性倫理狀態是現代文學中性愛書寫的重要一維。

在海派小說中我們也可以看到「革命＋戀愛」的革命文學的痕跡。革命文學中一個普遍的情節模式是小說用絕大部分篇幅展示男性主人公的戀愛及其失敗。而一個光明的尾巴則是主人公轉向革命。比如戴平萬的《前夜》、洪靈菲的《轉變》。通過性的壓抑與反抗，來講述革命之發生，在海派作家的小說中這種情節模式得到完全的繼承。崔萬秋的《新路》中，當林婉華親見心愛的馮景山的抗日舉動的時候，反而由愛情昇華為革命的友誼。章衣萍的《紅跡》中的主人公啟瑞，黑嬰的《牢獄外》中的方吉秋在失戀後希望參加革命逃避生活。革命沒有增加愛情的砝碼，反而成了失戀的金瘡藥。唯一特例的是，在章克標的《銀蛇》中的邵逸人因為女性而放棄了剛剛燃起的革命熱情。

在革命文學中，革命成了男性壯陽的神奇丹藥，華漢的《兩個女性》中，雲生參加革命後，在女主角玉青的眼中雲生的形象發生了極大的變化，玉青形容雲生參加革命前的語彙是陰性的，缺乏男子漢氣概的，而三年後的雲生，那些充滿了陽剛的形容語彙確定無疑地向人們呈現著一個成熟男性的形象。在海派作家的筆下僅有的幾個「革命＋戀愛」的情節中也有這樣的表現。章克標的《銀蛇》中朱士雄在青年時代給邵逸人的印象是陰性化的，而參加了革命後的朱士雄則充滿了男性魅力。「革命＋戀愛」造就的這種性愛化的革命敘述，事實上構成了此後20世紀中國文學中的一種有關「革命」的經典修辭形態。

性愛敘事譜系學是從邊緣、微觀、瑣碎甚至是異質的事物中尋找敘述歷史的方式，它既承認歷史學對必然性和確定性的信仰，同時也相信歷史的偶然性和不穩定性，並且也承認自己有時相對偏激的立場，它是對形而上學歷史觀的再闡釋或者是全新補丁。這樣一種「身體思維」對既有的學科體系無疑構成了巨大的考驗和挑戰。「身體」成為人們重新理解世界的一個重要突破口。

三、靈與肉的張力

文學史性愛敘事顯示了幾代知識份子對性愛生活的思考軌跡。性愛意識包含對性愛權利的確認，對異性對象的審視，還包含對愛情中靈與肉關係的思考。性愛敘事中的根本衝突就是靈與肉的張力關係。所以，扒梳文學史性愛敘事中靈與肉的張力關係的嬗變，對於理解海派小說性愛敘事的文學史意義具有特殊的價值。

受傳統「性不潔」觀念的影響，**「五四」初期的現代女作家**，把愛情中靈的因素高揚到無比神聖的位置上，卻不敢確認女性的感性欲望。甚至在郁達夫勇敢地叫出「性的苦悶」後，馮沅君的小說《隔絕》、《旅行》等，仍然把戀愛雙方的**禁欲**視為愛情高尚純潔的要素而引以為自豪。**丁玲是第一個大膽正視女性的感性欲望、把靈與肉的統一確認為女性合理的性愛要求的女作家**。在《莎菲女士的日記》中，她理直氣壯地表現了女性心靈與肉欲相衝突的情形。主人公莎菲在精神上鄙夷凌吉士，又為凌吉士的相貌所吸引。莎菲最後離開俊美的凌吉士並不包含對女性感性欲望的排斥，而只是拒絕了靈、肉相分裂的殘缺的性愛。對女性感性欲望與深層精神共鳴要求的大膽張揚，從性愛意識的角度說明，現代女性只有到丁玲筆下才真正成長為成熟、完整的女人。中國女性文學至此才真正顛覆了男權文化對女性人性的異化。「五四」女性覺醒的一個重要內容便是女性性愛意識的現代覺醒。

海派作家所展開的都是關於現代商業化了的都市社會不談愛情或愛情難圓的敘事，它使五四時期高張的「既有靈魂底擁抱，又有肉體底飛舞」的愛情理想被撞擊得粉碎。其實，五四以來的關於愛情題材的寫作就有一種悲劇的傾向，然而，到了海派作家筆下愛情的水月鏡花感受已經成了作家的內在生命體驗，殘缺與幻滅成了作家對人生的基本體悟。在海派作家筆下，在古典情愛話語中，主人公狂熱地期望愛情的美滿，歌頌愛情的偉大，堅信愛情的力量，並且相信愛是永恆的，是值得追求的，認為愛可以超越一切外界阻力甚至生死之上的這種理想主義精神不復存在。愛情不僅不再有這種魔力，而且往往會因為突如其來的命運轉折，會因為一種無法預料的偶然因素，而打破原

來的美好預期，愛情難圓的遭際成了某種宿命。愛情的水月鏡花原型開啟了當代作家**解構愛情**的先河。

從「革命＋戀愛」的革命文學開始到解放區文學，直到後來的革命樣板戲，性愛都被拒絕在文學之外。性解放不再對革命有開路先鋒的作用了，革命的挺進發展反而需要束縛情欲的氾濫，性的革命到此為止。性革命必須服從民族革命、階級革命的利益。一套新的服務於更高利益的革命的性的編碼正在逐步定型。「性」開始由反宗法制的、屬於革命階級的進步標誌逐步轉向了腐化的宗法制度下的統治階級、荒淫的資產階級的反動標誌。「性」成了有傷風化、荒淫無恥的符號。當「性」被階級化，被視為墮落的標誌完全派給反動階級時，那麼凡是淫蕩的或者有性要求的男人和女人則必然都是資產階級、宗法制的。而正面人物、無產階級革命人物，自然是與此無關的。他們只與無性的純粹忠貞的精神性的愛情有關。這種邏輯長期畸形發展的結果就是導致出「無性」的樣板戲。唯有剔出了最具顛覆性危險性的性，英雄人物才顯出他無可挑剔的純潔性。

90年代的中國都市文化語境使中國女性欲望的解放達到了相當的深度，此時私人空間獲得認可，個人解放和個體經驗獲得浮升。一批因「個人化寫作」而知名的女作家，如陳染、林白等將女性欲望的獨異體驗再次引入了文學。在陳染的《私人生活》與林白的《一個人的戰爭》中，被社會公共的道德規範與普遍倫理法則所排斥遮蔽的同性戀、弒父、戀父、戀母、自戀等私人經驗被充分摹寫。

70年代生作家的創作從某種程度上是90年代女性個人化寫作的延續。風勁、王艾、周潔茹、阿美、魏微等70年代生青年作家群，沉湎於現代都市文明極端物質化的現實之中，任何時候都相信衝動，服從

靈魂深處的燃燒，對即興的瘋狂不作抵抗，對各種欲望頂禮膜拜，盡情地交流各種生活狂喜包括性高潮的奧秘。簡潔的情節構思反映了現代人日益傾斜的情感世界，揭示了生活在其中的人們內心的迷亂和共同的悲哀，儼然一曲曲世紀末的輓歌。在70年代生作家的小說中，連同現代人的性生活中最有代表性的是一再上演的「一夜情」故事。

「無愛性」是思想解放的一枚畸形的果實，它源於個體對全權社會意識形態對自我婚戀自由的壟斷的反叛。一味地遊戲態度是一把雙刃劍：它一方面實現了人的個性自由；但另一方面，這種叛逆精神由於採取了後現代式的自我解構方式，缺乏建構的信仰和需求，由於沒有理想的支撐，因而很容易轉變為批判與顛覆的反面，一種虛無主義與犬儒式的人生態度。對愛情失去信心的人們以為性才是可靠的，但是人們最終發現：放縱性欲很可能只是一劑毒藥——無助於精神危機的解決，相反使人變得愈加無助和虛無。

歷史難道是一種循環？人類對自身的困惑註定不能消除。從五四時期人們對愛情的渴望，到海派作家對愛情的解構，到革命文學中作家對「靈與肉」的棄絕，再到90年代之後的部分作家文本中的無愛激情，我國文學領域中的靈與肉的張力關係也經歷了此消彼長的動態過程。海派小說正是在中國社會中靈與肉的激烈衝突中無法抹去的記憶，顯示了靈肉互動的某種必然規律。

註釋

1. 張愛玲：《創世紀》，《張看》，廣州：花城出版社，1997年，第102頁。
2. 張愛玲：《五四遺書》，《張愛玲精品集·色戒》，蘭州：蘭州大學出版社，1997年，第195頁。
3. 張資平：《蔻拉索》，《性的等分線》，北京：北京師範大學出版社，1993年，第129頁。
4. 章克標：《一個人的結婚》，廣州：花城出版社，1996年，第182頁、第205頁。
5. 張資平：《苔莉》，《性的等分線》，北京：北京師範大學出版社，1993年，第220頁。
6. 章克標：《銀蛇》，哈爾濱：黑龍江人民出版社、北方文藝出版社，1998年，第10頁、第20頁。
7. 張愛玲：《色戒》，《張愛玲精品集·色戒》，蘭州：蘭州大學出版社，1997年，第18頁。
8. 宋曉萍：《女性情誼：空缺或敘事抑制》，北京：《文藝評論》，1996年3期，第60頁。
9. [美]馬泰·卡林內斯庫（Matei Calinescu）：《現代性的五副面孔》，北京：商務印書館，2002年，第206頁。
10. 同註6。
11. 章衣萍：《桃色的衣裳》，《情書二束》，廣州：花城出版社，1996年，第29頁。
12. 章衣萍：《給璐子的信》，《情書二束》，廣州：花城出版社，1996年，第30頁。
13. 張資平：《不平衡的偶力》，《性的等分線》，北京：北京師範大學出版社，1993年，第55頁。
14. 同註4。
15. 蘇青：《續結婚十年》，《結婚十年正續》，上海：四海出版社，中華民國37年，第228頁。
16. 田中陽、尚金：《無情最是黃金物——20世紀中國市民文學文化價值觀研究之一》，長沙：《湖南大學學報》，2004年6期，第81頁。
17. 羅雪松：《從〈柏子〉到〈邊城〉——沈從文文化身份的變化及愛情題材小說創作》，玉林：《玉林師範學院學報》，2005年1期，第33頁。
18. 沈從文：《沈從文全集·第9卷》，太原：北嶽文藝出版社，2002年，第2頁。

沒有「性愛」的「欲望」世界：
性隱喻投射的話語空間

——性思維解讀文本的方法論運用

附錄一、《籙竹山房》的生殖文化解讀

　　愁女怨婦的幽思悵惘構成了上古愛情文學的重要主題。隱藏其背後的「三綱五常」觀念在幾千年的歷史沿革中成為連婦女本身也從不懷疑的「聖典」。它不知扼殺了多少婦女的感性生命，葬送了多少婦女的青春。直至現代作家吳祖緗的《籙竹山房》這篇小說仍可以歸入此類主題模式的寫作。小說截取了一位抱著靈牌做了新娘的不幸女性在寡居許多年之後的一段生活片段，通過若干具有特徵性的生活瞬間，突出了人物由於長期性飢渴而造成的畸形的心理狀態。筆者不想從社會批判的角度來解讀文本，而將以生殖文化的視角，用批判之筆戳穿作品的現實主義表像，進入那個豐富的象徵世界。現實主義創作與象徵主義創作雖然有著模式的區別與對立，但它們之間並不是斷絕了一切聯繫。為了表現某種更大的創作意圖或更充實的思想意義，在兩種模式之間，會存在著不同程度，不同格局的借鑒、吸收和融會。因此對《籙》這篇具有濃郁的現實色彩的小說做象徵主義解讀將成為一種可能。

　　佛洛伊德指出，「象徵性符號具有遺傳的性質。」[1]因此我們在追溯象徵符號的含義時，往往可以在原始文化中找到蹤跡。在原始人類的生活中生殖具有重要的意義，人口的增加意味著人手的增加，人類自身的繁殖是原始社會發展的決定性因素。出於對作為社會生產力的人的再生產的密切關注，原始人類中出現了生殖崇拜，它反映了不止是本能意義上，更主要的是社會發展層面上一個絕對莊嚴的社會意志。這種生殖文化崇拜的觀念體現在原始人生活的各個方面，考古發

現的遺址、墓葬傳達了豐富的此類信息，也就是說這種生殖崇拜信仰不僅存在過，而且曾經在原始人的頭腦中根深蒂固。生殖崇拜思想以集體無意識的形式留將在人們的心中，隨著歲月的磨砂許多物象的原始生殖意義已被人們遺忘，但是它的形式卻遺留了下來，仍然被人們在生活中無意識地採用。例如在民間張貼的用來祈求富裕的年年有魚和水鳥銜魚的年畫，在生殖文化的原始信仰中就是一種生殖崇拜的符號。在半坡彩陶盆口沿紋飾中雙魚的圖案是為了類比女陰之狀，以此表達對女性生殖力的崇拜。[2]早期的原始人類認為生殖是由女性獨立完成的，而不是兩性結合的結果，於是就出現了對女性生殖部位的崇拜。隨著人類認識水平的提高，到了母系氏族社會中晚期，人們逐漸認識到了男性精液的生殖作用，於是男性的生殖作用也得到重視，在原始文化中鳥是男性生殖器的象徵，水鳥銜魚的年畫即表達了由兩性結合才能達到生殖目的的思想，是祈求人口繁盛的表現。隨著時間的流逝「符號與它表現的事物間的共同性質有的時候是明顯的，有的時候則是掩蔽的。」[3]因此我們在閱讀作品時往往會忽略意象本身的象徵意義。

在《籙》這部小說中，主人公「我」和新婚妻子一起去看望金燕村的二姑姑，二姑姑雖然經濟富足但性生活極度空虛，她還沒過門丈夫就死了，這麼多年她也沒有改嫁，一直和一個丫鬟守著幾所空房子。入夜當我正想和妻子休息的時候卻發現二姑姑和丫鬟在房外偷看。這篇小說以平淡的筆調鞭撻了男權的貞潔觀念對女性的摧殘。其中「籙竹山房」的「房」意象、「門」意象，金燕村的「燕子」意象、「竹子」意象，以及那個「蝴蝶」意象頗值得玩味。通過意象的慘澹經營創造象徵形象，正是象徵創造的基本方式，也是象徵寓意透

射的主要方式。作為讀者從其意象入手理解作品,似乎也是曲徑通幽的正確入口。筆者將沿著這條生殖文化的瓜蔓逐個揭開掩藏在作品意象背後的象徵內涵。

在中國古代的怨詩中常出現「房」、「空房」等意象。古代女子的時光大多是在房中度過的,當房中缺少男性時,本來就枯燥單調之極的生活將變得愈加不可忍受,於是「房」就成了壓抑性慾的牢籠。曹丕《燕歌行》吟道:「賤妾煢煢守空房,憂來思君不敢忘。」其實「房」的意象中還有更深的文化涵義。

「房」是女性子宮的象徵,這個象徵可以一直追溯到「女人＝身體＝容器」這一等式,這也許是與人類最基本的女性經驗相一致的。女人從她的體內生出嬰兒,在性行為中,男人「進入」到她的體內。女人最顯著地表現出容器容納性特徵的便是腹部,「這種象徵,起初是洞穴,後來是房屋。」[4]佛洛伊德也曾指出,在夢中房間普遍代表婦女或子宮。[5]在子宮的房屋象徵中,女性具有避難所和保衛者的形象,維護著家庭和團體的生活。使人們在房屋裡得到庇護、保衛和溫暖。房屋的使人們得到保護的特性與子宮的原始容納性息息相關。[6]在這篇小說中「籬竹山房」就是女性子宮的象徵。「屋子高大,陰森,也是和姑姑的人相協調的。石階,地磚,柱礎,甚至板壁上,都染著一層深深淺淺的黯綠,是苔蘚。一種與陳腐的土木之氣混合的黴氣撲滿鼻官。」[7]這段關於充滿晦氣的房屋的描繪成為二姑姑長期性壓抑下趨於性枯竭的隱喻。不僅如此,二姑姑的籬竹山房除了正屋之外其他的門上都是上了鎖的。如前所述我們將房看成是子宮的象徵,那麼「門」自然是女性的生殖入口和出口即女陰的象徵,鐵凝的一部小說不就將女陰稱為玫瑰門嗎。因此在文中二姑姑加鎖的房門

則成為她一直在禁閉自己的性生活的更為直接的比喻。人類進入父系氏族社會之後，男性為了保證父系血統的純淨，對女性實施殘酷的性壓抑和性摧殘。在非洲東塞內加爾的一些部族裡，女性割禮完成後還要封陰，用金屬絲、羊腸線或槐刺把兩片大陰唇縫在一起，只留一個小孔供經血流出，開封是在新婚之夜。有些地區，男子出遠門也要為妻子封陰。小說中二姑姑的遭遇可以說是一種變相的封陰，她的性生活就像那些被加了鎖的房門被人為地禁錮。

　　二姑姑的房子並不單調還有許多竹子作為裝飾。「緊臨著響潭，那座白屋分外大；梅花窗的圍牆上面探露著一叢竹子；竹子一半是綠色的，一半已開了花，變成槁色。——這座村子便是金燕村，這座大屋便是二姑姑的家宅籙竹山房。」[8]那伸出牆外一半已枯槁，一半仍然鮮綠的竹子似乎暗示著二姑姑的性欲在舊道德規範的禁錮下並沒有完全泯滅。不然二姑姑怎麼會深更半夜地偷看人家新婚夫婦的房事活動呢。而在生殖文化中竹葉正是模擬女陰的。《隋書·禮儀志》記載孝武帝高禖祭祀時使用的石頭上刻有竹葉的圖案，高禖即為女性生殖神，這石頭上的竹葉文飾就是女陰的象徵。高禖祭祀起源於以植物花葉果為象徵的女性生殖器崇拜。另外雲南、廣西及貴州的彝族以蘭竹的竹筒或其他竹筒象徵女性的子宮，也是竹子與女性意象相連的某種佐證。[9]因此結合文本我們可以感知到在小說中竹子正是以二姑姑為代表的，受宗法禮教壓抑的女性的生殖力即本能性欲望的隱喻。久被壓抑的性本能既可能像鮮嫩的竹筍一樣在一夜之間竄將起來，也可能在經歷一場又一場的風霜之後永久地枯萎。

　　房在人類的原始意象中指向陰性，具體化為女性子宮的象徵。而文中多次提到的「燕子」則是男性的象徵意象。「每一進屋的樑上都

吊有淡黃色的燕子窩，有的已剝落，只留著痕跡；有的正孵著雛兒，叫得分外響。」[10]「偌大屋子如一大座古墓，沒一絲人聲；只有堂廳裡的燕子啾啾的叫。」[11]「吃了飯，正洗臉，一隻燕子由天井飛來，在屋裡繞了一道，就鑽進簷下的窩裡去了。」[12]二姑姑住的是金燕村，燕子多是不可避免的，但從潛意識層面上看作者設置這一意象以及多次提到燕子飛進屋中的情景是有深層文化原因的。作家正是通過「燕子」意象的重複提醒讀者注意從中截獲作家在此間灌注的象徵寓意。

　　從古代到今天鳥都是男性生殖器的別名，卵是睪丸的別名。郭沫若在論「玄鳥生商」時說：玄鳥舊說以為是燕子或鳳凰，但無論是燕子或鳳凰，玄鳥即是男性生殖器的象徵。[13]《水滸傳》中李逵口中之「鳥」，今天四川人俗語中的「雀雀」，河南人俗語中的「鴨子」，甚至英人俚語中的cock（公雞），也都是指男根。遠古先民將鳥作為男根的象徵，是毋庸置疑的。[14]「鳥成為男根的象徵物，原因有二：其一是鳥的頭部和男根相似，男根有卵（睪丸），鳥也有卵。其二是遠古人開始不瞭解男性的生殖作用，只知道女性可以懷孕生子。他們觀察了鳥類的生育過程之後，發現鳥類先產卵而後孵化出小鳥，並且有一個過程。這使他們有了新的認識；原來新生命是由卵孵化而成的。於是他們聯想到嬰兒分娩時的衣胞，進而認識到人生人是男卵進入女陰的結果。方承認了男根的生殖功能，也就是悟到了『種』的作用。中國古文字中的卵字就是男根部位的象形。」[15]這是人類對自身生育功能和繁殖過程認識的一次帶有飛躍性質的深化。因此小說提到的在房屋中飛進飛出的燕子即是男根的象徵，燕子飛入屋中則是性交的隱喻，入夜時分二姑姑和丫鬟蘭花盼望燕子歸巢是性飢渴的曲折表現。

此外，作品還提供了一個同樣值得玩味的「蝴蝶」意象。二姑姑與聰明年少的門生的姻緣起於二姑姑巧手繡出的姿態各異的蝴蝶。姑爹最喜歡的房間也用刺繡的蝴蝶裝飾著。蝴蝶是中國人很喜歡的具有浪漫色彩的意象，從莊子《齊物論》裡的「蝴蝶夢」到梁山伯與祝英台的化蝶，它包含了豐富的文化內容。《簏竹山房》中的蝴蝶意象也是作為男女性愛結合的象徵性意象出現的（詳見本專著第8章第2節關於蝴蝶意象的論述），不僅如此，它還借助了梁祝等人的愛情悲歌影射了二姑姑悲劇戀情的預設性和先驗性，對該故事的結局起到了框範作用。[16]

有的研究者將象徵意象分為寫意性、神話性和荒誕性三種。[17]該作品中出現的象徵意象屬於寫意性意象，即喻象與實際生活中的物象接近，喻象之間，喻象與人物之間的關係都符合客觀生活的邏輯。小說中的「房」、「燕子」、「竹子」意象與二姑姑的故事渾然一體，如果不從象徵意義上闡釋，它們仍然可以構成一個自足而完整的現實主義創作。但是文本中的象徵意象已經簡約化、特徵化了。它無法成為豐富完整的典型化形象，只是突顯了傳達象徵含義的功能。從象徵層面來看，它們既是本身所顯示的事物，又超越了這一事物。「蝴蝶」意象雖然與《梁祝》的民間傳說有關，但作品中「蝴蝶」意象的運用並沒有體現出神話式的思維模式，意象也不具有神話色彩，因此它仍然屬於寫意性意象。

在這些意象中「房」是主導意象，作者以簏竹山房為標題，即體現了房的中心位置。作家主要是通過它象徵以二姑姑為代表的宗法倫理道德壓抑下的女性。而其他意象則是作為伴隨意象而出現的，它們進一步加深了「房」本身所傳達的象徵含義，並與主導意象一起構成

了故事發生所必需的塗抹著性壓抑色彩的喻象性氛圍，搭建了整個作品的灰色基調。

小說中象徵意義對於現實主義創作的滲透主要採用了細節滲透的方式。意象並不構成故事的主體部分，只是以細節的形式出現，它們不改變作品的總體風貌，甚至讓人忽略這種總體風貌中已經含有不同的色調。但是細節的加入，實際上已經改變了作品。細節滲透是具象和喻象進行藝術嫁接的一種行之有效的方式。

附錄二、《補天》的性思維解讀

20世紀初的中國社會道德將性在人類個體身上的存在等同於骯髒和污穢，於是性就成了言說的禁區和盲區，中國人也就掩蓋住思想嗅覺的鼻孔，只能在虛構和偽裝中苟延殘喘了。其實中國古代不乏狎邪小說，但只有到20世紀後，隨著精神分析理論的引進，才出現了真正意義上的性心理小說。魯迅是最早在小說中表現性心理的作家。寫於1922年的《補天》就是受佛氏「藝術是性本能的昇華」的學說的影響來「解釋創造──人和文學──的緣起。」[18]同時「描寫性的發動和創造、以到衰亡。」[19]通過對國人諱莫如深的性的揭示來暴露民族的劣根性，也構成了他對國民性批判的重要一維。

《補天》是女媧造人補天神話的演義。女媧神話本身就具有豐富的生殖文化內涵。劉毓慶的《「女媧補天」與生殖崇拜》一文從名義考釋、功能分析、神格考察、形態比較四個角度，對女媧的原始面貌作了考證，認為女媧乃女性生殖器的生命化、人格化，「媧」字之本意即女性器。其次從女媧生炎帝、黃帝、夏人，以及「女媧蛇軀」、

女媧化為石的傳說入手，引用人類學資料，分析了蛇、石意象的原始意義，進一步證論了女媧創始神、生殖神的本質。繼而考證了「天裂」神話的天文根據，認為它是在極光現象的啟示下產生的神話，是毀滅性災難的象徵。而「女媧補天」神話則是以生殖、大量繁衍人口的方式拯救氏族滅亡的寓言。[20]魯迅實際上並不贊同佛氏將一切都歸於性的觀點，他很同意廚川白村將文藝創作的根由歸之於「生命力」的說法，但他在創作《補天》時，為了表現女媧的創造精神，還是更多地汲取了佛氏的性心理學。選擇了本身就具有豐富的生殖內涵的女媧神話為壓抑幾千年的本能性欲望正名，呼喚人的現代意義上的真正解放。

女媧剛剛醒來所見到的世界就是一個充滿生命氣息的世界。粉紅與石綠成為映入眼簾的最初色調。根據色彩專家的分析，粉紅色是象徵幼小生命的色彩，它給人們帶來的心理效果和象徵效果是46%的比率象徵嬌嫩，27%的比率象徵幼小，34%的比率象徵童年，27%的比率象徵天真，並且在這幾項象徵含義中它遠遠超過其他色彩而居首位。[21]而綠色則有64%的比率象徵春天，52%的比率象徵希望，34%的比率象徵新鮮，28%的比率象徵青春，也居於各項象徵含義的首位。總之綠色是生命的象徵色，其象徵意義來自於植物生長的經驗。同時在中國綠色是女性的象徵。[22]在粉紅色與綠色這個色彩組合中，綠色是代表植物生命的色彩，紅色是代表動物生命的色彩，粉紅色是象徵幼小生命的顏色，所有關於生長的因素統一在了一起。同時地上一片嫩綠，就連松柏也格外的嬌嫩，表明這正是一個萬物復甦的春天。

中國古代的許多女子的閨怨詩都是寫於春季的，於是「春天」也成了一個需要特別探討的意象。在神話思維中，季節觀念不是純然客

觀的範疇,它們同時也是價值範疇,具有相對固定的原型意義。「春天曾被認為是天父與地母相交合而滋生自然萬物的最佳季節。《禮記・月令》仍保留著這種神話觀念,『孟春之月,東風解凍,蟄蟲始振,魚上沐,獺祭魚,鴻雁來。乃擇元辰,天子躬耕帝藉。是月也,天氣下降,地氣上騰,天地和同,草木萌動。』這裡,把草木萌動的原因說成是天地和同的結果,而天子作為天父在人間的代表要『躬耕帝藉』,其本義實為天子代表天父同陰性的地母相結合,促進自然生殖力的旺盛。」[23]「美國原型理論家威爾賴特指出:它(男性生殖器——引者)同植物的發育、穀物的生長的聯繫由於一種極為普遍的經驗現象——在性交與耕田、播種的雙重活動之間顯而易見的類似關係——而得到了強化。」[24]《詩經・齊風・南山》也曾以種麻時「衡縱其畝」喻婚娶之事。同時在古希臘神話中,春天正是植物神狄奧尼索斯復活的季節。狄就是後來的酒神。慶祝他復活的宗教活動構成新春禮儀的一部分。這種儀式原來盛行於民間,有時帶有明顯的狂歡和性放縱的特點。[25]因此春天與性事活動有著某種異質同構關係。女媧的性萌動始於春天也並不是偶然的。

　　「伊似乎是從夢中驚醒的,然而已經記不清做了什麼夢;只是很懊惱,覺得有什麼不足,又覺得有什麼太多了。」很明顯這裡的不足明顯是性的欲望沒有滿足,這裡的太多是壓抑於無意識的性能量太多。女媧是從一個夢中驚醒,緊接著又寫到她的性騷動與打破現狀的願望。可見這個夢本身就與性有很大的關係。佛在《夢的解析》中,闡釋了夢的實質,夢是一個充滿含義的心理行為,它的動力始終是一種渴望滿足的性欲望。夢能給作家、藝術家以啟示與創造,其中一個重要原因是因為夢是人願望的滿足,而作家創作的一個重要條件,就

是把自己被壓抑的本能衝動貫注到充滿幻想的藝術作品中去。據統計，不愉快的夢占總夢數的57.2%，而愉快的夢占28.6%。[26]可見雖然夢的動機是欲望的達成，但是經過偽裝的夢總是以不滿足的形態出現。如果說女媧做的夢是個春夢確實有些牽強，但是她既然是從夢中驚醒，那麼說她的夢一定是個不滿足的夢倒是不為過的。正是因為在夢中女媧本能的性欲望，創造的欲望沒有滿足，所以她才要在現實中進行生命的創造。「夢中的醒來正是女媧生命本能意識的覺醒。這也使她的創造有類於藝術創作。因此，魯迅用佛洛伊德學說解釋人和文學的起源並無什麼偏頗可言。」[27]魯迅在《補天》中把女媧當作中華民族的始祖來塑造，不僅謳歌了她的創造行為，而且把幾千年來被人們輕蔑誣罵、歧視踐踏的性本能當作人類創造生命的動因來看，並給予熱情的禮贊，於是這種創作遂平添了反禮教的底蘊。所以魯迅對女媧的禮贊就再也不是對原故事簡單的現代演繹了，它使小說在熱情頌歌的開篇中就已定下了反傳統的嚴肅基調。

魯迅充分肯定和張揚了女媧身上所蘊藏的巨大的本能力量，以及由生命的本能力量轉化為巨大的自然創造力量。女媧造人神話是頗有意味的，因為大家都知道在自然生殖層面，生育下一代是需要兩性結合的。而在神話中女媧只是用泥土和水造人，男性形象是空缺的，也就是說性愛在神話中被藝術化了，而直接成了充滿性隱喻色彩的造人情節。而這也許源於遠古時代的人們最初並沒有把生殖與性交聯繫在一起，只知道女性有生育能力，不知道男性在生殖中的作用。但是魯迅是知道性交的生殖含義的，並且傳說本身並不只有用土造人這一種模式，早在新石器時代的壁畫中就有了人首蛇身的伏羲與女媧交尾的圖畫，之後的隋、漢和清代都有石刻、壁畫、磚雕和磚畫的表現。[28]

魯迅在對神話刪改了一些情節的情況下仍然沒有改變這一情節。這一創作正與魯迅的女性觀相暗合。魯迅認為：「中國女人的天性有母性，有女兒性，而無妻性。」[29]在小說中女媧正是一個富有犧牲精神的人類的母親形象。女媧為了造人累得筋疲力盡，再次昏睡過去。

《補天》第2章中魯迅第2次寫到「女媧猛然醒來」。如果說女媧第一次醒來是自然創造的覺醒，那麼她的第2次醒來則是社會創造的覺醒，因為這個時候人類社會已誕生。他在描寫女媧「補天」這一壯舉時，著力表現了女媧的智慧（堆蘆柴，找石頭，燃柴熔石補天）、女媧的艱辛（柴堆高多少，伊也就瘦多少）、女媧的孤獨（旁人冷笑、痛罵或者搶回去，甚而至於還咬她的手）。女媧在拯救人類社會的過程中耗盡了生命，但同時亦在社會創造中獲得了生命的價值和意義。具有英雄神格的始母神完成了女人的全面創造──自然創造和社會創造。這種描繪充分肯定和張揚遠古時期女性文明在人類文明中的巨大價值。

女媧不僅創造了人類，作為華夏民族的始祖更是創造了中華文明。我總覺得《補天》蘊涵了對道家文化的眷戀。女媧造人之初的世界是一個美麗而充滿生機的世界，她取自然之土與自然之水造人，順應自然的法則而造人，正如老子所說的「道」創生萬物的過程：「道生一，一生二，二生三，三生萬物。」（《道德經》42章）老子說：「人法地，地法天，天法『道』，『道』法自然。」（《道德經》25章）女媧創造人類之後，人類違背自然的規則，發動戰爭，鉗制思想，極度禁慾，「罷黜百家，獨尊儒術」，創建了所謂的文明，以及自己的文字。從此這些包裹著布片和鐵片的小生靈不再能與人類的始祖溝通。「天人合一」的本然狀態不再存在。作品中最直接的表現就

是戰爭毀滅了世界的原初秩序，「折天柱，絕地維」，導致女媧為修補世界而獻出了生命。

已經有學者指出儒家文化是一種「父親文化」，強調陽剛，強調「天行健」，君子自強不息；道家文化則是一種「母親文化」，強調陰柔，強調「天門開闔，能為雌乎」？文本中的女媧身上的母性情懷正對應著道家文化。同時在以儒釋道為主的中國傳統文明中，雖然《禮記》上也說，「飲食男女，人之大欲存焉」。但是儒家學說在宋代之後就走向了極度的禁慾。而佛教的《佛說秘密相經》中雖然有歌頌和指導男女性交的文字，以及傳入西藏的密宗提倡男女雙身雙修，即通過性結合來修煉，但總的來看佛教也是禁慾的。只有道教創立了中國古代的性學──房中術，同時以《易經》為代表的陰陽文化推崇性對人類社會發展的決定作用。《易經・繫辭》云「男女構精，萬物化生。」即男女兩性的結合交媾是萬物生長，人類繁衍的根源，這就肯定了只有宇宙間天地、陰陽、男女兩種對立因素的交合作用，才能從事新的創造活動。道家文化對性的開明態度也正與《補天》最初的創作主旨不謀而合。而且已經有研究者指出，魯迅在諸子百家中受墨道兩家影響最大，他本人也說「就是思想上，也何嘗不中些莊周韓非的毒」。[30]

《補天》文本中，還有兩處意象密碼是相當耐人尋味的。在文本的第一章中有這樣一段描寫：「天邊的血紅的雲彩裡有一個光芒四射的太陽……那一邊，卻是一個生鐵一般的冷而且白的月亮。然而伊並不理會誰是下去，和誰是上來。」在文本的第2章末尾也有一段幾乎相同的文字。在殷商時代日月都是女神。[31]到了春秋戰國時代，楚國人的日神名「東君」，從《九歌》描寫東君的形象來看，東君是男

性。[32]大概在漢族形成之後,一般視日為男,視月為女。[33]在母權制社會月神崇拜和女性原則佔據了主導地位,但隨著父權制取代母權制,日神崇拜和男性原則也逐漸取代了月神崇拜和女性原則。在女媧時代,母權制和日益進逼的父權制之間尚存在著某些平衡。她還無法預知誰下去,誰上來。但日益「進化的男人」們在女人缺席的情況下創造並控制了話語權力,隨著女媧的死去,女神時代的結束,象徵著男性原則的「太陽」便成了統治一切的象徵。好戰的男人竟在女媧屍體的肚皮上紮寨,並自稱是嫡派,旗上還寫有他們一手創造的文字「女媧氏之腸」。魯迅通過《補天》的歷史戲仿,揭開了男權話語造成女性文化失落的歷史真相。

在女媧救世的過程中,還出現了一個古衣冠的小人,手拿一條青竹片。笏板是傳統糟粕文化的象徵,而且在生殖文化的象徵意義中,它是由男根演變而來的,[34]是男權文化的象徵。這一情節正隱喻男權文化其阻止女性變革社會的本相。並且古衣冠的小人正是站在女媧的兩腿之間,生殖門之下。指斥其「裸裎淫佚,失德蔑禮敗度,禽獸行。國有常刑,惟禁!」這使我想到了拉伯雷的《巨人傳》中的一個相似的情節,它們達到了相同的諷刺效果。拉伯雷強調並且誇大風化成分,使他的想像達到了不可企及的高度。西方的中世紀以及中國漫長的宗法專制時代,都是最典型的否定人的個體生命和自我意志達到極端的時代。禁欲主義是它們的共同特徵。而西方的文藝復興運動,和中國的「五四」新文化運動,都是對於反人道的專制文化反抗最激烈,以至開闢了近現代人文精神和真正具有人的解放意義的文化革命運動的新時代。魯迅之所謂的油滑也正與拉伯雷的怪異有可比之處。

原本神話中並沒有這個內容,這個情節直接觸發於眾所皆知的

附　錄

胡夢華對汪靜之寫的情詩《蕙的風》以「含淚哀求」的手段施加威壓的事。它作為現代文壇的一次思想交鋒，魯迅此前已寫過《反對「含淚」的批評家》一文予以回擊。魯迅並不是一味糾纏此事，而是從這件事本身真切地感到，在中國像胡這樣舊禮教的維護者是不乏其人的，他感到了傳統專制文化是如此荒謬絕倫卻又是如此的根深蒂固，反專制的鬥爭是多麼的必要和迫切而又是多麼的痛苦和艱難！從小丈夫身上，我們看到禁欲主義者的橫行無忌。女媧的創造始於性本能，禁欲主義者遏抑了人的本能欲望，也就意味著壓抑了人的創造力。魯迅之所以沒有把道士的愚妄，顓頊、共工的爭戰殺伐作為女媧最大的悲哀來描寫，是因為世界的殘破固然令人傷痛，但只要擁有無限的創造力，殘破的世界是可以修補的，而人類精神的沉淪，創造生命的泯滅，卻不是可以拯救於旦夕之間的。

　　另外，此時的魯迅正沉浸在與朱安的無愛婚姻的痛苦之中。《補天》完成於1922年，一般都認為，魯迅與許廣平的相知相戀是從1925年兩人通信才開始的，即使按照胡尹強的說法其上限提前至1923年，也是在《補天》發表之後。[35]雖然在這之前魯迅仍然保持了與其他女性的親密交往，但是他的無性愛的婚姻生活，則是不爭的事實。所以說在此時魯迅因困於舊式婚姻而鬱積的靈與肉的煩悶，和因國家的落後、民族衰弱、理想和抱負無法實現而產生的苦惱，兩者是雙調同唱的。

附錄三、論魯迅小說的疾病隱喻

　　文學和醫學之間的聯繫由來已久，希臘神話中的阿波羅就是詩

歌神和醫藥神的結合體。在中國醫文並舉的醫家也很多，魏晉醫學家皇甫謐除了寫有被譽為「針灸之祖」的《甲乙經》，還寫了《帝王世紀》、《烈女傳》、《玄晏春秋》等文史專著。契訶夫曾詼諧地將醫學稱為他的妻子，將文學稱為他的情人。文學與醫學處理的是共同的觀念遊戲，其中心要素是病理概念。它們既關注身體的疾病，也關注靈魂不由自主的運動。從而治療與疾病的醫學主題成為僅次於愛與死的文學的永恆主題之一。文學與魯迅也結下了不解之緣，少年時代父親的因病而亡，由此帶來的家道中落，促使他以「疾病」的視角去思考社會人生。他想救治父親似的被誤的病人，同時通過醫學促進國人對維新的信仰。可以說正是他從小對行醫救人的憧憬，以及對日本醫學的瞭解使他選擇了醫學。雖然他最終沒有成為醫生，但是在他的小說世界中卻充滿了醫學精神，疾病的隱喻被他運用到小說創作中。其創作一方面實現了主體的自我治療，延長了自己病魔纏染的生命，另一方面也完成了對欣賞主體的文本治療，引起世人對民族痼疾療救的注意。

（一）意識形態話語與醫學話語的同構性

狂人（《狂人日記》）和瘋子（《長明燈》）代表了魯迅小說裡的瘋狂者的人物形象，魏連殳（《孤獨者》）和呂緯甫（《在酒樓上》）則代表了孤獨者的人物形象。瘋狂者具有明顯的思維破裂、幻覺妄想和感情波動等精神病的病理學特徵。孤獨者雖然在表現形態上有別於瘋狂者，但是從其內在本質上來看他們都屬於同一類人。

在孤獨者和瘋狂者身上都有程度不同的身心分裂，在瘋狂者那裡體現為自發形式的身心分裂，在孤獨者那裡體現為被動形式的身心分

裂。孤獨者對自己的人格價值和社會角色的確認，是以一種理想主義的社會倫理責任為前提的。當他們感到自己實際的生存處境已經構成了自己有效履行這種社會倫理責任的重大障礙，以至於他們為此而不得不考慮暫時放棄自己的這種倫理擔當時，他們事實上也就開始面對無從意識自我社會價值的精神危機。在社會倫理的觀念體系不可能先於政治、經濟和軍事等方面的制度實踐而相對獨立地進入現代模式的中國式的現代進程中，他們的這種精神危機是不可回避的。類似這樣的身心分裂狀態，到了魏連殳那裡終於獲得了一種能夠受控於人的意志的自覺形式。當他遭到眾人的疏離的時候，他拒不妥協，可是當他的生存面臨威脅的時候，他主動選擇了與以往的信仰相背棄的生活道路，做了杜師長的顧問。他非常明確地意識到，他已經躬行他先前所憎惡，所反對的一切，拒斥他先前所崇仰，所主張的一切。這種形式的身心分裂給處於生存困境中的魏連殳提供了保全自己精神信念的條件，他認為雖然在表現形式上他是輸給了以往迫害他的勢力，但是在精神信仰上他仍然保持了自己的高潔和獨立，他愚弄了敵對勢力，是真正的勝利者。但卸去精神重擔後的魏連殳也難免於消沉和毀滅的人生前途。持續了一段紙醉迷金的生活後他就迅速帶著冷笑在人間隱去了。

在西方文明史上，對某種疾病的醫學認識與對患有該種疾病的病人的處置方式，往往是與政治、宗教和社會因素合謀的結果，如對瘋子、麻風病人的迫害與對異教徒、異信者、巫婆瘋狂者的迫害是相似的。這種權利話語與醫學話語的同構性達成了一種醫學的隱喻。在醫學範圍內，為了對精神病人進行有效的治療，需要採取麻醉、捆綁和電擊等殘忍的方式。這種醫學上的「驅巫」行為與社會共同體對異教

徒的懲罰模式具有著情境、原型、結構和儀式的同構性。[36]而在魯迅
的小說中，由於他特殊的醫學經歷和對醫學的獨特感悟，這種醫學的
隱喻也有著完整的呈示。在瘋狂者身上兼具著醫學驅巫與政治驅巫的
雙重影響，而在孤獨者身上我們只看到了政治驅巫的巨大威脅。醫生
與病人之間的關係同傳統秩序的統治者與庸眾之間的關係達成一種隱
喻。統治者對庸眾的絕對統治與醫生對病人診病的權威性是同構的。

　　文明始終包含著一種權力運作，擁有一套維護自身穩定與安全的
運行機制。正是這一運行機制規範社會行為，同時排斥和壓制異己。
對危及自身合法性與合理性的行為與思想所採取的驅巫手段不外乎兩
種：危及合法性的行為被政治權力機構懲罰，而危及其合理性的思想
則被文化權力排斥，宣判為非理性的瘋狂。作為具有超穩定結構的中
國社會，由於其「禮治」特色，使這一整套運行機制特別複雜，政治
權力、宗教權力與文化權力三者混合，使得各階層之間出現錯綜複雜
的關係：官—紳—民，三者合而復分、分而復合，但在維護社會穩定
性方面，三者構成了權力共謀。

　　《示眾》是政治驅巫行為中國版的一種形象化的表述。巡警牽著
一個罪犯在街頭站定。剎時間就聚攏了許多看客，大家只是看熱鬧，
只有一位工人低聲下氣地請教，「他，犯了什麼事啦？……」[37]大家
都不作聲，單是睜起了眼睛看定工人。他於是彷彿自己就犯了罪似的
局促起來，終至於慢慢退後，溜出去了。在這次「廣場聚會」中，罪
犯首先是被驅巫的對象，是等待眾人唾棄與審判的示眾者。可是眾人
並不知道罪犯何以被驅巫，就盲目地參與了驅巫儀式，他們甚至愚昧
到喪失了探究、詢問和質詢的可能性，只是一群沒有智慧的麻木看
客，當人群中有人發出疑問時，反而因為他的先覺而遭到新的驅巫。

這篇作品可以說是魯迅幾乎所有小說所表達的思想情境的一種濃縮，這裡除了庸眾還有傳統意識形態的統治層的代表者巡警，應該說他與《狂人日記》裡的長兄，《祝福》裡的魯四老爺，《離婚》裡的七大人一樣，都屬於傳統意志的表達層。罪犯是被驅巫者，他是傳統秩序的叛逆的象徵。而詢問的工人則是人群中的孤獨者，他由於沒有勇氣徹底反叛這一切而最終也被驅巫。孤獨者要麼逃離成為永遠的孤獨者，要麼彙入群眾成為一名看客。應該說這三類人物形象在魯迅的小說中以各種形態一再出現，在有些場景中某類人物是缺席的。《孤獨者》中統治者是被虛化的，只有作為孤獨者的魏連殳和「我」出場，剩下的就是S城和寒石山的眾人們。

依據醫學與社會的同構性，在魯迅小說中出現的中醫也是作為中國傳統文化的捍衛者的形象出現的，這些醫生醫術極為低劣，《弟兄》中的白問山是個連出疹子都診不出來的白癡醫生，《長明燈》中的醫生參與了對瘋子的肉體絞殺，《藥》中的康大叔身兼劊子手與醫生的雙重身份，《明天》中單是何小仙的長指甲就讓單四嫂子堅定了治病的信心。再加上他那一串讓人聽不懂的醫學術語，更讓單四嫂子崇敬不已，可最終兒子寶兒還是離開了人世。「不明確的用語擁有一種神秘的力量。它們是藏在聖壇背後的神靈，信眾只能誠惶誠恐地來到它們面前。」[38]這也充分體現了群體的低智慧性，他們對「英雄」的崇拜完全是非理性的。

（二）「英雄」與「群體」

古斯塔夫・勒龐在他那本社會學的經典讀本《烏合之眾》中探討了集體心理學中的「群體」和「英雄」這兩個概念。他將群體稱作

組織化群體或者心理群體。群體中的人們感情和思想全都轉到同一個方向,自覺的個性消失,形成了一種集體心理。[39]魯迅小說中的看客(庸眾)就是一個非常典型的異質性群體。[40]可以說,他的小說給我們描繪了一個形象化的群體寓言。

對於群體的特徵,勒龐認為,「群體一般只有很普通的品質,他們不能完成很高智商的工作。進入群體的個人,在集體潛意識機制的作用下,會不由自主地失去自我意識,完全變成另一種智力水平十分低下的生物。」[41]狂人(《狂人日記》)最早感到驚訝的事實是世人對他顯示了空前的恐懼和敵意,這是一種醫學上的驅巫行為。參與驅巫的人中有趙貴翁、古久先生、陳老五、老中醫、青年人、打孩子的女人,還有給知縣打枷過的,也有給紳士掌過嘴的,也有衙役占了他妻子的,也有老子娘被債主逼死。這些人便是勒龐言說的群體的具體化。原本帶有思想啟蒙意味的狂人想扮演人民精神醫生的角色,拯救人民於水火之中,可是他遭到了人民的懷疑和排斥。人們與統治者所命定的醫生一起卻把真正的精神醫生劃定為瘋狂的病人。群眾喪失了對真偽醫生的判斷能力,真偽醫生之間呈現微妙的逆反關係。在魯迅的小說中這些庸眾多次出場。吉光屯的人們(《長明燈》)認為吹熄了長明燈,吉光屯就會變成一片海,人們都會變成泥鰍。持有這種想法的人中也不乏讀書人,然而在恐怖言論的渲染下,他們也失去了判斷力,生出了這般荒唐的念頭。「即使智力高強的專業精英,在面對被空洞觀念沖昏了頭腦的群體時,也會認為自己陳明利害得失的理性努力是十分迂腐和無聊的。更為可悲的是,面對群眾的荒謬與狂熱,明智之士更有可能根本不會做出這樣的努力,而是同群眾一起陷入其中,事後又驚歎於自己連常識都已忘卻的愚蠢。」[42]

　　之所以會出現這種情況關鍵在於，群體中的個人會表現出明顯的「從眾心理，這種傾向造成了教條主義、偏執和人多勢眾不可戰勝的感覺，以及責任意識的放棄等後果」。作為「暴民」的群體，其殘忍的程度常令人瞠目結舌，以至不斷地有人因此而感歎人性之惡。[43]《長明燈》中面對一定要熄滅長明燈的瘋子，庸眾們商議，「大家一口咬定，說是同時同刻大家一齊動手，分不出打第一下的是誰，後來什麼事也沒有。」打死之後自然就可以分得一塊人肉。[44]在合理性的幌子下進行的「殺人」通常獲得「合法性」的默許。文化領域的事終於越過精神層面而進入肉體層面。而「瘋」則是由思想規訓到肉體懲罰的最便利的通道。在瘋子身上，所遭遇的首先是權力話語的身份界定──「瘋子」。在思想被判定為瘋狂之後，其肉體的存在也受到了威脅，失去了生存的理由。文化越過思想的邊界而進入存在的範疇。

　　恰如瘋子（《狂人日記》）所分析的，中華民族是吃人的民族，《本草綱目》上明明寫著人肉可以煎吃……也正是統治者的這種對身體的暴力表演使群眾獲得了驚懼中的怪異滿足。群體的一些稟性是以無意識的形式積澱下來的，它類似於魯迅所說的「國民性」，並且一經形成就很難改變，它往往是當時制度文化的反映。因此說，在以「吃人」習以為常的群體中間發現「被吃的恐懼」具有十分重要的現代價值。也就是說，在驅巫行為普遍存在的社會中發現被驅巫的恐懼具有現代甚至後現代色彩。德國批評家沃‧凱塞指出，人不接受世界，或世界不接受人，傳達了異化的人生感受。[45]現代人的一切孤獨感、悲哀感和憂鬱情緒皆由此發生。魯迅正是通過狂人和孤獨者邊緣化的生存和莫名其妙的被驅巫命運，去反證現實「存在」的荒誕性和「中心」世界的虛妄性。以狂人為代表的精神醫生試圖喚醒驅巫者採

取人道主義的價值尺度，但他們又很快意識到自己也曾和庸眾一道參與過吃人。精神醫生的角色本身也呈現出複雜性。

「英雄為了讓群眾對他俯首貼耳必須製造出能夠最大限度地影響民眾想像力的能夠令人瞠目結舌的鮮明形象，或者一個特異的事件，一場偉大的勝利，一種大奇跡、大罪惡式的前景。事例必須擺在群體的面前，其來源必須秘不示人。」[46]革命者夏瑜被殺頭，人血饅頭的藥方（《藥》）；人死之後挖出心肝用油煎炒了吃（《狂人日記》）；那個不知何時被掛起來的，指向超驗層面，代表「天理」的長明燈（《長明燈》）；何小仙四寸長的指甲（《明天》）；以及阿Q的遊街和槍斃（《阿Q正傳》）。這些都是足以令群眾臣服的振聾發聵的事件。「群眾就像女人寧願屈從堅強的男人，而不願統治懦弱的男人；群眾愛戴的是統治者，而不是懇求者，他們更容易被一個不寬容對手的學說折服。而不大容易滿足於慷慨大方的高貴自由，他們對用這種高貴自由能做些什麼茫然不解，甚至很容易感到被遺棄了。他們既不會意識到對他們施以精神恐嚇的冒失無禮，也不會意識到他們的人身自由已被粗暴剝奪，因為他們決不會弄清這種學說的真實意義。」[47]在這一過程中，民與紳達到了追求結果的同一。「紳」的作用尤其不容忽視，他們扮演了號令一切的「英雄」角色。

所謂「英雄」是指能夠影響民眾的領袖人物。由於群眾是根據他們的價值判斷指認英雄，所以「英雄」這個稱謂在文本中不具備肯定的價值判斷，他既可以是代表新生力量的革命者，也可以是代表宗法制度糟粕的官紳和中醫。勒龐認為「英雄」之為「英雄」，因為他們擁有能夠迎合信眾的為事業而獻身的勇氣、不懈的鬥志和高尚的利他主義。[48]「他們犧牲自己的一切。自我保護的本能在他們身上消失

得無影無蹤，在絕大多數情況下，他們孜孜以求的唯一回報就是以身殉職。」[49]群體本能地希望英雄能表現出他們所不具備的高尚品德。英雄如果能讓人們覺得他可以大量提供這些品德，那麼他就會廣受愛戴。從這個意義上看，只有《藥》中的夏瑜具備英雄的品格，而魏連殳、呂緯甫等人只能是孤獨者。在傳統中國的社會架構中，以孤獨者為代表的知識份子轉變為職業取向難以預定，社會身份難以劃一，相應地在思想感情和人生價值觀念上的群體一律性也越來越淡薄而差異性卻越來越突出的遊民階層。知識份子地位命運的改變，使他們遊弋於驅巫與被驅巫之間，他們要麼成為驅巫者的幫兇，要麼被驅巫。而他們無法成為英雄的原因在當時的社會條件下極為複雜。原因之一是當時的啟蒙準備不足，思想理論和制度規範沒有達到啟蒙者所希望的那個程度，群眾難以應和。再有就是沒有強大的經濟後盾作為支撐的知識份子無法不顧一切地完全投入。孤獨者的悲劇在於，他們有成為英雄的心志，但沒有成為英雄的實力。「失業」這一背景事件在《孤獨者》中反覆渲染。而且這種窮於生計的窘迫情況又推演到「我」身上。在他們身上理想和現實之間的矛盾是永遠不能解決的，他們總是不可不一面抵抗黑暗，一面保護自己。於是魏連殳像「狂人」去某地候補一樣也做了杜師長的顧問。知識份子一旦退出了自己的精神空間，他們就再也不會覺得自己和環境之間的衝突是以理性原則和社會責任感為基礎的，因此也就不再會覺得有為這種衝突而堅持和犧牲的必要。精神立場上的位移使他們輕易地卸去了抗爭絕望的精神壓力，而轉入了以苦挨苦撐為本分的庸人狀態。其實每一種新的秩序的誕生依賴於時機的成熟與真正能夠犧牲與勇於犧牲的英雄的出現，在他們的帶領下群眾才能真正改寫歷史。魯迅先生自己也意識到，他本人也

只是個孤獨者而不是個英雄。「然而我雖然自有無端的悲哀，卻也並不憤懣，因為這經驗使我反省，看見自己了：就是我決不是一個振臂一呼應者雲集的英雄。」[50]他清晰地認識到了，自己只是歷史的中間物。從表面看，他的一生似乎總是橫立於現實紛爭的中心，其實從骨子裡來說，他的邊緣意識一直是如影隨形，根深蒂固的。他一生無時不在逃離中心，從紹興逃到陌生的南京，又從南京逃到遙遠的日本。光復會要他當英雄，他托辭逃離；回到紹興，軍政府讓他當校長，不到一年，他又奪路而逃；到了教育部，他遠離官場爭鬥，心如古井，躲在紹興會館抄古碑，一抄就是五六年；後來，他不無意外地成了文壇名人，招惹了不少是非紛爭，於是他便逃到廈門、廣州，誰知冤家相逢，迫使他又逃往上海，從此成了一名自由撰稿人，標準的邊緣人角色。當然，到了上海，隨之而來的紛擾和筆戰也弄得他焦頭爛額，應對不暇，人們開始抱怨他的脾氣古怪，難以接近，殊不知這恰恰體現了他對外部世界的排拒，對現實中心各種紛爭的厭惡。臨終前，他要求人們在他死後趕快埋掉，不要做任何關於紀念的事情。同樣體現了他一貫的邊緣化意識。同時他還將自己的小說集定名為《烏合叢書》。這也似乎隱曲地表達了他的非英雄立場。

（三）殘缺的身體

我們對世界的把握在相當程度上依賴於視覺，看就是一個圖式的透射，一個藝術家絕不會用「純真之眼」去觀察世界，詩人看待世界的眼光就是真理的開啟過程。[51]作家是看他要表現的東西，而不是表現他所看到的東西。因此通過分析魯迅的視覺思維即意象世界的建構，可以幫助我們理解他作品的精神世界。

　　根據拉康的鏡像理論，身體是人理解個人與世界關係的一個維度。身體社會學認為，身體觀念包括物質身體和社會身體兩個層次。並且前者受到後者的制約，在社會交往過程中，個體不斷地將自然的身體轉化為社會文化的符號。因此身體可以成為社會的隱喻。在魯迅的小說中被妖魔化了的傳統文化既以人的精神為對象進行壓抑和控制，導致病態與畸形，又以人的身體為對象進行摧殘，《風波》裡的九斤老太和《故鄉》裡的豆腐西施的病態小腳，以及孔乙己因偷書而被打殘的雙腿，都是傳統制度文化對身體的暴力美學。殘缺的身體意象正是病態社會的表徵。魯迅先生雖然學習現代西洋醫學出身，但他的藝術思維卻體現了中醫的思維特徵。「視覺主治」的表型文字造就了中醫形象性的思維特點。中醫理論在概念層次，具有視覺可感性，以實體代表抽象；在判斷層次，以表具象的賓詞來反映對象的屬性，變無形為有形；在推理層次，則達到「無喻則不能言」的境界。[52]同時陰陽五行宇宙圖式化的思維模式促使中國人把人與環境因素綜合地加以考慮，形成網狀的思維結構。[53]因此以「象」作為概念，以對象之間「象」的相似性作為推理的根據的中醫與文學創作本身具有思維方式的同構性。

　　傳統秩序的掌控者隱喻的醫生將他的子民孔乙己打成殘疾。丁舉人真如康大叔一般身兼劊子手與醫生二職了。醫生本應該立於病人與疾病之間，擔當起緩解痛苦，減弱恐懼，阻擋死神的職責。可是在《孔乙己》中丁舉人親手將孔乙己打成殘疾，並且推向死亡。文本中醫生的身份與醫生的職責之間產生了巨大的反諷效果。與孔乙己身體的被動殘疾不同，女性的三寸金蓮則是女性自身或其他女性對自己的主動摧殘。纏足時女性身體會造成許多傷害。小腳的血氣被腳帶紮

死，身體血液循環差，所以冬天一定要烘火。血液循環差，面色也差，所以更須面施重粉。而且由於行動不便，所以常是由丫鬟攙扶著走或乘轎出門。因此由於缺乏運動與呼吸新鮮空氣，也會間接地影響纏足者的健康。

「纏足」是中國古代特有的一種性文化現象。在男子統治女子的社會中，女子纏足主要是出自於男人的需要。男子要求女子為夫守貞，並要限制她的行動，不讓她多接觸外界，剝奪她和其他男人交往的機會，為此纏足是一個妙法。另外，「三寸金蓮」還是供男子「晝間欣賞，夜間把玩」而人為創造的性器官。在古代女子的小足在性生活中能夠發揮「性感帶」的作用。纏足可以使女性臀部變大，增加性感度；同時會使陰部肌肉收緊，促使男子性交時獲得與處女性交的快感。可見纏足的目的是為了使女性更好地成為男性的性工具。[54]魯迅在小說中多次寫到女性的腳，如《風波》寫六斤「新近裹腳」；《故鄉》寫到楊二嫂的「細腳」；阿Q則認為吳媽的腳太大；《示眾》裡的老媽子有鉤刀般的鞋尖；《離婚》中的愛姑也有「鉤刀樣的腳」。

纏足與現代的打耳洞、戴體環、按舌釘一樣都是一種對身體的「裝飾」。「自然的人化」方為美，那麼美規範到哪種層次才算美容而不是摧殘呢？也許你會說，帶來一定程度的身心痛苦是摧殘，而能夠產生主體的情感愉悅是造美。俗語說「小腳一雙，眼淚一缸。」纏足無疑是一種肉體摧殘。然而據我所知打耳洞和紋身等美容項目也都是痛苦的。而且值得一提的是，在清代曾經幾次禁止女子纏足。順治元年，順治2年，順治17年，康熙元年幾次禁止纏足，並且違者罪及父母家長。但是清代的禁止女子纏足運動收效甚微，反而有一些滿族女子也紛紛效響。[55]也就是說即使會帶來痛苦女性們也會主動選擇這

種修飾方式。這到底是什麼原因呢？

　　馬克思在《1844年經濟學——哲學手稿》中提出了「人的本質力量對象化」這一思想，人的本質是在各種社會關係中進行的自由的有意識的活動。在這一人類總體的社會歷史實踐的基礎上，人的思想、感情、智慧、道德、才能等主觀能力擁向對象，見之於客體，並且感性地顯現出來。[56]也就是說關於美醜的劃定不是個人自由選擇的結果，他要受制於社會群體對美的界定。而在漫長的歷史進程中男權文化一直操縱著對女性審美標準劃定的權柄，正是為了迎合男權文化的規範，女性不惜忍受巨大的身心痛苦，對身體進行了包括纏足在內的種種摧殘。而且隨著醫學的發展，人類可以愈加輕鬆地實現他們摧殘自身的願望。男權文化與醫學之間，醫學與審美之間形成了一種相互攪和的多重互動關係。醫學實際上是與男權文化本身合謀來對女性群體進行的一種驅巫行為，正如女性主義者所覺悟到的一樣，男權文化即使在今天仍然在以各種形式撕咬著女性。「身體」歷來是性別政治爭奪的最基本的一塊領地，可是直至今天女性們仍在主動地摧殘著自己的身體，醫學就是促使灰姑娘變成公主的水晶鞋，女性的唯一願望就是希望經過精心裝飾的身體能夠被心儀的王子掠奪。一段段男權文化壓制下的女性悲劇正在醫學的幫助下在現代社會裡以改頭換面的形式一再上演。通過醫學解除婦女纏腳的病痛，是魯迅自述當年學醫的動機之一。可是他沒有想到女性的腳雖然是解放了，但是醫學卻會和男權文化一起對女性進行新的摧殘。正像魯迅自己所意識到的一樣，有些精神的病態是不能用醫學來醫治的。他的小說也從而在這個意義上體現了對男權文化本身的質疑。更為值得一提的是纏足本為強化女性的性別，可在生理上卻損害了女性生物的性。纏足的女人或者無法

生育，難生育，或者生出弱種。而這也導致了國家長期積弱不振，可能走向消亡的命運。其形象的描繪正如《故鄉》裡的九斤老太所說的，「一代不如一代」。種的退化與國家的衰微是同步的。

在魯迅作品中除了三寸金蓮之外最常談到的另一個性意象是「辮子」。辮子是清政府人為創造的男性的第二性征。《阿Q正傳》、《風波》和《頭髮的故事》這三篇小說都提到辮子。在《阿Q正傳》裡，儘管革命讓未莊人慌張與驚懼，但他們很快發現革命黨雖然進了城，倒沒有什麼大異樣。這場革命只是剪去了一條辮子，趕走了一個皇帝，並且把殺頭換成槍斃而已。所以魯迅說革命後的中國，內骨子是依舊的。在《風波》裡，張勳要復辟，無辮的危機雖然使七斤一家恐慌和絕望，但最終還是成為一陣轉瞬即逝的風波。被罵為活死屍的囚徒的七斤又重新得到相當的尊敬，相當的待遇，一切都是仍然。而《頭髮的故事》以「忘卻」開頭，又以「忘卻」終結。雙十節過後，一切照舊。清末無辮子的悲劇又再次重演。中國的社會就像一溝絕望的死水，清風吹不起半點漣漪。

在文本層面上看辮子是種族壓迫的記錄，男人留辮子，原是滿族的習俗，滿人入關後，為鞏固其反動統治，採取殘酷鎮壓和血腥屠殺的反動政策強迫漢族人留辮子。另外，辮子還是辛亥革命後復辟與反覆辟的標誌。但從深層文化內涵上來看，辮子實際上是傳統文化的陽物象徵。《風波》裡的趙七爺自欺欺人地編造出張勳復辟保駕的人是張大帥，而張大帥是燕人張翼德的後代，可見在滿清遺老那裡復辟具體是替清朝招魂還是夢回三國已經不重要了，復辟關鍵是回復那種傳統制度下的生存狀態。而在《風波》裡魯迅通過七斤夫婦的對話，把所謂「皇帝坐龍廷」形象化地概括為「皇帝要辮子」。可見皇帝這個

傳統文化的象徵物與辮子本身有著內在涵義的相似性。在佛洛伊德的精神分析學中，一切長形物體代表男性生殖器，[57]並且剪髮本身具有閹割的含義。[58]因此，在魯迅的小說中，剪辮子實際上是對傳統文化的閹割。人們對剪辮子的恐懼實際是對打破這種做奴隸的時代的平靜狀態的恐懼。而這種恐懼正是庸眾的普遍心態。

　　身體既是醫學的實踐客體，也是一個有組織地表現出文化和欲望的有機體。正是男權文化親手砍削了殘缺的身體。意識形態是男權文化在家國二維中，國家層面上的高度集中。魯迅筆下的醫學敘事與身體意象展現了男權文化掌控之下的意識形態話語與醫學話語的同構。並通過敘述本身微妙地解構了意識形態話語的絕對權威。

附錄四、戰爭與強暴的同構

　　無論是在正義的還是非正義的戰爭中強姦現象都是普遍存在的。戰勝者對戰敗者的婦女大規模的集體強姦、輪姦在歷史上屢見不鮮。二戰中日軍官兵對菲律賓、韓國和中國婦女所犯下的罪行十分殘暴。前南斯拉夫解體後爆發的諸多戰爭中，塞爾維亞正規軍與民兵大規模集體強姦波黑族的穆斯林婦女。可以說，婦女已經成了歷次戰爭的一個特殊的戰場，強姦成了一種特殊的武器與戰鬥方式。強暴成為戰爭異質同構的喻體。

（一）戰爭乃強暴的隱喻

　　戰爭與強暴相伴而生，而且其產生的深刻程度正是軍律所無法規範的。其實，戰爭本身就包含著強暴的隱喻。男性性行為的攻擊性與

主動性，與征戰和侵犯密切相關，有時，戰爭和戰爭圖片確實能引起性興奮，男子看到戰爭和謀殺時會產生快感，男孩在對同伴施加虐待或肢解動物時也會伴有陰莖勃起。[59]虐待心理雖然多數表現在日常行為中，但在某種時刻可能會出現民族、社會群體的總爆發。民族戰爭的殘酷、國家衝突的無情，以及各種大規模政治運動等等，這些重大歷史過程中出現的令人髮指的虐殺實際上就是虐待狂的集體發作。

　　強暴會借戰爭之勢全面爆發這是由於戰爭的一些內在屬性決定的。戰爭無非就是暴力，就是佔有，就是征服，就是對對方的凌辱或者報復。著名女社會學家露特‧賽福爾特曾簡短、精闢地指出：「強姦不是性欲望的暴力表現，而是通過性來實現的暴力。」從對強姦案件的審訊與調查，從性醫學醫生和心理治療家對當事人的詢問，被強姦的人幾乎沒有把強姦看作一個性交過程的；強姦犯常常談到在強姦時對對方的優越感、統治感、對對方的侮辱與虐待。換句話說，強姦首先不是為了滿足強姦犯的性欲望，而是為了滿足他（她）對弱者的優越感和凌辱與壓迫的願望，性僅僅是強姦犯對受害者施暴的一個手段。另外，在很多強姦案中強姦犯不僅強行與受害者性交，而且還要打罵受害者的事實，也支持這個論點。[60]所以，強姦只是戰爭暴力的一種表現形式。

　　從最早的有記載的歷史可見，戰爭表現出深刻的性別特徵，戰勝者被譽為富有男性陽剛之氣，而戰敗者則被稱為女性化，征服敵方有時以象徵性或實際上的強姦戰敗士兵為結束。一個英國評論家將英國在美國革命中的失敗歸咎於「我們失去了古代雄風即我們身上沾染的女人氣」。20世紀初一位愛爾蘭評論家指出流血是淨化與聖潔的禮儀，將其視為終級恐怖的民族則失去了男子風度。第一次世界大戰早

期，許多正式宣傳集中渲染被德國侵略的「勇敢的小比利時」的困境，以高度女性化的方式描寫比利時。宣傳似乎表明比利時正在被德國強暴，就像強暴婦女一樣。[61]一般而言，男人強姦女人也不單涉及男性性欲發洩的問題，還涉及性別之間強弱的權力關係，即強行進入被視為弱者的女人的身體還能夠滿足施暴者侵犯、佔有、操控、掠奪等屬於強者的權力欲。如果處於強勢的入侵或攻擊位置的民族以「男性」自居的話，那麼，被侵犯的民族就必被視為弱勢的「女性」，「她」就沒法逃離忍受「性」侵犯的重創。這才是被「女性化」的民族中的男性成員以至整個社會，感到屈辱的核心原因。可以說，他們被迫目睹「他們的女人」被強暴時所產生的傷害痛，既是一種未能盡「保家衛國」的男兒責任所引發的內疚感，也是一種男性以至民族自我的被侵犯感。

實際上，要想追溯「戰爭」與「強暴」同語反覆的比喻關係還要進行更為深入和本質的分析。女性主義歷史學家鐘斯・W・斯科特認為，性別除了作為「建立在性別之間可見的差異的基礎之上的社會關係中的一個本質因素」之外，它還是「一種標示出權力關係的原始方法」。也就是說，在進行社會關係分析時引入性別概念，會使單純的結構帶有了「權力關係」的意味。如果在文化閱讀中運用性別視角，就能夠使我們直面話語場中不可回避的等級化與邊緣化等權力運作系統，從而發現一些深藏於文學現象中的問題與謎團以及它們之間的微妙關聯。

瑪莉・拉庸在《述訴空間：巴勒斯坦婦女與國家論述的性別化》中指出，民族主義提出了一套如何整合國家民族各個範疇、關係、問題的法則，這套法則把所有的範疇如階級、性別、宗教等及它們的相

互關系統攝在民族政治這個大「傘」之下。舉中國的民族主義修辭為例，「大地母親」、「黃河母親」、「喝人民的奶水長大」等等。可以看到，女人的身體與母親的形象在民族主義文化的再生產過程中扮演著重要的角色，在這個意義上，民族主義的修辭是很「女性化」的，或者說，是民族主義把女性傳統的孕育生命的功能和意義納入民族的生死存亡這個所謂大的、統攝性的視域中去。

　　民族是可以依據權力運作而被性別化的。1902年，梁啟超在他影響深遠的《論中國學術思想變遷之大勢》中寫道：「20世紀則兩大文明結婚之時代也，吾欲我同胞張燈置酒，迓輪俟門，三揖三讓，以行親迎之大典，彼西方美人必能為我家育寧馨兒，以亢我宗也。」這個中西通婚的奇詭構想，反映晚清知識分子對於世界權力關係的規劃。然而，實際上1910年留學生們被明令禁止接近外國婦女。可見所謂中西通婚的論述在當時只能是一種文本表述的策略。它借助書寫來想像性地滿足中國「主體」在新的時間與空間秩序中所感受到的一種「匱乏」，它是中國知識份子在為甲午戰爭後所自覺或不自覺地感受到的「被殖民」的位置進行抒解的表現。這種以「西方」為「美人」的性想像既完美地表徵了中國對西方的欲望，企圖用性別對立以及其所包蘊的強／弱、佔有／被佔有的權力關係來扭轉中國主體無法在現實中扭轉的劣勢。中國這個曾經一度自認為是陽剛主體的泱泱大國，面對「西方」生氣勃勃的帝國主義，產生的是一種類似於同性愛戀的強烈認同感。「中國」渴望成為「西方」，加入「世界」，但同時又無法放棄自身外於「世界」的獨特性，於是為了掩蓋這種被壓抑的欲望，「西方」被女性化成為「美人」，而自我在現實感受中的「女性」位置，被轉化成男性書寫主體，並且透過操作象徵意義的異性戀婚姻的

想像，轉化成為合法欲望秩序的修辭策略，完成「中華文明」騰飛之序曲，自慰性地合法化本民族的民族建構史。當我們用二元對立的思維來思考世界的時候，「看與被看」，「強與弱」，「男與女」等種種等級次序相伴而生，因此將他邦他族即被看者女性化，成為一種常見的修辭方式。[62]

在2001年第1期的《比較文學》上，登載了一篇題為《八世紀時諾森布裡亞的「民族」與他者的凝視》的論文。論文研究的對象是比德（Bede）所著的《英格蘭人教會史》中的一個極短的片段，主要講述教皇格列高利一世在尚未成為教皇之前，於日漸衰敝的羅馬帝國公共會場上，遇見了一群正待出售的、來自大不列顛島的男童的經歷。格列高利一世為男童的美貌所吸引，因此開口詢問他們來自何方。當得知男童的故鄉——即當時仍是羅馬帝國邊陲的蠻荒島嶼的大不列顛島——尚未皈依基督教時，格列高利不禁歎息魔鬼的勢力居然依附於如此動人的軀體之上。但很快，他就發現「Angli」這個民族的名字、他們所屬王國的名字以及該王國國王的名字與神聖的拉丁文頌詞有吻合之處，於是他下令向該島派遣基督教神甫以傳揚教義。根據Mehand與Townsend的考證，這段故事在被比德記載下來之前，一直帶有傳說的性質在民間口頭傳揚。比德將其正式納入《教會史》，似乎只是想將之歸為不列顛全面基督教化的因由之一，但研究者顯然不能止步於此。Mehand與Townsend運用後殖民理論與文本細讀法，把這段記述解讀為中心／邊緣的二元格局的集中體現。由此生成了這樣的圖式：羅馬／不列顛——殖民／被殖民——看／被看——欲望／被欲望——命名／被命名。在羅馬這個國際化大都市的凝視下，欲望指向以及性別階序一覽無餘。根據史料，不列顛男童被販賣到羅馬，

常常是為了提供性服務，因此在這個欲望公式中，男童僅僅代表性別，而男童的身體呈現為被看的對象，才揭示了性別權力關係的本質：他們是被「女性化」的族群，或者套用拉康的說法，他們是被「去勢」的族群。

　　將他族或他國構想成女性的想像方式相當普遍。晚清之後，創造社的郁達夫、郭沫若繼續大肆抒寫男性「自我」在面對日本（另一個強國）女子時的情愛鬱悶，這時國家話語成為男女欲望話語的必然歸宿。20世紀30年代的「新感覺派」也不斷在作品中繼續鋪陳男性主體對西方「美人」的情愛想望。因為此時的觀看者本人處於劣勢，所以與異域美人的性想像比較溫和，往往是戀愛與婚配式的。當想像的情勢從劣勢轉為強勢，想像的語境由平和而轉為戰爭，那麼強大民族對弱小民族的征服便自然而然地被想像為強暴。因此，無論是具隱喻性的「女性」或現實生活中的女人，在民族戰爭或衝突中成為保護對象和精神力量的同時，也逃離不了成為以同一名義出征或攻擊他邦或他族的民族的侵犯對象。可以看到，無論在象徵意義上或是實際效果上，男人／民族戰爭所做到的是以操控女人的性與生育來毀滅另一些男人／民族的生機，而女人身體和形象作為民族的載體所承受的則是雙重的挪用或擠壓。[63]

（二）戰爭與強暴的文學敘事

　　戰爭與對女性性侵犯的緊密聯繫已經深植於人類的記憶深處，其實這種醜惡的性行為可以一直追溯到奴隸社會。戰爭的強暴隱喻在各個歷史時期不斷再現與重演。因此在文學作品中，我們可以找尋到大量戰爭與強暴同時出現的歷史記憶。下面我以現代文學的小說為例。

　　徐霞村《煙燈旁的故事》中的孫大叔，對被他和幾個兵弟兄輪姦致死的女性的臉孔無法忘記，所以以後再也沒有興趣碰女人了。在戰爭中士兵的神經急劇緊繃在殺人的驚悚與死亡的恐懼之中，任何犯罪行為都得到了許可，於是強姦就借戰爭之勢大面積爆發了。稍有良知的男性親臨這些場景也都會為女性的不幸遭遇而動容。彭家煌《喜期》中的靜姑，在新婚之日被兵匪強暴，她對生活徹底失去了希望，最終選擇了跳河自殺的方式來結束自己原本就不自由的生命。戰爭中的強暴給女人帶來了毀滅性的災難：「自從那些士兵把一隻又粗又長的槍放進」她們「的身體裡面，把骯髒的精液留在」她們「身體裡面，……那鋼條抹殺了」她們「的心」。陰道代表著女人生命源泉的美好家園，在戰爭強暴的獸行中，被徹底地踐踏毀滅了，它「變成了一條毒河與膿河，所有的穀物都死了，魚也死了」，從此失去了它的寧靜、芬芳，它牧歌繚繞的美麗，「變成一個可怕的地方，一個必須逃離的地方」（[美]Eve Ensler：《陰道獨白》）。女人失去了陰道家園，也就失去了女人身體與靈魂的棲息地。家沒有了，心就無所依託，沒有心的身體就永遠不屬於女人自己。沙汀《獸道》中，魏老婆子的身為產婦的兒媳婦被大兵輪姦，情急之下魏老婆子喊道：「我跟你們來哩。」兒媳婦含辱上吊，離開人世，魏老婆子因此遭了親家一頓打。鄉親對於她的遭遇並沒有同情，反而百般羞辱，一個兵太太，竟慫恿自己的小兒子兩手撩開褲襠對著她喊：「嚇，我跟你來哩。」魏老婆子承受不了來自各方面的壓力，最終精神崩潰。人們經常可以看到，赤裸著下身，披散著頭髮的她，一邊拿著竹篙敲擊著街道上的鋪石，一邊嚷叫著：「給你們說她身上不乾淨！我跟你們來呀……」戰爭中的強姦行為首先體現著男權對女性的性奴役。強姦的歷史根

源，深植於父權制社會男人以暴力對待女性的傳統。強姦不僅造成女性身體的傷害，更造成女性精神的痛苦。而戰爭強暴，男性通過一種極端暴力的性強迫，把女性置於物化的他者位置，使女性產生強烈的羞辱感和幻滅感，這種精神之痛，是父權制通過對女性的肉體暴力達到的對女性的精神摧毀和精神異化的精神統治。以上3篇小說，都是講述國內戰爭中伴隨的性侵害行為，然而與國家間的戰爭相伴而生的強暴行為，往往更令人髮指。

艾蕪《咆哮的許家屯》描寫小鎮在日軍統治下的恐怖氣氛，日軍白天隨意在街道店鋪拿煙搶煙，晚上穿窗破戶強姦鎮上的婦女。李同愈《復仇的火》中的日本兵將小蘭兒的媽媽強暴至死。碧野《湛藍的海》中，日軍進攻南澳島，游擊隊員淨姑去向阿鵬求援，卻被敵偽俘獲。淨姑臨刑不屈，被日軍官姦污後，推上懸崖槍斃。陳殘雲的《熱帶驚濤錄》中潰退的英軍把馬來半島變成了燒殺擄掠的屠場，青松的妹妹被英軍士兵姦污。可以看到，女性的身體在民族戰爭中其實是戰場的一部分，侵犯民族主權或自主性與強暴女體之間、佔領土地與「佔領」婦女子宮之間，似乎可以畫上一個等號。

白朗的《生與死》中老伯母當義勇軍的兒子在戰鬥中陣亡，兒媳受東洋兵姦污而服毒自盡。為了報仇，當監獄整修，把女犯臨時調到南山崗的拘留所的一夜，她乘鄉間舉辦提燈大會之機，擊碎監房的電燈泡，把日本警察調離門口，使經過化裝打扮的八位女犯雜在提燈人群中脫險。儘管她備受毒刑，數日後被秘密處決，但她的生命已在她打開牢門高呼的「孩子們逃吧，那邊有提燈的人群接你們來了」這句話中得到了昇華。白朗的《老夫妻》中，日軍在全村燒殺搶掠，他們把一個年青寡婦輪姦分屍，使張老財彷彿夢遊十八層地獄，激起了深

刻的恐怖和憎恨。眼看著得福率領民兵夜襲敵軍，久攻不下，這個向來吝嗇絕情的老人竟毅然縱火燒毀自己的家宅，使敵軍葬身火海。通過強暴，一方面，性別權力關係找到了其民族主義的表現形態；另一方面，民族之間的權力關係也找到其性別主義的表現形態。執行施暴行為的男性，在戰爭時期其實負載著民族代表或使者的身份，他們以保護自己國家的利益或民族的純潔性的名義對別國或別民族進行侵犯的時候，伴隨著對「它者」民族的「純潔性」進行干擾或破壞，而通常使用的方法是強姦當地的女人以及強迫她們懷孕。在公眾地方或在家人面前進行集體強姦，其意義在於公開地向被侵犯的民族的男人們展示一個處於強勢的民族對一個處於弱勢的民族進行的侵犯，加強他們的恥辱感。迫使婦女懷上異族的孩子就更徹底地從血統的途徑毀滅一個民族的自主和純淨性。在一些禁止墮胎的穆斯林國家如印尼和波士尼亞，其殺傷力就更巨大。

　　戰爭不僅是個人、民族的劫難，也是全人類的災難。它無情地將大量生命化為灰燼，大量財富化為硝煙。戰爭改變了人性的善與惡、改變了人與人之間的關係和道德價值判斷的尺度。無休止的爭鬥助長了人與人的冷漠無情和僵化的教條主義。人的尊嚴被無情地剝奪，人性被可怕地扭曲。於是在戰爭中就難免發生許多悲劇性的事件。戰亂中的女性是戰爭中的一個弱勢群體。她們既承受著戰爭的深重災難，又承受著被男性世界漠視與排斥，甚至是侮辱的巨大痛苦。我們有義務直面這一古老的罪惡，呼喚人類停止戰爭。

附錄五、阿毛：被動現代化受難者的隱喻
——丁玲的《阿毛姑娘》解讀

　　丁玲的小說《阿毛姑娘》最早刊發於1928年的《小說月報》，由於其既不像丁玲早期那些反映「五四」退潮後覺醒的女性知識份子精神苦悶的小說，又與作家轉型後放棄女性意識追求政治倫理實現的作品不同，因此它在丁玲的文本序列中一直處於一個很尷尬的位置，並往往被後來的批評者所輕視和忽略。其實這篇小說是一個內涵非常豐富的文本，在其短短的篇幅裡容納了作家對於女性命運非常密集的思考。作為現代性基本要素之一的市場經濟，成為推動現代文明生成的基礎性力量。它的進取稟性使它對人們形而下的經濟、政治以及文化的生活結構和人們形而上的意義世界，不斷地進行著消解和重塑。小說反映了在城鄉現代化程度差異非常大的情況下，一個農村女性突然面對高度現代化的城市其自卑、嚮往、絕望的內心狀態。

（一）食不能滿足的悲劇

　　人首先要生存，然後才能追求愛情、理想和價值，沒有生存形而上的追求無以附麗。阿毛的悲劇首先是貧困的悲劇。阿毛父女倆終年辛勤勞動但還是難以吃飽。父親養不起女兒所以急於把她嫁人。由於辦不起一桌酒席和菲薄的嫁奩，阿毛得不到他人在婚禮上的尊重，對於美麗的阿毛，這是極不相稱的。同樣，許多來到大城市覓食的人最初也都是饑腸轆轆的人生狀態，食不能滿足的困境是可以剝奪人的生存權的悲劇。「窮則生變」、「人窮志短」、「窮當益堅」等詞表明

窮困往往是人的生存困境的一個極致。現代文學中許多令人記憶深刻的片段也都是關於貧困的描寫。

潘柳黛《退職夫人自傳》中的李阿乘雖然是大學生，但是由於窮困還要通過向嬸娘出賣青春和肉體這種令人不齒的方式求得生存。甚至有一部分知識份子，因為「失業」而走上窮途末路。從20世紀20年代到30年代，因生活貧困而流浪、病死甚至自殺的作家大有人在。巴金《寒夜》中的汪文宣就是由於失業有病不得治而死去的。沈從文《某夫婦》中的紳士因為貧困設計讓妻子色誘朋友詐取朋友的錢財。汪曾祺《雞毛》中的大學生因為飢餓而偷更加窮困的洗衣母女的雞來吃。為了省下買紙張的錢，他每天晚上都拿著一把剪刀在校園裡遊蕩，將張貼著的壁報、通告和啟事的空白處都剪下來。窮困往往可以逼出人性中最醜惡的部分。貧窮如鞭催趕著現代知識份子向食物狂奔過去。沈從文《早餐》中作家琪生同琪生太太沒有錢吃早餐，只能賴在床上用親嘴來當飯吃。沈從文《絕食以後》中的男主人公抽屜裡只剩下一片不到手掌大小的鹹麵包。餓得肚子在那裡嘰嘰咕咕叫。飢餓是一種對生命的摧殘，也是圓滿豐潤的生命的一種缺失。從中外文學史中可以看到，文學的創作與缺失性體驗有著密切相關的聯繫，許多有成就的作家都經常處於精神或者物質的缺失當中。那些深切的痛苦，不幸的人生歷程往往使得他們對世態人情有著高度的敏感。

當然貧困與富有總是相對的，阿毛的夫家雖然比娘家富有，但是與那些城市的官員和商人們相比卻窮困得多。由於「利」和「勢」密不可分，所以由貧困相伴而來的是，窮人在以經濟為主導的社會的各個方面處於弱勢地位。當阿毛隨著三姐走到挨溪溝的這頭，恭敬地等著那些先生和小姐們的時候，他們竟然連眼角也沒有望到她那邊，被

忽視的阿毛感到悵然若失。其實在筆者看來，這個念頭純粹屬於貧困者自卑的想法，自閉的城市人並不一定如阿毛她們那樣喜歡關注別人的生活，他們也許真的只是沒有在意罷了。貧困者由於自卑而變得敏感，將羞辱自我擴大化。在貧富差距拉大的情況下由貧困所帶來的心理不適往往會無限彌散，以至於刻骨銘心。因為貧困窮人往往缺少受教育的機會，所以素質相對低下，而素質低下又使他們陷入貧困而無法改變自己的命運，這就是納克斯（Ragnar Narkse）所謂的「貧困的惡性循環」。同時，馬斯洛（Abraham Harold Maslow）的需要層次理論告訴我們，人是一種有需要的動物，這些需要按其重要性與發生順序可以劃分為低級和高級兩個層次。第一層次包括飲食、衣服、住所等維持自身存在、安全所必需的條件，屬物質追求。第二層次包括受人尊重和自我實現的需要，屬精神追求。低層需要有時顯得比較原始，但它是高層需要的基礎，在低層需要沒有得到滿足的情況下，高層需要根本不可能產生，其實現更無從談起。所以，在商品經濟社會貧窮的人想要得到尊重是很難的。

（二）女奴的悲劇

中國的父系社會至遲自西周就已完全確立。在顯性的、權利的、倫常法理的話語層面上，儒家圍繞著男女符號做出了與西方的菲勒斯中心主義相近的表述。由於這些表述直接傳達著中國父系社會的正統意志和王道理想，反映了這一社會旨在解釋其「中心焦慮」的普遍渴望，因而為歷代王朝奉為「天道不變」的綱常律法，得到不斷強化的尊崇和弘揚。這些我們最為熟知的表述，其總題旨可以概之以「男尊女卑」的兩性模式，其具體表現是多方面的，比如在夫妻關

係上，講究的是女性的所謂「三從」之禮；在女性的行為規範上，強調的是「四德」之教。總之，「男尊女卑」作為一種「天經地義」的兩性關係模式和倫理道德法則，以堂而皇之的理性話語形式，成為中國父系社會有效控制、支配、壓抑束縛女性的政治手段與文化策略。

在父權制度之下，阿毛作為女孩子在家裡必須尊從父親，聽從父親對自己終身大事的安排。所以阿毛的悲劇也是不能婚姻自主的悲劇。阿毛對於「嫁」的觀念始終是模糊的，因為父親、三姑、媒人趙三叔都說這嫁是應該的，所以她才覺得總沒有錯。並且這疑問只能放在心裡，三姑早就示意她，這是屬於姑娘害羞一類的事情。其實在當時的社會條件下，不僅僅是阿毛，更多的知識份子的性愛自由也是被束縛的，性愛的訴求處於壓抑的狀態，因此，他們的基本鬥爭目標就是獲得婚姻和愛情的自由。在魯迅先生書寫《傷逝》的五四時代，不論是男性知識份子還是女性知識份子，他們都以擺脫傳統家庭和舊式婚姻的束縛為主要的任務，傳統家庭和舊式婚姻是它們獲得欲望滿足的壓抑源頭。

中國傳統的性啟蒙在婚前往往是由家長指導閱讀春宮圖開始的，但是在小說中阿毛的性啟蒙在婚前是未進行狀態。她未曾知道她是應該被這陌生男性來有力的擁抱住，並魯莽的接吻。在新婚之夜她甚至只堅決地把身子扭在一邊無聲的飲泣著。從蘇青的《結婚十年》等作品中我們知道在女性知識份子群體中，或者在這種相似的出身中，女性在婚前是有性啟蒙的。而在阿毛這樣一個與父親相依為命的單親落後的鄉村家庭中，阿毛對於性和婚姻的啟蒙完全是空白的。所以，阿毛在性方面更是不能自主的，甚至在新婚之夜具有著被強暴的極端形

式。阿毛是中國千千萬萬個被「父母之命，媒妁之言」而派定了終身的一個女性的代表。

　　從某種意義上說，女人的歷史就是一部陷入家庭的歷史。男人的空間是世界、宇宙，而女人獲得的卻是一塊狹窄的天地。父系社會秩序是建立在限制女性創造力、禁錮女性身心發展、無視他們作為人的尊嚴與自我實現、超越內圍之要求之上的。它通過一系列規範、準則，迫使女性適應她們的社會地位——從屬於家庭，發揮其功能。恩格斯指出：「『家庭』這個詞，起初並不是表示現代庸人的那種脈脈溫情同家庭齟齬相結合的理想。」它首先由羅馬人發明，「用以表示一種新的社會機體，這種機體的首長，以羅馬的夫權支配著妻子、子女和一定數量的奴隸，並且對她們握有生殺之權」。[64]因此，從父系社會確立、家庭父權出現的那一刻起，婦女便淪為家庭的奴隸。家是女性被派定的歸屬，同時也是牢籠，將她與世隔絕，蟄居於被動馴服的無自我意識狀態。阿毛在婚後陷入到全新的家庭環境中，在這個宗法制父權家庭中她也失去了支配自己命運的權利。國立美術學院的教授希望邀請阿毛去做模特，這是她唯一與那個階層接觸的機會，雖然她並不知道做模特是幹什麼，但是她還是特別高興，結果她卻因此遭到了婆婆和丈夫的毒打，遭到了鄰居的鄙夷，她的願望也徹底破滅了，從此阿毛像變了個人。

（三）都市慾望不能滿足的悲劇

　　阿毛所嫁的陸家在西湖上划船，兩個兒子替人種地，還有一百多株桑樹，因此阿毛不必再挨餓了。阿毛的丈夫是一個大她八歲的結實少年，因為冬天農活不多，所以在阿毛梳頭的時候，他可以幫她擦

油，在阿毛做鞋子的時候，他可以替她理線。他還會給她買些香粉香膏之類的小禮物。後來阿毛對於他的愛撫便會很動心、很興奮，竟然愛慕起這個男人來了。在「食和色」的欲望得到滿足之後，阿毛又升起了新的欲望。

她從鄰居三姐口中聽到了關於上海這個迷幻的城市的神話。鄉村與城市的巨大差異拖著她向虛榮走，她的欲望從買一條2元錢的布、一件長袍到成為那些不用勞作的小姐太太。欲望的無限膨脹與欲望的無法滿足之間的鴻溝使阿毛墜入無底深淵，無法自拔、痛苦不堪。阿毛作為一個鄉下女人，對於城市文明的渴慕並非文化先驅理性啟蒙的結果，而是由於對虛榮的單純追求，這種敘事本身顛覆了當時頗為流行的啟蒙故事模式。同時，這也是女性對於被動現代化的一種特殊的接受形式。

但是城市在小說中並未得到正面表現，城市在阿毛的眼中是由如下的意象組成的：巍峨的洋房，汽車，鳥籠，哈巴狗，那些有著光澤的黑髮、彎彎的眉毛、紅紅的嘴唇、粉都都的嫩臉、穿著昂貴的皮大衣、露著性感的小腿、穿著高跟緞鞋的女士們以及意趣相諧的兩性關係。這些優雅的人、豐厚的物、優美的景構成的明麗清新的生活圖景，成了無知卻心性極高的她只可意會不可言傳的嚮往。這種全新的生活方式牽動了她豐富的生命情調，她強烈地感受到現實人生的缺憾。她並未真正走近城市人的生活，與他們實現對話與交流，因此她對城市的想像是印象式的、不確定的。

實際上，文本也不斷地在揭示城市文明背後的蒼白無力。文本中被阿毛羨慕的城市美婦人是城市的具像化象徵，而她們的命運也同樣具有隱喻色彩。她們快樂生活背後掩蓋著不幸，其中一個由於肺病

被死神掠走,另一個從她半夜演奏的曲子的悲哀以及曲終擲琴倒地的行為中,隱現其生活的苦痛。作為城市的象徵物,她們的命運已強烈暗示了城市文明的幻滅。[65]上海恰如海派作家在小說中描寫的一樣,「上海,造在地獄上的天堂」。施濟美始終充滿一種厭憎感和陌生感。她說:「上海似乎永遠只是上海而已,不知究屬哪一個國度。」這「是一塊壞地方,比監獄都更壞的地方」。[66]也就是說,阿毛更大的悲劇在於她所嚮往的都市實際上不如她所想像的那般是人間的天堂,而是隱藏著更多的無奈和痛苦的地獄。

(四) 無智無識的悲劇

縱觀中國社會的發展歷程,自給自足的自然經濟和宗法家族制度決定了農業是社會前進的基礎,農民處於社會的最低層,他們的經濟地位決定了他們獲得的只是最基本的生存權,這樣也就決定了他們的價值定位,生存的本能需要引導了他們的價值取向,那種為了發展而提升素質的意識被淡化和忽略,他們受教育的權利被社會邊緣化或者被取消,這也就為愚昧的蔓延提供了某種合法化。久而久之,他們把這種社會強加給他們的愚昧習慣化為一種外在適應,模式化為一種生存方式。

在小說中,阿毛性愛的未啟蒙狀態就是無智無識導致的,如果她讀過《紅樓夢》,看過《西廂記》恐怕也就不會對性愛陌生了。阿毛的無智無識還表現在國立藝術院的教授請她做模特,她就單純地認為教授愛上她。她只會簡單地生活類比,三姐在船上被一個國民革命軍的軍爺看上,後來被娶為姨太太,她便認為自己也是被教授看上,之後也會被娶為姨太太,從而過上她夢寐以求的生活。

愚昧則無知，無知則無能。無智無識的更大悲劇在於作為一個農村女性她完全無力養活自己。她不能像那些城市女性知識份子那樣通過教書、寫作和做文秘來謀生，她只能依靠父親和丈夫。所以當她意識到經濟基礎對於幸福感的巨大影響之後，她只能寄希望於自己的丈夫有一天也發了財，那她也就會如那些太太小姐那樣打扮了。阿毛不懂得書是如何的難讀。她以為只要有錢，她也可以讀書。然而，她的丈夫是一個典型的農民，狹隘到認為只要有飯吃有老婆人生就幸福了，他對金錢沒有更多的欲望，對城市也沒有特別的嚮往，他認為城市除了人多之外也沒有什麼特別的。一個平庸的丈夫註定不會幫助她實現自己的欲望，而自己的欲望自己又無法完成，這種無法做為的悲劇只能歸結為人的無知。

（五）愛的不能滿足的悲劇

阿毛最後一個悲劇就是愛的不能滿足的悲劇。為了反抗這種不公平的命運，同樣是女人，同樣是年紀輕輕、花容月貌的女人，但是有的人卻做了姨太太，有的人是富家的千金，而她卻是一個鄉下的婦人。她比以前更加沉默了，而且開始失眠和絕食，很快她就病了，發青的臉比害著肺結核病的女人還可怕。即便如此阿婆有時還會用話來刺激她。得了病她還要繼續做家務。阿毛的父親對她的病也是無能為力。沒有人能瞭解阿毛內心的痛苦，長輩也沒有注意到阿毛得了病，丈夫也不懂得耐心地哄她。小二是本分無知的農民，對妻子的愛是本能的物質的愛，更多的時候他是把妻子作為自己的一件物品來愛惜的。他自己也很忙，沒有時間和精力與妻子溝通感情，更別提理解妻子，為妻子奮鬥了。他看到阿毛冷淡失望，只會罵她癡，罵她懶，還

打她。這樣一來，阿毛想從性愛對象身上得到感情的尊重與回應的希望也落空了。對阿毛來說，她所能想像得到的別人的尊重、豐富的物質生活以及性愛對象感情的尊重與回應等這些女性生命意識中更高的欲望意識全都落空了，她自然沒有活下去的理由。[67]最後阿毛吞食了許多火柴自殺了。阿毛的死具有非同凡響的藝術效果，為什麼阿毛會吞吃火柴而不是通過其他更少痛苦的方式而自殺呢，火柴是一根根很硬的小木棍，很不容易吞咽，臨死的時候還非常疼痛。阿毛連死的時候都在折磨自己。火柴是現代文明的產物，以前的火柴都叫「洋火」，作者是想暗示是所謂的現代文明吞噬了阿毛的年青生命。年青女性對於都市欲望的追逐有如飛蛾撲火。而火柴是用來燃燒的似乎也在說明，阿毛想用自己身體的燃燒來向不公平的命運做最後的反抗，然而悲劇在於，這種反抗仍然是被壓抑的，她並沒有真正意義上燃燒自己，而是吞吃了火柴。這種吞吃行為極大地強化了自殺的悲涼性。

（六）男性與女性對都市的不同情感

在小說中對都市藏著嚮往與夢幻的是阿毛、三姐、阿招嫂這些鄉村女性，而如阿毛的丈夫一樣的男性卻對都市毫無嚮往之情，這是一個非常有意思的現象。從農村或小城市來的女性非常喜歡大都市，並且很適應這裡的生活。而男性卻往往不適應、不習慣，有的甚至有逃離都市、重新回到老家的願望。城市裡新鮮的生活是不是對女性具有天然的吸引力？在城市裡我們可以看到打扮花姿招展的張愛玲，看到為了孩子努力寫文章的蘇青。張愛玲說：「上海是傳統的中國人加近代高壓生活的磨練。新舊文化種種畸形產物的交流，結果也許是不甚健康的，但是這裡有一種奇異的智慧。」女性對都市生活的領悟能

力、投入程度都比男性強。海派文化的多元和開放使得這座城市把她們的出現作為一種時尚，這給了她們一個得天獨厚的好舞臺。但是在男性作家的小說中城市往往是男主人公想逃離的地方。魯迅和沈從文在鄉村與城市中不斷寫著「離去——歸來——離去」的旋律。在京海男作家筆下的城市幾乎都是罪惡之城。為什麼男性與女性對城市的情感會有如此大的不同呢？關於這個問題的回答，大概從文化上我們可以追溯到男權文化，中國以儒家為主的男權文化派定了男性「齊家、治國、平天下」的社會責任，強大的社會責任導致男性巨大的心理負擔。城市中的男性首先淪為無產階級的自由民，再加上城市的就業困難等壓力導致自由民的生存狀況非常艱苦。而女性在這方面的心理負擔就非常小，再加上各種服務行業為女性提供了更多的就業機會，所以女性在城市的生存壓力比男性稍微小一些，特別是傳統男權文化派定了女性依附的社會地位，所以女性在城市可以通過依附男人來獲得生存的機會。因此，城市往往更容易使女性青睞。

（七）被動現代化受難者的隱喻

在地點上，阿毛從偏僻的鄉村來到了城鄉結合部。地點的轉移使得她有機會接近現代化的都市，預示了她悲劇發生的必然性。而結婚的事件也帶來了她地點轉移的可能性，只有結婚事件的發生，她由娘家來到夫家，她才能實現兩種經濟和文化發展水平相差比較大的地點的轉換，也才能真正造成阿毛被動現代化殉難者的悲劇。因為落差大才能給阿毛帶來心理的震撼，並且正因為對被動現代化生活的強烈不適應才能導致阿毛的最終自殺。這也能解釋，為什麼同樣是農村女性，而其他沒有經過這些地域轉換的人卻沒有落得這樣的結局，唯有

阿毛殉難死了。因此,在中國現代文學史上阿毛姑娘與其他鄉村類女性形象不同,其特殊的藝術價值在於,她是以上海為代表的中國都市被動現代化過程中,農村人物不適應轉型的巨大社會震顫,而殉難的受難者的隱喻形象。阿毛以其獨特的藝術成就應該無愧地列入中國現代文學中,諸如瘋狂者、孤獨者、看客等隱喻人物的形象系列中。貧困的悲劇、無智無識的悲劇、女奴的悲劇,這些都是傳統鄉村女性身上都具有的悲劇模式,而愛的不能滿足的悲劇、都市欲望不能滿足的悲劇以及男女兩性對城市被動現代化過程中的不同適應程度,則是在進化論的時間鏈條上具有現代性意味的悲劇。這也正是這篇作品的重要價值所在。20世紀20年代,中國處於急劇的變化和動盪之中,無論是社會政治現象還是文化精神現象都在這動盪中瞬息萬變。舊的東西無力自持不斷走向凋零衰敗,新的東西在逐漸滲透。這樣的歷史背景和現實經歷給這個民族染上了焦慮、絕望、悲愴和無奈的心理色彩。阿毛一面掙扎,一邊出自本能地發出沉重的悲歎,丁玲則以其文化優勢和精神優勢,對這特定的歷史背景和心理色彩持有充分的清醒與自覺。因為作家懷有強烈的愛心和豐富的情感,所以作品產生了深切而又浩大、灼痛而又寒涼的悲劇體驗。這篇小說在當下中國,城市迅速擴張,經濟發展區域不平衡,城鄉差距加大,男女不平等等經濟和社會發展現象存在的情況下,仍然具有現實的啟發性。因此,它在丁玲創作中的地位不可小視。

註釋

1 [德]佛洛伊德：《夢的釋義》，張雲燕譯，瀋陽：遼寧人民出版社，1987年，第330頁、第330頁、第332頁。

2 趙國華：《生殖崇拜文化論》，北京：中國社會科學出版社，1996年，第112頁、第216頁、第256頁。

3 同註1。

4 [德]埃利希·諾伊曼：《大母神——原型分析》，李以洪譯，北京：東方出版社，1998年，第137頁、第137頁。

5 同註1。

6 同註4。

7 朱文華、許道明：《籙竹山房》，《新編中國現代文學作品選中冊》，上海：復旦大學出版社，1995年，第525頁、第524頁、第525頁、第524頁、第526頁。

8 同註7。

9 同註2。

10 同註7。

11 同註7。

12 同註7。

13 郭沫若：《郭沫若全集·歷史編》第一卷，北京：人民文學出版社，1982年，第328～329頁。

14 同註2。

15 趙國華：《生殖崇拜文化略論》，北京：《中國社會科學》，1988年1期，第148頁。

16 傅正穀：《中國夢文學史》，北京：光明日報出版社，1993年，第161頁。

17 嚴雲受、劉鋒傑：《文學象徵論》，合肥：安徽教育出版社，1995年，第467頁。

18 魯迅：《魯迅全集·第2卷》，北京：人民文學出版社，1981年，第24頁。

19 魯迅：《新編魯迅雜文集·我怎麼做起小說來》，哈爾濱：黑龍江人民出版社，1995年，第547頁。

20 劉毓慶：《「女媧補天」與生殖崇拜》，北京：《文藝研究》，1998年6期，第93頁。

21 [德]愛娃·海勒（Eva Heller）：《色彩的文化》，吳彤譯，北京：中央編譯出版社，2004年，第89頁、第52頁。

22 同上註。

23 葉舒憲：《中國神話哲學》，北京：中國社會科學出版社，1997年，第64頁、第64頁、第61頁。

24 同上註。

25 同上註。

26 朱中方：《試析佛洛伊德關於夢與文學的關係》，井岡山：《井岡山醫專學報》，2004年2期，第75頁。

27 王富仁：《創造者的苦悶的象徵——析〈補天〉》，《文化與文藝》，太原：北嶽文藝出版社，1990年。

28 劉達臨：《中國性史圖鑒》，長春：時代文藝出版社，2003年，第97頁、第55頁。

29　魯迅：《新編魯迅雜文集‧小雜感》，哈爾濱：黑龍江人民出版社，1995年，第339頁。

30　魯迅：《新編魯迅雜文集‧寫在〈墳〉後面》，哈爾濱：黑龍江人民出版社，1995年，第161頁。

31　何星亮：《中國自然神與自然崇拜》，上海：三聯書店，1995年，第203頁、第203頁。

32　文崇一：《九歌中的上帝與自然神》，臺灣：《民族學研究所集刊》，1964年17期。

33　同註31。

34　同註28。

35　陳留生：《在「不認」與「不忍」矛盾心理中彷徨──析〈祝福〉的創作動因》，北京：《魯迅研究》，2003年11期，第10頁。

36　逢增玉：《魯迅小說中的「醫學」內容和敘事》，長春：《社會科學戰線》，2003年4期，第252頁。

37　魯迅：《示眾》，《魯迅全集‧第2卷》，北京：人民文學出版社，1981年，第70頁。

38　[法]古斯塔夫‧勒龐：《烏合之眾‧第二卷》，馮克利譯，北京：中央編譯出版社，2004年，第83頁。

39　[法]古斯塔夫‧勒龐：《烏合之眾‧第一卷》，馮克利譯，北京：中央編譯出版社，2004年，第11～12頁、第50頁。

40　[法]古斯塔夫‧勒龐：《烏合之眾‧第三卷》，馮克利譯，北京：中央編譯出版社，2004年，第132頁。

41　[法]古斯塔夫‧勒龐：《民主直通獨裁的心理機制》，《烏合之眾》，馮克利譯，北京：中央編譯出版社，2004年，第9頁、第13頁、第10頁、第18頁、第21頁、第21頁。

42　同上註。

43　同上註。

44　魯迅：《長明燈》，《魯迅全集‧第2卷》，北京：人民文學出版社，1981年，第63頁。

45　葉廷芳：《通向卡夫卡世界的旅程》，北京：《文學評論》，1994年3期，第81頁。

46　同註39。

47　同註41。

48　同註41。

49　同註41。

50　魯迅：《吶喊‧自序》，《魯迅全集‧第1卷》，北京：人民文學出版社，1981年，第417頁。

51　周憲：《讀圖，身體，意識形態》，汪民安主編：《身體的文化政治學》，開封：河南大學出版社，2004年，第128頁。

52　邱鴻鍾：《醫學文化的根──論語言和人類醫學的關係》，北京：《醫學與哲學》，1997年10期，第524頁。

53 張菊生、魯傳華：《中西醫學思維模式探析》，合肥：《安徽中醫學院學報》，1998年2期，第1頁。

54 劉達臨：《性與中國文化》，北京：人民出版社，1999年，第265頁、第254頁。

55 同上註。

56 刑煦寰：《通俗美學》，北京：中國青年出版社，2000年，第142～143頁。

57 [奧]佛洛伊德：《釋夢》，孫名之譯，北京：商務印書館，2002年，第355頁、第356頁。

58 同上註。

59 張敦福：《從獸性到人性》，濟南：山東人民出版，2004年，第82頁。

60 常彬、朱坤領、彭綺文：《戰爭強暴中，女人失去了什麼？》，2004年4月30日，http://genders.zsu.edu.cn/ReadNews.asp?NewsID=1238。

61 [美]梅裡‧E.威斯納—漢克斯：《歷史中的性別》，何開松譯，北京：東方出版社，2003年，第194～197頁。

62 吳燕：《中國欲望與西方誘惑》，2004年1月6日，http://www.culstudies.com。

63 同註2。

64 [德]費里德里希‧馮‧恩格斯：《家庭、私有制和國家的起源》，《馬克思恩格斯選集‧卷4》，北京：人民出版社，1995年，第70～71頁。

65 瞿永明、高小弘：《城鄉抉擇的焦慮及其想像性解決——丁玲〈阿毛姑娘〉再解讀》，貴陽：《貴州師範大學學報》，2005年5期，第91頁。

66 施濟美（薛采繁）：《岸》，上海：《幸福》，第2年10期。

67 王小巧：《男權社會中女性的生命意識——丁玲女性意識下的〈阿毛姑娘〉和〈《慶雲裡的一間小房裡》〉》，西安：《陝西廣播電視大學學報》，2006年1期，第83頁。

參考文獻

1 吳階平：《中國性科學百科全書》，北京：中國大百科全書出版社，
  1998年。
2 阮芳賦：《性的報告：21世紀版性知識手冊》，北京：中醫古籍出版社，
  2002年。
3 [英]哈夫洛克・艾理斯：《性心理學》，陳維政、王作虹、周邦憲、袁德
  成、龍葵譯，貴陽：貴州人民出版社，2004年。
4 [英]藹理士：《性心理學》，潘光旦譯，北京：商務印書館，2004年。
5 王效道：《性心理學探索》，上海：上海科技出版社，1998年。
6 [美]理安・艾斯勒：《神聖的歡愛》，黃覺、黃棣光譯，北京：社會科學
  文獻出版社，2004年。
7 [美]艾・弗羅姆：《愛的藝術》，李健鳴譯，北京：商務印書館，2000年。
8 [保加利亞]瓦西列夫：《情愛論》，趙永穆、范國恩、陳行慧譯，上海：
  三聯書店，1998年。
9 [法]蜜雪兒・福柯：《規訓與懲罰》，劉北成、楊遠嬰譯，上海：三聯書
  店，2003年。
10 [法]蜜雪兒・福柯：《性經驗史》，余碧平譯，上海：上海人民出版社，
   2002年。
11 [法]托尼・阿納特勒拉：《被遺忘的性》，劉偉、許鈞譯，桂林：廣西師
   範大學出版社，2003年。
12 [英]勃洛尼斯拉夫・馬林諾夫斯基：《兩性社會學》，李安宅譯，上海：
   上海人民出版社，2003年。

13 [美]卡羅爾・派特曼：《性契約》，李朝暉譯，北京：社會科學文獻出版
社，2004年。

14 [英]羅賓・貝克：《未來的性》，龐秀成譯，長春：吉林人民出版社，
2002年。

15 [美]梅里・E.威斯納－漢克斯：《歷史中的性別》，何開松譯，北京：東
方出版社，2003年。

16 [前蘇聯]巴赫金：《巴赫金全集》，曉河、賈澤林、張傑、攀錦鑫譯，石
家莊：河北教育出版社，1998年。

17 [德]卡爾・亨利希・馬克思：《1844年哲學經濟學手稿》，《馬克思恩格
斯全集・第42卷》，中共中央馬列恩斯著作編譯局編譯，北京：人民出版
社，1975年。

18 [德]費里德里希・馮・恩格斯：《家庭、私有制和國家的起源》，《馬克
思恩格斯選集・卷4》，中共中央馬列恩斯著作編譯局編譯，北京：人民
出版社，1975年。

19 [法]安克強：《上海妓女》，袁燮銘、夏俊霞譯，上海：上海古籍出版
社，2004年。

20 [美]歐文・辛格：《超越的愛》，沈彬譯，北京：中國社會科學出版社，
1992年。

21 [法]薩德：《愛之詭計》，張宗仁譯，北京：時代文藝出版社，1998年。

22 [美]羅洛・梅：《愛與意志》，馮川譯，北京：國際文化出版公司，
1987年。

23 [美]約翰・奧尼爾：《身體形態──現代社會的五種身體》，張旭春譯，
瀋陽：春風文藝出版社，1999年。

24 [美]馬爾庫塞：《愛欲與文明》，黃勇、薛民譯，上海：上海譯文出版
社，1987年。

25 [德]愛德華・福克斯：《情色藝術史》，楊德友譯，西安：陝西師範大學
出版社，2004年。

26 [法]伊・巴丹特爾：《男女論》，長沙：湖南文藝出版社，1988年。

27 [美]大衛・Ｍ・弗里德曼：《男根文化史》，天津編譯中心，北京：華齡出版社，2003年。

28 [德]尼采：《道德的譜系》，周江譯，北京：生活・讀書・新知三聯書店，1992年。

29 [荷蘭]高佩羅：《秘戲圖考》，楊權譯，廣州：廣東人民出版社，2005年。

30 [荷蘭]高佩羅：《中國古代房內考》，李零、郭曉惠等譯，上海：上海人民出版社，1990年。

31 [美]瑪莉蓮・亞隆：《乳房的歷史》，何穎怡譯，臺北：臺灣先覺出版公司，2003年。

32 [美]雪兒・海蒂：《海蒂性學報告（女人篇）》，李金梅、林淑貞譯，海口：海南出版社，2002年。

33 [美]雪兒・海蒂：《海蒂性學報告（男人篇）》，林瑞庭、譚智華譯，海口：海南出版社，2002年。

34 [美]雪兒・海蒂：《海蒂性學報告（情愛篇）》，李金梅、林瑞庭譯，海口：海南出版社，2002年。

35 劉小楓：《沉重的肉身》，北京：華夏出版社，2004年。

36 張敦福：《從獸性到人性》，濟南：山東人民出版社，2004年。

37 汪民安：《身體的文化政治學》，開封：河南大學出版社，2004年。

38 汪民安、陳永國：《後身體——文化、權力和生命政治學》，長春：吉林人民出版社，2003年。

39 李音祚、尉小龍：《愛園行為史》，北京：北京師範大學出版社，1997年。

40 王政、杜芳琴：《社會性別研究選擇》，北京：生活・讀書・新知三聯書店，1998年。

41 劉達臨：《性與中國文化》，北京：人民出版社，1999年。

42 劉達臨：《中國性史圖鑒》，長春：時代文藝出版社，2003年。

43 劉達臨、胡宏霞：《中國性文化象徵》，成都：四川人民出版社，2005年。

44 江曉原：《性感：一種文化解釋》，海口：海南出版社，2003年。

45 紫夫：《「性」福女人》，深圳：海天出版社，2004年。

46 潘綏銘：《中國性革命縱論》，高雄：萬有出版社，2006年。

47 楚雲：《亂倫與禁忌》，上海：上海文藝出版社，2002年。

48 [臺灣]王溢嘉：《性‧文明與荒謬》，北京：九州出版社，2004年。

49 [英]特里‧伊格爾頓：《當代西方文學理論》，王逢振譯，北京：中國社會科學出版社，1989年。

50 [法]西蒙娜‧德‧波伏娃：《第二性》，陶鐵柱譯，北京：中國書籍出版社，1998年。

51 張京媛：《當代女性主義文學批評》，北京：北京大學出版社，1992年。

52 鮑曉蘭：《西方女性主義研究評介》，北京：生活‧讀書‧新知三聯書店，1995年。

53 孟悅、戴錦華：《浮出歷史地表》，鄭州：河南人民出版社，1989年。

54 張岩冰：《女權主義文論》，濟南：山東教育出版社，1999年。

55 廖雯：《女性藝術——女性主義作為方式》，長春：吉林美術出版社，2000年。

56 陳曉蘭：《女性主義批評與文學詮釋》，蘭州：敦煌文藝出版社，1999年。

57 曉宜、張曉麗：《女性的秘密‧譯者序》，北京：中國國際廣播出版社，1988年。

58 陳順馨、戴錦華：《婦女、民族與女性主義》，北京：中央編譯出版社，2004年。

59 季國清：《隱性女權的王國》，哈爾濱：黑龍江人民出版社，2003年。

60 李銀河：《女性權力的崛起》，北京：文化藝術出版社，2003年。

61 李銀河：《性的問題‧福柯與性》，北京：文化藝術出版社，2003年。

62 李銀河：《酷兒理論》，北京：文化藝術出版社，2003年。

63 李銀河：《中國女性的感情與性》，北京：今日中國出版社，1998年。

64 李銀河：《西方性學名著提要》，南昌：江西人民出版社，2002年。

65 [奧]西格蒙德‧佛洛伊德：《圖騰與禁忌》，趙立瑋譯，上海：上海人民出版社，2005年。

66 [奧]西格蒙德‧佛洛伊德：《釋夢》，孫名之譯，北京：商務印書館，2002年。

67 [德]愛娃・海勒：《色彩的文化》，吳彤譯，北京：中央編譯出版社，2004年。

68 溫天、黎瑞剛：《夢・象・易：智慧之門》，杭州：浙江人民出版社，1992年。

69 趙國華：《生殖崇拜文化論》，北京：中國社會科學出版社，1996年。

70 何星亮：《中國圖騰文化》，北京：中國社會科學出版社，1992年。

71 嚴雲受、劉鋒傑：《文學象徵論》，合肥：安徽教育出版社，1995年。

72 劉文英、曹田玉：《夢與中國文化》，北京：人民出版社，2003年。

73 吳曉東：《象徵主義與中國現代文學》，合肥：安徽教育出版社，2001年。

74 張沛：《隱喻的生命》，北京：北京大學出版社，2004年。

75 耿占春：《隱喻》，北京：東方出版社，1993年。

76 海明：《倫理學方法》，北京：商務印書館，2003年。

77 張宏生：《明清文學與性別研究》，南京：江蘇古籍出版社，2002年。

78 鍾雯：《四大禁書與性文化》，哈爾濱：濱哈爾濱出版社，1993年。

79 陳益源：《小說與豔情》，上海：學林出版社，2000年。

80 吳存存：《明清社會性愛風氣》，北京：人民文學出版社，2000年。

81 姚玳玫：《想像女性——海派小說的敘事》，北京：社會科學出版社，2004年。

82 嚴家炎：《中國現代小說流派史》，北京：人民文學出版社，1995年。

83 錢理群、溫儒敏、吳福輝：《中國現代文學三十年》，北京：北京大學出版社，1998年。

84 吳福輝：《都市漩流中的海派小說》，長沙：湖南教育出版社，1997年。

85 魯樞元：《文藝心理闡釋》，上海：上海文藝出版社，1989年。

86 魯樞元：《生態文藝學》，西安：陝西人民出版社，2000年。

語言文學類　PG1362　文學視界77

情慾之間
——海派小說的性愛敘事

作　　　者／韓　冷
主　　　編／蔡登山
責任編輯／段松秀、李冠慶
圖文排版／楊家齊
封面設計／蔡瑋筠

發　行　人／宋政坤
法律顧問／毛國樑　律師
印製出版／秀威資訊科技股份有限公司
　　　　　114台北市內湖區瑞光路76巷65號1樓
　　　　　電話：+886-2-2796-3638　傳真：+886-2-2796-1377
　　　　　http://www.showwe.com.tw
劃撥帳號／19563868　戶名：秀威資訊科技股份有限公司
　　　　　讀者服務信箱：service@showwe.com.tw
展售門市／國家書店（松江門市）
　　　　　104台北市中山區松江路209號1樓
　　　　　電話：+886-2-2518-0207　傳真：+886-2-2518-0778
網路訂購／秀威網路書店：http://www.bodbooks.com.tw
　　　　　國家網路書店：http://www.govbooks.com.tw
圖書經銷／紅螞蟻圖書有限公司
　　　　　台北市114內湖區舊宗路2段121巷19號（紅螞蟻資訊大樓）
　　　　　電話：+886-2-2795-3656　傳真：+886-2-2795-4100

2015年6月　BOD一版
定價：450元

國家圖書館出版品預行編目

情慾之間：海派小說的性愛敘事 / 韓冷著. -- 一
　版. -- 臺北市：秀威資訊科技, 2015.06
　　面；　公分. -- (語言文學類；PG1362) (文
學視界；77)
　　BOD版
　　ISBN 978-986-326-339-5(平裝)

　　1. 中國小說　2. 現代小說　3. 文學評論

820.9708　　　　　　　　　　104005596

讀者回函卡

感謝您購買本書，為提升服務品質，請填妥以下資料，將讀者回函卡直接寄回或傳真本公司，收到您的寶貴意見後，我們會收藏記錄及檢討，謝謝！
如您需要了解本公司最新出版書目、購書優惠或企劃活動，歡迎您上網查詢或下載相關資料：http:// www.showwe.com.tw

您購買的書名：＿＿＿＿＿＿＿＿＿＿＿＿＿＿＿＿＿＿＿＿＿＿＿＿＿＿

出生日期：＿＿＿＿＿年＿＿＿＿＿月＿＿＿＿＿日

學歷：□高中 (含) 以下　　□大專　　□研究所 (含) 以上

職業：□製造業　□金融業　□資訊業　□軍警　□傳播業　□自由業
　　　□服務業　□公務員　□教職　　□學生　□家管　　□其它＿＿＿＿

購書地點：□網路書店　□實體書店　□書展　□郵購　□贈閱　□其他

您從何得知本書的消息？

　　□網路書店　□實體書店　□網路搜尋　□電子報　□書訊　□雜誌

　　□傳播媒體　□親友推薦　□網站推薦　□部落格　□其他＿＿＿＿＿＿

您對本書的評價：(請填代號　1.非常滿意　2.滿意　3.尚可　4.再改進)

　　封面設計＿＿＿　版面編排＿＿＿　內容＿＿＿　文／譯筆＿＿＿　價格＿＿＿

讀完書後您覺得：

　　□很有收穫　□有收穫　□收穫不多　□沒收穫

對我們的建議：＿＿＿＿＿＿＿＿＿＿＿＿＿＿＿＿＿＿＿＿＿＿＿＿＿＿

＿＿＿＿＿＿＿＿＿＿＿＿＿＿＿＿＿＿＿＿＿＿＿＿＿＿＿＿＿＿＿＿＿＿

＿＿＿＿＿＿＿＿＿＿＿＿＿＿＿＿＿＿＿＿＿＿＿＿＿＿＿＿＿＿＿＿＿＿

＿＿＿＿＿＿＿＿＿＿＿＿＿＿＿＿＿＿＿＿＿＿＿＿＿＿＿＿＿＿＿＿＿＿

11466
台北市內湖區瑞光路 76 巷 65 號 1 樓

秀威資訊科技股份有限公司　　　收

BOD 數位出版事業部

⋯⋯⋯⋯⋯⋯⋯⋯⋯⋯⋯⋯⋯⋯⋯⋯⋯⋯⋯⋯⋯⋯⋯⋯⋯⋯⋯⋯⋯⋯⋯⋯

（請沿線對折寄回，謝謝！）

姓　　名：＿＿＿＿＿＿＿＿　年齡：＿＿＿＿　性別：□女　□男

郵遞區號：□□□□□

地　　址：＿＿＿＿＿＿＿＿＿＿＿＿＿＿＿＿＿＿＿＿＿＿＿

聯絡電話：(日) ＿＿＿＿＿＿＿＿＿　(夜) ＿＿＿＿＿＿＿＿＿

E-mail：＿＿＿＿＿＿＿＿＿＿＿＿＿＿＿＿＿＿＿＿＿＿＿